Kerstin Gier

Smaragdgrün. Liebe geht durch alle Zeiten

D0896163

Ebenfalls von der Autorin im Arena Verlag erschienen:
Rubinrot. Liebe geht durch alle Zeiten
Saphirblau. Liebe geht durch alle Zeiten

Jungs sind wie Kaugummi. Süß und leicht um den Finger zu wickeln

Kerstin Gier,
Jahrgang 1966, ist seit 1995 als selbstständige Schriftstellerin tätig
und hatte schon mit ihren ersten Büchern riesigen Erfolg. Inzwischen
hat sie zahlreiche Romane für Erwachsene und Jugendliche geschrieben,
die regelmäßig auf den Bestsellerlisten stehen. Ihre Edelsteintrilogie
»Rubinrot« – »Saphirblau« – »Smaragdgrün« wurde zum Weltbestseller
und mit renommierten Schauspielern für das Kino verfilmt.
Die DeLiA-Preisträgerin lebt mit ihrer Familie in der Nähe
von Bergisch Gladbach.

Kerstin Gier

Smaragdgrün. Liebe geht durch alle Zeiten

Arena

1. Auflage als Sonderausgabe im Arena-Taschenbuch 2017
© 2010 Arena Verlag GmbH, Würzburg
Alle Rechte vorbehalten
Einbandillustration: Eva Schöffmann-Davidov
Umschlagtypografie: KCS GmbH · Verlagsservice &
Medienproduktion, Stelle/Hamburg
Gesamtherstellung: Westermann Druck Zwickau GmbH
ISSN 0518-4002
ISBN 978-3-401-50602-9

Besuche uns unter:
www.arena-verlag.de
www.twitter.com/arenaverlag
www.facebook.com/arenaverlagfans

Für alle Marzipanherzen-Mädchen dieser Welt
(und ich meine wirklich alle Mädchen. Es fühlt sich nämlich
immer gleich an,
egal ob man 14 Jahre alt ist oder 41.)

Hope is the thing with feathers
That perches in the soul
And sings the tune without words
And never stops at all.

Emily Dickinson

Prolog

Belgravia, London, 3. Juli 1912

»Das wird eine hässliche Narbe geben«, sagte der Arzt, ohne den Kopf zu heben.

Paul lächelte schief. »Na, auf jeden Fall besser als die Amputation, die Mrs Überängstlich hier prophezeit hat.«

»Sehr witzig!«, fauchte ihn Lucy an. »Ich bin *nicht* überängstlich, und *du . . . Mr Dämlich-Leichtsinnig,* mach bloß keine Scherze! Du weißt genau, wie schnell sich solche Wunden infizieren können, und dann kann man froh sein, wenn man in diesen Zeiten überhaupt noch am Leben bleibt: Keine Antibiotika weit und breit und die Ärzte sind alle unwissende Stümper!«

»Na, besten Dank auch«, sagte der Arzt, während er eine bräunliche Paste auf der frisch genähten Wunde verstrich. Es brannte höllisch und Paul konnte nur mit Mühe eine Grimasse unterdrücken. Er hoffte nur, dass er keine Flecken auf Lady Tilneys gute Chaiselongue gemacht hatte.

»Sie können ja nichts dafür.« Paul merkte, dass Lucy sich große Mühe gab, freundlicher zu klingen, sie versuchte sogar ein Lächeln. Ein ziemlich grimmiges Lächeln, aber es war schließlich die Absicht, die zählte. »Ich bin überzeugt, Sie geben Ihr Bestes«, sagte sie.

»Dr. Harrison *ist* der Beste«, versicherte Lady Tilney.

»Und der Einzige . . .«, murmelte Paul. Er war plötzlich unglaublich müde. In dem süßlich schmeckenden Trank, den der Arzt ihm eingeflößt hatte, musste sich ein Schlafmittel befunden haben.

»Vor allem der Verschwiegenste«, ergänzte Dr. Harrison. Pauls Arm erhielt einen schneeweißen Verband. »Und ehrlich gesagt kann ich mir nicht vorstellen, dass man Schnitt- und Stichwunden in achtzig Jahren anders behandelt, als ich es getan habe.«

Lucy holte tief Luft und Paul ahnte schon, was nun folgen würde. Aus ihrer Hochsteckfrisur hatte sich eine Locke gelöst und sie strich sie sich mit kämpferischer Miene hinter das Ohr. »Na ja, grob betrachtet vielleicht nicht, aber wenn Bakterien . . . also, das sind so einzellige Organismen, die . . .«

»Jetzt hör schon auf, Luce!«, fiel Paul ihr ins Wort. »Dr. Harrison weiß sehr wohl, was Bakterien sind!« Die Wunde brannte immer noch fürchterlich, gleichzeitig fühlte er sich so erschöpft, dass er nur zu gern die Augen geschlossen hätte und einfach ein bisschen weggedämmert wäre. Aber das hätte Lucy nur noch mehr aufgebracht. Obwohl ihre blauen Augen wütend funkelten, verbargen sich doch nur Sorge und – schlimmer noch – Angst dahinter, das wusste er. Ihr zuliebe durfte er sich weder seine schlechte körperliche Verfassung noch die eigene Verzweiflung anmerken lassen. Also redete er einfach weiter. »Wir befinden uns schließlich nicht im Mittelalter, sondern im 20. Jahrhundert, dem Jahrhundert der bahnbrechenden Entwicklungen. Das erste EKG ist bereits Schnee von gestern, seit ein paar Jahren kennt man auch den

Erreger der Syphilis *und* hat eine Behandlung dagegen gefunden.«

»Ach, da hat aber jemand im Mysterien-Unterricht gut aufgepasst.« Jetzt sah Lucy aus, als würde sie jeden Augenblick explodieren. »Schön für dich!«

»Und im letzten Jahr hat diese Marie Curie den Nobelpreis für Chemie erhalten«, steuerte Dr. Harrison bei.

»Und was hat die noch gleich erfunden? Die Atombombe?«

»Manchmal bist du erschreckend ungebildet. Marie Curie hat radio. . .«

»Ach, halt die *Klappe!*« Lucy hatte die Arme vor der Brust verschränkt und starrte Paul zornig an. Lady Tilneys tadelnden Blick bemerkte sie gar nicht.

»Deine Vorträge kannst du dir im Augenblick sonst wohin schieben! Du! Hättest! Tot! Sein! Können! Kannst du mir bitte verraten, wie ich diese Katastrophe ohne dich abwenden sollte?« An dieser Stelle brach ihre Stimme. »Oder wie ich ohne dich weiterleben könnte?«

»Es tut mir leid, Prinzessin.« Sie hatte ja gar keine Ahnung, *wie* leid es ihm tat.

»Pah«, machte Lucy. »Du brauchst gar nicht diesen zerknirschten Hundeblick aufzusetzen.«

»Wie überflüssig, sich damit zu beschäftigen, was hätte sein können, Kind«, sagte Lady Tilney kopfschüttelnd, während sie Dr. Harrison half, seine Utensilien wieder in der Arzttasche zu verstauen. »Es ist doch alles gut gegangen. Paul hatte Glück im Unglück.«

»Nur weil es noch schlimmer hätte enden können, heißt es nicht, dass alles gut gegangen ist!«, rief Lucy. »Nichts ist gut gegangen, gar nichts!« Ihre Augen füllten sich mit Tränen und Paul brach bei diesem Anblick beinahe das Herz. »Wir sind jetzt seit drei Monaten hier und haben nichts von dem erreicht, was wir geplant hatten, im Gegenteil: Wir haben alles nur noch schlimmer gemacht! Endlich hatten wir diese verdammten Papiere in den Händen und da gibt Paul sie einfach weg!«

»Das war vielleicht ein bisschen voreilig.« Er ließ den Kopf auf das Kissen sinken. »Aber in diesem Augenblick hatte ich einfach das Gefühl, das Richtige zu tun.« Und zwar deshalb, weil er sich in ebendiesem Augenblick dem Tod verdammt nahe gefühlt hatte. Viel hätte nicht mehr gefehlt und Lord Alastairs Degenklinge hätte ihm den Rest gegeben. Das allerdings durfte er Lucy auf keinen Fall sagen. »Wenn wir Gideon auf unserer Seite hätten, gäbe es noch eine Chance. Sobald er die Papiere gelesen hat, wird er begreifen, worum es uns geht.« *Hoffentlich.*

»Aber wir wissen selber nicht genau, was in den Papieren steht! Vielleicht ist es verschlüsselt oder . . . ach, und du weißt ja nicht mal, was du Gideon da *überhaupt* gegeben hast«, sagte Lucy. »Lord Alastair könnte dir alles Mögliche untergejubelt haben: alte Rechnungen, Liebesbriefe, leere Blätter . . .«

Dieser Gedanke war Paul auch längst gekommen, aber was geschehen war, war nun einmal geschehen. »Manchmal muss man ein bisschen Vertrauen in die Dinge haben«, murmelte er und wünschte, diese Aussage würde auf ihn zutreffen. Noch mehr als der Gedanke, Gideon möglicherweise wertlose Papiere überreicht zu haben, folterte ihn die Vorstellung, der Junge könne mit den Unterlagen direkt zum Grafen von

Saint Germain gegangen sein. Das würde bedeuten, er hätte ihren einzigen Trumpf aus der Hand gegeben. Aber Gideon hatte gesagt, dass er Gwendolyn liebte, und die Art und Weise, wie er es gesagt hatte, war irgendwie . . . überzeugend gewesen.

»Er hat es mir versprochen«, wollte Paul sagen, aber es kam nur als unhörbares Flüstern heraus. Außerdem wäre es ohnehin eine Lüge gewesen. Er hatte Gideons Antwort gar nicht mehr mitbekommen.

»Es war eine dumme Idee, mit der florentinischen Allianz zusammenarbeiten zu wollen«, hörte er Lucy sagen. Seine Augen waren ihm zugefallen. Was immer Dr. Harrison ihm verabreicht hatte, es wirkte rasend schnell.

»Ja, ich weiß, ich weiß«, fuhr Lucy fort. »Es war *meine* dumme Idee. Wir hätten die Sache selber in die Hand nehmen müssen.«

»Ihr seid aber nun mal keine Mörder, Kind«, sagte Lady Tilney.

»Macht es moralisch einen Unterschied, ob man jemanden selber ermordet oder nur den Auftrag dazu erteilt?« Lucy seufzte schwer, und obwohl Lady Tilney ihr energisch widersprach (»Mädchen, nun sag nicht so etwas! Ihr habt doch keinen Mordauftrag erteilt, ihr habt lediglich ein paar Informationen weitergegeben!«), klang sie plötzlich untröstlich: »Wir haben wirklich alles falsch gemacht, was man nur falsch machen kann, Paul. In drei Monaten haben wir nur jede Menge Zeit und Lady Margrets Geld verschwendet und darüber hinaus viel zu viele Menschen mit in die Sache hineingezogen.«

»Es ist Lord Tilneys Geld«, korrigierte sie Lady Tilney. »Du würdest staunen, wenn du wüsstest, wofür er sein Geld sonst so alles verschwendet. Pferderennen und Tänzerinnen sind da noch das Harmloseste – das bisschen, das ich für unsere Sache abzweige, bemerkt er gar nicht. Und wenn doch, dann dürfte er Gentleman genug sein, kein Wort darüber zu verlieren.«

»Und ich persönlich fände es sehr schade, wenn man mich nicht in diese Sache mit hineingezogen hätte«, versicherte Dr. Harrison und schmunzelte. »Ich hatte gerade angefangen, mein Leben ein bisschen langweilig zu finden. Schließlich hat man nicht alle Tage mit Zeitreisenden zu tun, die aus der Zukunft kommen und alles besser wissen. Und unter uns: Der Führungsstil der Herren de Villiers und Pinkerton-Smythe zwingt einen ja geradezu zur geheimen Rebellion.«

»Allerdings«, sagte Lady Tilney. »Dieser selbstgefällige Jonathan hat seiner Frau gedroht, sie im Haus einzuschließen, sollte sie weiter mit den Suffragetten sympathisieren.« Sie ahmte eine mürrische Männerstimme nach: »*Was kommt als Nächstes? Das Wahlrecht für Hunde?*«

»Tja, deswegen haben Sie ihm ja auch mit einer Ohrfeige gedroht«, sagte Dr. Harrison. »Das war übrigens endlich mal eine Teeparty, auf der ich mich nicht gelangweilt habe.«

»Aber so war es doch gar nicht. Ich habe lediglich gesagt, dass ich nicht für das garantieren könne, was meine rechte Hand als Nächstes tue, wenn er weiterhin derartig unqualifizierte Äußerungen von sich gebe.«

»Wenn er weiterhin derartigen Schwachsinn von sich geben würde, war der genaue Wortlaut«, korrigierte Dr. Harrison sie. »Ich weiß das so genau, weil es mich ungeheuer beeindruckt hat.«

Lady Tilney lachte und reichte dem Arzt ihren Arm. »Ich bringe Sie zur Tür, Dr. Harrison.«

Paul versuchte, die Augen zu öffnen und sich aufzurichten, um dem Arzt zu danken. Es gelang ihm weder das eine noch das andere. »Mfsch...nke«, nuschelte er mit letzter Kraft.

»Was zur Hölle war in dem Zeug drin, das Sie ihm gegeben haben?«, rief Lucy Dr. Harrison hinterher.

Er drehte sich in der Tür um. »Nur ein paar Tropfen Morphiumtinktur. Ganz harmlos!«

Lucys empörten Aufschrei hörte Paul nicht mehr.

Aus den Annalen der Wächter

30. März 1916

Parole des Tages: »Potius sero quam numquam.«

(Livius)

Da London unseren Geheimdienstquellen zufolge in den
nächsten Tagen wieder Luftangriffe deutscher
Marinegeschwader zu erwarten hat, haben wir
beschlossen, ab sofort nach Sicherheitsprotokoll Stufe
eins zu verfahren. Der Chronograf wird auf unbestimmte
Zeit im Dokumentenraum platziert und Lady Tilney,
mein Bruder Jonathan und ich werden gemeinsam von
dort elapsieren, um die dafür täglich aufzuwendende Zeit
auf drei Stunden zu beschränken. Reisen ins
19. Jahrhundert dürften in diesem Raum keine Probleme
bereiten; zu nächtlicher Zeit hat sich dort selten jemand
aufgehalten und in den Annalen ist nie die Rede von
einem Besuch aus der Zukunft, weshalb davon
auszugehen ist, dass unsere Anwesenheit
niemals bemerkt wurde.
Wie zu erwarten war, sträubte sich Lady Tilney dagegen,
von ihren üblichen Gewohnheiten abzuweichen, und
konnte nach eigenen Aussagen »keinerlei Logik in
unserer Argumentation finden«, aber zu guter Letzt
musste sie sich der Entscheidung unseres Großmeisters
beugen. Kriegszeiten erfordern nun einmal
besondere Maßnahmen.

Das Elapsieren heute Nachmittag ins Jahr 1851 verlief dann überraschend friedlich, vielleicht, weil meine fürsorgliche Gattin uns ihren unvergleichlichen Teekuchen mitgegeben hatte und wir Themen wie das Wahlrecht für Frauen in Erinnerung an hitzige Debatten bei anderen Gelegenheiten mieden. Lady Tilney bedauerte zwar, dass wir nicht zur Weltausstellung in den Hyde Park gehen konnten, aber da wir ihr Bedauern diesbezüglich durchaus teilten, artete das Gespräch nicht in Streit aus. Mit dem Vorschlag allerdings, uns die Zeit ab morgen mit Pokern zu vertreiben, zeigte sie sich dann doch wieder von ihrer exzentrischen Seite.

Das Wetter heute: leichter Nieselregen bei frühlingshaften 16 Grad Celsius.

Bericht: Timothy de Villiers, Innerer Kreis

1.

Die Spitze des Schwertes war genau auf mein Herz gerichtet und die Augen meines Mörders waren wie schwarze Löcher, die alles zu verschlingen drohten, das ihnen zu nahe kam. Ich wusste, dass ich nicht entkommen konnte. Schwerfällig stolperte ich ein paar Schritte rückwärts.

Der Mann folgte mir. »Ich werde vom Antlitz der Erde tilgen, was nicht von Gott gewollt ist! Dein Blut wird die Erde tränken!«

Mir lagen mindestens zwei schlagfertige Erwiderungen auf diese pathetisch geröchelten Worte auf der Zunge (Erde tränken – HALLO? Der Boden hier war gefliest!), aber vor lauter Panik brachte ich nichts davon über die Lippen. Der Mann sah sowieso nicht so aus, als würde er meinen Humor in dieser Situation zu schätzen wissen. Oder als wüsste er Humor überhaupt zu schätzen.

Ich taumelte noch einen Schritt zurück und stieß mit dem Rücken gegen eine Wand. Mein Gegner lachte laut auf. Na gut, vielleicht hatte er doch Humor, nur einen etwas anderen als ich.

»Jetzt stirbst du, Dämon!«, rief er und versenkte das Schwert ohne weitere Umschweife in meiner Brust.

Mit einem Schrei fuhr ich hoch. Ich war nass geschwitzt und mein Herz schmerzte, als wäre es tatsächlich von einer

Klinge durchbohrt worden. Was für ein mieser Traum. Allerdings – wunderte mich das wirklich?

Die Erlebnisse des gestrigen Tages (und der Tage davor) schrien nicht gerade danach, sich gemütlich unter der Decke zusammenzukuscheln und den Schlaf der Gerechten zu schlafen. Es war vielmehr so, dass sich unerwünschte Gedanken durch meinen Kopf schlängelten wie wild wuchernde fleischfressende Pflanzen. *Gideon hat mir nur was vorgespielt. Er liebt mich nicht.*

»Wahrscheinlich muss er ohnehin kaum etwas tun, damit die Mädchenherzen ihm zufliegen«, hörte ich den Grafen von Saint Germain mit seiner sanften, tiefen Stimme sagen, immer und immer wieder. Und: *»Nichts ist leichter zu berechnen als die Reaktion einer verliebten Frau.«*

Tja, und wie reagiert eine verliebte Frau, wenn sie erfahren hat, dass sie angelogen und manipuliert wurde? Richtig: Sie telefoniert stundenlang mit ihrer besten Freundin, um dann schlaflos im Dunkeln zu sitzen und sich zu fragen, warum zum Teufel sie auf diesen Typ hereingefallen ist, während sie sich gleichzeitig vor Sehnsucht die Augen aus dem Kopf heult . . . – in der Tat leicht zu berechnen.

Die Leuchtziffern auf dem Wecker neben meinem Bett zeigten 3:10 Uhr an, was bedeutete, dass ich wohl doch eingenickt sein musste und sogar mehr als zwei Stunden geschlafen hatte. Und jemand – meine Mum? – musste hereingekommen sein und mich zugedeckt haben, denn ich erinnerte mich nur noch daran, wie ich mit hochgezogenen Knien auf dem Bett gekauert und meinem Herzen beim viel zu schnellen Schlagen gelauscht hatte.

Seltsam eigentlich, dass ein gebrochenes Herz überhaupt noch schlagen konnte.

»Es fühlt sich an, als ob es nur aus roten, scharfkantigen Splittern besteht, die mich von innen aufschlitzen und verbluten lassen!«, hatte ich Leslie den Zustand meines Herzens zu beschreiben versucht (okay, das klingt mindestens so pathetisch wie das von dem Röcheltypen aus meinem Traum, aber manchmal ist die Wahrheit eben irgendwie ... kitschig). Und Leslie hatte mitleidig gesagt: »Ich weiß genau, wie du dich fühlst. Als Max mit mir Schluss gemacht hat, dachte ich auch zuerst, ich müsste vor Kummer sterben. Und zwar an multiplem Organversagen. Weil an all diesen Redensarten was Wahres dran ist: Liebe geht an die Nieren, schlägt auf den Magen, bricht das Herz, schnürt die Brust zu und ... äh ... läuft einem als Laus über die Leber ... Aber erstens geht das vorbei, zweitens ist die Sache nicht so hoffnungslos, wie sie dir erscheint, und drittens ist dein Herz nicht aus Glas.«

»Stein, nicht Glas«, korrigierte ich sie schluchzend. »Mein Herz ist ein Edelstein, den Gideon in tausend Stücke zerbrochen hat, genau wie in Tante Maddys Vision.«

»Hört sich zwar irgendwie cool an, aber – nein! In Wirklichkeit sind Herzen aus ganz anderem Material gemacht. Das kannst du mir wirklich glauben.« Leslie räusperte sich und ihr Tonfall wurde ganz feierlich, so als ob sie mir gerade das größte Geheimnis der Weltgeschichte offenbarte: »Es handelt sich um ein viel zäheres, unzerbrechliches und immer wieder neu formbares Material. Nach einer geheimen Rezeptur hergestellt.«

Nochmaliges Räuspern, um die Spannung zu steigern. Ich hielt unwillkürlich die Luft an. »Wie *Marzipan!*«, verkündete Leslie.

»Marzipan?« Für einen kurzen Moment hörte ich auf zu schluchzen und musste grinsen.

»Ja, Marzipan!«, wiederholte Leslie todernst. »Das gute mit dem hohen Mandelanteil.«

Beinahe hätte ich gekichert. Aber dann fiel mir wieder ein, dass ich ja das unglücklichste Mädchen auf der ganzen Welt war, und ich sagte schniefend: »Wenn das so ist, dann hat Gideon ein Stück von meinem Herzen *abgebissen!* Und die ganze Schokolade drum herum hat er auch abgeknabbert. Du hättest sehen sollen, wie er geguckt hat, als . . .« Bevor ich wieder von vorne anfangen konnte, seufzte Leslie vernehmlich.

»Gwenny, ich sag's wirklich nur ungern: Aber dein Gejammer nützt keinem was. Du musst damit aufhören!«

»Ich mache es nicht mit Absicht«, versicherte ich ihr. »Es jammert in einem fort aus mir heraus. In der einen Minute noch war ich das glücklichste Mädchen der Welt und dann sagt er mir, dass . . .«

»Okay, Gideon hat sich wie ein Mistkerl verhalten«, fiel Leslie mir rasch ins Wort. »Wenn man auch nicht versteht, warum. Ich meine, *hallo?* Wieso sollten verliebte Mädchen leichter zu lenken sein? Ich würde sagen, es ist genau umgekehrt. Verliebte Mädchen sind wie tickende Zeitbomben. Man kann nie wissen, was sie als Nächstes tun. Wenn Gideon und sein Chauvi-Freund, der Graf, sich da mal nicht kolossal vertan haben.«

»Ich dachte wirklich, er liebt mich. Dass er das alles nur gespielt hat, ist so . . .« Gemein? Grausam? Kein Wort schien meine Gefühle ausreichend beschreiben zu können.

»Ach, Süße! Unter anderen Umständen dürftest du dich von mir aus noch wochenlang im Unglück suhlen. Aber das kannst du dir im Augenblick einfach nicht leisten. Du brauchst deine Energie für andere Dinge. Zum Überleben zum Beispiel.« Leslie klang ungewöhnlich streng. »Also reiß dich jetzt gefälligst mal zusammen!«

»Das hat Xemerius auch schon gesagt. Bevor er abgehauen ist und mich allein gelassen hat.«

»Das kleine unsichtbare Monster hat recht! Wir müssen jetzt einen klaren Kopf behalten und alle Fakten zusammentragen. Puh, was ist das denn? Warte mal, ich muss das Fenster aufmachen, Bertie hat einen seiner entsetzlichen Betäubungs-Furze losgelassen . . . böser Hund! Wo war ich stehen geblieben? Ja, genau, wir müssen herausfinden, was dein Großvater in eurem Haus versteckt hat.« Leslies Stimmlage wurde ein bisschen höher. »Raphael hat sich als ziemlich nützlich erwiesen, würde ich mal sagen. Vielleicht ist er ja gar nicht so dämlich, wie man so denkt.«

»Wie *du* so denkst, meinst du wohl.« Raphael war Gideons kleiner Bruder, der seit Neustem auf unsere Schule ging. Er hatte entdeckt, dass es sich bei dem Rätsel, das mein Großvater mir hinterlassen hatte, um geografische Koordinaten gehandelt hatte. Und die hatten direkt zu unserem Haus geführt. »Mich würde brennend interessieren, wie viel Raphael von den Geheimnissen der Wächter und Gideons Zeitreisen so mitbekommt.«

»Möglicherweise mehr, als man so vermuten sollte«, sagte Leslie. »Jedenfalls hat er mir meine Story nicht abgenommen, von wegen, dass Mystery-Spiele in London gerade der neueste Schrei wären. Aber er war klug genug, keine Fragen zu stellen.« Hier machte sie eine kleine Pause. »Er hat ziemlich schöne Augen.«

»Allerdings.« Die Augen waren wirklich schön, was mich daran erinnerte, dass Gideon genau die gleichen hatte. Grün und von dichten dunklen Wimpern umrahmt.

»Nicht, dass mich das irgendwie beeindrucken würde, es ist nur eine Feststellung . . .«

»Ich habe mich in dich verliebt.« Ganz ernst hatte Gideon das gesagt und mir dabei direkt in die Augen gesehen. Und ich hatte zurückgestarrt und ihm jedes Wort geglaubt! Meine Tränen begannen wieder zu fließen und ich konnte kaum noch hören, was Leslie sagte.

». . . aber ich hoffe, es ist ein langer Brief oder eine Art Tagebuch, in dem dein Großvater dir alles erklärt, was dir die anderen verschweigen, und noch ein bisschen mehr. Dann müssten wir nicht länger im Dunkeln tappen und können endlich einen richtigen Plan machen . . .«

Solche Augen sollten verboten werden. Oder man müsste ein Gesetz erlassen, nach dem Jungs mit so schönen Augen nur noch mit Sonnenbrillen herumlaufen dürften. Außer, sie hätten zum Ausgleich riesige Segelohren oder so was . . .

»Gwenny? Heulst du etwa schon wieder?« Jetzt hörte sich Leslie genauso an wie Mrs Counter, unsere Erdkundelehrerin, wenn man ihr sagte, dass man leider die Hausaufgaben vergessen habe. »Süße, das ist nicht gut! Du musst damit aufhören, dir den Drama-Dolch immer und immer wieder in der Brust herumzudrehen! Wir brauchen . . .«

». . . einen kühlen Kopf! Du hast ja recht.« Obwohl es mich Überwindung kostete, versuchte ich, die Erinnerung an Gideons Augen aus meinem Kopf zu verdrängen und ein wenig Zuversicht in meine Stimme zu legen. Das war ich Leslie einfach schuldig. Schließlich war sie diejenige, die mich ohne jedes Wenn und Aber seit Tagen unterstützte. Bevor sie auflegte, musste ich ihr daher unbedingt noch sagen, wie froh ich war, dass ich sie hatte. (Auch wenn ich dabei wieder ein bisschen zu weinen begann, aber dieses Mal vor Rührung.)

»Und ich erst!«, versicherte mir Leslie. »Wie langweilig wäre mein Leben ohne dich.« Als sie auflegte, war es kurz vor Mitternacht und ich hatte mich tatsächlich für ein paar Minuten etwas besser gefühlt, aber jetzt, um zehn nach drei, hätte ich sie liebend gern wieder angerufen und das Ganze noch mal durchgekaut.

Von Natur aus neigte ich gar nicht so sehr zum Jammern, es war nur das erste Mal in meinem Leben, dass ich Liebeskummer hatte. So richtigen Liebeskummer, meine ich. Die Sorte, die wirklich wehtut. Alle anderen Dinge rückten dabei weit in den Hintergrund. Selbst das Überleben wurde zur Nebensache. Ganz ehrlich: Der Gedanke ans Sterben war für den Augenblick gar nicht mal so unangenehm. Schließlich wäre ich nicht die Erste, die an gebrochenem Herzen starb, da befand ich mich in bester Gesellschaft: die kleine Meerjungfrau, Julia, Pocahontas, die Kameliendame, Madame Butterfly – und jetzt eben auch ich, Gwendolyn Shepherd. Das Gute war, die Nummer mit dem (Drama-)Dolch würde ich mir sparen können, denn so elend, wie ich mich fühlte, war ich längst mit der Schwindsucht infiziert, da starb es sich doch gleich viel malerischer. Bleich und schön wie Schneewittchen würde ich auf meinem Bett liegen, das Haar auf dem Kissen ausgebreitet. Gideon würde neben mir knien und bitterlich bereuen, was er getan hatte, wenn ich meine letzten Worte hauchte . . .

Aber vorher musste ich noch dringend zur Toilette.

Pfefferminztee mit reichlich Zucker und Zitrone war in unserer Familie eine Art Allheilmittel gegen Kummer und ich hatte eine ganze Kanne davon getrunken. Meiner Mutter war nämlich sofort aufgefallen, dass es mir nicht gut ging, als ich zur Tür reinkam. Das war auch kein Kunststück, denn vom vielen Weinen sah ich aus wie ein Albinokaninchen. Sie hätte mir ganz bestimmt nicht abgenommen, dass ich während der Fahrt vom Hauptquartier der Wächter nach Hause in der Limousine Zwiebeln hatte schneiden müssen, wie es Xemerius als Ausrede vorgeschlagen hatte.

»Haben diese verdammten Wächter dir etwas getan? Was ist passiert?«, hatte sie gefragt und dabei das Kunststück fertiggebracht, gleichzeitig mitleidig und ungeheuer wütend auszusehen. »Ich werde Falk umbringen, wenn . . .«

»Niemand hat mir etwas getan, Mum«, hatte ich mich beeilt, ihr zu versichern. »Und es ist nichts passiert.«

»Als ob sie dir das glauben würde! Warum hast du nicht das mit den Zwiebeln gesagt? Nie hörst du auf mich.« Xemerius hatte mit seinen Klauen auf den Boden gestampft. Er war ein kleiner steinerner Wasserspeierdämon mit großen Ohren, Fledermausflügeln, einem langen geschuppten Drachenschwanz und zwei kleinen Hörnern auf einem katzenähnlichen Kopf. Leider war er nur halb so süß, wie er aussah, und leider konnte niemand außer mir seine unverschämten Bemerkungen hören und ihm entsprechend Paroli bieten. Dass ich Wasserspeierdämonen und andere Geister sehen und seit meiner frühen Kindheit mit ihnen sprechen konnte, war übrigens nur eine der bizarren Eigenschaften, mit denen ich leben musste. Die andere war noch bizarrer und ich wusste selber erst seit knapp zwei Wochen davon, nämlich, dass ich zu einem – geheimen! – Kreis von zwölf Zeitreisenden gehörte und täglich für ein paar Stunden irgendwohin in die Vergangenheit springen musste. Eigentlich hätte der Fluch, Pardon, die Gabe, in der Zeit reisen zu können, meine Cousine Charlotte ereilen sollen, die dafür viel besser geeignet gewesen wäre, aber tatsächlich hatte sich herausgestellt, dass ich die Dumme war. Was mir von vornehrein hätte klar sein sollen, denn ich zog immer den Schwarzen Peter, also im übertragenen Sinne. Beim Weihnachtswichteln war ich diejenige, die den Zettel mit dem Namen der Lehrerin erwischte (und was bitte schenkt man seiner Lehrerin?), wenn ich Karten für ein Konzert hatte, wurde ich ganz bestimmt krank (wahlweise auch gerne in den Ferien), und wenn ich besonders gut aussehen wollte, bekam ich einen Pickel auf der Stirn, so groß wie ein drittes Auge. Zeitreisen mögen sich zwar im ersten Moment nicht mit Pickeln vergleichen lassen und sich vielleicht sogar nach etwas Beneidenswertem und Lustigem anhören, aber das sind sie nicht. Sie sind vielmehr lästig, nervenaufreibend und gefährlich. Und nicht zu vergessen: Hätte ich diese blöde Gabe nicht geerbt, hätte ich niemals Gideon kennengelernt, was hieße, dass mein Herz – ob aus Marzipan oder nicht – noch ganz wäre. Der Mistkerl war nämlich auch einer der zwölf Zeitreisenden. Einer der wenigen, die noch lebten. Die anderen konnte man nur noch in der Vergangenheit treffen.

»Du hast geweint«, hatte meine Mutter nüchtern festgestellt.

»Siehst du«, hatte Xemerius gerufen. »Jetzt wird sie dich ausquetschen wie eine Zitrone und keine Sekunde mehr aus den Augen lassen und aus der Schatzsuche wird heute Nacht nichts mehr.«

Ich hatte ihm eine Grimasse geschnitten, um anzudeuten, dass mir heute Nacht ganz bestimmt nicht mehr nach Schatzsuche zumute war. Na ja, wie man das eben so macht mit unsichtbaren Freunden, wenn man nicht möchte, dass andere einen für verrückt halten, weil man mit der Luft spricht.

»Sag, du hast dein Pfefferspray ausprobiert und es dir dabei aus Versehen in die Augen gesprüht«, hatte die Luft gekräht.

Aber ich war zum Lügen viel zu erschöpft gewesen. Ich hatte meine Mum mit verweinten Augen angeschaut und es einfach mit der Wahrheit versucht. Und mit Mut zur Lücke. »Es ist nur . . . mir geht's nicht gut, weil . . . – so ein Mädchending, weißt du?«

»Ach, Schätzchen . . .«

»Wenn ich mit Leslie telefoniere, geht es mir gleich besser.«

Zu meiner und Xemerius' großer Verblüffung hatte Mum sich mit dieser Erklärung begnügt. Sie hatte mir Tee gekocht, die Kanne zusammen mit meiner gepunkteten Lieblingstasse auf den Nachttisch gestellt, mir über den Kopf gestrichelt und mich ansonsten in Ruhe gelassen. Sogar die üblichen Zeitansagen (»Gwen! Es ist nach zehn, du telefonierst schon seit vierzig Minuten! Ihr seht euch doch morgen in der Schule!«) waren ausgeblieben. Manchmal war sie wirklich die beste Mutter der Welt.

Mit einem Seufzer schwang ich meine Beine über den Bettrand und taperte Richtung Badezimmer. Ein kalter Lufthauch streifte mich.

»Xemerius? Bist du da?«, fragte ich halblaut und tastete nach dem Lichtschalter.

»Kommt drauf an.« Xemerius baumelte kopfüber von der Flurlampe und blinzelte ins Licht. »Nur wenn du dich nicht wieder in einen Zimmerbrunnen verwandelst!« Seine Stimme wurde hoch und weinerlich, als er mich – leider ziemlich treffend – nachahmte. »*Und dann hat er gesagt, ich habe keine Ahnung, wovon du redest, und dann hab ich gesagt, ja oder nein, und darauf hat er gesagt, ja, aber bitte hör auf zu weinen . . .*« Er seufzte theatralisch. »Mädchen sind wirklich die anstrengendste Sorte Mensch, die es gibt. Gleich nach pensionierten Finanzbeamten, Verkäuferinnen in Strumpfgeschäften und Vorsitzenden von Kleingärtenvereinen.«

»Ich kann für nichts garantieren.« Ich flüsterte, damit der Rest meiner Familie nicht wach wurde. »Am besten sprechen wir nicht über du-weißt-schon-wen, weil sonst . . . na ja . . . der Zimmerbrunnen wieder anspringen könnte.«

»Ich konnte seinen Namen sowieso schon nicht mehr hören. Machen wir jetzt endlich mal was Sinnvolles? Wie einen Schatz suchen zum Beispiel?«

Schlafen wäre vielleicht etwas Sinnvolles gewesen, aber

ich war leider wieder hellwach. »Von mir aus können wir anfangen zu suchen. Aber vorher gehe ich noch schnell den Tee wegbringen.«

»Häh?«

Ich zeigte auf die Badezimmertür.

»Ach so«, sagte Xemerius. »Ich warte so lange hier.«

Im Badezimmerspiegel sah ich viel besser aus als erwartet. Von Schwindsucht leider keine Spur. Lediglich die Augenlider waren ein bisschen geschwollen, so als hätte ich etwas zu viel rosafarbenen Lidschatten aufgetragen.

»Wo warst du eigentlich die ganze Zeit, Xemerius?«, fragte ich, als ich zurück in den Flur kam. »Nicht zufällig bei . . .?«

»Bei wem?« Xemerius setzte eine empörte Miene auf. »Fragst du mich etwa nach dem, dessen Name nicht genannt werden darf?«

»Hm ja.« Ich hätte nur zu gern gewusst, was Gideon am Abend gemacht hatte. Wie ging es wohl der Wunde an seinem Arm? Und hatte er vielleicht mit jemandem über mich gesprochen? So etwas wie: *»Das ist alles ein großes Missverständnis. Natürlich liebe ich Gwendolyn. Ich habe ihr niemals etwas vorgespielt.«*

»Nee, nee, darauf falle ich nicht herein.« Xemerius breitete seine Flügel aus und flatterte auf den Fußboden. Wie er so vor mir saß, reichte er mir bis knapp übers Knie. »Aber ich war auch gar nicht weg. Ich habe mich hier im Haus gründlich umgesehen. Wenn einer diesen Schatz finden kann, dann ich. Schon, weil sonst niemand von euch in der Lage ist, durch Wände zu gehen. Oder die Kommodenschubladen deiner Großmutter zu durchwühlen, ohne dabei erwischt zu werden.«

»Es muss ja auch irgendwelche Vorteile haben, unsichtbar zu sein«, sagte ich und verzichtete dabei auf den Hinweis, dass Xemerius überhaupt nichts durchwühlen konnte, weil er mit seinen Geisterkrallen nicht mal eine Schublade aufziehen konnte. Kein Geist, den ich bisher kennengelernt hatte, war in der Lage, Gegenstände zu bewegen. Die meisten bekamen nicht mal einen kalten Luftzug auf die Reihe. »Aber du weißt schon, dass wir keinen Schatz suchen, sondern nur einen Hinweis meines Großvaters, der uns irgendwie weiterhelfen soll?«

»Das Haus ist wirklich voll schatztauglichen Krams. Nicht zu reden von all den möglichen Verstecken«, fuhr Xemerius ungerührt fort. »Die Wände im ersten Stock sind zum Teil doppelt gebaut, dazwischen befinden sich Gänge, die definitiv nicht für Leute mit dicken Hinterteilen gedacht sind, so eng, wie die sind.«

»Wirklich?« Diese Gänge hatte ich bisher noch nicht entdeckt. »Und wie kommt man da rein?«

»In den meisten Zimmern sind die Türen einfach übertapeziert worden, aber es befindet sich immer noch ein Eingang im Wandschrank deiner Großtante und ein weiterer hinter dem klobigen Büfett im Esszimmer. Und in der Bibliothek, klassisch hinter einem Drehregal versteckt. Von der Bibliothek gibt es übrigens auch eine Verbindung zum Treppenhaus von Mr Bernhards Wohnung und eine weitere hinauf in den zweiten Stock.«

»Was erklären würde, warum Mr Bernhard immer einfach so aus dem Nichts auftaucht«, murmelte ich.

»Das ist noch nicht alles: Im großen Kaminschacht an der

Wand zu Hausnummer 83 gibt es eine Leiter, auf der man bis aufs Dach klettern kann. Von der Küche aus gelangt man nicht mehr in den Schacht, da ist der Kamin zugemauert, aber im Wandschrank am Ende des Flurs im ersten Stock gibt es eine Klappe, groß genug für den Weihnachtsmann. Oder euren unheimlichen Butler.«

»Oder den Schornsteinfeger.«

»Und erst der Keller!« Xemerius tat, als hätte er meinen Einwurf nicht gehört. »Ob eure Nachbarn wissen, dass es eine Geheimtür zu ihrem Haus gibt? Und dass unter ihrem Keller noch ein Keller existiert? Man darf allerdings keine Angst vor Spinnen haben, wenn man dort nach etwas sucht.«

»Dann suchen wir am besten erst woanders«, sagte ich schnell und vergaß dabei ganz zu flüstern.

»Wenn wir wüssten, wonach wir suchen, wäre es natürlich einfacher.« Xemerius kratzte sich mit einer Hinterpfote am Kinn. »So könnte es im Grunde alles sein: das ausgestopfte Krokodil in den Abseiten, die Flasche Scotch hinter den Büchern in der Bibliothek, das Bündel mit Briefen im Geheimfach des Sekretärs deiner Großtante, die Kiste, die in einem Hohlraum im Mauerwerk steht . . .«

»Eine Kiste im Mauerwerk?«, unterbrach ich ihn. Und was waren Abseiten?

Xemerius nickte. »Oh, ich glaube, du hast deinen Bruder geweckt.«

Ich fuhr herum. Mein zwölfjähriger Bruder Nick stand in der Tür seines Zimmers und fuhr sich mit beiden Händen durch die verstrubbelten roten Haare. »Mit wem redest du, Gwenny?«

»Es ist mitten in der Nacht«, flüsterte ich. »Geh wieder schlafen, Nick.«

Nick schaute mich unschlüssig an und ich sah förmlich, wie er von Sekunde zu Sekunde wacher wurde. »Was ist mit einer Kiste im Mauerwerk?«

»Ich . . . wollte danach suchen, aber ich glaube, es ist besser, ich warte damit, bis es hell ist.«

»Unsinn!«, sagte Xemerius. »Ich sehe im Dunkeln wie . . . sagen wir mal eine Eule. Außerdem kannst du schlecht das Haus durchsuchen, wenn alle wach sind. Es sei denn, du willst noch mehr Gesellschaft.«

»Ich habe eine Taschenlampe«, sagte Nick. »Was ist denn in der Kiste?«

»Ich weiß es nicht genau.« Ich überlegte kurz. »Möglicherweise etwas von Grandpa.«

»Oh«, sagte Nick interessiert. »Und wo ist die Kiste in etwa versteckt?«

Ich sah Xemerius fragend an.

»Ich habe sie seitlich in dem Geheimgang hinter dem fetten, backenbärtigen Mann auf dem Pferd gesehen«, sagte Xemerius. »Aber wer versteckt schon Geheimnisse . . . äh . . . Schätze in einer langweiligen Truhe? Das Krokodil finde ich viel verheißungsvoller. Wer weiß, mit was es ausgestopft ist? Ich bin dafür, dass wir es aufschlitzen.«

Da das Krokodil und ich schon einmal Bekanntschaft geschlossen hatten, war ich dagegen. »Wir schauen zuerst in dieser Kiste nach. Hohlraum klingt schon mal nicht schlecht.«

»Laaaaangweilig!«, krakeelte Xemerius. »Wahrscheinlich

hat da nur einer deiner Vorfahren den Pfeifentabak vor seiner Alten versteckt . . . oder . . .« Offensichtlich war ihm ein Gedanke gekommen, der ihn aufmunterte, denn nun grinste er plötzlich. ». . . oder die zerstückelten Einzelteile eines ungezogenen Dienstmädchens!«

»Die Kiste ist in dem Geheimgang hinter dem Bild von Urururgroßonkel Hugh«, erklärte ich Nick. »Aber . . .«

»Ich hole schnell meine Taschenlampe!« Mein Bruder hatte sich schon umgedreht.

Ich seufzte.

»Was seufzt du denn schon wieder?« Xemerius verdrehte seine Augen. »Kann doch nicht schaden, wenn er mitkommt.« Er breitete seine Flügel aus. »Ich drehe mal schnell meine Runde und schaue, ob der Rest der Familie auch tief und fest schläft. Wir wollen ja nicht von deiner spitznasigen Tante erwischt werden, wenn wir die Diamanten finden.«

»Welche Diamanten?«

»Denk doch mal positiv!« Xemerius flatterte schon davon. »Was hättest du denn lieber? Diamanten oder die verwesten Überreste des ungezogenen Dienstmädchens? Alles eine Frage der Einstellung. Wir treffen uns vor dem dicken Onkel mit dem Gaul.«

»Sprichst du mit einem Geist?« Nick war wieder hinter mir aufgetaucht, schaltete das Flurlicht aus und knipste stattdessen seine Taschenlampe an.

Ich nickte. Nick hatte nie infrage gestellt, dass ich tatsächlich Geister sehen konnte, im Gegenteil. Schon als Vierjähriger (da war ich acht) hatte er mich vehement verteidigt, wenn jemand mir nicht glauben wollte. Tante Glenda zum

Beispiel. Wir bekamen jedes Mal Streit, wenn sie mit uns zu Harrods ging und ich dort mit dem netten uniformierten Türsteher Mr Grizzle sprach. Da Mr Grizzle schon fünfzig Jahre tot war, konnte natürlich niemand so recht Verständnis dafür aufbringen, wenn ich stehen blieb und anfing, über die Windsors zu reden (Mr Grizzle war ein glühender Verehrer der Queen) und den viel zu feuchten Juni (das Wetter war Mr Grizzles zweitliebstes Thema). Manche Leute lachten, manche fanden die Fantasie von Kindern »göttlich« (was sie meist damit unterstrichen, mir durch die Haare zu wuscheln), manche schüttelten einfach den Kopf, aber niemand regte sich so sehr darüber auf wie Tante Glenda. Peinlich berührt pflegte sie mich weiterzuzerren, sie schimpfte, wenn ich die Füße in den Boden stemmte, sie sagte, ich solle mir ein Beispiel an Charlotte nehmen (die übrigens auch damals schon so perfekt war, dass ihr noch nicht mal ein Haarspängchen verrutschte), und – was am Gemeinsten war – sie drohte mit Nachtischentzug. Aber obwohl sie ihre Drohungen auch wahr machte (und ich Desserts in allen Variationen liebte, sogar Pflaumenkompott), brachte ich es einfach nicht übers Herz, an Mr Grizzle vorbeizugehen. Jedes Mal versuchte Nick, mir zu helfen, indem er Tante Glenda anflehte, mich loszulassen, der arme Mr Grizzle habe doch sonst keinen, mit dem er plaudern könne, und jedes Mal setzte Tante Glenda ihn ganz geschickt außer Gefecht, indem sie zuckersüß sagte: »Ach, kleiner Nick, wann wirst du endlich verstehen, dass deine Schwester sich nur wichtigmachen will? Es gibt keine Geister! Oder siehst du hier etwa einen?«

Nick hatte dann immer traurig den Kopf schütteln müssen und Tante Glenda konnte triumphierend lächeln. An dem Tag, an dem sie beschloss, uns niemals wieder mit zu Harrods zu nehmen, hatte Nick überraschend seine Taktik geändert. Winzig und pausbackig, wie er war (ach, er war ja so niedlich als kleiner Junge und er lispelte ganz entzückend!), baute er sich vor Tante Glenda auf und rief: »Weißt du, was Mr Grizzle gerade zu mir gesagt hat, Tante Glenda? Er hat gesagt, du bist eine boshafte, frubierte Hexe!« Natürlich hätte Mr Grizzle so etwas niemals gesagt (dazu war er viel zu höflich und Tante Glenda eine viel zu gute Kundin), aber meine Mum hatte am Abend vorher etwas Ähnliches von sich gegeben. Tante Glenda hatte die Lippen fest zusammengepresst und war mit Charlotte an der Hand einfach davonstolziert. Zu Hause hatte es dann eine ziemlich hässliche Auseinandersetzung mit meiner Mutter gegeben (Mum war sauer, dass wir den Heimweg ganz allein hatten finden müssen, und Tante Glenda hatte glasklar geschlossen, dass die frubierte Hexe aus dem Mund ihrer Schwester gekommen war) und das Ende vom Lied war, dass wir nicht mehr mit Tante Glenda einkaufen gehen durften. Das Wort »frubiert« allerdings benutzen wir bis heute gern.

Als ich älter wurde, hörte ich auf, allen Menschen davon zu erzählen, dass ich Dinge sehen konnte, die sie nicht sahen. Das ist das Klügste, was man tun kann, wenn man nicht für verrückt gehalten werden will. Nur vor meinen Geschwistern und vor Leslie musste ich mich nie verstellen, sie glaubten mir nämlich. Bei Mum und Großtante Maddy war ich mir da nicht ganz sicher, aber wenigstens machten sie sich niemals über mich lustig. Weil Tante Maddy in unregelmäßigen Abständen seltsame Visionen überkamen, wusste sie wahrscheinlich genau, wie man sich fühlte, wenn einem niemand glaubte.

»Ist er nett?«, wisperte Nick. Der Lichtkegel seiner Taschenlampe tanzte über die Stufen.

»Wer?«

»Na, der Geist.«

»Geht so«, murmelte ich wahrheitsgemäß.

»Und wie sieht er aus?«

»Ziemlich niedlich. Aber er denkt, dass er gefährlich ist.« Während wir auf Zehenspitzen hinunter zum zweiten Stockwerk schlichen, das von Tante Glenda und Charlotte bewohnt wurde, versuchte ich, Xemerius zu beschreiben, so gut ich konnte.

»Cool«, flüsterte Nick. »Ein unsichtbares Haustier! Du bist echt zu beneiden!«

»Haustier! Sag das bloß niemals, wenn Xemerius dabei ist.« Halb hoffte ich, meine Cousine durch die Schlafzimmertür hindurch schnarchen zu hören, aber natürlich schnarchte Charlotte nicht. Perfekte Menschen machen im Schlaf keine unschönen Geräusche. Frubierend.

Ein halbes Stockwerk tiefer gähnte mein kleiner Bruder und mich überkam sofort ein schlechtes Gewissen. »Hör mal, Nick, es ist halb vier Uhr morgens und du hast nachher Schule. Mum wird mich umbringen, wenn sie rausfindet, dass ich dich vom Schlafen abhalte.«

»Ich bin kein bisschen müde! Und du bist gemein, wenn du ohne mich weitermachst! Was hat Großvater denn versteckt?«

»Ich habe keine Ahnung – vielleicht ein Buch, in dem er mir alles erklärt. Oder wenigstens einen Brief. Grandpa war Großmeister der Wächter. Er wusste ganz genau über mich und diesen Zeitreisekram Bescheid und er wusste auch, dass es nicht Charlotte war, die das Gen geerbt hatte. Weil ich ihn nämlich höchstpersönlich in der Vergangenheit getroffen und es ihm erzählt habe.«

»Du hast es gut«, flüsterte Nick und setzte fast beschämt hinzu: »Ehrlich gesagt kann ich mich kaum noch an ihn erinnern. Ich weiß nur noch, dass er immer gut gelaunt war und kein bisschen streng, das genaue Gegenteil von Lady Arista. Außerdem hat er immer nach Karamell und etwas komischem Würzigen gerochen.«

»Das war sein Pfeifentabak. – Vorsicht!« Ich konnte Nick gerade noch zurückhalten. Wir hatten mittlerweile den zweiten Stock passiert, aber auf dem Weg in den ersten Stock gab es ein paar garstige Stufen, die gewaltig knarzten. Jahrelanges nächtliches In-die-Küche-Schleichen musste schließlich irgendeinen Lerneffekt haben. Wir umgingen die Stellen und gelangten schließlich zu Urururgroßonkel Hughs Gemälde.

»Okay. Dann wollen wir mal!«

Nick leuchtete unserem Vorfahren mit der Taschenlampe ins Gesicht. »Es ist gemein, dass er sein Pferd Fat Annie genannt hat! Das Tier ist gertenschlank, während er selber aussieht wie ein Mastschwein mit Bart!«

»Ja, das finde ich auch.« Ich tastete hinter dem Rahmen nach dem Riegel, der den Mechanismus der Geheimtür in Gang setzte. Wie immer klemmte er ein bisschen.

»Alle schlafen sie wie satte Babys.« Xemerius landete

schnaufend neben uns auf den Stufen. »Das heißt alle bis auf Mr Bernhard. Der leidet offensichtlich unter Schlafstörungen. Aber keine Sorge, er wird uns nicht in die Quere kommen: Er hat sich in der Küche mit kalten Geflügelwürstchen eingedeckt und sieht sich einen Film mit Clint Eastwood an.«

»Sehr gut.« Mit dem üblichen Quietschen schwenkte das Bild nach vorn und gab den Eingang zu ein paar Stufen zwischen den Mauern frei, die nach nur anderthalb Metern vor einer weiteren Tür endeten. Diese Tür führte in das Badezimmer im ersten Stock und sie war von der Rückseite durch einen bodentiefen Spiegel getarnt. Früher waren wir zum Spaß oft dort durchgelaufen (der Nervenkitzel lag darin, dass man nie wissen konnte, ob nicht gerade jemand das Badezimmer benutzte), aber wofür dieser Geheimgang wirklich gut war, hatte sich uns noch nicht erschlossen. Vielleicht hatte einem unserer Vorfahren einfach die Vorstellung gefallen, jederzeit vom stillen Örtchen verschwinden zu können.

»Und wo befindet sich die Kiste, Xemerius?«, fragte ich.

»Linksch. Zwischen den Mauern.« Ich konnte es im Halbdunkeln nicht genau erkennen, aber es hörte sich an, als würde er sich etwas zwischen den Zähnen herauspulen.

»Xemerius ist aber ein ziemlicher Zungenbrecher«, sagte Nick. »Ich würde ihn Xemi nennen. Oder Merry. Darf ich die Kiste holen?«

»Sie steht links«, sagte ich.

»Schelber Zschungenbrecher«, sagte Xemerius. »*Xschemi* oder *Merry* – dasch hättescht du wohl gern! Ich entschtamme einer langen Ahnenreihe mächtiger Dämonen und unschere Namen . . .«

»Sag mal, hast du was im Mund?«

Xemerius spuckte und schmatzte. »Jetzt nicht mehr. Hab diese Taube gefressen, die auf dem Dach schlief. Blöde Federn.«

»Du kannst nichts essen!«

»Hat von nichts 'ne Ahnung, aber gibt überall ihren Senf dazu«, sagte Xemerius beleidigt. »Und gönnt mir nicht mal ein Täubchen.«

»Du kannst keine Taube essen«, wiederholte ich. »Du bist ein Geist.«

»Ich bin ein *Dämon!* Ich kann alles fressen, was ich will! Einmal habe ich sogar einen ganzen Pfarrer gefressen. Mit Soutane und gestärktem Kragen. Warum guckst du so ungläubig?«

»Pass lieber auf, dass niemand kommt.«

»Hey! Glaubst du mir etwa nicht?«

Nick war bereits die Stufen hinabgeklettert und leuchtete mit seiner Taschenlampe die Mauer ab. »Ich sehe nichts.«

»Die Kiste steht ja auch hinter den Steinen. In einem Hohlraum, du Hohlkopf«, sagte Xemerius. »Und ich lüge nicht! Wenn ich sage, dass ich eine Taube gefressen habe, dann habe ich eine Taube gefressen.«

»Sie steht in einem Hohlraum hinter den Steinen«, informierte ich Nick.

»Von denen sieht aber keiner so aus, als wäre er lose.« Mein kleiner Bruder kniete sich auf den Boden und drückte probeweise die Hände dagegen.

»Halloho, ich spreche mit dir!«, sagte Xemerius. »Ignorierst du mich etwa, Heulsuse?« Als ich nicht antwortete, rief er: »Na gut, es war eine *Geistertaube!* Aber das zählt genauso.«

»Geistertaube – dass ich nicht lache. Selbst wenn es Geistertauben gäbe – und ich habe noch nie eine gesehen –, dann könntest du sie nicht fressen: Geister können einander nicht töten.«

»Die sitzen alle bombenfest, diese Steine«, erklärte Nick.

Xemerius schnaubte ärgerlich. »Erstens: Auch Tauben können hin und wieder beschließen, als Geist auf der Erde zu bleiben, weiß der Himmel, warum. Vielleicht haben sie noch eine Rechnung mit einer Katze offen. Und erklär mir doch bitte zweitens mal, wie du eine Geistertaube von den anderen unterscheiden kannst! Und drittens: Mit ihrem Geisterleben ist es vorbei, wenn ich sie fresse. Denn ich bin kein gewöhnlicher Geist, sondern – ich weiß nicht, wie oft ich das schon gesagt habe – ein *Dämon.* Mag sein, dass ich in eurer Welt nicht viel ausrichten kann, aber in der Geisterwelt bin ich eine ziemlich große Nummer. Wann wirst du das endlich kapieren?«

Nick stellte sich wieder hin und trat ein paar Mal gegen die Wand. »Nee, da ist nichts zu machen.«

»Schschscht! Hör auf damit, das ist zu laut.« Ich zog meinen Kopf aus dem Gang und sah Xemerius vorwurfsvoll an. »Na toll, du große Nummer. Und nun?«

»Was denn? Ich habe kein Wort von losen Steinen gesagt.«

»Und wie sollen wir da jetzt rankommen?«

Die Antwort »Mit Hammer und Meißel« war durchaus einleuchtend. Nur dass es nicht Xemerius war, der sie gab, sondern Mr Bernhard. Ich erstarrte vor Schreck. Da stand er, nur einen Meter über mir. Im Halbdunkel konnte ich seine gold-gefasste Eulenbrille funkeln sehen. Und seine Zähne. Konnte es sein, dass er lächelte?

»Ach, du Scheiße!« Xemerius spuckte vor Aufregung einen Schluck Wasser auf den Treppenläufer. »Der muss die Würst-chen ja inhaliert haben. Oder der Film war Mist. Auf Clint Eastwood ist einfach kein Verlass mehr.«

Leider war ich unfähig, etwas anderes herauszubringen als: »Ww-was?«

»Hammer und Meißel wären die richtige Wahl«, wieder-holte Mr Bernhard seelenruhig. »Aber ich schlage vor, dass Sie dieses Unternehmen auf später verschieben. Schon um die Nachtruhe der anderen Bewohner nicht zu stören, wenn Sie die Truhe aus ihrem Versteck holen. Ah, da ist ja auch Master Nick.« Er schaute ins Licht von Nicks Taschenlampe, ohne zu blinzeln. »Barfuß! Sie werden sich erkälten.« Er sel-ber trug Pantoffeln und einen eleganten Bademantel mit aufgesticktem Monogramm. W. B. (Walter? Willy? Wigand? Für mich war Mr Bernhard immer ein Mann ohne Vorna-men gewesen.)

»Woher wissen Sie denn, dass wir eine Kiste suchen?«, frag-te Nick. Sein Tonfall war recht forsch, aber an seinen weit aufgerissenen Augen konnte ich erkennen, dass er genauso erschrocken und verdutzt war wie ich.

Mr Bernhard rückte die Brille gerade. »Nun, vermutlich, weil ich diese – tss – *Kiste* höchstpersönlich dort eingemauert habe. Es handelt sich um eine Truhe mit kostbaren Intarsien-schnitzereien, eine Antiquität aus dem frühen 18. Jahrhun-dert, die Ihrem Großvater gehört hat.«

»Und was ist drin?«, fragte ich, endlich wieder fähig zu sprechen.

Mr Bernhard sah mich tadelnd an. »Es stand mir selbstverständlich nicht zu, danach zu fragen. Ich habe die Truhe hier lediglich im Auftrag Ihres Großvaters versteckt.«

»Das kann er mir nicht weismachen«, sagte Xemerius mürrisch. »Wo er doch sonst überall seine neugierige Nase hineinsteckt. Und sich anschleicht, wenn er einen vorher mit Geflügelwürstchen in Sicherheit gewiegt hat. Aber das ist allein deine Schuld, ungläubiger Zimmerbrunnen! Wenn du mir nicht unterstellt hättest zu lügen, hätte er uns nicht überraschen können, der senile Bettflüchter.«

»Ich helfe Ihnen selbstverständlich gern, die Truhe dort wieder herauszuholen«, fuhr Mr Bernhard fort. »Bevorzugt aber heute Abend, wenn Ihre Großmutter und Ihre Tante zum Treffen der Rotary-Club-Damen unterwegs sind. Deshalb würde ich jetzt vorschlagen, dass wir alle zu Bett gehen, schließlich müssen Sie nachher noch zur Schule.«

»Ja, klar, und in der Zwischenzeit haut er das Ding selber aus der Wand«, sagte Xemerius. »Dann reißt er sich die Diamanten unter den Nagel und legt uns ein paar alte Walnüsse in die Kiste. Kennt man doch.«

»Blödsinn«, murmelte ich. Wenn Mr Bernhard darauf aus gewesen wäre, hätte er es längst tun können, denn außer ihm wusste ja niemand von der Kiste. Was zur Hölle konnte darin sein, dass Grandpa sie im eigenen Haus hatte einmauern lassen?

»Warum wollen Sie uns helfen?«, fragte Nick, wobei er den Fragen, die ich auf der Zunge hatte, auf recht plumpe Art und Weise zuvorkam.

»Weil ich gut mit Hammer und Meißel umgehen kann«, sagte Mr Bernhard. Noch leiser setzte er hinzu: »Und weil Ihr Großvater bedauerlicherweise nicht hier sein kann, um Miss Gwendolyn zur Seite zu stehen.«

Plötzlich war mein Hals wieder wie zugeschnürt und ich musste mit den Tränen kämpfen. »Danke«, murmelte ich.

»Freuen Sie sich nicht zu früh. Der Schlüssel zur Truhe ist . . . verloren gegangen. Und ich weiß nicht, ob ich es übers Herz bringen werde, das wertvolle Stück mit einem Brecheisen zu misshandeln.« Mr Bernhard seufzte.

»Das heißt, Sie werden unserer Mum und Lady Arista nichts davon sagen?«, fragte Nick.

»Nicht, wenn Sie jetzt sofort ins Bett gehen.« Wieder sah ich im Halbdunkeln seine Zähne schimmern, bevor er sich umdrehte und die Treppe wieder hinaufschritt. »Gute Nacht. Versuchen Sie, noch ein bisschen zu schlafen.«

»Gute Nacht, Mr Bernhard«, murmelten Nick und ich.

»Alter Halunke«, sagte Xemerius. »Glaub bloß nicht, dass ich dich aus den Augen lassen werde!«

Der Kreis des Blutes Vollendung findet,
Der Stein der Weisen die Ewigkeit bindet.
Im Kleid der Jugend wächst neue Kraft,
Bringt dem, der den Zauber trägt, unsterbliche Macht.

Doch achte, wenn der zwölfte Stern geht auf,
Das Schicksal des Irdischen nimmt seinen Lauf.
Die Jugend schmilzt, die Eiche ist geweiht
Dem Untergang in Erdenzeit.

Nur wenn der zwölfte Stern erbleicht,
Der Adler auf ewig sein Ziel erreicht.
Drum wisse, ein Stern verglüht vor Liebe gequält,
Wenn sein Niedergang ist frei gewählt.

Aus den Geheimschriften des Grafen von Saint Germain

2.

Also?« Unsere Klassenkameradin Cynthia hatte sich mit in die Seiten gestemmten Ellenbogen vor uns aufgebaut und versperrte den Weg hinauf in den ersten Stock. Die Schüler, die sich rechts und links an uns vorbeischieben mussten, beschwerten sich über den Stau. Cynthia ließ das vollkommen kalt. Sie zwirbelte die hässliche Krawatte, die zur Schuluniform von Saint Lennox gehörte, zwischen ihren Fingern und hatte eine strenge Miene aufgesetzt. »Wie kann man sich eure Kostüme vorstellen?« Ihr Geburtstag stand am Wochenende an und sie hatte uns zu ihrer alljährlichen Kostümparty eingeladen.

Leslie schüttelte genervt den Kopf. »Weißt du, dass du immer verschrobener wirst, Cyn? Ich meine, du warst früher schon seltsam, aber in letzter Zeit wird es wirklich auffällig. Man fragt doch seine Gäste nicht, was sie zur Party anziehen werden!«

»Genau! Nicht, dass du am Ende allein feiern musst.« Ich versuchte, mich seitlich an Cynthia vorbeizuschummeln. Aber ihre Hand fuhr blitzschnell vor und schnappte nach meinem Arm.

»Ich denke mir jedes Mal die interessantesten Mottos aus und dann gibt es diese Spielverderber, die sich nicht daran halten«, sagte sie. »Ich erinnere nur an *Karneval der Tiere*. An die Leute, die mit einer Feder im Haar aufkreuzten und behaupteten, sie stellten ein Huhn dar! Ja, da kannst du ruhig schuldbewusst gucken, Gwenny. Ich weiß noch genau, wessen Idee das war.«

»Es hat ja nicht jeder eine Mum, deren Hobby es ist, Elefantenmasken aus Pappmaschee zu basteln«, sagte Leslie, während ich nur schlecht gelaunt »wir müssen weiter« murmelte. Ich verkniff mir hinzuzufügen, wie scheißegal mir Cynthias Party im Moment war. Vermutlich sah man mir das ohnehin an.

Der Griff um meinen Arm wurde nur noch fester. »Und wisst ihr noch bei *Barbies Beachparty?*« Cynthia lief offensichtlich in Erinnerung an diese Party ein Schauer über den Rücken – zu Recht, nebenbei bemerkt – und sie holte tief Luft. »Dieses Mal möchte ich auf Nummer sicher gehen. *Es grünt so grün* ist ein wunderbares Motto und ich lasse es mir von niemandem kaputtmachen. Damit wir uns richtig verstehen: Grüner Nagellack oder ein grünes Halstuch reichen da nicht aus.«

»Würdest du zur Seite gehen, wenn ich dir ein blaues Auge schlüge?«, knurrte ich. »Bis zur Party ist es bestimmt grün.«

Cynthia tat, als hörte sie mich nicht. »Ich zum Beispiel werde als viktorianisches Blumenmädchen Eliza Doolittle gehen. Sarah hat ein geniales Paprikaschoten-Kostüm – wobei ich noch nicht genau weiß, was sie macht, wenn sie mal aufs Klo muss. Gordon kommt als Gänseblümchenwiese, von Kopf bis Fuß in Kunstrasen.«

»Cyn. . .« Leider ließ sie sich nicht beiseiteschieben.

»Und Charlotte lässt sich eigens ein Kostüm bei einer Schneiderin anfertigen. Aber ihre Verkleidung ist noch ein Geheimnis. Nicht wahr, Charlotte?«

Meine Cousine Charlotte, eingekeilt zwischen Fünftklässlern, versuchte stehen zu bleiben, wurde aber unbarmherzig von der Schülermeute die Treppe nach oben geschoben. »Na ja, besonders schwer zu erraten ist es eigentlich nicht. Ich sage nur: Tüll in sieben verschiedenen Grüntönen. Und wie es aussieht, erscheine ich in Begleitung von König Oberon.« Den letzten Satz musste sie über ihre Schulter rufen. Dabei schaute sie mich an und lächelte merkwürdig. Das hatte sie schon am Frühstückstisch getan. Ich war kurz davor gewesen, eine Tomate nach ihr zu werfen.

»Brave Charlotte«, sagte Cynthia zufrieden. »Kommt in Grün *und* in männlicher Begleitung. Das sind mir die liebsten Gäste.«

Charlottes männliche Begleitung war doch nicht etwa . . . – nein, ausgeschlossen. Gideon würde sich niemals spitze Ohren ankleben. Oder doch? Ich sah Charlotte hinterher, die sich selbst im Gedrängel wie eine Königin bewegte. Sie hatte ihre glänzenden roten Haare in einer Art Retro-Style-Flechtfrisur gebändigt und die Mädchen aus den unteren Klassenstufen starrten sie alle mit dieser Mischung aus Abscheu und Bewunderung an, die nur von echtem Neid hervorgerufen wird. Wahrscheinlich würde es morgen auf dem Schulhof von niedlichen Flechtfrisuren nur so wimmeln.

»Also: Als was und mit wem werdet ihr kommen?«, fragte Cynthia.

»Als Marsmenschen, oh beste Gastgeberin aller Zeiten«,

antwortete Leslie mit einem resignierten Seufzer. »Und wen wir mitbringen, ist noch eine Überraschung.«

»Oh. Okay.« Cynthia ließ meinen Arm los. »Marsmenschen. Nicht schön, aber originell. Wehe, ihr überlegt es euch anders.« Ohne sich zu verabschieden, steuerte sie auf das nächste Opfer zu. »Katie! Hallo! Stehen bleiben! Es geht um meine Party!«

»Marsmenschen?«, wiederholte ich, während ich routinemäßig meinen Blick zu der Nische schweifen ließ, in der James, der schuleigene Geist, für gewöhnlich lehnte. Heute Morgen war die Nische leer.

»Irgendwie mussten wir sie ja loswerden«, sagte Leslie. »Party! Tsss, wer kann sich schon mit so was beschäftigen?«

»Höre ich da was von Party? Ich bin dabei.« Gideons Bruder Raphael war hinter uns aufgetaucht und schob sich wie selbstverständlich zwischen uns, wobei er sich bei mir einhakte und Leslie den Arm um die Taille legte. Seine Krawatte war äußerst merkwürdig gebunden. Genau genommen hatte er einfach einen Doppelknoten hineingemacht. »Und ich dachte schon, ihr Engländer haltet nicht so viel vom Feiern. Wenn man allein an diese Sperrstunden in den Pubs denkt.«

Leslie machte sich energisch los. »Leider muss ich dich enttäuschen. Cynthias alljährliche Kostümparty hat mit Partymachen nichts zu tun. Es sei denn, du magst Partys, bei denen die Eltern das Buffet bewachen, damit niemand etwas Alkoholisches in die Getränke oder über den Nachtisch kippt.«

»Na ja, aber dafür spielen sie auch immer gaaaanz lustige Spiele mit uns«, verteidigte ich Cynthias Eltern. »Und meistens sind sie auch die Einzigen, die tanzen.« Ich betrachtete Raphael von der Seite und sah schnell wieder weg, weil sein Profil so sehr dem seines Bruders ähnelte. »Ehrlich gesagt wundert es mich, dass Cyn dich noch nicht eingeladen hat.«

»Doch, hat sie.« Raphael seufzte. »Ich habe gesagt, dass ich leider schon eine Verabredung hätte. Ich hasse Motto-Partys mit Kostümzwang. Aber wenn ich gewusst hätte, dass ihr beiden auch kommt . . .«

Ich wollte gerade anbieten, seine Krawatte richtig zu binden (die Schulordnung war, was das anging, ziemlich streng), da legte er seinen Arm erneut um Leslies Taille und sagte fröhlich: »Hast du Gwendolyn erzählt, dass wir den Schatz aus eurem Mystery-Spiel lokalisiert haben? Hat sie ihn schon gefunden?«

»Ja«, erwiderte Leslie knapp. Mir fiel auf, dass sie sich dieses Mal nicht losmachte.

»Und wie geht das Spiel jetzt weiter, *Mignonne?*«

»Eigentlich ist es kein . . .«, begann ich, aber Leslie fiel mir ins Wort.

»Es tut mir leid, Raphael, aber du kannst nicht mehr mitspielen«, sagte sie kühl.

»Wie bitte? Also, das finde ich nicht gerade fair!«

Ich fand es auch nicht fair. Schließlich spielten wir überhaupt kein Spiel, aus dem wir den armen Raphael ausschließen konnten. »Leslie meint nur, dass . . .«

Leslie unterbrach mich erneut. »Tja, das Leben ist nun mal nicht fair«, sagte sie, wenn möglich noch kühler. »Bedank dich dafür bei deinem Bruder. Wie du ganz bestimmt weißt, stehen wir in diesem *Spiel* auf unterschiedlichen Seiten. Und wir können nicht riskieren, dass du irgendwelche Informationen an Gideon weitergibst. Der, nebenbei bemerkt, ein riesengroßes A. . . kein besonders netter Mensch ist.«

»Leslie!« War sie denn von allen guten Geistern verlassen?

»*Pardon?* Diese Schatzsuche hat etwas mit meinem Bruder und den Zeitreisen zu tun?« Raphael hatte uns alle beide losgelassen und war wie angewurzelt stehen geblieben. »Und darf ich mal fragen, was er euch getan hat?«

»Jetzt tu bloß nicht so überrascht«, sagte Leslie. »Gideon und du, ihr werdet doch wohl über alles reden.« Sie zwinkerte mir zu. Ich konnte nur perplex zurückstarren.

»Nein, das tun wir nicht!«, rief Raphael. »Wir haben ja kaum Zeit füreinander! Gideon ist ständig in geheimen Missionen unterwegs. Und wenn er mal zu Hause ist, brütet er über geheimen Unterlagen oder er starrt geheime Löcher in die Decke. Oder noch schlimmer: Charlotte kreuzt auf und nervt rum.« Er machte ein so unglückliches Gesicht, dass ich ihn am liebsten in den Arm genommen hätte, vor allem, als er leise hinzufügte: »Ich dachte, wir wären Freunde. Gestern Nachmittag hatte ich den Eindruck, wir würden uns wirklich gut verstehen.«

Leslie – oder sollte ich besser sagen »meine Freundin, der Kühlschrank«? – zuckte lediglich mit den Schultern. »Ja, das war nett gestern. Aber mal ehrlich, wir kennen uns kaum. Da kann man doch nicht gleich von Freundschaft reden.«

»Du hast mich also nur ausgenutzt, um diese Koordinaten zu bestimmen«, sagte Raphael und sah Leslie prüfend an, wahrscheinlich in der Hoffnung, sie würde ihm widersprechen.

»Wie gesagt, das Leben ist nicht immer fair.« Für Leslie war die Angelegenheit damit offensichtlich beendet. Sie zog mich weiter. »Gwen, wir müssen uns beeilen«, sagte sie. »Heute verteilt Mrs Counter die Themen für die Referate. Und ich hab nicht vor, über die Ausdehnung des östlichen Gangesdeltas recherchieren zu müssen.«

Ich sah mich nach Raphael um, der einigermaßen verdattert dreinschaute. Er versuchte, die Hände in die Hosentaschen zu stecken, und musste dabei feststellen, dass die Schuluniform gar keine Hosentaschen besaß.

»Ach, Les, sieh doch nur!«, sagte ich.

». . . und auch nichts mit unaussprechlichen ethnischen Völkergruppen.«

Ich packte sie am Arm, so wie Cynthia vorher mich gepackt hatte. »Was ist los mit dir, Sonnenscheinchen?«, flüsterte ich. »Warum musstest du Raphael so vor den Kopf stoßen? Ist das ein Teil von einem Plan, den ich noch nicht kenne?«

»Ich bin nur vorsichtig.« Leslie sah an mir vorbei auf das Schwarze Brett. »Oh wie schön! Sie bieten eine neue AG an, Schmuckdesign! Apropos Schmuck!« Sie nestelte an ihrer Bluse und zog ein Kettchen heraus. »Sieh mal: Ich trage den Schlüssel, den du mir von deiner Zeitreise mitgebracht hast, als Anhänger. Ist das nicht cool? Ich sage allen, es handele sich um den Schlüssel zu meinem Herzen.«

Ihr Ablenkungsmanöver zog bei mir nicht. »Leslie, Raphael kann doch nichts dafür, dass sein Bruder ein Mistkerl ist. Und ich glaube ihm, dass er von Gideons Geheimnissen keine Ahnung hat. Er ist neu in England und an der Schule und er kennt niemanden . . .«

»Er wird bestimmt genügend Leute finden, die sich mit Freuden um ihn kümmern werden.« Leslie starrte weiter hartnäckig an mir vorbei. Auf ihrer Nase tanzten die Sommersprossen. »Du wirst sehen: Morgen hat er mich schon längst vergessen und nennt eine andere *Mignonne.*«

»Ja, aber . . .« Erst als ich die verräterische Röte in Leslies Gesicht sah, ging mir ein Licht auf. »Oh, ich verstehe! Dein abweisendes Verhalten hat gar nichts mit Gideon zu tun! Du hast nur Schiss, dich in Raphael zu verlieben!«

»Quatsch. Er ist überhaupt nicht mein Typ!«

Aha. Das sagte alles. Schließlich war ich ihre beste Freundin und kannte Leslie seit Ewigkeiten. Wobei sie mit ihrer Antwort nicht mal Cynthia auf die falsche Fährte gelockt hätte.

»Komm schon, Les. Wem willst du hier etwas vormachen?« Ich musste lachen.

Leslie wandte den Blick endlich von den Ankündigungen und sah mich grinsend an. »Und wennschon! Wir können es uns im Augenblick nicht leisten, beide unter hormoneller Gehirnaufweichung zu leiden. Es reicht doch wohl, dass eine von uns nicht mehr zurechnungsfähig ist.«

»Vielen Dank.«

»Ist doch wahr! Weil du nur mit Gideon beschäftigt bist, realisierst du einfach nicht den Ernst der Lage. Du brauchst jemanden, der klar denken kann, und das bin ich. Ich werde mich nicht von diesem Franzosen einwickeln lassen, so viel steht fest.«

»Ach, Les!« Ich fiel ihr spontan um den Hals. Niemand, niemand, *niemand* auf der Welt hatte so eine wunderbare, verrückte, kluge Freundin wie ich. »Wie schrecklich wäre das, wenn du meinetwegen darauf verzichten müsstest, glücklich verliebt zu sein.«

»Jetzt übertreib doch nicht gleich wieder so.« Leslie prustete mir ins Ohr. »Wenn der Typ nur halbwegs nach seinem Bruder kommt, hätte er mir spätestens nach einer Woche das Herz gebrochen.«

»Na und?«, sagte ich und gab ihr einen Klaps. »Das ist doch aus Marzipan und kann immer wieder neu geformt werden!«

»Mach dich nicht lustig darüber. Die Marzipanherzen sind eine Metapher, auf die ich wirklich stolz bin.«

»Na klar. Eines Tages wirst du in Kalendern auf der ganzen Welt zitiert werden«, sagte ich. »*Herzen können gar nicht brechen, weil sie nämlich aus Marzipan sind.* Metapher der weisen Leslie Hay.«

»Leider falsch«, sagte eine Stimme neben uns. Sie gehörte unserem Englischlehrer, Mr Whitman, der auch an diesem Morgen für einen Lehrer viel zu gut aussah.

»Was verstehen Sie schon von der Konsistenz weiblicher Herzen?«, hätte ich gern gefragt, aber Mr Whitman gegenüber hielt man sich besser zurück. Genau wie Mrs Counter verteilte er gern Extra-Hausarbeiten zu exotischen Themen und so lässig er aussah, so unerbittlich konnte er auch sein.

»Was bitte schön ist falsch?«, fragte Leslie, jede Vorsicht in den Wind blasend.

Er sah uns kopfschüttelnd an. »Ich dachte, wir hätten die Unterschiede zwischen Metaphern, Vergleichen, Symbolen und Bildern zur Genüge besprochen. Man kann die Redensart mit dem gebrochenen Herzen von mir aus zu den Metaphern zählen, aber das Marzipan ist ganz klar was?«

Wen zur Hölle interessierte das? Und seit wann begann der Unterricht schon im Flur? »Ein Symbol . . . äh . . . Vergleich?«, fragte ich.

Mr Whitman nickte. »Wenn auch ein ziemlich schlechter«, sagte er lachend. Dann wurde sein Gesicht wieder ernst. »Du siehst müde aus, Gwendolyn. Die ganze Nacht wach gelegen, gegrübelt und die Welt nicht mehr verstanden, nicht wahr?«

Na aber . . . das ging ihn doch nun wirklich nichts an. Und seinen mitleidigen Tonfall konnte er sich auch schenken.

Er seufzte. »Das ist wohl alles ein bisschen viel für dich.« Er fingerte an seinem Siegelring herum, der ihn als Mitglied der Wächter auswies. »Was zu erwarten war. Vielleicht sollte dir Dr. White etwas verschreiben, das dir wenigstens nachts Ruhe verschafft.« Meinen pikierten Blick quittierte er mit einem aufmunternden Lächeln, bevor er sich umdrehte und vor uns her zu unserem Klassenraum ging.

»Habe ich mich verhört oder hat Mr Whitman gerade vorgeschlagen, mir Schlafmittel zu verabreichen?«, erkundigte ich mich bei Leslie. »Gleich nachdem er gesagt hat, ich sähe scheiße aus, meine ich.«

»Ja, das könnte ihm wohl so passen!«, schnaubte Leslie. »Tagsüber eine Marionette der Wächter, nachts betäubt, damit du bloß nicht auf dumme Gedanken kommst. Aber nicht mit uns.« Energisch strich sie sich eine Haarsträhne aus dem Gesicht. »Denen werden wir zeigen, dass sie dich gnadenlos unterschätzen.«

»Äh«, machte ich, aber Leslie sah mich grimmig entschlossen an.

»Masterplan erstellen, erste Pause, Mädchenklo.«

»Zu Befehl«, sagte ich.

Mr Whitman hatte übrigens unrecht: Ich sah gar nicht müde aus (das hatte ich in den Pausen mehrfach im Spiegel auf dem Mädchenklo überprüft), seltsamerweise fühlte ich mich noch nicht mal so. Nach unserer nächtlichen Schatzsuchaktion war ich ziemlich schnell wieder eingeschlafen und von Albträumen verschont geblieben. Vielleicht hatte ich sogar etwas Schönes geträumt, denn in den magischen Sekunden zwischen Schlafen und Erwachen hatte ich mich zuversichtlich und voller Hoffnung gefühlt. Mit dem endgültigen Wachwerden allerdings hatten sich die traurigen Fakten wieder in mein Bewusstsein geschoben, allen voran: *Gideon hat mir nur etwas vorgespielt.*

Aber ein bisschen von dieser Hoffnungsstimmung hatte sich bis in den Tag hinübergerettet. Vielleicht lag es daran, dass ich endlich mal ein paar Stunden am Stück geschlafen hatte, oder womöglich war mir auch im Traum nur klar geworden, dass Schwindsucht mittlerweile heilbar war. Oder meine Tränendrüsen waren einfach leer.

»Meinst du, es könnte sein, dass Gideon zwar geplant hatte, mich in sich verliebt zu machen, sich dann aber tatsächlich – sozusagen aus Versehen – in mich verliebt hat?«, fragte ich Leslie vorsichtig, als wir nach dem Unterricht unsere Sachen zusammenpackten. Den ganzen Vormittag hatte ich das Thema – zugunsten eines klaren Kopfes während des Schmiedens unseres Masterplans – gemieden, aber jetzt musste ich einfach darüber reden, sonst wäre ich geplatzt.

»Ja«, sagte Leslie nach kurzem Zögern.

»Wirklich?«, fragte ich überrascht.

»Vielleicht war es ja das, was er dir gestern unbedingt noch sagen wollte. Bei Filmen regen wir uns doch immer so furchtbar über diese künstlichen Missverständnisse auf, die vor dem Happy End noch mal für Spannung sorgen sollen. Und die eigentlich mit ein bisschen Kommunikation aus der Welt geschafft werden könnten.«

»Genau! Das ist die Stelle, an der du immer schreist: *Sag's ihm doch einfach, du dämliche Kuh!*«

Leslie nickte. »Aber im Film kommt immer etwas dazwischen. Der Hund hat das Telefonkabel durchgebissen, die fiese Gegenspielerin gibt die Nachricht nicht weiter, die Mutter behauptet, man sei nach Kalifornien gezogen . . . du weißt schon!« Sie reichte mir ihre Haarbürste und betrachtete mich prüfend. »Weißt du, je mehr ich darüber nachdenke, desto unwahrscheinlicher erscheint es mir, dass er sich *nicht* in dich verliebt haben könnte.«

Vor lauter Erleichterung bekam ich feuchte Augen. »Dann wäre er zwar immer noch ein Mistkerl, aber . . . ich glaube, das könnte ich ihm verzeihen.«

»Ich auch«, sagte Leslie und strahlte mich an. »Ich habe wasserfeste Wimperntusche und Lipgloss dabei – willst du?«

Schaden konnte es jedenfalls nicht.

Als wir den Klassenraum verließen, waren wir wieder einmal die Letzten. Ich war jetzt so gut gelaunt, dass Leslie sich verpflichtet fühlte, mir den Ellenbogen in die Rippen zu stoßen. »Ich will deinen Enthusiasmus wirklich nicht ausbremsen, aber es könnte auch sein, dass wir falschliegen. Weil wir zu viele romantische Filme gesehen haben.«

»Ja, weiß ich doch«, sagte ich. »Oh, da ist James.« Ich blickte mich um. Die meisten Schüler waren schon auf dem Weg nach draußen, sodass sich nur wenige wundern mussten, warum ich mit einer Nische sprach.

»Hallo, James!«

»Guten Tag, Miss Gwendolyn.« Wie immer trug er einen geblümten Gehrock, Kniebundhosen und cremeweiße Strümpfe. Seine Füße steckten in Brokatschuhen mit silbernen Schnallen und sein Halstuch war so kunstvoll und kompliziert gebunden, dass er es unmöglich selber gemacht haben konnte. Am befremdlichsten waren die Lockenperücke, die Puderschicht in seinem Gesicht und die aufgeklebten Leberflecken, die er aus nicht ganz nachvollziehbaren Gründen »Schönheitspflästerchen« nannte. Ohne den ganzen Kram und in vernünftigen Klamotten hätte James wahrscheinlich ziemlich gut ausgesehen.

»Wo warst du denn heute Vormittag, James? Wir waren für die zweite Pause verabredet, weißt du nicht mehr?«

James schüttelte den Kopf. »Ich hasse dieses Fieber. Und ich mag diesen Traum nicht – hier ist alles so . . . *hässlich!*« Er seufzte schwer und zeigte hinauf zur Decke. »Ich frage mich, welche Banausen die Fresken überstrichen haben. Mein Vater hat ein Vermögen dafür ausgegeben. Ich mag die Schäferin in der Mitte sehr, sie ist ausgesprochen meisterlich gemalt, auch wenn meine Mutter immer sagt, sie sei zu freizügig gekleidet.« Missmutig betrachtete er zuerst mich, dann Leslie, wobei sein Blick besonders lange am Plisseerock unserer Schuluniform und unseren Knien hängen blieb. »Wenn meine Mutter allerdings wüsste, wie die Personen in meinem Fiebertraum gekleidet wären – sie wäre entsetzt! Ich bin ja selber entsetzt. Nie im Leben hätte ich mir eine solch entartete Fantasie zugetraut.«

James schien heute einen besonders schlechten Tag zu haben. Wenigstens hatte Xemerius (den James hasste!) es vorgezogen, zu Hause zu bleiben. (Um den Schatz und Mr Bernhard im Auge zu behalten, wie er behauptete. Ich dagegen vermutete insgeheim, dass er Tante Maddy wieder beim Lesen über die Schulter schauen wollte, der Schmöker, den sie gerade las, schien es ihm angetan zu haben.)

»Entartet! Was für ein charmantes Kompliment, James«, sagte ich milde. Ich hatte es längst aufgegeben, James zu erklären, dass er nicht träumte, sondern seit ungefähr zweihundertdreißig Jahren tot war. Vermutlich hört niemand so etwas gern.

»Vorhin hat Doktor Barrow mich wieder zur Ader gelassen und ich konnte sogar ein paar Schlucke trinken«, fuhr er fort. »Ich hatte gehofft, dieses Mal etwas anderes zu träumen – aber . . . tja, hier bin ich wieder.«

»Und das ist auch gut so«, sagte ich warm. »Du würdest mir nämlich sehr fehlen.«

James rang sich ein Lächeln ab. »Na ja, ich müsste lügen, wenn ich behauptete, dass ich Euch nicht auch auf gewisse Weise in mein Herz geschlossen hätte. Sollen wir jetzt mit dem Anstandsunterricht fortfahren?«

»Leider haben wir keine Zeit mehr. Aber morgen wieder, ja?« Auf der Treppe drehte ich mich noch einmal um. »Ach,

James? Im Jahr 1782, im September, wie hieß da dein Lieblingspferd?«

Zwei Jungs, die einen Tisch mit einem Overheadprojektor durch den Flur schoben, blieben stehen und Leslie kicherte, als beide gleichzeitig »Meinst du mich?« fragten.

»Letztes Jahr im September?«, fragte James. »Hector, natürlich. Er wird auch immer mein Lieblingspferd bleiben. Der prächtigste Grauschimmel, den du dir vorstellen kannst.«

»Und was ist deine Lieblingsspeise?«

Die Jungs mit dem Overheadprojektor sahen mich an, als hätte ich den Verstand verloren. Auch James runzelte die Stirn. »Was sind denn das für Fragen? Im Augenblick habe ich absolut keinen Appetit.«

»Na, das hat auch noch bis morgen Zeit. Wiedersehen, James.«

»Ich heiße Finley, verrückte Schnalle«, sagte einer der Overheadprojektorschieber und der andere grinste und sagte: »Und ich bin Adam, aber hey! Ich nehme das nicht so genau. Du kannst mich auch James nennen.«

Ich ignorierte alle beide und hakte mich bei Leslie unter.

»Erdbeeren!«, rief James uns hinterher. »Erdbeeren sind meine absolute Leibspeise!«

»Was sollte das?«, wollte Leslie auf dem Weg nach unten wissen.

»Wenn ich James auf diesem Ball treffe, will ich ihn vor einer Ansteckung mit Pocken warnen«, erklärte ich ihr. »Er ist gerade mal einundzwanzig Jahre alt geworden. Zu jung, um zu sterben, meinst du nicht?«

»Ich frage mich, ob man sich in so etwas einmischen sollte«, sagte Leslie. »Du weißt schon – Schicksal, Bestimmung und so.«

»Na, aber irgendeinen Grund muss es doch haben, dass er hier immer noch herumgeistert. Vielleicht ist es meine Bestimmung, ihm zu helfen.«

»Weswegen musst du noch einmal auf diesen Ball?«, erkundigte sich Leslie.

Ich zuckte mit den Schultern. »Angeblich hat das der Graf von Saint Germain in diesen bekloppten Annalen bestimmt. Um mich besser kennenzulernen oder so.«

Leslie zog die Augenbraue hoch. »Oder so.«

Ich seufzte. »Wie auch immer. Der Ball findet im September 1782 statt, aber krank wird James erst im Jahr 1783. Wenn es mir gelingt, ihn zu warnen, könnte er zum Beispiel aufs Land fahren, wenn die Krankheit ausbricht. Oder sich wenigstens von diesem Lord Dingens fernhalten. Warum grinst du so?«

»Du willst ihm sagen, dass du aus der Zukunft kommst und weißt, dass er sich demnächst mit Pocken infizieren wird? Und als Beweis dafür nennst du ihm dann den Namen seines Lieblingspferdes?«

»Äh . . . na ja, der Plan ist noch nicht ganz ausgereift.«

»Besser wäre eine Impfung«, sagte Leslie und stieß die Tür zum Schulhof auf. »Dürfte aber auch nicht gerade einfach sein.«

»Nein. Aber was ist schon einfach dieser Tage?«, sagte ich und stöhnte. »Oh, verdammt!« Charlotte stand neben der wartenden Limousine, die mich wie jeden Tag zum Hauptquartier der Wächter bringen sollte. Und das konnte nur eins bedeuten: Ich sollte wieder mit Menuetten, Knicksen und der Belagerung von Gibraltar gefoltert werden. Nützliches Wissen für einen Ball im Jahr 1782, zumindest nach Ansicht der Wächter.

Merkwürdigerweise ließ mich das heute ziemlich kalt. Vielleicht, weil ich zu aufgeregt war, was meine Begegnung mit Gideon anging.

Leslie kniff die Augen zusammen. »Wer ist denn das Kerlchen neben Charlotte?« Sie zeigte auf den rothaarigen Mr Marley, ein Adept ersten Grades, der sich außer durch seinen Titel vor allem durch seine Fähigkeit auszeichnete, bis über beide Ohren zu erröten. Er stand neben Charlotte und zog seinen Kopf ein.

Ich erklärte Leslie, wer er war. »Ich glaube, er hat Angst vor Charlotte«, fügte ich hinzu, »aber irgendwie findet er sie auch ganz toll.«

Charlotte hatte uns entdeckt und winkte ungeduldig zu uns herauf.

»Auf jeden Fall würden sie haarfarbentechnisch wunderbar zusammenpassen«, sagte Leslie und umarmte mich. »Viel Glück. Denk an alles, was wir besprochen haben. Und sei vorsichtig. Und *bitte* mach ein Foto von diesem Mr Giordano!«

»Giordano, nur Giordano, gefälligst«, sagte ich, wobei ich den näselnden Tonfall meines Lehrers nachahmte. »Bis heute Abend.«

»Ach, und Gwenny? Mach's Gideon nicht zu leicht, ja?«

»Na endlich!«, schnauzte mich Charlotte an, als ich an den Wagen trat. »Wir warten schon eine Ewigkeit. Alle starren uns an.«

»Als ob dich das stören würde. Hallo, Mr Marley. Wie geht es Ihnen?«

»Ähm. Gut. Ähm. Und Ihnen?« Und schon errötete Mr Marley. Er tat mir leid. Ich neigte ja auch zum Rotwerden, aber Mr Marley schoss das Blut nicht nur in die Wangen, bei ihm nahmen auch die Ohren und der Hals die Farbe von reifen Tomaten an. Gruselig!

»Ganz hervorragend«, sagte ich, obwohl ich gern sein Gesicht gesehen hätte, wenn ich »beschissen« geantwortet hätte. Er hielt uns die Autotür auf und Charlotte nahm anmutig im Fond Platz.

Ich ließ mich auf den Sitz ihr gegenüber fallen.

Das Auto setzte sich in Bewegung. Charlotte schaute aus dem Fenster und ich starrte ins Leere, während ich überlegte, ob ich Gideon lieber kühl und beleidigt oder betont freundlich, aber gleichgültig gegenübertreten sollte. Ich ärgerte mich, dass ich das nicht mit Leslie diskutiert hatte. Als die Limousine schon zum *Strand* hinauffuhr, betrachtete Charlotte nicht länger die Umgebung, sondern ihre Fingernägel. Dann sah sie unvermittelt auf, musterte mich von Kopf bis Fuß und fragte angriffslustig: »Mit wem wirst du auf Cynthias Party kommen?«

Offensichtlich suchte sie Streit. Wie gut, dass wir gleich da waren. Die Limousine schwenkte bereits auf den Parkplatz in der Crown Office Road ein. »Tja, ich kann mich noch nicht entscheiden, entweder mit Kermit dem Frosch oder mit Shrek, wenn er Zeit hat. Und du?«

»Gideon wollte mit mir hingehen«, sagte Charlotte und sah mich gespannt an. Ganz offensichtlich wartete sie auf eine Reaktion von mir.

»Das ist aber nett von ihm«, sagte ich freundlich und lächelte. Es fiel mir nicht mal schwer, denn mittlerweile war ich mir ziemlich sicher, was Gideon betraf.

»Aber ich weiß nicht, ob ich sein Angebot überhaupt annehmen soll.« Charlotte seufzte, aber an ihrem lauernden Blick änderte sich nichts. »Bestimmt wird er sich schrecklich unwohl fühlen unter all den Kindsköpfen. Er beschwert sich schließlich oft genug bei mir über die Naivität und die Unreife gewisser Sechzehnjähriger . . .«

Für den Bruchteil einer Sekunde zog ich in Erwägung, dass sie vielleicht sogar die Wahrheit sagte und mich nicht einfach nur ärgern wollte. Aber selbst wenn – ich würde ihr auf keinen Fall die Genugtuung geben, mich getroffen zu haben. Mein Nicken war ungeheuer verständnisvoll. »Er hätte ja deine reife und abgeklärte Gesellschaft, Charlotte, und wenn ihm das nicht reicht, kann er immer noch mit Mr Dale über die fatalen Folgen von Alkoholgenuss bei Jugendlichen diskutieren.«

Der Wagen bremste und parkte auf einem der reservierten Parkplätze vor dem Haus, in dem die Geheimgesellschaft der Wächter seit Jahrhunderten ihren Sitz hatte. Der Fahrer stellte den Motor aus und im selben Moment sprang Mr Marley vom Beifahrersitz. Ich kam ihm gerade noch zuvor, die Tür zu öffnen. Inzwischen wusste ich nur zu gut, wie sich die Queen fühlen musste. Es wurde einem noch nicht mal zugetraut, allein aus einem Auto zu steigen.

Ich nahm meine Tasche, kletterte aus dem Wagen, wobei ich Mr Marleys Hand ignorierte, und sagte so fröhlich ich konnte: »Und Grün ist Gideons Farbe, würde ich mal sagen.«

Ha! Charlotte verzog zwar keine Miene, aber diese Runde ging ja wohl ganz klar an mich. Als ich ein paar Schritte gegangen war und sicher sein konnte, dass es niemand sah, erlaubte ich mir daher ein winzig kleines, triumphierendes Grinsen. Das allerdings gefror mir gleich darauf im Gesicht. Auf der Treppe vor dem Eingang zum Hauptquartier der Wächter saß Gideon in der Sonne. Mist! Ich war viel zu sehr damit beschäftigt gewesen, mir eine schlagfertige Antwort für Charlotte auszudenken, als dass ich auf die Umgebung geachtet hätte. Das dumme Marzipanherz in meiner Brust wusste nicht, ob es sich vor Unbehagen zusammenkrampfen oder vor Freude schneller schlagen sollte.

Als er uns sah, stand Gideon auf und klopfte sich den Staub von der Jeans. Ich verlangsamte meine Schritte und versuchte zu entscheiden, wie ich mich ihm gegenüber verhalten sollte. Mit bebender Unterlippe würde sich die »freundlich, aber betont gleichgültig«-Variante wohl nicht besonders glaubwürdig darstellen lassen. Leider schien auch die »kühl, weil zu Recht unheimlich sauer«-Variante angesichts des überwältigenden Bedürfnisses, mich einfach in seine Arme zu stürzen, nicht durchführbar zu sein. Ich biss mir also auf die widerspenstige Unterlippe und versuchte, möglichst neutral zu gucken. Beim Näherkommen sah ich mit einer gewissen Genugtuung, dass Gideon ebenfalls auf seiner Unterlippe herumkaute und auch sonst ziemlich nervös wirkte. Obwohl er unrasiert war und seine braunen Locken so aussahen, als habe er sie sich lediglich mit seinen Fingern gekämmt, wenn überhaupt, war ich wieder einmal von seinem Anblick hingerissen. Unschlüssig blieb ich am Fuß der Treppe stehen und ungefähr zwei Sekunden lang schauten wir einander direkt in die Augen. Dann ließ er den Blick zur gegenüberliegenden Hausfassade schweifen und begrüßte die mit einem »Hallo«. Ich fühlte mich jedenfalls nicht angesprochen, dafür schob Charlotte sich an mir vorbei die Stufen hinauf. Sie legte einen Arm um Gideons Hals und küsste ihn auf die Wange.

»Hallo, du«, sagte sie.

Das war zugegeben viel eleganter, als nur wie angewurzelt dazustehen und dumm zu glotzen. Auf Mr Marley schien mein Verhalten wie ein kleiner Schwächeanfall zu wirken, denn er fragte: »Soll ich vielleicht Ihre Tasche tragen, Miss?«

»Nein danke, das geht schon.« Ich gab mir einen Ruck, packte die heruntergerutschte Tasche und setzte mich wieder in Bewegung. Anstatt mein Haar in den Nacken zu werfen und mit eisigem Blick an Gideon und Charlotte vorbeizurauschen, erklomm ich die Stufen mit dem Elan einer altersschwachen Weinbergschnecke. Möglicherweise hatten Leslie und ich doch einfach nur viel zu viele romantische Filme angeschaut. Aber da schob Gideon Charlotte von sich und griff nach meinem Arm.

»Kann ich mal kurz mit dir reden, Gwen?«, fragte er.

Vor Erleichterung knickten mir fast die Knie ein. »Sicher.«

Mr Marley trat nervös von einem Bein auf das andere. »Wir sind schon ein bisschen spät dran«, murmelte er mit feuerroten Ohren.

»Er hat recht«, zwitscherte Charlotte. »Gwenny hat vor dem Elapsieren noch Unterricht und du weißt ja, wie Giordano ist, wenn man ihn warten lässt.« Ich hatte keine Ahnung, wie sie es anstellte, aber ihr perlendes Lachen klang wirklich echt. »Kommst du, Gwenny?«

»Sie ist in zehn Minuten da«, sagte Gideon.

»Hat das nicht Zeit bis später? Giordano ist . . .«

»Ich sagte, zehn Minuten!« Gideons Tonfall hatte die Grenze zur Unhöflichkeit haarscharf überschritten und Mr Marley sah richtig erschrocken aus. Ich vermutlich auch.

Charlotte zuckte mit den Schultern. »Wie du meinst«, sagte sie, warf den Kopf in den Nacken und rauschte davon. *Sie* konnte das ausgezeichnet. Mr Marley folgte ihr eilig.

Als die beiden im Hausflur verschwunden waren, schien Gideon vergessen zu haben, was er sagen wollte. Er starrte wieder die dumme Hausfassade gegenüber an und rieb sich mit der Hand den Nacken, als hätte er dort eine schlimme Verspannung. Schließlich holten wir beide gleichzeitig Luft. »Wie geht es deinem Arm?«, fragte ich und im selben Moment fragte Gideon: »Geht es dir gut?«, und dann mussten wir beide grinsen.

»Meinem Arm geht es bestens.« Endlich sah er mich wieder an. Oh mein Gott! Diese Augen! Meine Knie wurden sofort wieder weich und ich war froh, dass Mr Marley nicht mehr da war.

»Gwendolyn, das tut mir alles fürchterlich leid. Ich habe mich . . . ganz und gar unverantwortlich verhalten. Das hast du wirklich nicht verdient.« Er sah so unglücklich aus, dass ich es kaum ertragen konnte. »Ich habe gestern Abend ungefähr hundertmal auf deinem Handy angerufen, aber es war die ganze Zeit besetzt.«

Ich überlegte, ob ich die Sache abkürzen und mich direkt in

seine Arme werfen sollte. Aber Leslie hatte ja gesagt, ich solle es ihm nicht zu leicht machen. Also hob ich nur abwartend meine Augenbrauen.

»Ich wollte dir nicht wehtun, bitte glaub mir das«, sagte er und seine Stimme war ganz rau vor Ernsthaftigkeit. »Du hast so furchtbar traurig und enttäuscht ausgesehen gestern Abend.«

»So schlimm war es gar nicht«, sagte ich leise. Eine verzeihbare Lüge, wie ich fand. Die vergossenen Tränen und meinen dringenden Wunsch, an Schwindsucht zu sterben, musste ich ihm ja nicht unter die Nase reiben. »Ich war nur . . . es tat ein bisschen weh . . .« – okay, das war jetzt die Untertreibung des Jahrhunderts! – ». . . denken zu müssen, dass von deiner Seite alles nur gespielt war: die Küsse, deine Liebeserklärung . . .« Ich verstummte verlegen.

Wenn möglich, sah er nun noch zerknirschter aus. »Ich verspreche dir, dass so etwas nie wieder vorkommen wird.«

Was genau meinte er? Ich kam nicht mehr so ganz mit. »Na ja, jetzt, wo ich es weiß, würde es ja auch nicht mehr funktionieren«, sagte ich ein bisschen energischer. »Mal unter uns: Der Plan war sowieso schwachsinnig. Verliebte Menschen sind doch nicht leichter zu beeinflussen als andere – im Gegenteil! Wegen all der Hormone weiß man nie, was sie als Nächstes tun werden.« Ich war schließlich das beste Beispiel dafür.

»Aber aus Liebe tut man Dinge, die man sonst nicht tun würde.« Gideon hob die Hand, als wolle er mir über die Wange streicheln, doch dann ließ er sie wieder sinken. »Wenn man liebt, ist der andere plötzlich wichtiger als man selber.« Wenn ich es nicht besser gewusst hätte, hätte ich denken können, dass er kurz davor war, in Tränen auszubrechen. »Man bringt Opfer . . . – das ist es wohl, was der Graf damit meint.«

»Und ich glaube, der Gute hat keine Ahnung, wovon er redet«, sagte ich abfällig. »Wenn du mich fragst: Liebe ist nicht gerade sein Spezialgebiet und seine Kenntnisse der weiblichen Psyche sind . . . erbärmlich!« *Und jetzt küss mich, ich will wissen, ob Bartstoppeln kratzen.*

Ein Lächeln erhellte Gideons Gesicht. »Vielleicht hast du recht«, sagte er und atmete tief durch, wie jemand, dem ein dicker Stein vom Herzen gefallen war. »Ich bin jedenfalls froh, dass wir das geklärt haben. Wir werden aber immer gute Freunde bleiben, ja?«

Wie bitte?

»Gute Freunde?«, wiederholte ich und plötzlich fehlte die Spucke in meinem Mund.

»Gute Freunde, die wissen, dass sie sich vertrauen und aufeinander verlassen können«, sagte Gideon. »Es ist nämlich wichtig, dass du mir vertraust.«

Es dauerte noch ein, zwei Sekunden, aber dann dämmerte mir, dass wir beide irgendwo in diesem Gespräch an unterschiedlichen Stellen abgebogen waren. Was Gideon mir zu sagen versucht hatte, war nicht: »Bitte verzeih mir, ich liebe dich«, sondern: »Lass uns gute Freunde bleiben« – und jeder Idiot weiß, dass das zwei vollkommen verschiedene Dinge sind.

Es bedeutete, dass er sich nicht in mich verliebt hatte.

Es bedeutete, dass Leslie und ich zu viele romantische Filme geschaut hatten.

Es bedeutete . . .

»... du *Mistkerl*«, rief ich. Wut, helle, heiße Wut durchströmte mich, so heftig, dass meine Stimme ganz heiser wurde. »Wie kann man nur so abgebrüht sein! An einem Tag küsst du mich und behauptest, du hättest dich in mich verliebt, und am nächsten Tag sagst du, es tut dir leid, dass du so ein verlogenes Ekel bist, und möchtest, dass ich dir *vertraue*?«

Jetzt kapierte auch Gideon, dass wir aneinander vorbeigeredet hatten. Das Lächeln verschwand aus seinem Gesicht. »Gwen . . .«

»Soll ich dir mal was sagen? Mir tut es um jede einzelne Träne leid, die ich deinetwegen geweint habe!« Ich wollte ihn anschreien, aber es misslang kläglich. »Und bilde dir bloß nicht ein, dass es viele waren!«, konnte ich nur noch krächzen.

»Gwen!« Gideon versuchte, nach meiner Hand zu greifen. »Oh Gott! Es tut mir so leid. Ich wollte doch nicht . . . bitte!«

Bitte, was? Ich starrte ihn zornig an. Merkte er denn nicht, dass er alles nur noch schlimmer machte? Und glaubte er, sein Hundeblick würde irgendetwas ändern? Ich wollte mich umdrehen, aber Gideon hielt mich an den Handgelenken fest.

»Gwen, hör mir zu. Vor uns liegen sehr gefährliche Zeiten und es ist wichtig, dass wir zusammenhalten, du und ich! Ich . . . ich mag dich wirklich gern und ich will, dass wir . . .«

Er würde es nicht noch mal sagen. Nicht diesen abgedroschenen Satz. Doch er tat genau das.

»... Freunde sind. Verstehst du das denn nicht? Nur wenn wir uns gegenseitig vertrauen können . . .«

Ich riss mich von ihm los. »Als ob ich jemanden wie dich zum Freund haben wollte!« Jetzt war meine Stimme wieder da und sie war so laut, dass die Tauben vom Dach aufflogen. »Du hast doch gar keine Ahnung, was Freundschaft bedeutet!«

Und plötzlich ging es ganz leicht. Ich warf mein Haar mit Schwung in den Nacken, drehte mich auf dem Absatz um und rauschte davon.

Spring – und lass dir auf dem Weg nach unten
Flügel wachsen.
(Ray Bradbury)

3.

Lass uns Freunde bleiben« – dieser Spruch war wirklich das Allerletzte.

»Bestimmt stirbt jedes Mal eine Fee, wenn irgendwo auf der Welt jemand diesen Satz ausspricht«, sagte ich. Ich hatte mich mit dem Handy auf der Toilette eingeschlossen und gab mir alle Mühe, nicht zu schreien, obwohl mir – eine halbe Stunde nach meinem Gespräch mit Gideon – immer noch danach zumute war.

»Er hat gesagt, er will, dass ihr Freunde seid«, korrigierte mich Leslie, die sich wie immer jedes Wort gemerkt hatte.

»Das ist doch exakt dasselbe«, sagte ich.

»Nein. Ich meine, doch, vielleicht.« Leslie seufzte. »Ich verstehe das nicht. Und du hast ihn dieses Mal garantiert ausreden lassen? Weißt du, in *Zehn Dinge, die ich an dir hasse,* da . . .«

»Ich *habe* ihn ausreden lassen, leider, würde ich mal sagen.« Ich sah auf die Uhr. »Oh, *Scheiße.* Ich hab Mr George erzählt, ich wäre in einer Minute wieder da.« Ich warf einen Blick in den Spiegel über dem altmodischen Waschbecken. »Oh, *Scheiße«,* sagte ich noch mal. Meine Wangen hatten zwei kreisrunde rote Flecken aufzuweisen. »Ich glaube, ich habe eine allergische Reaktion.«

»Das sind nur Wutflecken«, diagnostizierte Leslie, als ich

ihr beschrieb, was ich sah. »Was ist mit deinen Augen? Funkeln sie gefährlich?«

Ich starrte mein Spiegelbild an. »Na ja, irgendwie schon. Ich gucke ein bisschen so wie Helena Bonham-Carter als Bellatrix Lestrange in *Harry Potter.* Ziemlich bedrohlich.«

»Klingt genau richtig. Hör mal, du gehst jetzt da raus und funkelst sie alle in Grund und Boden, okay?«

Ich nickte gehorsam und versprach es ihr.

Nach dem Telefonat ging es mir ein bisschen besser, auch wenn das kalte Wasser weder die Wut noch die Wutflecken wegspülen konnte.

Falls Mr George sich gewundert hatte, wo ich so lange geblieben war, ließ er es sich nicht anmerken.

»Alles in Ordnung?«, erkundigte er sich freundlich. Er hatte vor dem Alten Refektorium auf mich gewartet.

»Alles bestens.« Ich warf einen Blick durch die offene Tür, aber von Giordano und Charlotte war wider Erwarten nichts zu sehen. Dabei war ich schon viel zu spät dran für den Unterricht. »Ich musste nur . . . äh . . . neues Rouge auflegen.«

Mr George lächelte. Außer den Lachfalten um seine Augen und in den Mundwinkeln verriet nichts in seinem runden, freundlichen Gesicht, dass er schon weit über siebzig war. In seiner Glatze spiegelte sich das Licht, der ganze Kopf wirkte wie eine blank polierte Bowlingkugel.

Ich konnte nicht anders, ich musste zurücklächeln. Mr Georges Anblick wirkte immer ausgesprochen aggressionshemmend auf mich. »Wirklich, das trägt man jetzt so«, sagte ich und zeigte auf meine Wutflecken.

Mr George reichte mir seinen Arm. »Kommt, mein tapferes

Mädchen«, sagte er. »Ich habe uns schon unten zum Elapsieren angekündigt.«

Ich sah ihn verblüfft an. »Aber was ist mit Giordano und der Kolonialpolitik des 18. Jahrhunderts?«

Mr George lächelte leicht. »Sagen wir mal so. Ich habe die kleine Pause während deines Badezimmerbesuchs genutzt, Mr Giordano zu erklären, dass du heute leider keine Zeit für den Unterricht hast.«

Der gute, treue Mr George! Er war der Einzige der Wächter, dem ich nicht völlig egal zu sein schien. Wobei, vielleicht hätte ich mich beim Menuetttanzen ein bisschen abgeregt. So wie manche Leute ihre Wut an einem Boxsack auslassen. Oder ins Fitnessstudio gehen. Andererseits konnte ich auf Charlottes überhebliches Lächeln gerade sehr gut verzichten.

Mr George bot mir seinen Arm. »Der Chronograf wartet.«

Ich hängte mich bereitwillig bei ihm ein. Ausnahmsweise freute ich mich mal aufs Elapsieren, meinen täglichen, kontrollierten Zeitsprung, und das nicht nur, um der grausamen Gegenwart namens Gideon zu entgehen. Denn der heutige Sprung war der Schlüsselpunkt in dem Masterplan, den Leslie und ich ausgeheckt hatten. Wenn es denn funktionierte.

Auf dem Weg in die Tiefen des riesigen Gewölbekellers durchquerten Mr George und ich das Hauptquartier der Wächter. Es war äußerst unübersichtlich und erstreckte sich über mehrere Gebäude. Allein in den verwinkelten Gängen gab es so viel zum Anschauen, dass man den Eindruck gewinnen konnte, man befände sich in einem Museum. Unzählige gerahmte Gemälde, uralte Landkarten, handgeknüpfte Teppiche und ganze Degensammlungen hingen an den Wänden. In Vitrinen waren kostbar aussehendes Porzellan, ledergebundene Bücher und alte Musikinstrumente ausgestellt und es gab jede Menge Truhen und geschnitzte Kästchen, in die ich unter anderen Umständen zu gern einmal hineingeschaut hätte.

»Von Make-up verstehe ich ja nichts, aber wenn du jemanden brauchst, bei dem du dich wegen Gideon aussprechen kannst – ich bin ein guter Zuhörer«, sagte Mr George.

»Wegen Gideon?«, wiederholte ich gedehnt, als müsste ich erst einmal überlegen, wer das überhaupt war. »Mit Gideon und mir ist alles in Ordnung.« Yepp! In bester Ordnung. Ich boxte im Vorübergehen gegen die Wand. »Wir sind *Freunde. Nichts weiter als Freunde.*« Leider kam das Wort »Freunde« nicht wirklich locker über meine Lippen, ich knirschte es mehr zwischen den Zähnen heraus.

»Ich war auch mal sechzehn, Gwendolyn.« Mr Georges kleine Augen blinzelten mich treuherzig an. »Und ich verspreche, dass ich nicht sagen werde, ich hätte dich gewarnt. Obwohl ich es getan habe . . .«

»Ich bin sicher, *Sie* waren ein netter Kerl mit sechzehn.« Kaum vorzustellen, dass Mr George jemanden raffiniert umgarnt und mit Küssen und schönen Worten getäuscht hatte. ». . . *Du musst nur im gleichen Raum sein und schon habe ich das Bedürfnis, dich zu berühren und zu küssen.*« Ich versuchte, die Erinnerung an Gideons intensiven Blick abzuschütteln, indem ich beim Gehen extrafest auftrat. Das Porzellan vibrierte in den Vitrinen.

Gut so. Wer brauchte schon Menuetttanzen, um Aggressionen abzubauen? Das hier reichte schon. Obwohl das Zer-

schmettern der einen oder anderen dieser unbezahlbar aussehenden Vasen den Effekt vielleicht noch verstärkt hätte.

Mr George blickte mich lange von der Seite an, aber
schließlich begnügte er sich damit, meinen Arm zu drücken
und zu seufzen. In unregelmäßigen Abständen kamen wir an
Ritterrüstungen vorbei und wie immer fühlte ich mich auf eine unangenehme Art und Weise von ihnen beobachtet.

»Da steht jemand drin, nicht wahr?«, flüsterte ich Mr
George zu. »Ein armer Novize, der den ganzen Tag nicht aufs
Klo kann, stimmt's? Ich merke genau, dass er uns anstarrt.«

»Nein«, sagte Mr George und lachte leise. »Aber es sind
Überwachungskameras in den Visieren installiert, wahrscheinlich hast du deshalb das Gefühl, beobachtet zu werden.«

Aha, Überwachungskameras. Na, mit denen musste ich wenigstens kein Mitleid haben.

Als wir die erste Treppe hinab zu den Gewölben erreicht
hatten, fiel mir auf, dass Mr George etwas vergessen hatte.

»Wollen Sie mir denn nicht die Augen verbinden?«

»Ich denke, das können wir uns heute sparen«, sagte Mr
George. »Es ist ja niemand hier, der es uns verbietet, oder?«

Ich schaute ihn verblüfft an. Normalerweise musste ich den
Weg mit einem schwarzen Tuch um die Augen zurücklegen,
denn die Wächter wollten nicht, dass ich den Aufenthaltsort
des Chronografen, der uns die Zeitreisen ermöglichte, aus eigenen Stücken finden konnte. Aus irgendeinem Grund hielten sie es für wahrscheinlich, dass ich ihn dann stehlen würde. Was natürlich vollkommener Blödsinn war. Mir war das
Ding nicht nur unheimlich – es funktionierte mit Blut! –, ich

hatte auch nicht den geringsten Schimmer, wie man seine unzähligen Zahnrädchen, Hebel und Schublädchen benutzte. Aber was einen möglichen Diebstahl anging, waren die Wächter allesamt paranoid.

Was vermutlich daran lag, dass es einmal zwei Chronografen gegeben hatte. Vor fast siebzehn Jahren waren meine Cousine Lucy und ihr Freund Paul, Nummer neun und zehn im Kreis der zwölf Zeitreisenden, mit einem von ihnen abgehauen. Was genau ihre Motive für den Diebstahl waren, hatte ich bisher noch nicht herausgefunden, überhaupt tappte ich in der ganzen Angelegenheit ziemlich hilflos im Dunkeln herum.

»Madame Rossini hat übrigens ausrichten lassen, dass sie für dein Ballkleid nun doch eine andere Farbe gewählt hat. Ich habe leider vergessen, welche, aber ich bin überzeugt, du wirst bezaubernd darin aussehen.« Mr George kicherte. »Auch wenn Giordano mir vorhin wieder in schwärzesten Farben ausgemalt hat, dass du im 18. Jahrhundert einen grässlichen Fauxpas nach dem anderen begehen wirst.«

Mein Herz machte einen Satz. Diesen Ball würde ich mit Gideon besuchen müssen und ich konnte mir nicht vorstellen, dass ich morgen schon in der Lage war, mit ihm Menuett zu tanzen, ohne tatsächlich etwas dabei zu zerschmettern. Seinen Fuß beispielsweise.

»Wieso eigentlich die Eile?«, fragte ich. »Warum muss der Ball, von uns aus gesehen, unbedingt schon morgen Abend sein? Warum können wir nicht einfach noch ein paar Wochen warten? Der Ball findet schließlich so oder so an diesem einen Tag im Jahr 1782 statt, ganz egal, von welcher Zeit aus wir ihn besuchen würden, oder?« Abgesehen von Gideon war das eine Frage, die mich schon länger beschäftigte.

»Der Graf von Saint Germain hat genau bestimmt, wie viel Zeit in der Gegenwart zwischen euren Besuchen bei ihm vergehen darf«, sagte Mr George und ließ mir den Vortritt auf der Wendeltreppe.

Je weiter und tiefer wir in das Kellerlabyrinth vordrangen, desto modriger wurde der Geruch. Hier unten hingen keine Bilder mehr an den Wänden, und obwohl Bewegungsmelder dafür sorgten, dass überall, wo man entlangging, das Licht hell aufflammte, verloren sich die Gänge, die mal links, mal rechts von unserem Weg abzweigten, nach ein paar Metern in einem unheimlichen Dunkel. Angeblich waren hier schon mehrfach Menschen verloren gegangen, andere waren Tage später in Gegenden aufgetaucht, die am entgegengesetzten Ende der Stadt lagen. Angeblich, wie gesagt.

»Aber *warum* hat der Graf das festgelegt? Und warum halten sich die Wächter so sklavisch daran?«

Mr George antwortete nicht. Er seufzte nur schwer.

»Ich meine, wenn wir uns ein paar Wochen Zeit ließen, würde der Graf das doch nicht mal merken, oder?«, sagte ich. »Er sitzt dort im Jahr 1782 und die Zeit vergeht kein bisschen langsamer für ihn. Aber ich könnte in Ruhe diesen ganzen Menuettkram lernen und wüsste vielleicht auch, wer in Gibraltar wen belagert hat und warum.« Das mit Gideon ließ ich lieber weg. »Dann müsste niemand an mir herummeckern und befürchten, dass ich mich auf diesem Ball schrecklich blamiere und außerdem durch mein Verhalten verrate, dass ich aus der Zukunft komme. Also, warum will der Graf, dass es für mich unbedingt morgen ist, wenn ich auf diesen Ball gehe?«

»Ja, warum?«, murmelte Mr George. »Sieht wohl so aus, als hätte er Angst vor dir. Und vor dem, was du vielleicht noch herausfinden könntest, wenn du mehr Zeit hättest.«

Es war nicht mehr weit bis zum alten Alchemielabor. Wenn ich mich nicht täuschte, musste es gleich um die nächste Ecke liegen. Deshalb verlangsamte ich meine Schritte. »Angst vor mir? Der Typ hat mich gewürgt, ohne mich dabei zu berühren – und weil er auch Gedanken lesen kann, weiß er genau, dass ich eine Heidenangst vor ihm habe und nicht umgekehrt.«

»Er hat dich gewürgt? Ohne dich zu berühren?« Mr George war stehen geblieben und starrte mich schockiert an. »Lieber Himmel, Gwendolyn, warum hast du das denn nicht erzählt?«

»Hätten Sie mir geglaubt?«

Mr George rieb sich mit dem Handrücken über die Glatze und öffnete gerade den Mund, um etwas zu sagen, als wir Schritte näher kommen hörten und das Geräusch einer schweren Tür, die ins Schloss fiel. Mr George sah unverhältnismäßig erschrocken aus, zog mich weiter um die Ecke in die Richtung, aus der das Türgeräusch gekommen war, und fummelte einen schwarzen Schal aus seiner Jacketttasche.

Es war ausgerechnet Falk de Villiers, Gideons Onkel und der Großmeister der Loge, der mit federnden Schritten den Gang entlangkam. Aber er lächelte, als er uns sah.

»Oh, da seid ihr ja. Der arme Marley hat schon durchs Haustelefon nachfragen lassen, wo ihr denn steckt, und da dachte ich, ich schaue mal nach dem Rechten.«

Ich blinzelte und rieb mir die Augen, als hätte Mr George mir gerade erst die Augenbinde abgenommen, aber das war offensichtlich unnötige Schauspielerei, denn Falk de Villiers beachtete es gar nicht. Er öffnete die Tür zum Chronografenraum respektive dem alten Alchemielabor.

Falk war vielleicht ein paar Jahre älter als meine Mutter und ausgesprochen gut aussehend, wie alle de Villiers, die ich bisher kennengelernt hatte. In Gedanken verglich ich ihn immer gern mit einem Leitwolf. Sein volles Haar war schon ergraut und bildete einen reizvollen Kontrast zu den bernsteinfarbenen Augen.

»Na, sehen Sie, Marley, niemand ist verschollen«, sagte er in jovialem Tonfall zu Mr Marley, der im Chronografenraum auf einem Stuhl gesessen hatte und jetzt aufsprang und nervös seine Finger knetete.

»Ich hatte nur . . . ich dachte, sicherheitshalber . . .«, stotterte er. »Bitte entschuldigen Sie, Sir . . .«

»Wir begrüßen es sehr, dass Sie Ihre Pflichten so ernst nehmen«, sagte Mr George und Falk fragte: »Wo ist Mr Whitman? Wir waren zum Tee mit Dekan Smythe verabredet und ich wollte ihn abholen.«

»Er ist gerade erst gegangen«, sagte Mr Marley. »Sie hätten ihm eigentlich begegnen müssen.«

»Oh, dann werde ich mich beeilen, vielleicht hole ich ihn noch ein. Kommst du nach, Thomas?«

Nach einem kurzen Seitenblick auf mich nickte Mr George.

»Und wir sehen uns morgen wieder, Gwendolyn. Wenn es

zum großen Ball geht.« Schon halb wieder aus der Tür drehte sich Falk noch einmal um und sagte beiläufig: »Ach und grüß deine Mutter von mir. Es geht ihr doch gut, ja?«

»Meiner Mum? Ja, der geht es gut.«

»Das freut mich zu hören.« Offenbar war mein Blick etwas verwirrt, weswegen er sich räusperte und hinzufügte: »Als alleinerziehende, berufstätige Mutter hat man es ja heutzutage nicht leicht, deshalb freut es mich.«

Jetzt guckte ich mit voller Absicht verwirrt.

»Oder – vielleicht ist sie ja auch gar nicht allein? Eine attraktive Frau wie Grace trifft sich sicher mit Männern, vielleicht hat sie sogar einen festen Freund . . .«

Falk blickte mich erwartungsvoll an, aber als ich die Stirn runzelte, schaute er auf seine Armbanduhr und rief: »Oje, schon so spät. Jetzt muss ich aber wirklich los.«

»War das eine Frage?«, erkundigte ich mich, als Falk die Tür hinter sich geschlossen hatte.

»Ja«, sagten Mr George und Mr Marley gleichzeitig und Mr Marley wurde knallrot. »Ähm, für mich klang es jedenfalls so, als wollte er wissen, ob sie einen festen Freund hat«, murmelte er.

Mr George lachte. »Falk hat recht, es ist wirklich spät. Wenn unser Rubin hier noch etwas vom Abend haben will, müssen wir sie jetzt in die Vergangenheit schicken. Welches Jahr nehmen wir denn, Gwendolyn?«

Wie mit Leslie vereinbart, sagte ich möglichst gleichgültig: »Mir egal. Neulich im Jahr 1956 – es war doch 1956, oder? – war der Keller rattenfrei und einigermaßen gemütlich.« Dass ich mich in der rattenfreien Gemütlichkeit heimlich mit meinem Großvater getroffen hatte, ließ ich selbstverständlich weg. »Dort könnte ich Französischvokabeln lernen, ohne die ganze Zeit vor Angst zu schlottern.«

»Kein Problem«, sagte Mr George. Er klappte ein dickes Journal auf, während Mr Marley den Wandteppich beiseiteschob, der den Safe mit dem Chronografen verbarg.

Ich versuchte, Mr George über die Schulter zu schauen, während er in dem Journal blätterte, aber sein breiter Rücken versperrte mir die Sicht.

»Mal sehen, das war der 24. Juli 1956«, sagte Mr George. »Und du warst den ganzen Nachmittag dort und bist um 18:30 Uhr zurückgesprungen.«

»18:30 wäre also eine gute Uhrzeit«, sagte ich und drückte die Daumen, dass unser Plan aufging. Wenn ich exakt in der Zeit zurückspringen könnte, in der ich damals den Raum verlassen hatte, würde mein Großvater noch dort unten sein und ich müsste keine Zeit damit verlieren, ihn zu suchen.

»Ich denke, wir nehmen besser 18:31«, sagte Mr George. »Nicht, dass du noch mit dir selber zusammenstößt.«

Mr Marley, der den Kasten mit dem Chronografen auf den Tisch gestellt hatte und die kaminuhrgroße Apparatur nun vorsichtig aus den Samttüchern nahm, murmelte: »Aber da ist es genau genommen noch nicht Nacht. Mr Whitman meinte . . .«

»Ja, wir wissen, dass Mr Whitman die Vorschriften sehr ernst nimmt«, sagte Mr George, während er sich an den Zahnrädchen zu schaffen machte. Zwischen feinen, farbigen Zeichnungen von Mustern, Planeten, Tieren und Pflanzen auf der Oberfläche des seltsamen Geräts waren Edelsteine eingelassen, so groß und so bunt schillernd, dass sie geradezu unecht wirkten – wie die selbstklebenden Kunststoffglitzersteine, mit denen meine kleine Schwester gern bastelte. Jedem der Zeitreisenden im Kreis der Zwölf war ein anderer Edelstein zugeordnet. Für mich gab es einen Rubin und Gideon »gehörte« der Diamant, der so riesig war, dass man vermutlich für seinen Gegenwert ein Mehrfamilienhaus am Stadtrand erwerben konnte. »Aber ich denke, wir sind Gentlemen genug, eine junge Dame nicht nachts allein in einem Gewölbekeller sitzen zu lassen, nicht wahr, Leo?«

Mr Marley nickte unsicher.

»Leo ist ein hübscher Name«, sagte ich.

»Kommt von Leopold«, sagte Mr Marley und seine Ohren leuchteten wie die Rücklichter eines Autos. Er setzte sich an den Tisch, legte das Journal vor sich hin und schraubte einen Füller auf. Die kleine, saubere Schrift, mit der dort lange Reihen von Daten, Uhrzeiten und Namen festgehalten worden waren, stammte offenbar von ihm. »Meine Mutter findet den Namen schrecklich, aber jeder Erstgeborene in unserer Familie bekommt ihn verpasst, das ist Tradition.«

»Leo ist ein direkter Nachfahre des Barons Miroslaw Alexander Leopold Rakoczy«, erklärte Mr George, wobei er sich kurz umdrehte und mir in die Augen sah. »Du weißt schon, jenes legendären Weggefährten des Grafen von Saint Germain, der in den Annalen als der schwarze Leopard bekannt ist.«

Ich war perplex. »Ach, tatsächlich?«

In Gedanken verglich ich Mr Marley mit dem hageren bleichen Rakoczy, der mir mit seinen schwarzen Augen so viel

Angst eingejagt hatte. Ich wusste aber nicht so recht, ob ich »Na, seien Sie froh, dass Sie anders aussehen als Ihr zwielichtiger Vorfahr« sagen sollte oder ob es am Ende nicht sogar noch schlimmer war, rothaarig, sommersprossig und mondgesichtig zu sein.

»Also mein Großvater väterlicherseits . . .«, holte Mr Marley aus, aber Mr George unterbrach ihn schnell. »Ihr Großvater wäre sicher sehr stolz auf Sie«, sagte er bestimmt. »Vor allem, wenn er wüsste, mit welcher Bravour Sie Ihre Prüfungen bestanden haben.«

»Außer in *traditionelle Waffengänge*«, sagte Mr Marley. »Da hat es gerade mal zu einem *Genügend* gereicht.«

»Ach, das braucht doch auch niemand – eine vollkommen veraltete Disziplin.« Mr George streckte die Hand nach mir aus. »Ich wär dann so weit, Gwendolyn. Ab ins Jahr 1956 mit dir. Ich habe den Chronografen auf genau dreieinhalb Stunden eingestellt. Halt die Tasche ganz fest und achte darauf, dass du nichts im Raum liegen lässt, ja? Mr Marley wird hier auf dich warten.«

Ich presste meine Schultasche mit einem Arm gegen die Brust und reichte Mr George die freie Hand. Er schob meinen Zeigefinger in eins der winzigen Schubfächer im Chronografen. Eine Nadel stach mir ins Fleisch, ein prächtiger Rubin leuchtete auf und füllte den ganzen Raum mit rotem Licht. Ich schloss die Augen, während ich mich von einem heftigen Schwindelgefühl davontragen ließ. Als ich die Augen eine Sekunde später wieder öffnete, waren Mr Marley und Mr George verschwunden, ebenso der Tisch.

Es war dunkler, der Raum nunmehr lediglich von einer einzigen Glühbirne beleuchtet, in deren Licht, nur einen Meter von mir entfernt, mein Großvater Lucas stand und mich perplex anstarrte.

»D. . . du – hat es nicht funktioniert?«, rief er entsetzt. Im Jahr 1956 war er zweiunddreißig Jahre alt und er sah dem Achtzigjährigen, den ich als kleines Mädchen gekannt hatte, noch nicht besonders ähnlich. »Du bist da vorne verschwunden und hier wieder aufgetaucht.«

»Ja«, sagte ich stolz und unterdrückte den Impuls, ihm um den Hals zu fallen. Wie bei unseren anderen Treffen hatte ich bei seinem Anblick sofort einen Kloß im Hals. Mein Großvater war gestorben, als ich zehn Jahre alt gewesen war, und es war gleichermaßen wunderbar wie schrecklich, ihn sechs Jahre nach seiner Beerdigung wiederzusehen. Schrecklich war nicht, dass er bei unseren Treffen in der Vergangenheit nicht der Großvater war, den ich gekannt hatte, sondern eine Art unfertige Version von ihm, schrecklich war es deshalb, weil ich für ihn eine völlig fremde Person war. Er hatte nicht die geringste Ahnung, wie oft ich bei ihm auf dem Schoß gesessen hatte, dass er es gewesen war, der mich mit seinen Geschichten getröstet hatte, als mein Vater gestorben war, und dass wir uns immer in einer erfundenen Geheimsprache Gute Nacht gesagt hatten, die außer uns keiner verstand. Er hatte keine Vorstellung davon, wie sehr ich ihn lieb hatte – und ich konnte es ihm nicht sagen. Niemand hört so etwas gern von einem Menschen, mit dem er gerade mal ein paar Stunden verbracht hat. Ich versuchte, den Kloß im Hals zu ignorieren, so gut es ging. »Für dich ist nur eine Minute vergangen, schätze ich, weshalb ich dir auch verzeihe, dass du dir den

Schnurrbart noch nicht abrasiert hast. Für mich waren es ein paar Tage, in denen schrecklich viel passiert ist.«

Lucas strich sich über den Schnurrbart und grinste. »Du hast dich einfach wieder . . . also, das war aber schlau von dir, Enkeltochter.«

»Nicht wahr? Aber um ehrlich zu sein, war es die Idee meiner Freundin Leslie. Damit wir sichergehen konnten, dass ich dich auch ganz bestimmt treffe. Und damit wir keine Zeit verlieren.«

»Tja, ich habe allerdings auch noch keine Zeit gehabt, mir zu überlegen, wie wir weiter vorgehen. Ich wollte gerade anfangen, mich von deinem Besuch zu erholen und über alles nachzugrübeln . . .« Er musterte mich mit schief gelegtem Kopf. »Stimmt, du siehst anders aus als vorhin. Diese Spange hattest du gerade noch nicht im Haar und irgendwie bist du dünner geworden.«

»Danke«, sagte ich.

»Das war kein Kompliment. Du siehst aus, als würde es dir nicht gut gehen.« Er trat noch einen Schritt näher und betrachtete mich prüfend. »Ist alles in Ordnung?«, fragte er sanft.

»Alles bestens«, wollte ich sagen, aber zu meinem eigenen Entsetzen brach ich in Tränen aus. »Alles bestens«, schluchzte ich.

»Oje«, sagte Lucas und klopfte mir unbeholfen auf den Rücken. »Doch so schlimm?«

Minutenlang konnte ich nichts anderes tun, als die Tränen sprudeln zu lassen. Dabei hatte ich gedacht, dass ich mich wieder im Griff hatte. Zorn war mir die angemessene Reaktion auf Gideons Verhaltensweisen erschienen – so erwachsen und tapfer. Außerdem viel filmreifer als die ewige Heulerei – Xemerius' Vergleich mit einem Zimmerbrunnen war leider ziemlich passend.

»Freunde!«, schniefte ich schließlich, weil mein Großvater ein Anrecht auf Erklärungen hatte. »Er will, dass wir Freunde sind. Und dass ich ihm vertraue.«

Lucas stellte das Rückenklopfen ein und runzelte verständnislos die Stirn. »Und das ist zum Heulen, weil . . .?«

»Weil er mir gestern noch gesagt hat, dass er mich liebt!«

Lucas schaute, wenn möglich, noch verständnisloser drein. »Aber das scheint mir jetzt nicht unbedingt die schlechteste Basis für eine Freundschaft zu sein.«

Meine Tränen versiegten, als hätte jemand den Stecker aus dem Zimmerbrunnen gezogen. »Grandpa! Jetzt sei nicht so begriffsstutzig!«, rief ich. »Erst hat er mich geküsst, dann finde ich heraus, dass das alles nur Taktik und Manipulation war, und dann kommt er mit diesem Lass-uns-Freunde-sein-Spruch!«

»Oh. Verstehe. So ein . . . äh *Schuft*!« Lucas sah immer noch nicht so ganz überzeugt aus. »Entschuldige, dass ich so blöd nachfrage, aber wir sprechen doch hoffentlich nicht von diesem de-Villiers-Jungen, Nummer elf, dem Diamant?«

»Doch«, sagte ich. »Genau von dem sprechen wir.«

Mein Großvater stöhnte. »Also wirklich! Backfische!! Als ob die Sache nicht schon kompliziert genug wäre.« Er warf mir ein Stofftaschentuch zu, nahm mir die Schultasche aus der Hand und sagte energisch: »Jetzt ist Schluss mit der Heulerei. Wie viel Zeit haben wir?«

»Um zweiundzwanzig Uhr deiner Zeit springe ich wieder zurück.« Komischerweise hatte mir das Weinen gutgetan, viel besser als die erwachsene Zornvariante. »Wie war das mit den Backfischen? Ich habe tatsächlich ein bisschen Hunger.«

Damit brachte ich Lucas zum Lachen. »Na, dann gehen wir besser wieder nach oben. Hier unten ist es eh ganz klaustrophobisch. Außerdem muss ich zu Hause anrufen und sagen, dass es später wird.« Er öffnete die Tür. »Komm, du kleiner Backfisch. Auf dem Weg kannst du mir alles erzählen. Und vergiss nicht, wenn dich jemand sieht: Du bist meine Cousine Hazel vom Land.«

Eine knappe Stunde später saßen wir mit rauchenden Köpfen in Lucas' Büro, vor uns jede Menge Zettel mit Notizen, die überwiegend aus Jahreszahlen, Kreisen, Pfeilen und Fragezeichen bestanden, außerdem dicke Lederfolianten (die Annalen der Wächter aus mehreren Jahrzehnten) und der obligatorische Teller mit Keksen, von denen die Wächter in allen Zeiten Unmengen zu haben schienen. Das mit dem Backfisch war offensichtlich ein Missverständnis gewesen. Leider.

»Zu wenig Informationen, zu wenig Zeit«, sagte Lucas immer wieder. Er tigerte unruhig im Raum auf und ab und raufte sich seine Haare. Allmählich standen sie trotz Pomade wirr vom Kopf ab. »Was kann ich in dieser Truhe versteckt haben?«

»Vielleicht ein Buch mit allen Informationen, die ich brauche«, sagte ich. Wir waren problemlos an der Treppenwache vorbeigekommen, der junge Mann hatte immer noch geschlafen, wie bei meinem letzten Besuch. Von seinen Alkohol-Ausdünstungen wurde einem im Vorbeigehen ganz schummrig. Überhaupt ging es im Jahr 1956 bei den Wächtern viel lockerer zu, als ich gedacht hatte. Niemand fand es merkwürdig, dass Lucas Überstunden machte, und niemand störte sich daran, dass seine Cousine Hazel vom Land ihm dabei Gesellschaft leistete. Allerdings war zu dieser Uhrzeit ohnehin kaum noch jemand im Gebäude. Der junge Mr George hatte ebenfalls schon Feierabend gemacht, was schade war, denn ich hätte ihn gerne noch einmal gesehen.

»Ein Buch – ja vielleicht«, sagte Lucas, wobei er nachdenklich in einen Keks biss. Dreimal schon hatte er sich eine Zigarette anzünden wollen, aber ich hatte sie ihm jedes Mal aus der Hand genommen. Ich wollte nicht schon wieder nach Zigarettenqualm riechen, wenn ich zurücksprang. »Das mit den verschlüsselten Koordinaten ergibt Sinn, das gefällt mir, ja, und das passt zu mir. Ich hatte immer schon ein Faible für so etwas. Nur – wieso wussten Lucy und Paul von diesem Code in dem Dings . . . in dem Gelbe-Pferd-Buch?«

»Grüner Reiter, Grandpa«, sagte ich geduldig. »Das Buch stand in deiner Bibliothek und der Zettel mit dem Code lag zwischen den Seiten. Vielleicht haben Lucy und Paul ihn da hineingelegt.«

»Aber das ist unlogisch. Wenn sie 1994 in die Vergangenheit verschwinden, warum lasse ich dann Jahre später eine Truhe in meinem eigenen Haus einmauern?« Er blieb stehen und beugte sich über die Bücher. »Ich werde noch verrückt! Kennst du das, wenn man das Gefühl hat, die Lösung ist zum

Greifen nahe? Ich wünschte, man könnte mit dem Chronografen auch in die Zukunft reisen, dann könntest du mich
selber interviewen . . .«

Plötzlich kam mir ein Einfall und der war so gut, dass ich
versucht war, mir spontan selbst auf die Schulter zu klopfen.
Ich dachte daran, was Grandpa mir letztes Mal erzählt hatte.
Demnach waren Lucy und Paul, weil sie sich beim Elapsieren
langweilten, weiter zurück in der Zeit gesprungen und hatten
so aufregende Dinge erlebt wie eine originale Shakespeare-
Aufführung.

»Ich hab's!«, rief ich und führte ein kleines Freudentänzchen auf.

Mein Großvater runzelte die Stirn. »Was genau hast du?«,
fragte er irritiert.

»Was, wenn du mich mit eurem Chronografen weiter in die
Vergangenheit schickst?«, sprudelte ich heraus. »Dann könnte ich Lucy und Paul treffen und sie einfach fragen.«

Lucas hob den Kopf. »Und *wann* willst du sie treffen? Wir
wissen doch gar nicht, in welcher Zeit sie sich verstecken.«

»Na, aber wir wissen doch zum Beispiel, wann sie euch hier
besucht haben. Wenn ich nun einfach dazukäme, könnten
wir uns unterhalten und gemeinsam . . .«

Mein Großvater unterbrach mich. »Bei ihren Besuchen hier
in den Jahren 1948 und 1949 aus den Jahren 1992 und
1993« – bei jeder Jahreszahl tippte er auf unseren Zetteln herum und fuhr mit dem Zeigefinger diverse Pfeillinien entlang – »wussten Lucy und Paul doch auch noch nicht genug – und alles, was sie wussten, haben sie mir gesagt. Nein,
wenn überhaupt, müsstest du sie treffen, nachdem sie mit

dem Chronografen geflüchtet sind.« Wieder klopfte er wild auf unsere Notizen. »Das würde Sinn ergeben, alles andere bringt nur zusätzliche Verwirrung.«

»Dann . . . dann reise ich eben ins Jahr 1912, dorthin, wo ich sie bereits schon einmal getroffen habe, zu Lady Tilney in ihrem Haus am Eaton Place.«

»Das wäre eine Möglichkeit, aber es würde zeitlich nicht hinhauen . . .« Finster sah Lucas zu der Wanduhr hinüber. »Du warst dir beim Datum nicht mal sicher, geschweige denn bei der Uhrzeit. Nicht zu vergessen, dass wir vorher noch dein Blut in den Chronografen einlesen müssten, sonst kannst du nicht mit ihm reisen.« Erneut raufte er sich die Haare. »Und schließlich müsstest du ganz allein von hier bis nach Belgravia gelangen, und das ist 1912 wahrscheinlich gar nicht so einfach . . . ach, und ein Kostüm bräuchten wir ja auch . . . nein, das ist in dieser kurzen Zeitspanne beim besten Willen nicht zu schaffen. Wir müssen etwas anderes überlegen. Die Lösung liegt mir auf der Zunge . . . ich brauche nur noch etwas Zeit zum Nachdenken . . . und vielleicht eine Zigarette . . .«

Ich schüttelte den Kopf. Nein, so schnell würde ich nicht aufgeben. Ich wusste, die Idee war gut. »Wir könnten den Chronografen doch in dieser Zeit bis vor Lady Tilneys Haus bringen und ich würde direkt dorthin springen – das würde eine Menge Zeit sparen, oder? Na ja, und was das Kostüm angeht . . . – warum starrst du mich so an?«

Tatsächlich waren Lucas' Augen mit einem Mal ganz weit aufgerissen. »Oh mein Gott!«, flüsterte er. »*Das* ist es!«

»Was?«

»Der Chronograf! Enkeltochter – du bist ein Genie!« Lucas kam um den Tisch herum und umarmte mich.

»Ich bin ein Genie?«, wiederholte ich, während es nun mein Großvater war, der eine Art Freudentänzchen veranstaltete.

»Ja! Und ich auch. Wir sind beide Genies, denn jetzt wissen wir, was in der Truhe versteckt ist.«

Also, ich wusste es nicht. »Nämlich?«

»Der Chronograf!«, rief Lucas.

»Der Chronograf?«, echote ich.

»Es ist ganz logisch! Egal, in welche Zeit Lucy und Paul ihn auch entführt haben, auf irgendeine Art und Weise wird er den Weg wieder zu mir gefunden haben – und ich habe ihn versteckt. Für dich! In meinem eigenen Haus. Nicht besonders originell, aber *so* logisch!«

»Findest du?« Ich starrte ihn unsicher an. Mir schien das sehr weit hergeholt, aber, nun ja, Logik war noch nie meine Stärke gewesen.

»Vertrau mir, Enkeltochter, ich weiß es einfach!« Die Begeisterung in Lucas' Miene wich einem Stirnrunzeln. »Das eröffnet natürlich ganz neue Möglichkeiten. Jetzt müssen wir nur . . . nur gut nachdenken.« Erneut warf er einen Blick auf die Wanduhr. »Wir brauchen einfach mehr Zeit, verdammt.«

»Ich kann versuchen, dass sie mich beim nächsten Elapsieren wieder ins Jahr 1956 schicken«, sagte ich. »Aber morgen Nachmittag wird es schon mal nicht gehen, da muss ich ja auf diesen Ball und den Grafen wiedersehen.« Der Gedanke daran löste sofort wieder mulmige Gefühle in mir aus, und das nicht nur wegen Gideon.

»Nein, nein, nein!«, rief Lucas. »Das geht auf keinen Fall.

Wir müssen einen Schritt weiter sein, bevor du dem Graf wieder gegenübertrittst.« Er rieb sich die Stirn. »Denknachdenknachdenknach.«

»Siehst du nicht den Qualm, der aus meinen Ohren kommt? Ich mache seit einer Stunde nichts anderes«, versicherte ich ihm, aber er hatte offensichtlich Selbstgespräche geführt.

»Als Erstes müssen wir dein Blut in den Chronografen einlesen. Ohne Hilfe bekommst du das im Jahr 2011 nämlich nicht hin, es ist viel zu kompliziert. Und dann muss ich dir erklären, wie der Chronograf benutzt wird.« Wieder ein hektischer Blick auf die Uhr. »Wenn ich unseren Doktor jetzt anrufe, könnte er in einer halben Stunde hier sein, das heißt, wenn wir Glück haben und wir ihn zu Hause antreffen . . . die Frage ist nur, wie soll ich ihm erklären, warum er meiner Cousine Hazel Blut abnehmen soll? Damals bei Lucy und Paul haben wir das Blut ganz offiziell für wissenschaftliche Untersuchungen abgezapft, aber du bist inkognito hier und das muss auch so bleiben, sonst . . .«

»Warte mal«, unterbrach ich ihn. »Können wir das mit dem Blut denn nicht selber machen?«

Lucas sah mich irritiert an. »Also, ich bin wirklich für vieles ausgebildet, aber mit Spritzen kann ich nicht umgehen. Ich kann nicht mal gut Blut sehen, um ehrlich zu sein. Mir wird immer ganz flau im Magen . . .«

»Ich kann mir das Blut selber abnehmen«, sagte ich.

»Wirklich?« In seinem Blick lag blankes Erstaunen. »Lernt ihr den Umgang mit Spritzen in deiner Zeit in der Schule?«

»Nein, Grandpa, das lernen wir nicht in der Schule«, sagte

ich ungeduldig. »Aber wir lernen, dass Blut fließt, wenn man sich mit einem Messer schneidet. Hast du eins?«

Lucas zögerte. »Nun, das . . . halte ich nicht gerade für eine gute Idee.«

»Schon gut, ich habe ein eigenes.« Ich öffnete die Schultasche und holte das Brillenetui heraus, in das Leslie das japanische Gemüsemesser gesteckt hatte, falls ich auf den Zeitreisen angegriffen werden sollte und eine Waffe brauchte. Mein Großvater machte große Augen, als ich das Etui aufklappte.

»Ehe du fragst – nein, das gehört nicht zur Standardausrüstung von Schülern im Jahr 2011«, sagte ich.

Lucas schluckte, dann straffte er sich und sagte: »In Ordnung. Dann gehen wir jetzt zum Drachensaal, mit einem kleinen Umweg über das Labor des Doktors, wo wir uns eine Pipette besorgen werden.« Er musterte die Folianten auf dem Tisch und klemmte sich dann einen davon unter den Arm. »Den nehmen wir auch mit. Und die Kekse. Für meine Nerven! Vergiss deine Tasche nicht.«

»Und was machen wir im Drachensaal?« Ich warf das Etui wieder in meine Schultasche und stand auf.

»Dort steht der Chronograf.« Lucas schloss die Tür hinter mir und horchte in den Korridor hinaus. Alles war still. »Falls wir jemanden treffen, sagen wir, wir machen eine Besichtigung, klar, Cousine Hazel?«

Ich nickte. »Der Chronograf steht da einfach so herum? In unserer Zeit ist er im Keller in einem Safe eingeschlossen, aus Angst vor Dieben.«

»Der Schrein ist selbstverständlich ebenfalls abgeschlossen«, sagte Lucas und drängte mich die Treppe hinunter.

»Aber vor Diebstahl fürchten wir uns eigentlich nicht. Im Augenblick gibt es ja nicht mal Zeitreisende bei uns, die ihn nutzen können. Aufregend war es bei uns nur, als Lucy und Paul zu uns elapsiert sind, aber das ist ja nun auch wieder Jahre her. Im Augenblick ist der Chronograf daher nicht gerade im Zentrum der Aufmerksamkeit der Wächter. Unser Glück, würde ich mal sagen.«

Das Gebäude schien tatsächlich menschenleer zu sein, obwohl Lucas mir flüsternd versicherte, dass es niemals ganz verlassen sei. Durch die Fenster sah ich sehnsüchtig hinaus in den lauen Sommerabend. Wie schade, dass ich nicht losziehen und das Jahr 1956 ein bisschen genauer kennenlernen durfte. Lucas bemerkte meinen Blick und sagte lächelnd: »Glaub mir, ich würde auch viel lieber mit dir irgendwo gemütlich eine Zigarette rauchen – aber wir haben zu tun.«

»Das mit dem Rauchen solltest du besser lassen, Grandpa. Es ist so ungesund. Und bitte – rasier dir den Schnurrbart ab. Er steht dir kein bisschen.«

»Psssst«, flüsterte Lucas. »Wenn jemand hört, dass du mich Grandpa nennst, kommen wir wirklich in Erklärungsnot.«

Aber wir liefen niemandem über den Weg, und als wir ein paar Minuten später den Drachensaal betraten, konnten wir hinter den Gärten und Mauern immer noch die Abendsonne auf der Themse funkeln sehen. Auch in dieser Zeit war der Drachensaal mit seinen majestätischen Proportionen, den tiefen Fenstern und den kunstvollen, bemalten Wandschnitzereien überwältigend schön anzusehen und ich legte wie immer den Kopf in den Nacken, um den riesigen geschnitzten

Drachen zu bewundern, der sich an der Decke zwischen den gewaltigen Kronleuchtern entlangschlängelte und aussah, als wolle er jeden Augenblick losfliegen.

Lucas verriegelte die Tür. Er wirkte viel nervöser als ich, seine Hände zitterten, als er den Chronografen aus seinem Schrein holte und auf den Tisch in der Mitte des Saales stellte.

»Als ich das damals mit Lucy und Paul gemacht habe, war es ein riesengroßes Abenteuer. Wir hatten so viel Spaß«, sagte er.

Ich dachte an Lucy und Paul und nickte. Ich hatte sie zwar nur einmal bei Lady Tilney getroffen, aber ich konnte mir vorstellen, was mein Großvater meinte. Dummerweise musste ich im gleichen Atemzug auch an Gideon denken. War sein Spaß auf unseren Abenteuern auch gespielt gewesen? Oder nur die Sache mit der Liebe?

Schnell rief ich mir das japanische Gemüsemesser ins Gedächtnis und das, was ich gleich damit tun würde. Und siehe da, die Ablenkung funktionierte sogar. Immerhin brach ich nicht in Tränen aus.

Mein Großvater wischte sich die Handflächen an der Hose ab. »Jetzt fühle ich mich langsam zu alt für solche Abenteuer«, sagte er.

Mein Blick wanderte zum Chronografen. Für mich sah er exakt genauso aus wie der Chronograf, mit dem ich hergereist war, ein kompliziertes Gebilde voller Klappen, Hebel, Schublädchen, Zahnräder und Knöpfe, über und über mit Miniaturen verziert.

»Du darfst ruhig widersprechen«, sagte Lucas ein bisschen

gekränkt. »So was wie: *Aber du bist doch viel zu jung, um dich alt zu fühlen!*«

»Oh. Ja, natürlich bist du das. Allerdings macht der Schnurrbart dich Jahrzehnte älter.«

»Stattlich und seriös, sagt Arista.«

Ich begnügte mich damit, vielsagend meine Augenbrauen in die Höhe zu ziehen, und mein junger Großvater beugte sich grummelnd über den Chronografen. »Gib gut acht: Mit diesen zehn Rädchen hier wird das Jahr eingestellt. Und bevor du fragst, warum man dafür so viele Felder braucht: Es wird in römischen Ziffern geschrieben – ich hoffe, die beherrschst du.«

»Ich glaube schon.« Ich nahm Ringbuchblock und Stift aus meiner Schultasche. Das würde ich mir unmöglich alles merken können, ohne mitzuschreiben.

»Und damit arretierst du den Monat.« Lucas zeigte auf ein weiteres Zahnrad. »Aber Achtung, aus irgendeinem Grund geht man hierbei – und nur hierbei! – nach einem alten keltischen Kalendersystem vor: Die Eins bezeichnet den November, der Oktober trägt demnach die Nummer Zwölf.«

Ich rollte mit den Augen. Typisch Wächter! Ich vermutete schon lange, dass sie Einfaches nur deswegen möglichst kompliziert verschlüsselten, um ihre eigene Wichtigkeit zu betonen. Aber ich biss die Zähne zusammen und nach etwa zwanzig Minuten merkte ich, dass das Ganze doch kein Hexenwerk war, wenn man das System mal durchschaut hatte.

»Das bekomme ich schon hin«, fiel ich meinem Grandpa ins Wort, als er wieder von vorne beginnen wollte, und klappte meinen Notizblock zu. »Jetzt müssen wir mein Blut einlesen. Und dann . . . – wie spät ist es eigentlich?«

»Es ist wichtig, dass du absolut keinen Fehler machst bei der Einstellung.« Lucas starrte unbehaglich auf das japanische Gemüsemesser, das ich wieder aus dem Etui befreit hatte. »Sonst landest du sonst wo . . . äh . . . sonst wann. Und noch schlimmer, du hast keine Kontrolle darüber, wann du zurückspringst. Oh mein Gott, das Messer sieht übel aus. Willst du das wirklich tun?«

»Natürlich.« Ich krempelte meine Ärmel hoch. »Ich weiß nur nicht, wo ich mich am besten aufschlitzen soll. Eine Wunde an der Hand würde auffallen, wenn ich zurückspringe, außerdem kommen aus so einem Finger höchstens ein paar Tröpfchen.«

»Nicht, wenn man sich die Fingerkuppe absäbelt«, sagte Lucas mit einem Schaudern. »Das blutet wie Sau, ich hab's selber mal ausprobiert . . .«

»Ich glaube, ich nehme den Unterarm. Bereit?« Irgendwie war es witzig, dass Lucas viel mehr Angst hatte als ich.

Er schluckte schwer und umklammerte die geblümte Teetasse, die das Blut auffangen sollte. »Geht da nicht eine Hauptschlagader entlang? Oh mein Gott, meine Knie sind ganz weich. Am Ende verblutest du hier im Jahr 1956 – durch den Leichtsinn deines eigenen Großvaters.«

»Da ist eine fette Arterie, aber die muss man schon längs aufschlitzen, wenn man verbluten will. Hab ich mal gelesen. Angeblich machen das viele Selbstmörder falsch, die werden dann alle gefunden und wissen fürs nächste Mal, wie man es richtig macht.«

»Um Gottes willen!«, rief Lucas.

Mir war selber ein bisschen flau im Magen, aber es half ja alles nichts. Besondere Zeiten erforderten nun einmal besondere Maßnahmen, würde Leslie sagen. Ich ignorierte Lucas' schockierten Blick und setzte die Klinge auf der Innenseite des Unterarms an, etwa zehn Zentimeter oberhalb des Handgelenks. Ohne viel Druck führte ich sie quer über die weiße Haut. Obwohl es nur ein Testschnitt sein sollte, ging er tiefer als erwartet, die dünne rote Linie verbreitete sich schnell und es tropfte Blut heraus. Der Schmerz, ein unangenehmes Brennen, setzte erst eine Sekunde später ein. In einem schmalen, aber stetigen Rinnsal lief das Blut in die Teetasse, die in Lucas' Hand zitterte. Perfekt.

»Durchschneidet Haut wie Butter«, sagte ich beeindruckt. »Leslie hat es ja gesagt – das Messer ist wirklich mörderscharf.«

»Leg es weg«, verlangte Lucas, der aussah, als müsse er sich jeden Augenblick übergeben. »Donnerwetter, du bist wirklich sehr couragiert, eine echte Montrose, ähem. Getreu unserem Familienmotto . . .

Ich kicherte. »Ja, das muss ich eindeutig von dir haben.«

Lucas' Grinsen geriet eher schief. »Tut es denn überhaupt nicht weh?«

»Doch, natürlich«, sagte ich und schielte in die Tasse. »Reicht das?«

»Ja, müsste genug sein.« Lucas würgte ein bisschen.

»Soll ich ein Fenster öffnen?«

»Schon gut.« Er stellte die Tasse neben den Chronografen und atmete tief durch. »Der Rest ist leicht.« Er griff zu der Pipette. »Ich muss lediglich drei Tropfen von deinem Blut in diese beiden Öffnungen hineinträufeln, siehst du: Hier unter dem winzigen Raben und dem Ying-und-Yang-Zeichen und dann drehe ich das Rad und lege diesen Hebel um. So, das hätten wir. Hörst du das?«

Im Inneren des Chronografen fingen mehrere Zahnrädchen an sich zu drehen, es knackte, klapperte und summte, die Luft schien sich zu erwärmen. Der Rubin flackerte kurz auf, dann standen die Zahnrädchen wieder still und alles war wie vorher. »Unheimlich, oder?«

Ich nickte und versuchte, die Gänsehaut zu ignorieren, die meinen ganzen Körper überzogen hatte. »Das heißt, in diesem Chronografen befindet sich jetzt das Blut aller Zeitreisenden außer Gideon, oder? Was würde passieren, wenn sein Blut auch noch eingelesen würde?« Ich hatte Lucas' Stofftaschentuch zusammengefaltet und presste es auf den Schnitt.

»Mal abgesehen davon, dass es niemand so ganz genau weiß, unterstehen diese Informationen strengster Geheimhaltung«, sagte Lucas. Sein Gesicht nahm langsam wieder Farbe an. »Jeder Wächter hat auf Knien schwören müssen, mit niemandem außerhalb dieser Loge über das Geheimnis zu sprechen. Bei seinem Leben.«

»Oh.«

Lucas seufzte. »Aber – hey! Ich habe irgendwie ein Faible für das Brechen von Schwüren.« Er zeigte auf ein kleines Fach am Chronografen, das mit einem zwölfzackigen Stern verziert war. »Fest steht, dass irgendein Prozess im Inneren des Chronografen dadurch vollendet wird und etwas in diesem Fach landet. In den Prophezeiungen ist von der Essenz unter dem Zwölfgestirn oder auch vom Stein der Weisen die Rede. *Die Preziosen werden eins, erfüllt die Luft der Duft der Zeit, einer bleibt nun für die Ewigkeit.«*

»Das ist das ganze Geheimnis?«, sagte ich enttäuscht. »Wieder mal nur vages, wirres Zeug.«

»Nun ja, wenn man alle Hinweise zusammennimmt, ist es eigentlich recht konkret. *Heilt alle Pestilenzen und Gebrechen, unter dem Zwölfgestirn erfüllt sich das Versprechen* – richtig verwendet soll diese Substanz in der Lage sein, sämtliche Krankheiten der Menschheit zu heilen.«

Das klang doch schon besser.

»Dafür würde sich der ganze Aufwand allerdings lohnen«, murmelte ich und dachte dabei an den Geheimhaltungswahn der Wächter und ihre komplizierten Regeln und Rituale. Unter diesen Umständen konnte man ihre Wichtigtuerei sogar verstehen. Auf eine solche Wundermedizin lohnte es sich auch schon mal, ein paar Hundert Jahre zu warten. Und dafür, dass er das alles herausgefunden und überhaupt erst möglich gemacht hatte, gebührte dem Grafen von Saint Germain durchaus Respekt und Anerkennung. Wenn er nur nicht so ein unsympathischer Typ wäre . . .

»Lucy und Paul allerdings haben so ihre Zweifel daran, dass der Stein der Weisen wirklich das ist, was wir glauben sollen«, sagte Lucas, als habe er meine Gedanken erraten. »Sie sagen, jemand, der nicht davor zurückscheut, seinen eigenen Urururgroßvater zu ermorden, hat nicht unbedingt das Wohl der gesamten Menschheit im Auge.« Er räusperte sich. »Hat es aufgehört zu bluten?«

»Noch nicht, aber es wird schon weniger.« Ich streckte die

Hand in die Höhe, um den Prozess zu beschleunigen. »Und was machen wir jetzt? Soll ich das Ding einfach mal ausprobieren?«

»Himmel, das ist doch kein Auto, das man Probe fährt«, sagte Lukas und rang die Hände.

»Warum nicht?«, fragte ich. »War das nicht genau die Idee daran?«

»Nun ja«, sagte er und schielte auf den dicken Folianten, den er mitgebracht hatte. »Eigentlich hast du recht. Wenigstens könnten wir so auf Nummer sicher gehen, auch wenn wir nicht mehr viel Zeit haben.« Plötzlich war er ganz eifrig. Er beugte sich vor und schlug die Annalen auf. »Wir müssen darauf achten, dass wir uns kein Datum aussuchen, an dem du mitten in eine Sitzung platzt. Oder einem der Villiers-Brüder über den Weg läufst. Die haben in diesem Saal viele, viele Stunden ihres Lebens elapsiert.«

»Könnte ich auch Lady Tilney treffen? Allein?« Ich hatte wieder eine Eingebung. »Irgendwann nach 1912, am besten.«

»Ob das so klug wäre?« Lucas blätterte in dem Folianten. »Wir wollen die Dinge doch nicht noch komplizierter machen, als sie sowieso schon sind.«

»Aber wir dürfen unsere wenigen Chancen nicht verstreichen lassen«, rief ich und dachte daran, was Leslie mir eingeschärft hatte. Ich sollte jede Gelegenheit nutzen und vor allem eins tun: Fragen stellen, so viele, wie mir einfielen. »Wer weiß, wann sich die nächste Möglichkeit ergibt! In der Truhe kann sich auch etwas anderes befinden und dann komme ich vielleicht gar nicht mehr dazu. Wann haben wir beide uns das erste Mal getroffen?«

»Am 12. August 1948, um 12 Uhr mittags«, sagte Lucas, in die Lektüre der Annalen vertieft. »Das werde ich niemals vergessen.«

»Genau, und damit du es niemals vergisst, schreibe ich es dir auf«, sagte ich, entzückt über meine eigene Genialität. Auf meinen Ringbuchblock kritzelte ich:

Für Lord Lucas Montrose – wichtig!!!!!
12. August 1948, 12 Uhr Mittag. Alchemielabor. Bitte komm allein.
Gwendolyn Shepherd

Ich riss das Blatt mit Schwung ab und faltete es zusammen.

Mein Großvater sah kurz von dem Folianten auf. »Ich könnte dich ins Jahr 1852 schicken, am 16. Februar um Mitternacht. Lady Tilney elapsiert dorthin, und zwar vom 25. Dezember 1929, neun Uhr morgens«, murmelte er. »Die Arme, nicht mal Weihnachten konnte sie es sich zu Hause gemütlich machen. Immerhin geben sie ihr eine Petroleumlampe mit. Hör mal, was hier steht: *12:30 Uhr: Lady Tilney kehrt gut gelaunt aus dem Jahr 1852 zurück, sie hat im Licht der Petroleumlampe zwei Häkelschweinchen für den Wohltätigkeitsbasar am Dreikönigstag fertiggestellt, der dieses Jahr unter dem Motto Landleben* steht.« Er drehte sich zu mir um. »Häkelschweine! Ist das zu fassen? Es besteht die Gefahr, dass sie den Schock ihres Lebens bekommt, wenn du plötzlich aus dem Nichts erscheinst. Wollen wir das wirklich riskieren?«

»Sie ist ja nur mit einer Häkelnadel bewaffnet und die sind oben abgerundet, wenn ich mich recht entsinne.« Ich beugte mich über den Chronografen. »Also, zuerst das Jahr. 1852, da fange ich mit dem M an, richtig? MDCCCLII. Und der Monat Februar ist nach dem keltischen Kalender die Nummer drei, nein, vier . . .«

»Was machst du denn da? Erst müssen wir deine Wunde verbinden und noch einmal in Ruhe über alles nachdenken!«

»Dafür haben wir keine Zeit«, sagte ich. »Der Tag . . . das war dieser Hebel hier, nicht wahr?«

Lucas blickte mir ängstlich über die Schulter. »Nicht so schnell! Das muss alles haargenau stimmen, sonst . . . sonst . . .« Er sah schon wieder so aus, als müsse er sich übergeben. »Und du darfst den Chronografen niemals festhalten, sonst würdest du ihn mit in die Vergangenheit nehmen. Und dann könntest du nicht mehr zurück!«

»So wie Lucy und Paul«, flüsterte ich.

»Wir wählen sicherheitshalber ein Zeitfenster von nur drei Minuten. Nimm 12:30 Uhr bis 12:33 Uhr, dann sitzt sie wenigstens schon friedlich da und häkelt ihre Schweinchen. Sollte sie schlafen, weck sie bloß nicht, sonst bekommt sie einen Herzinfarkt . . .«

»Aber stünde es dann nicht in den Annalen?«, unterbrach ich ihn. »Lady Tilney hat einen sehr robusten Eindruck auf mich gemacht, sie fällt schon nicht um.«

Lucas schleppte den Chronografen zum Fenster und stellte ihn hinter dem Vorhang ab. »Hier können wir sicher sein, dass keine Möbel stehen. Ja, du brauchst gar nicht die Augen zu verdrehen. Timothy de Villiers ist einmal so unglücklich auf einem Tisch gelandet, dass er sich ein Bein gebrochen hat!«

»Und wenn Lady Tilney gerade genau hier steht und träumerisch in die Nacht hinausschaut? Ach, jetzt guck nicht so, das war nur ein Scherz, Grandpa.« Ich schob ihn sanft zur Seite, kniete mich vor dem Chronografen auf den Boden und öffnete die Klappe direkt unter dem Rubin. Sie war gerade groß genug für meinen Finger.

»Warte noch. Deine Wunde!«

»Die können wir auch noch in drei Minuten verbinden. Wir sehen uns dann«, sagte ich, atmete tief durch und drückte meine Fingerkuppe fest auf die Nadel.

Das altbekannte Schwindelgefühl erfasste mich, und während das rote Licht aufleuchtete und Lucas »Aber ich wollte doch noch . . .« sagte, verschwamm alles vor meinen Augen.

Aus den Annalen der Wächter

18. Dezember 1745

Während die Jakobitenarmee angeblich schon vor Derby
steht und weiter auf London vorrückt, haben wir unser
neues Hauptquartier bezogen und hoffen, dass sich die
Meldungen von 10.000 französischen Soldaten, die sich
the young pretender Bonnie Prince Charlie
angeschlossen haben, nicht bewahrheiten werden und
wir ein friedliches Weihnachten in der Stadt feiern
können. Man kann sich keine passenderen
Räumlichkeiten für uns Wächter vorstellen als die
altehrwürdigen Häuser hier in Temple, denn auch die
Tempelritter waren schließlich Wahrer großer
Geheimnisse, die große Temple-Church liegt nicht nur
in Sichtweite, ihre Katakomben sind auch mit den
unseren verbunden. Offiziell werden wir von hier aus
unseren Geschäften nachgehen, aber es wird auch
Wohnmöglichkeiten für Adepten, Novizen und Gäste von
außerhalb und natürlich für die Diener geben, außerdem
einige Laboratorien zu alchemistischen Zwecken. Wir
sind froh, dass es Lord Alastair nicht gelungen ist, das
gute Verhältnis des Grafen zum Prince of Wales durch
seine Verleumdungen zu stören (siehe Bericht vom
2. Dezember), und wir dank der Protektion Seiner

Majestät diesen Gebäudekomplex erwerben konnten.
Im Drachensaal findet heute die feierliche Übergabe der
Geheimdokumente aus dem Besitz des Grafen an die
Mitglieder des Inneren Kreises statt.

Bericht: Sir Oliver Newton, Innerer Kreis

4.

Ich brauchte ein paar Sekunden, um mich an die anderen Lichtverhältnisse zu gewöhnen. Nur eine Petroleumlampe auf dem Tisch beleuchtete den Saal. In ihrem warmen, dürftigen Schein erkannte ich ein gemütliches Stillleben, bestehend aus einem Korb, einigen Knäueln rosa Wolle, einer Teekanne mit einer Filzhülle und einer Tasse mit Rosen-Dekor. Außerdem Lady Tilney, die häkelnd auf einem Stuhl saß und bei meinem Anblick die Hände in den Schoß sinken ließ. Sie war deutlich älter als bei unserem letzten Treffen, die roten Haare waren von weißen Strähnen durchzogen und zu einer eher biederen Dauerwellfrisur gestutzt worden. Trotzdem hatte sie immer noch diese majestätische, unnahbare Haltung, die auch meine Großmutter auszeichnete. Und sie machte keinerlei Anstalten zu schreien oder gar mit gezückter Häkelnadel auf mich loszugehen.

»Frohe Weihnachten«, sagte sie.

»Frohe Weihnachten«, entgegnete ich etwas verwirrt. Für einen Moment wusste ich nicht weiter, aber dann nahm ich mich zusammen. »Keine Angst, ich will kein Blut von Ihnen oder so.« Ich trat aus den Schatten des Vorhangs.

»Das mit dem Blut hat sich doch längst erledigt, Gwendolyn«, sagte Lady Tilney ein wenig tadelnd, als müsste ich das genau wissen. »Ich habe mich übrigens schon gefragt, wann du kommst. Setz dich doch. Tee?«

»Nein danke. Ich habe leider nur ein paar Minuten.« Ich trat noch einen Schritt näher und reichte ihr den Zettel. »Das hier muss mein Großvater bekommen, damit . . . nun, damit alles so passieren wird, wie es passiert ist. Es ist sehr wichtig.«

»Verstehe.« Lady Tilney nahm den Zettel und faltete ihn in aller Seelenruhe auseinander. Sie schien nicht im Mindesten irritiert zu sein.

»Warum haben Sie mich erwartet?«, fragte ich.

»Weil du mir gesagt hast, ich solle mich bloß nicht erschrecken, wenn du mich besuchst. Leider hast du nicht gesagt, wann das sein würde, weswegen ich nun schon Jahre darauf warte, dass du mich doch erschreckst.« Sie lachte leise. »Aber das Häkeln von Schweinen übt eine ungemein beruhigende Wirkung aus. Um ehrlich zu sein, man schläft sehr leicht ein vor lauter Langeweile.«

Mir lag ein höfliches »Es ist ja für einen wohltätigen Zweck« auf den Lippen, doch als ich einen Blick in den Korb warf, entfuhr mir stattdessen ein »Oh sind die süß!«. Und das waren sie wirklich. Viel größer, als ich sie mir vorgestellt hatte, wie richtige Plüschtiere und ganz lebensecht gearbeitet.

»Nimm dir eins«, sagte Lady Tilney.

»Wirklich?« Ich dachte an Caroline und griff in den Korb. Die Tiere fühlten sich ganz flauschig an.

»Angora-Kaschmir-Wolle«, sagte Lady Tilney mit einem gewissen Stolz in der Stimme. »Die verwende nur ich. Alle anderen nehmen Schafswolle – aber die ist kratzig.«

»Äh ja. Danke.« Das rosa Schweinchen an meine Brust gedrückt, musste ich mich einen Augenblick sammeln. Wo waren wir noch gleich stehen geblieben? Ich räusperte mich. »Wann treffen wir uns das nächste Mal? Also, in der Vergangenheit?«

»Das war 1912. Von mir aus betrachtet ist es allerdings nicht das nächste Mal.« Sie seufzte. »Das waren aufregende Zeiten . . .«

»Oh, Mist!« Mein Magen zog sich schon wieder zusammen wie bei einer Achterbahnfahrt. Warum zum Teufel hatten wir das Zeitfenster nicht größer gewählt? »Dann wissen Sie auf jeden Fall mehr als ich«, stieß ich hastig hervor. »Wir haben keine Zeit für Details, aber . . . vielleicht geben Sie mir noch einen guten Ratschlag mit auf den Weg?« Ich war ein paar Schritte zurückgetreten, hinaus aus dem Lichtkreis der Lampe Richtung Fenster.

»Einen Ratschlag?«

»Ja! So was wie: Hüte dich vor . . .?« Ich sah sie erwartungsvoll an.

»Vor was?« Lady Tilney sah genauso erwartungsvoll zurück.

»Na, das weiß ich doch nicht! Wovor soll ich mich hüten?«

»Auf jeden Fall vor Pastrami-Sandwiches und zu viel Sonnenlicht, das ist nicht gut für den Teint«, sagte Lady Tilney energisch und dann verschwamm ihr Anblick vor meinen Augen und ich war zurück im Jahr 1956.

Pastrami-Sandwiches – lieber Himmel! Ich hätte besser gefragt, vor *wem* ich mich hüten sollte, nicht vor *was*. Aber nun war es zu spät. Die Gelegenheit war verstrichen.

»Was um Himmels willen ist das denn?«, rief Lucas aus, als er des Ferkels ansichtig wurde.

Ja, und das auch noch: Anstatt jede Sekunde zu nutzen, um Lady Tilney Informationen zu entlocken, hatte ich mich wie eine Bekloppte auf ein rosa Plüschtier gestürzt. »Ein Häkelschwein, Grandpa, das siehst du doch wohl«, sagte ich matt und von mir selbst enttäuscht. »Angora und Kaschmir. Die anderen nehmen alle kratzige Schafswolle . . .«

»Auf jeden Fall scheint unser Test funktioniert zu haben«, sagte Lucas kopfschüttelnd. »Du kannst den Chronografen bedienen und wir können uns verabreden. In meinem Haus.«

»Es war viel zu kurz«, jammerte ich. »Ich konnte gar nichts in Erfahrung bringen.«

»Immerhin hast du . . . äh . . . ein Schwein und Lady Tilney keinen Herzinfarkt. Oder etwa doch?«

Ich schüttelte hilflos den Kopf. »Natürlich nicht.«

Lucas wickelte den Chronografen in die Samttücher und trug ihn zurück zum Schrein. »Und tröste dich: So haben wir genügend Zeit, dich wieder hinunter in den Keller zu schmuggeln und weiter Pläne zu schmieden, während wir auf deinen Rücksprung warten. Keine Ahnung, wie wir uns dieses Mal rausreden, wenn Cartrell, diese Pfeife, seinen Rausch ausgeschlafen hat.«

Ich war geradezu euphorisch, als ich schließlich wieder im Chronografenraum in meiner Zeit landete. Gut, das mit dem Häkelschwein (ich hatte es in meine Schultasche gequetscht) war vielleicht nicht sonderlich effektiv gewesen, aber alles andere hatten Lucas und ich schlau eingefädelt. Sollte sich in der Truhe wirklich der Chronograf befinden, waren wir nicht länger auf den Zufall angewiesen.

»Irgendwelche besonderen Vorkommnisse?«, erkundigte sich Mr Marley.

Mal überlegen: Ich habe den ganzen Nachmittag mit meinem Großvater konspirative Pläne geschmiedet, wir haben mein Blut verbotenerweise in den Chronografen eingelesen und mich dann ins Jahr 1852 geschickt, wo ich ein konspiratives Treffen mit Lady Tilney abgehalten habe. Okay, das war alles andere als konspirativ gewesen, aber trotzdem verboten.

»Die Glühbirne hat manchmal ein bisschen geflackert«, sagte ich. »Und ich habe Französisch-Vokabeln gelernt.«

Mr Marley beugte sich über das Journal und trug mit seiner feinen, kleinen Schrift tatsächlich Folgendes ein: *19 Uhr 43, Rubin zurück aus 1956, hat dort Hausaufgaben gemacht, Glühbirne flackerte.* Ich unterdrückte ein Kichern. Nun ja, Ordnung musste wohl sein. Bestimmt war sein Sternzeichen Jungfrau. Erschreckend war, dass es schon so spät war. Ich hoffte sehr, Mum würde Leslie nicht schon wieder nach Hause schicken, bevor ich da war.

Aber Mr Marley schien es nicht eilig zu haben. Jetzt schraubte er nervtötend langsam seinen Füllfederhalter zu.

»Ich finde den Weg auch alleine«, sagte ich.

»Nein, das dürfen Sie nicht«, sagte er erschrocken. »Ich geleite Sie selbstverständlich bis zur Limousine.« Mr Marley klappte das Journal zu und stand auf. »Und ich muss Ihnen die Augen verbinden. Das wissen Sie doch.«

Seufzend ließ ich mir das schwarze Tuch um den Kopf binden. »Ich verstehe immer noch nicht, warum ich den Weg zu diesem Raum nicht kennen darf.« Abgesehen davon, dass ich ihn ja längst kannte.

»Na, weil es doch in den Annalen steht«, sagte Mr Marley in überraschtem Tonfall.

»Was?«, rief ich aus. »Mein Name steht in den Annalen und dass ich den Weg nicht kennen darf? Wann?«

Jetzt lag deutlich Unbehagen in Mr Marleys Stimme. »Natürlich steht dort nicht Ihr Name, sonst hätte man doch nicht all die Jahre den anderen Rubin, also, ich meine natürlich Miss Charlotte . . .« Er räusperte sich und verstummte und ich hörte, wie er die Tür öffnete. »Darf ich?«, fragte er, nahm meinen Arm und führte mich in den Flur hinaus. Ich konnte es zwar nicht sehen, aber ich war überzeugt, dass er wieder rot geworden war, denn es war, als würde ich neben einem Heizstrahler hergehen.

»Was genau steht denn da über mich?«, fragte ich.

»Entschuldigen Sie, aber das kann ich wirklich nicht . . . ich habe schon zu viel gesagt.« Man hörte förmlich, wie er die Hände rang, zumindest diejenige, die mich nicht festhielt. Dieser Typ sollte ein Nachfahre des gefährlichen Rakoczy sein? Dass ich nicht lachte!

»Bitte, *Leo*«, sagte ich so freundlich ich konnte.

»Bedaure, aber von mir werden Sie nichts mehr erfahren.« Hinter uns fiel die schwere Tür ins Schloss. Mr Marley ließ meinen Arm los, um sie abzuschließen, wofür er gefühlte zehn Minuten brauchte. Ich versuchte, etwas Zeit herauszuholen, indem ich anschließend einen strammen Schritt anschlug. Was übrigens gar nicht einfach war mit verbundenen Augen. Mr Marley hatte wieder nach meinem Arm gegriffen, was auch gut war, denn ohne einen Lotsen wäre ich in diesem Labyrinth schnell gegen eine Wand gerannt. Ich beschloss, mich noch ein wenig bei ihm einzuschmeicheln, das konnte nichts schaden. Vielleicht war er ja später bereit, mit Informationen herauszurücken.

»Wissen Sie, dass ich Ihren Urahn persönlich kennengelernt habe?« Genau genommen hatte ich sogar ein Foto von ihm gemacht, aber das konnte ich Mr Marley leider nicht zeigen, er hätte sofort gepetzt, dass ich verbotene Gegenstände mit in die Vergangenheit genommen hatte.

»Wirklich? Ich beneide Sie darum. Der Baron muss eine beeindruckende Persönlichkeit gewesen sein.«

»Äh, ja, *sehr* beeindruckend.« In der Tat! Der gruselige alte Junkie. »Er hat mich nach Transsylvanien gefragt, leider konnte ich ihm da wenig Auskunft erteilen.«

»Ja, es muss hart für ihn gewesen sein, im Exil zu leben«, sagte Mr Marley, um gleich darauf ein ziemlich schrilles »Huch!« auszustoßen.

Eine Ratte, dachte ich nur und riss mir panisch die Augenbinde vom Gesicht. Aber es war keine Ratte, die Mr Marley zum Kreischen gebracht hatte. Es war Gideon. Noch ein bisschen unrasierter als heute Nachmittag, aber mit ungemein wach leuchtenden Augen. Und so unglaublich, unverschämt, unfassbar gut aussehend.

»Ich bin's nur«, sagte er lächelnd.

»Das sehe ich«, sagte Mr Marley mürrisch. »Sie haben mir einen Heidenschrecken eingejagt.«

Und mir erst. Meine Unterlippe fing wieder an zu beben und ich grub meine Schneidezähne hinein, damit sie Ruhe gab. Dummes Ding!

»Sie können Feierabend machen, ich bringe Gwendolyn

zum Wagen«, sagte Gideon und hielt mir wie selbstverständlich die Hand hin.

Ich setzte eine möglichst hoheitsvolle Miene auf (so gut man das mit den Vorderzähnen in der Unterlippe eben kann – wahrscheinlich sah ich aus wie ein Biber. Ein hoheitsvoller Biber aber immerhin.) und ignorierte die Hand.

»Das geht nicht«, sagte Mr Marley. »Ich habe den Auftrag, die Miss bis zur . . . aaaargh!« Er starrte mich entsetzt an. »Oh, Miss Gwendolyn, warum haben Sie sich das Tuch abgenommen? Das ist gegen die Vorschrift.«

»Ich dachte, es wäre eine Ratte«, sagte ich und warf Gideon einen finsteren Blick zu. »Womit ich ja auch gar nicht so falsch lag.«

»Da sehen Sie, was Sie angerichtet haben«, sagte Mr Marley anklagend zu Gideon. »Ich weiß gar nicht, was ich jetzt . . . das Protokoll besagt . . . und wenn wir . . .«

»Machen Sie sich nicht ins Hemd, Marley. Komm, Gwenny, wir gehen.«

»Das dürfen Sie gar nicht . . . ich muss darauf bestehen, dass . . .«, stotterte Mr Marley. »Und . . . und . . . und Sie sind mir gegenüber auch gar nicht weisungsberechtigt, äh, -befugt, meine ich natürlich.«

»Dann gehen Sie doch petzen.« Gideon griff nach meinem Arm und zog mich einfach vorwärts. Zuerst wollte ich mich wehren, aber mir war klar, dass ich damit nur noch mehr Zeit verlieren würde. Wahrscheinlich würden wir morgen noch hier stehen und diskutieren. Also ließ ich mich vorwärtsziehen und warf Mr Marley einen entschuldigenden Blick über die Schulter zu. »Wiedersehen, Leo.«

»Ja, genau. Wiedersehen, Leo«, sagte Gideon.

»Das ... das wird Folgen haben«, stotterte Mr Marley hinter uns her, sein Kopf strahlte in dem dämmrigen Gang wie ein Leuchtfeuer.

»Ja, ja. Wir zittern jetzt schon vor Angst.« Gideon schien es egal zu sein, dass Mr Marley ihn noch hören konnte. »Blöder Streber.«

Ich wartete, bis wir um die nächste Ecke gebogen waren, dann machte ich mich los und beschleunigte meine Schritte, bis ich fast lief.

»Irgendwelche olympischen Ambitionen?«, erkundigte sich Gideon.

Ich wirbelte auf dem Absatz herum. »Was willst du von mir?« Leslie wäre stolz auf mein Fauchen gewesen. »Ich hab's wirklich eilig.«

»Ich wollte noch mal sichergehen, dass meine Entschuldigung von heute Nachmittag auch wirklich bei dir angekommen ist.« Aus seiner Stimme war nun jeder Spott verschwunden.

Aus meiner allerdings nicht. »Ja, das ist sie allerdings«, schnaubte ich. »Was aber nicht heißt, dass ich sie angenommen habe.«

»Gwen ...«

»Schon gut, du brauchst nicht wieder zu sagen, dass du mich wirklich magst. Ich mochte dich auch, weißt du? Ich mochte dich sogar sehr. Aber das hat sich jetzt erledigt.« Ich rannte die Wendeltreppe hinauf, so schnell ich konnte. Mit dem Ergebnis, dass ich, oben angelangt, vollkommen außer Atem war. Am liebsten hätte ich mich keuchend über das Geländer gehängt. Aber die Blöße wollte ich mir nicht geben.

Zumal Gideon kein bisschen angestrengt zu sein schien. Also hetzte ich weiter vorwärts, bis er mich am Handgelenk packte und zum Stehenbleiben zwang. Ich zuckte zusammen, weil seine Finger meine Schnittwunde zusammenpressten. Sie begann, wieder zu bluten.

»Es ist okay, dass du mich hasst, wirklich, ich habe kein Problem damit«, sagte Gideon, wobei er mir ernst in die Augen sah. »Aber ich habe Dinge in Erfahrung gebracht, die es nötig machen, dass wir zusammenarbeiten, du und ich. Damit du ... damit wir lebend aus dieser Sache wieder rauskommen.«

Ich versuchte, mich zu befreien, aber sein Griff wurde nur fester. »Und was sind das für Dinge?«, fragte ich, obwohl ich am liebsten laut »Aua!« geschrien hätte.

»So ganz genau weiß ich das auch noch nicht. Aber es könnte durchaus sein, dass ich mich, was Lucys und Pauls Absichten angeht, getäuscht habe. Und daher ist es wichtig, dass du ...« Er stockte, ließ mich los und betrachtete seine Handfläche. »Ist das *Blut?*«

Mist. Jetzt bloß nicht ertappt gucken. »Ist nichts Schlimmes. Ich habe mich heute Morgen in der Schule an einem Blatt Papier geschnitten. Tja, aber um beim Thema zu bleiben: Solange du diese *Dinge,* die du angeblich herausgefunden hast, nicht spezifizieren kannst« (Gott, was war ich stolz, dass mir das Wort eingefallen war), »werde ich auch ganz bestimmt nicht mit dir zusammenarbeiten.«

Gideon versuchte wieder, nach meinem Arm zu greifen. »Das scheint aber eine schlimme Wunde zu sein. Lass mich doch mal sehen ... wir sollten besser zu Dr. White gehen. Vielleicht ist er noch im Haus.«

»Was wohl heißt, dass du dich nicht genauer äußern willst zu dem, was du angeblich in Erfahrung gebracht hast.« Ich hielt ihn mit ausgestrecktem Arm auf Abstand, damit er meine Wunde nicht untersuchen konnte.

»Weil ich selber noch nicht sicher bin, wie ich das alles einzuordnen habe«, sagte Gideon. Und genau wie Lucas vorhin setzte er in leicht verzweifeltem Tonfall hinzu: »Ich brauche einfach mehr Zeit!«

»Ja, wer nicht?« Ich setzte mich wieder in Bewegung. Wir waren schon vor Madame Rossinis Atelier angelangt, von hier war es nicht mehr weit bis zum Ausgang. »Wiedersehen, Gideon. Wir sehen uns ja leider morgen wieder.«

Ich wartete insgeheim darauf, aber er hielt mich nicht mehr auf. Er folgte mir auch nicht. Und obwohl ich für mein Leben gern gesehen hätte, was er für ein Gesicht machte, drehte ich mich nicht nach ihm um. Wäre auch blöd gewesen, weil mir schon wieder die Tränen die Wangen hinunterliefen.

Nick wartete an der Haustür auf mich. »Endlich!«, sagte er. »Ich wollte ohne dich anfangen, aber Mr Bernhard hat gesagt, wir sollen auf dich warten. Er hat im blauen Badezimmer die Toilettenspülung kaputt gemacht und behauptet, er müsse die Fliesen dort aufschlagen, um den Spülkasten auszubauen. Die Geheimtür haben wir von innen verriegelt. Schlau, nicht?«

»Sehr raffiniert.«

»Aber in einer Stunde kommen Lady Arista und Tante Glenda schon wieder zurück und sie werden sicher sagen, er soll die Reparatur auf morgen verlegen.«

»Dann müssen wir uns eben beeilen.« Ich zog ihn kurz an

mich und drückte einen Kuss auf seine wirren roten Haare. So viel Zeit musste sein. »Du hast doch niemandem davon erzählt?«

Nick sah ein wenig schuldbewusst aus. »Nur Caroline. Sie war so . . . ach, du weißt doch, dass sie immer spürt, wenn was in der Luft liegt, und wie bohrend sie fragen kann. Aber sie wird dichthalten und uns helfen, Mum, Tante Maddy und Charlotte abzulenken.«

»Vor allem Charlotte«, sagte ich, mehr zu mir selbst.

»Sie sind noch alle oben im Esszimmer, Mum hat Leslie zum Abendessen eingeladen.«

Im Esszimmer war man gerade dabei, die Tafel aufzuheben. Was bedeutete, dass Tante Maddy auf ihren Sessel vor den Kamin umzog und die Beine hochlegte und Mr Bernhard und Mum den Tisch abräumten. Alle freuten sich, mich zu sehen, das heißt alle außer Charlotte. Na ja, vielleicht konnte sie ihre Freude auch einfach nur sehr gut verbergen.

Xemerius baumelte vom Kronleuchter herab und schrie: »Da bist du ja endlich! Ich wollte gerade vor Langeweile sterben.«

Obwohl es köstlich nach Essen roch und Mum meinte, sie habe mir etwas warm gehalten, behauptete ich heldenhaft, keinen Hunger zu haben, weil ich bereits in Temple zu Abend gegessen hätte. Mein Magen krampfte sich bei dieser Lüge empört zusammen, aber ich konnte meine Zeit unmöglich damit verschwenden, ihn ruhigzustellen.

Leslie grinste mich an. »Das Curry war köstlich. Ich konnte gar nicht aufhören zu essen. Zumal meine Mum im Augenblick wieder so eine schreckliche Experimentierphase hat –

das makrobiotische Zeug, das sie kocht, frisst nicht mal unser Hund.«

»Dafür siehst du aber ganz schön . . . ähem, nennen wir es wohlgenährt aus«, sagte Charlotte spitz. Aus ihrer Flechtfrisur hatten sich ein paar Löckchen gelöst und umrahmten ihr Gesicht äußerst vorteilhaft. Unfassbar, dass jemand so schön aussehen und dabei so gemein sein konnte.

»Du hast es gut. Ich hätte auch gern einen Hund«, sagte Caroline zu Leslie. »Oder irgendein anderes Haustier.«

»Ach, wir haben doch Nick«, sagte Charlotte. »Das ist fast so, als hätten wir einen Affen.«

»Nicht zu vergessen dich echt fiese Giftspinne«, sagte Nick.

»Respekt, Kleiner«, krähte Xemerius von dem Kronleuchter und patschte in die Krallenhände. »Gut gekontert!«

Meine Mum half Mr Bernhard, das Geschirr im Speiseaufzug zu stapeln. »Du weißt genau, dass das nicht geht, Caroline, solange Tante Glenda eine Tierhaarallergie hat.«

»Wir könnten einen Nacktmull anschaffen«, sagte Caroline. »Das wäre besser als nichts.«

Charlotte klappte den Mund auf, ließ ihn aber wieder zufallen, weil ihr offensichtlich nichts Gemeines zum Thema Nacktmull eingefallen war.

Tante Maddy hatte es sich auf ihrem Sessel gemütlich gemacht und zeigte schläfrig auf ihre runde rosige Wange. »Gwendolyn, gib deiner Großtante einen Kuss! Es ist schrecklich, dass wir dich nur noch so selten zu Gesicht bekommen. Heute Nacht habe ich wieder von dir geträumt und ich sag's gleich, es war kein schöner Traum . . .«

»Kannst du mir das später erzählen?« Ich küsste sie und

flüsterte dabei in ihr Ohr: »Und kannst du bitte helfen, Charlotte aus dem blauen Badezimmer fernzuhalten?«

Tante Maddys Grübchen vertieften sich und sie zwinkerte mir zu. Mit einem Mal sah sie wieder hellwach aus.

Mum, die mit einer Freundin verabredet war, hatte heute viel bessere Laune als die vergangenen Tage, keine besorgten Blicke und keine übertriebenen Seufzer, wenn sie mich ansah. Zu meinem Erstaunen erlaubte sie, dass Leslie noch blieb. Sie sparte uns sogar die üblichen Vorträge über die Gefahren von nächtlichen Busfahrten. Mehr noch, Nick durfte Mr Bernhard bei der Reparatur des angeblich defekten Spülkastens assistieren, egal wie lange es dauern würde. Nur Caroline hatte Pech: Sie wurde ins Bett geschickt. »Aber ich will dabei sein, wenn sie den Scha… den Spülkasten abmontieren«, bettelte sie und verdrückte eine Träne, als Mum sich nicht erweichen ließ.

»Ich gehe auch jetzt schon ins Bett«, sagte Charlotte zu Caroline. »Mit einem guten Buch.«

»*Im Schatten der Vampirhügel*«, petzte Xemerius. »Sie ist schon auf Seite 413 und an der Stelle, wo der junge, wenn auch untote Christopher St. Ives die bildschöne Mary Lou endlich ins Bett kriegt.«

Ich warf ihm einen amüsierten Blick zu und zu meiner Verblüffung sah er plötzlich leicht verlegen aus. »Ich schwör's, ich hab nur ganz kurz reingelesen«, sagte er und sprang vom Kronleuchter aufs Fensterbrett.

Tante Maddy nutzte Charlottes Ankündigung. »Oh, aber meine Liebe! Ich dachte, du leistest mir noch ein bisschen Gesellschaft im Musikzimmer«, sagte sie. »Ich würde so gern mal wieder Scrabble spielen.«

Charlotte verdrehte die Augen. »Das letzte Mal mussten wir dich vom Spiel ausschließen, weil du darauf bestanden hast, dass es das Wort *Ohrenkatze* gibt.«

»Ja, das gibt es ja auch. Das ist eine Katze mit Ohren.« Tante Maddy erhob sich und hängte sich bei Charlotte ein. »Aber von mir aus gilt das heute nicht.«

»Und auch nicht *Springvogel* und *Kuhsaft*«, sagte Charlotte.

»Aber einen Springvogel gibt es doch ganz bestimmt, Häschen«, sagte Tante Maddy und zwinkerte mir zu.

Ich umarmte meine Mum, bevor ich mit Leslie hinauf in mein Zimmer ging. »Übrigens soll ich dir schöne Grüße von Falk de Villiers bestellen. Er wollte wissen, ob du einen festen Freund hast.« Mit dieser Mitteilung hätte ich wohl besser gewartet, bis Charlotte und Tante Maddy den Raum verlassen hatten, denn beide blieben wie angewurzelt stehen und schauten Mum neugierig an.

»Was?« Mum errötete leicht. »Und was hast du geantwortet?«

»Na, dass du schon seit Ewigkeiten mit niemandem ausgegangen bist und dass der letzte Typ, mit dem du dich getroffen hast, sich immer im Schritt gekratzt hat, wenn er dachte, es schaut niemand.«

»Das hast du nicht gesagt!«

Ich lachte. »Nein, habe ich nicht.«

»Oh, redet ihr von diesem gut aussehenden Banker, mit dem dich Arista verkuppeln wollte? Mr Itchman?«, mischte sich Tante Maddy ein. »*Das* waren Filzläuse, garantiert.«

Leslie kicherte.

»Er hieß Hitchman, Tante Maddy.« Meine Mutter rieb sich schaudernd die Arme. »Gut, dass ich das mit den Filzläusen nicht überprüft habe. Also, was hast du ihm nun wirklich gesagt? Falk, meine ich.«

»Nichts«, sagte ich. »Soll ich ihn bei der nächsten Gelegenheit vielleicht fragen, ob er in festen Händen ist?«

»Untersteh dich«, sagte Mum. Dann grinste sie und fügte hinzu: »Ist er nicht. Das weiß ich zufällig von einer Freundin, die eine Freundin hat, die näher mit ihm bekannt ist . . . – nicht, dass mich das interessieren würde.«

»Nee, is klar«, sagte Xemerius. Er flatterte vom Fensterbrett und setzte sich mitten auf den Esstisch. »Können wir dann jetzt endlich mal?«

Eine halbe Stunde später war Leslie auf dem neusten Stand der Dinge und Caroline im Besitz eines echten Vintage-Häkelschweins aus dem Jahr 1929. Als ich ihr erzählte, woher ich es hatte, war sie schwer beeindruckt und wollte das Ferkel Margret nennen, Lady Tilney zu Ehren. Mit dem Schwein in den Armen schlief sie glücklich ein, als es endlich ruhig geworden war.

Man hatte Mr Bernhards Hammer- und Meißelgeklopfe im ganzen Haus hören können – heimlich hätten wir die Mauer niemals aufschlagen können. Und heimlich schafften Mr Bernhard und Nick es auch nicht, die Truhe hinauf in mein Zimmer zu schaffen. Gleich hinter ihnen kam Tante Maddy durch die Tür getrippelt.

»Sie hat uns auf der Treppe erwischt«, sagte Nick entschuldigend.

».. . und sie hat die Truhe wiedererkannt«, sagte Tante Maddy aufgeregt. »Sie gehörte meinem Bruder. Jahrelang stand sie in der Bibliothek und dann – kurz vor seinem Tod – war sie plötzlich verschwunden. Ich denke doch, dass es mein gutes Recht ist zu erfahren, was ihr damit vorhabt.«

Mr Bernhard seufzte. »Wir hatten leider keine andere Wahl – in diesem Augenblick sind Lady Arista und Miss Glenda nach Hause gekommen.«

»Ja, und da war ich auf jeden Fall das kleinere Übel, nicht wahr?« Tante Maddy lachte zufrieden.

»Hauptsache, Charlotte hat nichts davon mitbekommen«, sagte Leslie.

»Nein, nein, keine Sorge. Sie ist wutschnaubend in ihr Zimmer gegangen, nur weil ich das Wort *Kartenschere* gelegt habe.«

»Was, wie jeder weiß, eine Schere ist, mit der man Karten durchschneidet«, sagte Xemerius. »Warum auch immer. Darf in keinem Haushalt fehlen.«

Tante Maddy kniete sich neben der Truhe auf den Boden und streichelte über den staubigen Deckel. »Wo habt ihr die her?«

Mr Bernhard sah mich fragend an und ich zuckte mit den Schultern. Wo sie nun schon mal da war, konnten wir sie auch gleich in alles einweihen.

»Ich hatte sie im Auftrag Ihres Bruders eingemauert«, erklärte Mr Bernhard würdevoll. »Am Abend vor seinem Tod.«

»Erst am Abend vor seinem Tod?«, echote ich. Das war auch für mich neu.

»Und was ist drin?«, wollte Tante Maddy wissen. Sie hatte

sich wieder aufgerichtet und suchte nun nach einem Sitzplatz. Als sie nichts anderes fand, ließ sie sich neben Leslie auf meiner Bettkante nieder.

»Das ist ja die große Frage«, sagte Nick.

»Die große Frage ist vielmehr, wie wir die Truhe aufkriegen«, sagte Mr Bernhard. »Denn der Schlüssel verschwand mit den Tagebüchern von Lord Montrose, damals bei diesem Einbruch.«

»Welcher Einbruch?«, fragten Leslie und Nick wie aus einem Mund.

»Am Tag der Beerdigung eures Großvaters wurde hier eingebrochen«, erklärte Tante Maddy. »Während wir alle auf dem Friedhof waren, um Abschied zu nehmen. Ein so trauriger Tag, nicht wahr, mein Lieber?« Tante Maddy sah zu Mr Bernhard hinauf, der mit unbewegtem Gesicht zuhörte.

Mir kam das vage bekannt vor. Soweit ich mich erinnerte, waren die Einbrecher damals gestört worden und geflohen, bevor sie etwas hatten mitnehmen können.

Aber als ich das Nick und Leslie erklärte, widersprach meine Tante.

»Nein, nein, mein Engelchen. Die Polizei ging nur davon aus, dass nichts gestohlen worden war, weil all das Bargeld, die Inhaberobligationen und der wertvolle Schmuck noch im Safe lagen.«

»Was nur dann Sinn ergeben hätte, wenn die Einbrecher es lediglich auf die Tagebücher abgesehen hatten«, sagte Mr Bernhard. »Ich habe mir damals erlaubt, diese These der Polizei zu unterbreiten, aber niemand hat mir geglaubt. Es gab zudem keine Aufbruchsspuren am Safe, was bedeutet, dass die Diebe die Kombination gekannt hätten müssen. Also nahm man an, Lord Montrose habe seine Tagebücher an einen anderen Ort verlegt.«

»*Ich* habe Ihnen geglaubt, mein Lieber«, sagte Tante Maddy. »Aber leider hatte meine Meinung zu diesem Zeitpunkt kein besonderes Gewicht. Na ja, das hat sie eigentlich nie«, fügte sie mit kraus gezogener Nase hinzu. »Wie dem auch sei: Drei Tage, bevor Lucas starb, hatte ich eine Vision und ich war überzeugt, dass er keines natürlichen Todes gestorben war. Leider hielten mich alle wie üblich für . . . verrückt. Dabei war die Vision so eindeutig: Ein gewaltiger Panther sprang auf Lucas' Brust und zerfetzte ihm die Kehle.«

»Ja, *sehr* eindeutig«, murmelte Leslie und ich fragte: »Und die Tagebücher?«

»Blieben verschwunden«, erklärte Mr Bernhard. »Und mit ihnen der Schlüssel zu dieser Truhe, denn den hatte Lord Montrose hinten in das aktuelle Tagebuch geklebt, was ich mit meinen eigenen Augen bezeugen kann.«

Xemerius schlug ungeduldig mit seinen Flügeln. »Ich bin dafür, dass wir mit dem Gequatsche aufhören und ein Brecheisen holen.«

»Aber . . . Grandpa hatte einen Herzinfarkt«, sagte Nick.

»Nun ja – danach sah es jedenfalls aus.« Tante Maddy seufzte tief. »Er ist – achtzigjährig – an seinem Schreibtisch in seinem Büro in Temple zusammengebrochen. Meine Vision war offensichtlich nicht Grund genug, eine Autopsie zu veranlassen. Arista war sehr böse auf mich, als ich das von ihr verlangte.«

»Ich habe eine Gänsehaut«, flüsterte Nick, rückte ein bisschen näher und lehnte sich gegen mich. Eine Weile schwiegen wir. Nur Xemerius kreiste um meine Deckenlampe und rief: »Nu macht mal hinne!«, aber das konnte ja niemand außer mir hören.

»Das sind schon eine Menge Zufälle«, sagte Leslie schließlich.

»Ja«, stimmte ich zu.« Lucas lässt die Truhe einmauern und ist *zufällig* am nächsten Tag tot.«

»Ja, und *zufällig* habe ich drei Tage vorher eine Vision von seinem Tod«, sagte Tante Maddy.

»Und *zufällig* verschwinden dann auch seine Tagebücher spurlos«, ergänzte Nick.

»Und *zufällig* sieht der Schlüssel, den Miss Leslie da um ihren Hals trägt, genau aus wie der Schlüssel zu dieser Truhe«, sagte Mr Bernhard beinahe entschuldigend. »Ich musste während des Abendessens die ganze Zeit hinstarren.«

Leslie fasste perplex nach ihrer Kette. »Dieser hier? Der Schlüssel zu meinem Herzen?«

»Das kann aber nicht sein«, sagte ich. »Ich habe ihn aus einer Schreibtischschublade in Temple geklaut, irgendwann im 18. Jahrhundert. Das wäre ein bisschen viel Zufall, oder nicht?«

»Der Zufall ist der einzig legitime Herrscher des Universums, hat schon Einstein gesagt. Und der muss es ja wissen.« Tante Maddy beugte sich interessiert vor.

»Das hat nicht Einstein gesagt, sondern Napoleon«, rief Xemerius von der Decke. »Und der hatte nicht alle gestreiften Murmeln im Sack!«

»Vielleicht täusche ich mich ja auch – alte Schlüssel sehen einander ja alle recht ähnlich«, sagte Mr Bernhard.

Leslie friemelte den Verschluss des Kettchens auf und reichte mir den Schlüssel. »Einen Versuch ist es allemal wert.«

Ich gab den Schlüssel an Mr Bernhard weiter. Alle hielten kollektiv die Luft an, als er vor der Truhe niederkniete und den Schlüssel in das zierliche Schloss steckte. Er ließ sich mühelos drehen.

»Nicht zu fassen«, flüsterte Leslie.

Tante Maddy nickte zufrieden. »Es gibt eben keine Zufälle! Alles, alles ist Schicksal. Und jetzt spannen Sie uns nicht länger auf die Folter und öffnen Sie den Deckel, Mr Bernhard.«

»Moment!« Ich holte tief Luft. »Es ist wichtig, dass alle hier im Raum absolutes Stillschweigen über das wahren, was sich in der Truhe befindet!«

So schnell konnte es gehen: Vor ein paar Tagen hatte ich mich noch über die Geheimnistuerei der Wächter beschwert und jetzt gründete ich selber eine Geheimgesellschaft. Fehlte nur noch, dass ich von allen verlangte, sich die Augen zuzubinden, wenn sie mein Zimmer verließen.

»Klingt so, als wüsstest du bereits, was drin ist«, sagte Xemerius, der schon mehrfach versucht hatte, seinen Kopf durch das Holz in die Truhe zu stecken, aber jedes Mal hustend wieder hochgekommen war.

»Natürlich verraten wir nichts«, sagte Nick ein bisschen beleidigt und auch Leslie und Tante Maddy sahen mich geradezu empört an. Selbst in Mr Bernhards unbewegtem Gesicht hatte sich eine Augenbraue gehoben.

»Schwört es«, verlangte ich und damit sie verstanden, wie ernst ich es meinte, setzte ich hinzu: »Schwört es bei eurem Leben!«

Nur Tante Maddy sprang auf und legte begeistert ihre Hand aufs Herz. Die anderen zögerten noch. »Können wir nicht was anderes als das Leben nehmen?«, murrte Leslie. »Ich finde, die linke Hand würde reichen.«

Ich schüttelte den Kopf. »Schwört es!«

»Ich schwöre bei meinem Leben!«, rief Tante Maddy fröhlich.

»Ich schwöre«, murmelten alle anderen verlegen vor sich hin. Nick begann, nervös zu kichern, weil Tante Maddy jetzt auch noch zur feierlichen Untermalung die Melodie der Nationalhymne summte.

Es knirschte ein wenig, als Mr Bernhard – nicht ohne sich vorher noch einmal mit einem Blick zu vergewissern, dass ich auch einverstanden war – den Deckel der Truhe anhob. Vorsichtig falteten seine Finger mehrere morsche Samttücher auseinander, und als er schließlich den Gegenstand freigelegt hatte, der darin eingeschlagen gewesen war, stießen alle außer mir einen überraschten Laut aus, so was wie »oh« und »ah«. Nur Xemerius rief: »Alter Falter!«

»Ist das etwa das, was ich denke?«, fragte Tante Maddy nach einer Weile immer noch mit kugelrunden Augen.

»Ja«, sagte ich und strich mir müde die Haare aus dem Gesicht. »Das ist ein Chronograf.«

Nick und Tante Maddy waren widerwillig, Mr Bernhard unauffällig und Leslie nur unter Protest gegangen. Aber ihre Mutter hatte sich schon zweimal per Handy erkundigt, ob sie a) eventuell ermordet oder b) vielleicht auch zerstückelt irgendwo im Hyde Park lag, so gesehen blieb ihr keine andere Wahl.

Vorher jedoch hatte ich ihr schwören müssen, unseren

Masterplan streng einzuhalten. »Bei deinem Leben«, verlangte sie und ich tat ihr den Gefallen. Im Gegensatz zu Tante Maddy verzichtete ich allerdings auf die Nationalhymne.

Endlich war Stille in meinem Zimmer eingekehrt und zwei Stunden später, nachdem meine Mum noch den Kopf zur Tür reingesteckt hatte, auch im ganzen Haus. Ich hatte sehr mit mir gekämpft, ob ich den Chronografen wirklich direkt heute Nacht ausprobieren sollte. Für Lucas würde es keinen Unterschied machen, ob ich heute oder erst morgen oder gar erst in vier Wochen zu unserer Verabredung im Jahr 1956 springen würde, für mich hingegen würde eine zur Abwechslung mal durchgeschlafene Nacht wahrscheinlich Wunder bewirken. Andererseits: Morgen musste ich auf diesen Ball und dem Grafen von Saint Germain erneut gegenübertreten und wusste immer noch nicht, was er im Schilde führte.

Den Chronografen in meinem Bademantel gehüllt, schlich ich mich die Treppe hinunter. »Warum schleppst du das Ding eigentlich durchs ganze Haus?«, fragte Xemerius. »Du könntest doch einfach aus deinem Zimmer springen.«

»Ja, aber weiß ich, wer im Jahr 1956 da geschlafen hat? Und dann müsste ich mich noch durch das ganze Haus schleichen und riskieren, dass mich wieder jemand für eine Einbrecherin hält . . . Nein, ich springe direkt im Geheimgang, da laufe ich bei der Landung nicht Gefahr, von jemandem gesehen zu werden. Lucas will vor Urururururgroßonkel Hughs Porträt auf mich warten.«

»Die Anzahl der Urs ist jedes Mal eine andere«, stellte Xemerius fest. »Wenn ich ihr wäre, würde ich ihn einfach fetter Vorfahr nennen.«

Ich ignorierte ihn und konzentrierte mich lieber auf die kaputten Treppenstufen. Kurze Zeit später klappte ich das Gemälde ganz ohne Quietschen beiseite, denn Mr Bernhard hatte den Mechanismus geölt. Außerdem hatte er sowohl zur Badezimmertür als auch zum Treppenhausausgang hin Riegel angebracht. Ich zögerte zuerst, alle beide vorzulegen. Denn wenn ich aus irgendeinem Grund gezwungen wäre, außerhalb des Geheimgangs zurückzuspringen, hätte ich mich damit selber aus- und den Chronografen eingeschlossen.

»Drück mir die Daumen, dass es funktioniert«, sagte ich zu Xemerius, als ich schließlich niederkniete und meinen Zeigefinger in das Kläppchen unter dem Rubin schob und fest in die Nadel drückte. (Man gewöhnte sich übrigens nicht an den Schmerz: Es tat jedes Mal wieder höllisch weh.)

»Würde ich machen, wenn ich welche hätte«, sagte Xemerius noch, dann war er verschwunden und mit ihm auch der Chronograf.

Ich atmete tief durch, aber die abgestandene Luft im Gang half nicht wirklich, das Schwindelgefühl zu verdrängen. Etwas wackelig richtete ich mich auf, packte Nicks Taschenlampe fester und öffnete die Tür hinaus zum Treppenhaus. Es knarrte und quietschte wieder wie in einem Gruselfilmklassiker, als das Gemälde zur Seite schwang.

»Da bist du ja«, raunte Lucas, der, ebenfalls mit einer Taschenlampe bewaffnet, auf der anderen Seite gewartet hatte. »Eine Sekunde lang habe ich gefürchtet, es könne ein Hausgespenst sein, pünktlich um Mitternacht . . .«

»In einem Peter-Rabbit-Pyjama?«

»Ich habe ein bisschen was getrunken, von daher . . . Aber

ich bin froh, dass ich recht hatte, was den Inhalt der Truhe betrifft.«

»Ja, und glücklicherweise funktioniert der Chronograf auch noch. Ich habe eine Stunde, wie verabredet.«

»Dann komm schnell, bevor er wieder losbrüllt und das ganze Haus aufweckt.«

»Wer?«, flüsterte ich alarmiert zurück.

»Na, der kleine Harry! Er kriegt Zähne oder so was. Brüllt jedenfalls wie eine Sirene.«

»*Onkel* Harry?«

»Arista sagt, wir müssen ihn aus erzieherischen Gründen schreien lassen, sonst wird er eine Memme. Aber das kann kein Mensch aushalten. Manchmal schleiche ich mich heimlich zu ihm, Memme hin, Memme her. Wenn man *Fuchs, du hast die Gans gestohlen* singt, hört er auf zu schreien.«

»Armer Onkel Harry. Ein klassischer Fall frühkindlicher Prägung, würde ich mal sagen.« Kein Wunder, dass er heute so scharf darauf war, alles abzuknallen, was ihm vor die Flinte kam, Enten, Hirsche, Wildschweine – und ganz besonders Füchse! Er war Vorsitzender einer Vereinigung, die für die Wiedereinführung der legalen Fuchstreibjagd in Gloucestershire kämpfte. »Vielleicht solltest du was anderes singen. Und ihm einen Fuchs als Kuscheltier besorgen.«

Wir gelangten unbemerkt in die Bibliothek, und als Lucas die Tür hinter uns abgeschlossen hatte, atmete er erleichtert auf. »Das hätten wir schon mal geschafft.« Im Raum hatte sich gegenüber meiner Zeit kaum etwas verändert, nur die beiden Sessel vor dem Kamin hatten einen anderen Bezug, schottisches Karo in Grün und Blau statt cremefarbene Rosen auf moosgrünem Grund. Auf dem Tischchen dazwischen standen eine Teekanne mit einem Stövchen, zwei Tassen und – ich machte die Augen zu und wieder auf – aber tatsächlich, das war keine Halluzination – das war ein Teller mit Sandwiches! Keine trockenen Kekse! Sondern echte, nahrhafte Sandwiches! Ich fasste es nicht. Lucas ließ sich auf einen der Sessel sinken und zeigte auf den Platz gegenüber.

»Falls du Hunger hast, bedien. . .«, sagte er, aber da hatte ich schon nach dem ersten Sandwich gegriffen und meine Zähne hineingegraben.

»Du rettest mir das Leben!«, brachte ich mit vollem Mund heraus. Dann fiel mir etwas ein: »Aber das ist hoffentlich nicht Pastrami?«

»Nein. Gurke und Schinken«, sagte Lucas. »Du siehst müde aus!«

»Du auch.«

»Ich habe mich auch noch nicht von den Aufregungen gestern Abend erholt. Vorhin musste ich mir, wie gesagt, erst mal einen Whisky genehmigen. Na gut, zwei. Dabei sind mir aber auch zwei Dinge klar geworden . . . ja, ja, nimm das andere Sandwich ruhig auch. Und lass dir diesmal Zeit beim Kauen. Man bekommt ein bisschen Angst, wenn man dir so zuschaut.«

»Sprich weiter«, sagte ich. Oh Gott! Das Essen tat so gut! Ich hatte das Gefühl, noch niemals so leckere Sandwiches gegessen zu haben. »Welche zwei Dinge sind dir klar geworden?«

»Also, erstens: So nett es ja auch ist: Unsere Treffen müssen viel weiter in der Zukunft stattfinden, wenn sie uns weiterbringen sollen, so nah wie möglich an deinem Geburtsjahr. Bis dahin habe ich vielleicht verstanden, was Lucy und Paul vorhaben und warum, und ganz bestimmt weiß ich dann mehr als heute. Das bedeutet, das nächste Mal sehen wir uns im Jahr 1993. Dann kann ich dir auch weiterhelfen, was diese Sache mit dem Ball angeht.«

Ja, das klang logisch.

»Und zweitens: Das Ganze funktioniert nur, wenn ich mich noch tiefer in die Machtzentrale der Wächter vorarbeite, und zwar bis in den Inneren Kreis.«

Ich nickte heftig. Sagen konnte ich nichts, mein Mund war zu voll.

»Bis jetzt hat sich mein Ehrgeiz diesbezüglich in Grenzen gehalten.« Lucas' Blick fiel auf das Familienwappen der Montroses, das über dem Kamin hing. Ein Schwert, von Rosen umrankt, darunter die Worte HIC RHODOS, HIC SALTA, was so viel hieß wie *Zeig, was du wirklich kannst.* »Auch wenn ich von Anfang an einen guten Stand in der Loge hatte – die Familie Montrose war schließlich bereits bei den Gründungsmitgliedern im Jahr 1745 vertreten und außerdem bin ich mit einer potenziellen Genträgerin aus der Jadelinie verheiratet! Trotzdem hatte ich eigentlich nicht vor, mich stärker zu engagieren als nötig . . . nun ja, das hat sich hiermit erledigt. Deinetwegen und Lucy und Paul zuliebe werde ich sogar Kenneth de Villiers in den Hi. . . äh . . . werde ich mich beim Boss einschleimen. Ich weiß nicht, ob es funktionieren wird, aber . . .«

»Doch, das wird es! Du wirst sogar Großmeister sein«, sagte ich und klopfte mir die Krümel vom Schlafanzug. Nur mit Mühe unterdrückte ich einen zufriedenen Rülpser. Ach, war das herrlich, endlich wieder satt zu sein. »Mal überlegen: Im Jahr 1993 wirst du ...«

»Schschscht!« Lucas beugte sich vor und legte mir einen Finger auf den Mund. »Ich möchte es nicht hören. Möglicherweise ist das nicht klug, aber ich möchte nicht wissen, was die Zukunft für mich bereithält, sofern es nicht in dieser Angelegenheit weiterhilft. Bis zu unserem nächsten Treffen habe ich siebenunddreißig Jahre zu leben und die möchte ich so ... na ja ... *unbeschwert* wie möglich verbringen. Verstehst du das?«

»Ja.« Ich sah ihn traurig an. »Ja, das verstehe ich sogar gut.« Unter diesen Umständen war es wohl nicht angebracht, ihm von Tante Maddys und Mr Bernhards Vermutung zu erzählen, er sei keines natürlichen Todes gestorben. Das konnte ich 1993 immer noch tun.

Ich lehnte mich im Sessel zurück und versuchte ein Lächeln. »Dann lass uns über die Magie des Raben sprechen, Grandpa. Da ist nämlich etwas, das du noch nicht über mich weißt.«

Aus den Annalen der Wächter

2. April 1916

Parole des Tages: *Duo cum faciunt idem, non est idem*
(Terentius)

London steht weiterhin unter Beschuss, gestern sind die
deutschen Geschwader sogar tagsüber geflogen, die
Bomben richten große Schäden im ganzen Stadtgebiet an.
Die Stadtverwaltung hat Teile der von der City und dem
Justizpalast zugänglichen Gewölbe als öffentliche
Luftschutzkeller ausgewiesen. Daher haben wir mit dem
Zumauern der bekannten Durchgänge begonnen, die
Zahl unserer Wachen im Kellerbereich verdreifacht und
außerdem die traditionellen Waffen durch
zeitgemäße ergänzt.

Wir elapsierten heute erneut nach dem
Sicherheitsprotokoll zu dritt aus dem Dokumentenraum
ins Jahr 1851. Wir hatten alle etwas zu lesen dabei und
es hätte sich friedlich angehen lassen, wenn Lady Tilney
meine Bemerkungen über ihre Lektüre mit etwas mehr
Humor aufgefasst und nicht gleich wieder einen
Grundsatzstreit vom Zaun gebrochen hätte. Ich stehe zu
meiner Meinung, die Gedichte dieses Rilke sind blanker

Unsinn, wirres Zeug und überdies ist es unpatriotisch, deutsche Literatur zu lesen, wir befinden uns mitten im Krieg! Ich hasse es, wenn mich jemand bekehren will, wovon sich Lady Tilney aber leider nicht abbringen ließ. Sie las gerade eine abartige Stelle über verkümmerte Hände vor, die feucht und schwer hüpfen wie Kröten nach einem Regen, oder so ähnlich, als es an der Tür klopfte. Selbstverständlich   hrecken, daher   Frechheit

             Rätsel   b   hi   üb

                     Lady

zu kennen, auch wenn sie es hinterher abstritt.

Aufklärung   niemand!!!!!

         Blut ohne se   ein Meter

fünfundachtzi   grün

                           Jahr.

Randnotiz: 17.5.1986
Offensichtlich durch verschütteten Kaffee unleserlich gemacht. Die Seiten 34 bis 36 fehlen ganz. Plädiere für die Einführung einer Regel, die Novizen die Lektüre der Annalen nur unter Aufsicht gestattet.
D. Clarksen, Archivar (schwer verärgert!!!)

5.

Och nö, du hast ja schon wieder geheult«, sagte Xemerius, der mich im Geheimgang erwartet hatte.

»Ja«, sagte ich kurz angebunden. Der Abschied von Lucas war mir sehr schwergefallen und nicht nur ich hatte ein paar Tränen verdrückt. Siebenunddreißig Jahre würden wir uns nicht sehen, jedenfalls von ihm aus betrachtet, und wir fanden beide, dass das eine unfassbar lange Zeit war. Am liebsten wäre ich jetzt sofort ins Jahr 1993 gesprungen, aber ich hatte Lucas versprechen müssen, dass ich mich erst einmal ausschlief. Na ja oder was man so ausschlafen nennt. Es war zwei Uhr morgens und um Viertel vor sieben musste ich wieder aufstehen. Wahrscheinlich würde Mum einen Kran benötigen, um mich aus dem Bett zu hieven.

Da von Xemerius keine freche Erwiderung kam, leuchtete ich ihm mit der Taschenlampe ins Gesicht. Wahrscheinlich bildete ich es mir nur ein, aber er sah ein bisschen traurig aus und mir fiel ein, dass ich ihn den ganzen Tag sehr vernachlässigt hatte. »Nett, dass du auf mich gewartet hast, Xemi . . . erius«, sagte ich mit plötzlich aufwallender Zärtlichkeit. Ich hätte ihn auch gern gestreichelt, aber das kann man mit Geistern nicht machen.

»Nur Zufall. Hab mich in der Zwischenzeit mal nach einem geeigneten Versteck für das Ding umgeschaut.« Er zeigte auf den Chronografen, den ich nun wieder in meinen Bademantel wickelte und zuerst auf meine Hüfte und von dort unter meinen Arm wuchtete. Gähnend schlüpfte ich durch die Öffnung hinaus ins Treppenhaus und ließ das Bild von Ururur. . . vom fetten Vorfahren leise zurück vor den Eingang gleiten.

Xemerius flog neben mir her die Treppe hinauf. »Wenn du die Rückwand von deinem Wandschrank eindrückst – ist nur Gipskarton, das schaffst du –, kannst du von dort in die Abseiten kriechen. Und da gibt es zahllose Versteckmöglichkeiten.«

»Für heute Nacht schiebe ich ihn einfach unters Bett, glaube ich.« Meine Beine waren bleischwer vor Müdigkeit. Ich hatte die Taschenlampe ausgeschaltet, den Weg ins Schlafzimmer fand ich im Dunkeln. Wahrscheinlich auch im Schlaf. In Höhe von Charlottes Zimmer schlief ich jedenfalls schon halb, und deshalb fiel mir vor Schreck beinahe der Chronograf runter, als die Zimmertür aufging und mich in einem Streifen von Licht gefangen hielt.

»Oh, Shit«, brummte Xemerius. »Vorhin haben noch alle gepennt, ehrlich!«

»Bist du nicht allmählich zu alt für diesen Häschenschlafanzug?«, fragte Charlotte. Sie lehnte sich, bekleidet mit einem Spaghettiträger-Nachthemd, anmutig in ihren Türrahmen. Die Haare fielen ihr in glänzenden Wellen über die Schultern. (Das ist ein Vorteil von Flechtfrisuren: Sie wirken gleichzeitig wie Lockenwickler mit eingebautem Rauschgoldengel-Effekt.)

»Spinnst du, mich so zu erschrecken?« Ich flüsterte, damit Tante Glenda nicht auch noch wach wurde.

»Warum schleichst du mitten in der Nacht durch meinen Flur? Was hast du da?«

»Was soll das heißen – dein Flur? Soll ich draußen an der Fassade hochklettern, um in mein Zimmer zu kommen?«

Charlotte löste sich vom Türrahmen und trat einen Schritt auf mich zu. »Was ist das unter deinem Arm?«, wiederholte sie, diesmal drohend. Dass sie flüsterte, machte es nur noch nachdrücklicher. Und dazu guckte sie so . . . gefährlich, dass ich mich nicht an ihr vorbeitraute.

»Oh, oh«, sagte Xemerius. »Da leidet aber jemand ganz schlimm unter PMS. Mit der würde ich mich heute nicht anlegen.«

Das hatte ich auch gar nicht vor. »Meinst du meinen Bademantel?«

»Zeig mal, was da drin ist!«, verlangte sie.

Ich machte einen Schritt zurück. »Hast du sie nicht mehr alle? Ich zeig dir doch nicht mitten in der Nacht meinen Bademantel. Lass mich jetzt gefälligst durch, ich will in mein Bett!«

»Und ich will sehen, was du da hast!«, zischte Charlotte. »Glaubst du eigentlich, ich bin so naiv wie du? Meinst du, ich habe eure verschwörerischen Blicke und das Getuschel nicht mitbekommen? Wenn ihr etwas vor mir geheim halten wollt, müsst ihr schon ein bisschen raffinierter vorgehen. Was hat es mit dieser Truhe auf sich, die dein Bruder und Mr Bernhard zu dir hinaufgetragen haben? Ist das, was du unter deinem Arm trägst, darin gewesen?«

»Also, dumm ist sie ja nicht«, sagte Xemerius und kratzte sich mit einem Flügel an der Nase.

Zu einer anderen Tageszeit und in einem wacheren Moment hätte ich sicher aus dem Stegreif eine Geschichte erfunden, aber jetzt hatte ich schlichtweg nicht die Nerven dazu. »Das geht dich gar nichts an!«, fauchte ich.

»Doch, das tut es!«, fauchte Charlotte zurück. »Ich bin vielleicht nicht der Rubin und damit kein Mitglied des Kreises der Zwölf – aber im Gegensatz zu dir *denke* ich wenigstens wie eins! Ich konnte nicht alles hören, was ihr in deinem Zimmer besprochen habt, die Türen in diesem Haus sind einfach zu massiv, aber das, was ich verstanden habe, reicht vollkommen aus!« Sie machte noch einen Schritt auf mich zu und zeigte auf meinen Bademantel. »Du solltest mir *das da* auf der Stelle geben, wenn du nicht willst, dass ich es mir hole!«

»Du hast uns belauscht?« Mir wurde schlagartig übel. Wie viel hatte sie mitbekommen? Wusste sie, dass *das da* der Chronograf war? Der übrigens sein Gewicht während der letzten Minute mindestens verdoppelt zu haben schien. Ich nahm ihn für alle Fälle in beide Hände, wobei Nicks Taschenlampe zu Boden polterte. Mittlerweile war ich mir nicht mehr so sicher, ob ich wirklich wollte, dass Tante Glenda weiterschlief.

»Wusstest du, dass Gideon und ich zusammen in *Krav Maga* unterrichtet wurden?« Charlotte machte noch einen Schritt auf mich zu und ich machte automatisch einen zurück.

»Nein, aber wusstest du, dass du gerade guckst wie das verrückte Nagetier in Ice Age?«

»Vielleicht haben wir Glück und Krav Maga ist nur harmloser Schweinkram«, sagte Xemerius. »Wie Kamasutra! Haha!« Er kicherte. »'tschuldigung, aber die besten Witze fallen mir immer in Extremsituationen ein.«

»Krav Maga ist eine israelische Nahkampftechnik, sehr effektiv«, informierte mich Charlotte. »Ich könnte dich mit einem Tritt in den Plexus solaris außer Gefecht setzen oder dir mit einem einzigen Schlag das Genick brechen.«

»Und ich könnte um Hilfe rufen!« Bis jetzt hatte unsere Unterhaltung im Flüsterton stattgefunden, so in etwa musste es sich anhören, wenn Schlangen sich miteinander unterhielten, *zisch, zisch, zisch.*

Was würde passieren, wenn ich die anderen Bewohner dieses Hauses auf den Plan riefe? Wahrscheinlich würde Charlotte mir dann nicht das Genick brechen, aber alle würden wissen wollen, was ich in den Bademantel eingewickelt hatte.

Charlotte schien meine Gedanken zu erraten, sie lachte höhnisch, während sie näher tänzelte. »Bitte! Schrei doch!«

»Ich würde es tun«, sagte Xemerius.

Aber das musste ich gar nicht mehr, denn hinter Charlotte tauchte, wie immer nahezu aus dem Nichts, Mr Bernhard auf. »Kann ich den Damen irgendwie behilflich sein?«, erkundigte er sich und Charlotte schnellte herum wie eine erschrockene Katze. Für den Bruchteil einer Sekunde dachte ich, sie wolle Mr Bernhard in den Plexus solaris treten, so rein aus Reflex, aber obwohl ihre Fußspitze zuckte, tat sie es glücklicherweise doch nicht.

»Ich bekomme auch des Nachts manchmal Hunger und würde mich bereit erklären, einen kleinen Snack zuzubereiten, wenn ich ohnehin einmal dabei bin«, fuhr Mr Bernhard ungerührt fort.

Ich war über seinen Anblick so erleichtert, dass ich in hysterisches Kichern ausbrach. »Ich habe mir gerade schon etwas aus der Küche geholt.« Mit dem Kinn zeigte ich auf das Bündel vor meiner Brust. »Aber Karate Kid hier ist total unterzuckert, sie hat einen Snack dringend nötig.«

Charlotte schlenderte betont langsam zu ihrem Zimmer zurück. »Ich behalte dich im Auge«, sagte sie und deutete mit dem ausgestreckten Zeigefinger anklagend auf meine Brust. Vermutlich würde sie gleich anfangen, irgendetwas zu deklamieren, so theatralisch sah sie aus. »Und Sie auch, Mr Bernhard«, sagte sie allerdings nur.

»Da müssen wir uns aber vorsehen«, flüsterte ich, als sie ihre Zimmertür geschlossen hatte und der Flur wieder im Dunkeln lag. »Sie kann nämlich Tadsch Mahal.«

»Auch nicht schlecht«, sagte Xemerius anerkennend.

Ich presste mein Bademantelpäckchen fest an mich. »Und sie hat einen Verdacht! Wenn sie nicht sogar weiß, was wir gefunden haben. Bestimmt verpetzt sie uns bei den Wächtern, und wenn die hören, dass wir den . . .«

»Es gibt sicher geeignetere Orte und Uhrzeiten, um das zu diskutieren«, unterbrach mich Mr Bernhard ungewöhnlich streng. Er hob Nicks Taschenlampe vom Boden auf, knipste sie an und ließ den Lichtkegel Charlottes Zimmertür hinauf bis zu dem halbrunden Oberlicht gleiten. Es war gekippt.

Ich nickte, zum Zeichen, dass ich verstanden hatte: Charlotte konnte jedes Wort hören. »Ja. Sie haben recht. Gute Nacht, Mr Bernhard.«

»Schlafen Sie gut, Miss Gwendolyn.«

Meine Mum brauchte am nächsten Morgen keinen Kran, um mich zu wecken. Ihre Taktik war perfider. Sie benutzte diesen fiesen Weihnachtsmann aus Plastik, den Caroline letztes Jahr beim Wichteln gewonnen hatte und der, einmal aufgezogen, unentwegt mit einer grässlich krächzenden Plastikstimme »Hohoho, merry Christmas everyone« von sich gab.

Am Anfang versuchte ich noch, den Lärm durch die Bettdecke abzudämpfen. Aber nach sechzehn Hohohos gab ich auf und schlug die Bettdecke zurück. Was ich jedoch gleich darauf bereute, denn mir fiel ein, was heute für ein Tag war. Der Ball.

Wenn nicht noch ein Wunder geschah und ich eine Möglichkeit fand, vor heute Nachmittag zu meinem Großvater ins Jahr 1993 zu springen, würde ich ohne seine Informationen dem Grafen gegenübertreten müssen.

Ich biss mir auf die Zunge. Ich hätte doch heute Nacht noch einmal in der Zeit reisen sollen. Andererseits wäre mir dann vermutlich Charlotte auf die Schliche gekommen, so gesehen war es die richtige Entscheidung gewesen.

Ich taumelte aus dem Bett und hinüber ins Bad. Ich hatte nur drei Stunden geschlafen – nach Charlottes nächtlichem Auftritt war ich auf Nummer sicher gegangen und unter Xemerius' Anleitung tatsächlich in diesen Wandschrank gestiegen. Dort hatte ich die Rückwand eingedrückt und in den Abseiten dem Krokodil den Bauch aufgeschlitzt, um den Chronografen darin zu verstecken.

Danach war ich völlig erschöpft in den Schlaf gesunken, was wenigstens den Vorteil hatte, dass ich nicht schlecht träumte. Genauer gesagt träumte ich gar nicht. Im Gegensatz zu Tante Maddy. Als ich – verspätet, weil ich noch ewig nach Mums Concealer hatte suchen müssen, um meine Augenschatten wegzuschminken – zum Frühstück in den ersten

Stock hinunterwankte, fing sie mich im Flur ab und zog mich in ihr Zimmer.

»Stimmt was nicht?«, fragte ich und wusste, dass ich mir die Frage hätte sparen können. Wenn Tante Maddy um halb acht auf war, dann stimmte etwas ganz und gar nicht. Sie war völlig zerzaust und einer ihrer beiden Lockenwickler, die ihr die blonden Haare aus der Stirn halten sollten, hatte sich gelöst und hing nun halb über dem Ohr.

»Oh Gwendolyn, mein Mädchen, das kann man wohl sagen.« Tante Maddy ließ sich auf ihr ungemachtes Bett sinken und starrte mit dramatisch gerunzelter Stirn auf das Streublümchenmuster der lavendelfarbenen Tapete. »Ich hatte eine Vision!«

Nicht schon wieder.

»Lass mich raten – jemand hat ein Herz aus Rubin unter den Absätzen seines Stiefels zermalmt«, schlug ich vor. »Oder vielleicht war da auch ein Rabe, der gegen ein Schaufenster voller . . . äh . . . Uhren geflogen ist?«

Tante Maddy schüttelte den Kopf, dass die Löckchen flogen und nun auch der zweite Lockenwickler in gefährliche Schieflage kam. »Nein, Gwendolyn, damit darfst du keine Scherze machen! Diese Visionen – manchmal weiß ich vielleicht nicht, was sie bedeuten, aber im Nachhinein haben sie sich immer als richtig herausgestellt.« Sie griff nach meiner Hand und zog mich zu sich heran. »Und diesmal war es so eindeutig. Ich sah dich, in einer blauen Robe mit weit schwingendem Rock, und überall waren Kerzenlicht und Geigenmusik.«

Ich konnte nicht verhindern, dass ich eine Gänsehaut bekam. Es reichte nicht, dass ich sowieso schon ein ungutes Gefühl wegen dieses Balls hatte. Jetzt musste Tante Maddy auch noch eine Vision haben. Ich hatte ihr weder von dem Ball erzählt noch von der Farbe des Ballkleides.

Tante Maddy war zufrieden, dass sie endlich meine volle Aufmerksamkeit hatte. »Zuerst wirkte alles ganz friedlich, alle tanzten, auch du, aber dann sah ich, dass der Tanzsaal keine Decke hatte. Über dir am Himmel brauten sich fürchterliche schwarze Wolken zusammen, aus denen sich ein riesiger Vogel löste, bereit, auf dich niederzustoßen«, fuhr sie fort. »Und als du fliehen wolltest, ranntest du direkt hinein . . . ach, es war fürchterlich! Überall Blut, alles war rot vor Blut, sogar der Himmel färbte sich rot und die Regentropfen waren auch nichts weiter als Blut . . .«

»Ähm, Tante Maddy?«

Sie rang die Hände. »Ja, ich weiß, meine Liebe, es ist furchtbar grausam und ich hoffe sehr, es bedeutet nicht das, was vielleicht am naheliegendsten wäre . . .«

»Du hast etwas übersprungen, glaube ich«, unterbrach ich sie wieder. »Wohinein bin ich . . . na ja, ist die Gwendolyn in deinem Traum denn nun gerannt?«

»Kein Traum! Es war eine Vision.« Tante Maddy riss die Augen, wenn überhaupt möglich, noch weiter auf. »In ein Schwert. Du bist direkt hineingerannt.«

»Ein Schwert? Und wo kam das her?«

»Das . . . hing da einfach in der Luft, glaube ich«, sagte Tante Maddy und fuchtelte mit der Hand vor meinem Gesicht herum. »Aber darauf kommt es doch auch nicht an«, fuhr sie leicht verärgert fort. »Sondern auf das viele Blut!«

»Hm.« Ich setzte mich neben sie auf die Bettkante. »Und was genau soll ich jetzt mit diesen Informationen anfangen?«

Tante Maddy sah sich um, angelte vom Nachttisch die Dose mit ihren Zitronenbonbons und steckte sich eins in den Mund.

»Ach, Liebes, das weiß ich doch auch nicht. Ich dachte nur, vielleicht hilft es dir . . . als Warnung . . .«

»Ja. Ich werde versuchen, nicht in ein Schwert zu rennen, das in der Luft hängt, ich versprech's.« Ich gab Tante Maddy einen Kuss und stand wieder auf. »Und du solltest vielleicht noch ein bisschen schlafen – es ist doch gar nicht deine Zeit.«

»Ja, das sollte ich wohl.« Sie streckte sich lang aus und zog die Bettdecke über sich. »Aber nimm das nicht auf die leichte Schulter«, sagte sie. »Bitte, pass auf dich auf.«

»Mach ich.« An der Tür drehte ich mich noch einmal um. »Und . . .«, ich räusperte mich, »ein Löwe kam nicht zufällig in deiner Vision vor? Oder ein Diamant? Oder die . . . Sonne vielleicht?«

»Nein«, sagte Tante Maddy, die Augen schon geschlossen.

»Dachte ich es mir doch«, murmelte ich und zog leise die Zimmertür hinter mir zu.

Als ich an den Frühstückstisch kam, fiel mir sofort auf, dass Charlotte fehlte.

»Das arme Mädchen ist krank«, sagte Tante Glenda. »Ein wenig Fieber und schlimme Kopfschmerzen – ich vermute, es ist diese Grippe, die derzeit grassiert. Kannst du deine Cousine bitte in der Schule entschuldigen, Gwendolyn?«

Ich nickte grimmig. Grippe – von wegen! Charlotte wollte

zu Hause bleiben, um in Ruhe mein Zimmer durchsuchen zu können.

Xemerius, der in der Obstschüssel auf dem Frühstückstisch hockte, hatte offenbar den gleichen Gedanken. »Ich sagte ja, dumm ist sie nicht.«

Und auch Mr Bernhard, einen Teller mit Rührei balancierend, warf mir einen bedeutungsvollen Blick zu.

»Die letzten Wochen waren zu aufwühlend für das arme Mädchen«, sagte Tante Glenda und ignorierte Nicks unhöfliches Schnauben. »Kein Wunder, dass ihr Körper jetzt eine Auszeit verlangt.«

»Red keinen Unsinn, Glenda«, rügte sie Lady Arista und nippte an ihrem Tee. »Wir Montroses halten ganz andere Sachen aus. Ich für meinen Teil«, sie straffte ihren hageren Rücken, »war noch nie einen einzigen Tag in meinem Leben krank.«

»Ehrlich gesagt fühle ich mich auch ziemlich . . . schlecht«, sagte ich. Vor allem, wenn ich bedachte, dass man meine Zimmertür nicht mal von außen abschließen konnte. Wie fast alle Türen in diesem Haus verfügte sie über eine altmodische Riegelvorrichtung, die man nur von innen bedienen konnte.

Sofort sprang meine Mutter auf und legte ihre Hand auf meine Stirn.

Tante Glenda verdrehte die Augen. »Das ist doch wieder typisch! Gwendolyn kann es einfach nicht ertragen, mal nicht im Mittelpunkt zu stehen.«

»Fühlt sich kühl an.« Mum fasste mir tatsächlich an die Nasenspitze, als wäre ich fünf Jahre alt. »Und hier trocken und warm. Wie es sein sollte.« Sie streichelte mir übers Haar. »Am

Wochenende kann ich dich mal so richtig verwöhnen, wenn du willst. Wir könnten im Bett frühstücken . . .«

»Au ja und du liest uns Geschichten von Peter, Flopsy, Mopsy und Cotton Tail vor, wie früher«, sagte Caroline, die das Häkelschwein auf ihrem Schoß sitzen hatte. »Dann füttern wir Gwenny mit Apfelschnitzen und machen ihr kalte Wickel.«

Lady Arista legte eine Gurkenscheibe auf ihren Toast, auf dem sich bereits in äußerst akkurater Anordnung Käse, Schinken, Rührei und Tomate stapelten. »Gwendolyn, du siehst kein bisschen krank aus, eher wie das blühende Leben.«

Nicht zu fassen! Da konnte man vor Müdigkeit kaum die Augen aufhalten und sah aus, als hätte einen ein Vampir gebissen – und dann so was!

»Ich bin heute den ganzen Tag im Haus«, sagte Mr Bernhard. »Ich kann Miss Charlotte mit heißer Hühnersuppe versorgen.« Obwohl er es zu Tante Glenda sagte, war es an mich gerichtet und ich verstand ihn nur zu gut.

Aber leider hatte Tante Glenda andere Pläne für ihn. »Ich kümmere mich schon um meine Tochter. Sie müssen ins Atelier Walden-Jones fahren und meine Bestellungen und Charlottes Party-Kostüm abholen.«

»Das ist in Islington«, sagte Mr Bernhard und sah mich besorgt an. »Da werde ich einige Zeit außer Haus sein.«

»Ja, allerdings.« Tante Glenda runzelte befremdet die Stirn.

»Auf dem Rückweg könnten Sie Blumen mitbringen«, sagte Lady Arista. »Ein paar frühlingshafte Arrangements für die Eingangshalle, den Esstisch und das Musikzimmer. Nichts Grelles, keine ordinären Papageientulpen wie neulich, mehr Weiß- und zarte Gelb- und Fliedertöne.«

Mum verteilte Abschiedsküsse an uns alle. Sie musste zur Arbeit. »Wenn Sie Vergissmeinnicht finden, könnten Sie mir ein paar Töpfchen mitbringen, Mr Bernhard. Oder Maiglöckchen, falls es schon welche gibt.«

»Sehr wohl«, sagte Mr Bernhard.

»Ja, und wenn sie schon dabei sind, besorgen Sie doch auch gleich ein paar Lilien, die kann man dann auf mein Grab pflanzen, wenn ich gestorben bin, weil man mich krank in die Schule geschickt hat«, sagte ich mürrisch, aber da war meine Mutter schon aus der Tür.

»Ach, mach dir keine Sorgen«, versuchte Xemerius mich aufzumuntern. »Wenn der rothaarige Besen zu Hause bleibt, kann Charlotte auch nicht einfach so in dein Zimmer spazieren. Und selbst wenn: Auf die Idee, die Rückwand von deinem Wandschrank wegzuklappen und in die Abseiten zu kriechen, muss sie erst mal kommen. Aber auch dann wird sie nie im Leben den Mut aufbringen, dem Krokodil in die Eingeweide zu packen. Na, bist du jetzt froh, dass ich dich heute Nacht noch überredet habe, das Ding aufzuschlitzen?«

Ich nickte, obwohl es mich bei der Erinnerung an den finsteren Kriechwinkel und die Spinnweben innerlich schüttelte, und natürlich war ich immer noch besorgt. Wenn Charlotte wirklich ahnte oder sogar wusste, wonach sie suchen musste, würde sie so schnell nicht aufgeben. Und ich würde ja noch später als sonst nach Hause kommen, wenn es mir nicht gelang, den Ballbesuch herauszuschieben. Zu spät, möglicherweise. Was würde wohl passieren, wenn die Wächter erfuhren, dass sich der gestohlene Chronograf in unserem Haus befand? Ein Chronograf, bei dem nur noch Gideons Blut fehlte, um den Kreis zu schließen. Ich bekam unvermittelt eine Gänsehaut am ganzen Körper. Wahrscheinlich würden sie ausflippen, wenn sie plötzlich merkten, dass sie so kurz vor der Erfüllung ihrer Lebensaufgabe stünden. Und wer war ich eigentlich, dass ich etwas vor ihnen versteckt hielt, womit sich möglicherweise ein Heilmittel gegen alle Krankheiten der Menschheit herstellen ließ?

»*Und* es besteht immer noch die Möglichkeit, dass das arme Mädchen tatsächlich krank ist«, sagte Xemerius.

»Ja, und die Erde ist eine Scheibe«, erwiderte ich, dummerweise laut. Alle am Tisch sahen mich verdutzt an.

»Nein, Gwenny, die Erde ist eine Kugel«, korrigierte Caroline mich freundlich. »Ich wollte es auch erst nicht glauben. Und angeblich fliegt sie rasend schnell durch das Weltall.« Sie brach ein Stück von ihrem Toast ab und hielt es dem Schwein vor die rosa Schnauze. »Aber so ist es eben. Nicht wahr, Margret? Noch ein Häppchen mit Schinken?«

Nick ließ ein leises Grunzen hören und Lady Arista verzog missbilligend ihren Mund. »Hatten wir nicht die Regel aufgestellt, dass zu den Mahlzeiten weder Stofftiere noch Puppen noch echte oder eingebildete Freunde anwesend sein dürfen?«

»Margret ist doch ganz brav«, sagte Caroline, ließ das Schwein aber folgsam unter ihren Stuhl gleiten.

Tante Glenda nieste vorwurfsvoll. Offenbar war sie jetzt auch schon gegen Stofftiere allergisch.

Obwohl Xemerius versprochen hatte, den Chronografen mit seinem Leben – (an der Stelle lachte ich, wenn auch nicht herzhaft) – zu bewachen und mir sofort Bescheid zu geben, wenn Charlotte in mein Zimmer eindringen würde, konnte ich nicht aufhören, daran zu denken, was passieren würde, wenn die Wächter den Chronografen in ihre Hände bekamen. Aber alles Grübeln half ja nichts, ich musste diesen Tag überstehen und auf das Beste hoffen. Erste Maßnahme: Ich stieg eine Bushaltestelle früher aus, um bei Starbucks etwas gegen meine Müdigkeit zu unternehmen.

»Kannst du auch drei Espressos in einen Caramel macchiato tun?«, fragte ich den Jungen hinter der Theke und er antwortete grinsend: »Wenn du mir dafür deine Handynummer gibst!«

Ich schaute ihn mir ein bisschen genauer an und grinste geschmeichelt zurück. Mit seinen dunklen Haaren und dem überlangen Pony erinnerte er an einen dieser gut aussehenden Typen aus einem französischen Spielfilm. Natürlich war er nur so lange gut aussehend, bis ich ihn in Gedanken mit Gideon verglich, was ich dummerweise sofort tat.

»Sie hat einen Freund«, sagte jemand hinter mir. Es war Raphael, der mir mit seinen grünen Augen zuzwinkerte, als ich mich stirnrunzelnd umdrehte. »Außerdem ist sie zu jung für dich, wie du unschwer an der Schuluniform erkennen kannst. Einen Caffè Latte und einen Heidelbeermuffin, bitte.«

Ich verdrehte die Augen und nahm mein Spezialgebräu mit einem entschuldigenden Lächeln entgegen. »Ich habe zwar keinen Freund, aber im Augenblick ein ziemliches ... nun ... Zeitproblem. Frag mich in zwei Jahren noch mal.«

»Mach ich«, erwiderte der Typ.

»Macht er bestimmt nicht«, sagte Raphael. »Ich wette, er fragt jedes hübsche Mädchen nach der Telefonnummer.«

Ich ließ ihn einfach stehen, aber Raphael holte mich auf

dem Bürgersteig wieder ein. »Hey, warte! Tut mir leid, dass ich deinen Flirt gestört habe.« Misstrauisch beäugte er seinen Kaffee. »Bestimmt hat der Kerl mir in den Becher gespuckt.«

Ich nahm einen großen Schluck aus meinem Pappbecher, verbrannte mir prompt Lippen, Zungen und den vorderen Teil meines Rachens und fragte mich, als ich wieder denken konnte, ob Kaffee intravenös gespritzt vielleicht die bessere Alternative gewesen wäre.

»Ich war gestern mit dieser Celia aus unserer Klasse im Kino«, fuhr Raphael fort. »Ein tolles Mädchen. Unglaublich hübsch und witzig. Findest du nicht?«

»Häh?«, machte ich mit der Nase im Milchschaum. (Der Umgang mit Xemerius färbte allmählich ab.)

»Wir hatten ziemlich viel Spaß zusammen«, fuhr er fort. »Sag das aber lieber nicht Leslie, sie könnte sonst eifersüchtig werden.«

Ich musste lachen. Wie süß – er wollte mich manipulieren. »Okay. Ich schweige wie ein Grab.«

»Also meinst du, sie könnte wirklich eifersüchtig sein?«, fragte Raphael eifrig.

»Ja klar! Wahnsinnig eifersüchtig. Zumal wir überhaupt keine Celia bei uns in der Klasse haben.«

Raphael kratzte sich verlegen an der Nase. »Die Blonde? Mit der Party?«

»Cynthia.«

»Aber ich war wirklich mit ihr im Kino«, sagte Raphael kläglich. Die Schuluniform in ihrer unglückseligen Kombination aus traurigem Gelb und Marineblau sah an ihm noch unvorteilhafter aus als an uns. Und die Art und Weise, wie er sich mit der Hand durch die Haare fuhr, erinnerte mich an Nick und weckte mütterliche Gefühle in mir. Ich fand, dass er eine Belohnung dafür verdient hatte, dass er sich nicht so selbstherrlich und arrogant wie sein großer Bruder aufführte.

»Ich werde es Leslie schonend beibringen, okay?«, bot ich an.

Er lächelte zaghaft. »Aber sag ihr nicht, dass ich den Namen verwechselt habe . . . ach, sag ihr am besten gar nichts . . . oder doch . . .«

»Lass mich mal machen.« Ich zupfte ihn zum Abschied an der Krawatte. »Und hey, gratuliere! Heute ist sie ja korrekt gebunden.«

»Das hat Cindy gemacht«, sagte Raphael mit einem schiefen Grinsen. »Oder wie sie eben heißt.«

In der ersten Unterrichtsstunde hatten wir Englisch bei Mr Whitman. Er nahm die Krankmeldung von Charlotte mit einem Nicken zur Kenntnis, obwohl ich nicht widerstehen konnte, bei dem Wort »krank« mit den Fingern Anführungsstriche in die Luft zu zeichnen.

»Du hättest ihn mitnehmen müssen«, flüsterte Leslie, während Mr Whitman die benoteten Hausarbeiten von letzter Woche austeilte.

»Den Chronografen? In die Schule? Spinnst du? Was, wenn ihn Mr Whitman entdeckt? Das Eichhörnchen bekommt doch glatt einen Herzinfarkt. Abgesehen davon, dass es davor noch rasch seine Wächterkumpel informieren würde, die mich dann vierteilen, rädern oder sonst etwas mit mir machen, was ihre bekloppten goldenen Regeln in so einem Fall vorschreiben.« Ich reichte Leslie den Truhenschlüssel. »Hier, der Schlüssel zu deinem Herzen. Ich wollte ihn ja eigentlich Raphael geben, aber das möchtest du ja nicht.«

Leslie verdrehte die Augen und spähte nach vorne, wo Raphael saß und sie angestrengt keines Blickes würdigte.

»Häng ihn dir einfach wieder um. Und lass ihn dir nicht von Charlotte abnehmen.«

»Krav Maga«, murmelte Leslie. »Gab es da nicht mal einen Film mit Jennifer Lopez? Wo sie am Ende ihren gewalttätigen Exmann verdroschen hat? Ich will das auch können.«

»Meinst du, Charlotte kann den Wandschrank einfach *auftreten?* Es würde mich auch nicht wundern, wenn sie und Gideon gelernt hätten, wie man Schlösser ohne Schlüssel knackt. Vermutlich hatten sie einen Workshop bei einem Agenten des MI6: *Ganz ohne Brecheisen – die elegante Haarnadelmethode.«* Ich seufzte schwer.

»Wenn Charlotte wirklich wüsste, was wir gefunden haben, hätte sie längst die Wächter verständigt«, sagte Leslie kopfschüttelnd. »Wenn überhaupt, dann hat sie nur einen Verdacht. Sie glaubt, dass sie etwas findet, mit dem sie sich wichtig- und dich schlechtmachen kann.«

»Ja, und wenn sie es findet . . .«

»Ich hoffe sehr, Sie unterhalten sich über Sonett Nummer 130.« Mr Whitmans Gestalt ragte plötzlich vor uns auf.

»Seit Tagen reden wir über nichts anderes«, sagte Leslie.

Mr Whitman zog eine Augenbraue hoch. »In letzter Zeit kann ich mich des Eindrucks nicht erwehren, dass Sie sich mit Dingen beschäftigen, die Ihren Schulleistungen nicht guttun. Vielleicht wäre hier mal ein Brief an die Eltern angebracht. Ich denke, für das Geld, das sie für das Privileg bezahlen, Sie an diesem Institut unterrichtet zu wissen, können sie auch ein gewisses Engagement von Ihrer Seite erwarten.« Mit einem leisen Klatschen schlugen unsere Hausarbeiten vor uns auf der Tischplatte auf. »Ein wenig mehr Beschäftigung mit Shakespeare hätte Ihren Essays gutgetan. Leider nur eine mittelmäßige Leistung.«

»Woran das wohl liegen mag!«, murmelte ich erbost. Frechheit! Erst musste ich meine gesamte Freizeit für Zeitreisen, Kostümanproben und Tanzunterricht opfern und mir dann auch noch anhören, dass ich nicht genug für die Schule tat?

»Charlotte hat dir doch vorgemacht, dass man beides ganz gut miteinander verbinden kann, Gwendolyn«, erwiderte Mr Whitman, als hätte er meine Gedanken erraten. »*Ihre* Noten sind hervorragend. Und sie hat sich niemals beschwert. An ihrer Selbstdisziplin kannst du dir ruhig mal ein Beispiel nehmen.«

Ich starrte ihm böse hinterher.

Leslie stieß mir kameradschaftlich den Ellenbogen in die Seite. »Irgendwann sagen wir dem gemeinen Eichhörnchen unsere Meinung. Spätestens, wenn wir unseren Abschluss haben. Aber heute wäre das reine Energieverschwendung.«

»Ja, du hast recht. Ich brauche schließlich meine ganze Energie, um wach zu bleiben.« Prompt musste ich gähnen. »Der dreifache Espresso könnte bitte jetzt mal in meinem Blutkreislauf ankommen.«

Leslie nickte energisch. »Okay, und nachdem das passiert ist, müssen wir uns dringend überlegen, wie du diesen Ball schwänzen kannst.«

»Aber Sie können nicht krank sein!«, sagte Mr Marley und rang verzweifelt seine Hände. »Es ist doch alles vorbereitet. Ich weiß jetzt gar nicht, wie ich das den anderen beibringen soll.«

»Es ist ja nicht Ihre Schuld, dass ich krank geworden bin«, sagte ich mit matter Stimme und schob mich schwerfällig aus der Limousine. »Und meine auch nicht. Das ist höhere Gewalt und kann man nicht ändern.«

»Doch! Kann man! Man muss sogar!« Mr Marley schaute mich empört an. »Sie sehen auch gar nicht so krank aus«, setzte er hinzu, was ziemlich unfair war, denn ich hatte meine Eitelkeit überwunden und Mums Concealer wieder abgeschminkt. Leslie hatte zuerst überlegt, noch ein bisschen mit grauem und lilafarbenem Lidschatten nachzuhelfen, aber nach einem Blick in mein Gesicht steckte sie ihr Make-up-Täschchen wieder weg. Die Ringe unter meinen Augen hätten sofort in jedem Vampirfilm mitspielen dürfen und totenbleich war ich auch.

»Tja, aber es kommt ja nun mal nicht darauf an, wie krank ich aussehe, sondern wie krank ich tatsächlich bin«, sagte ich und drückte Mr Marley meine Schultasche in die Hand. Weil ich doch so krank und schwach war, durfte er sie dieses Mal gerne tragen. »Und ich denke doch, dass der Ballbesuch unter diesen Umständen verschoben werden kann.«

»Ausgeschlossen!«, rief Mr Marley, um sich gleich darauf mit der flachen Hand auf den Mund zu schlagen und erschrocken umzusehen. »Wissen Sie, wie aufwendig die Vorbereitungen gewesen sind?«, fuhr er im Flüsterton fort, während wir auf das Hauptquartier zuhielten, ich so schwächlich trippelnd, dass wir nur langsam vorankamen. »Es war nicht einfach, Ihren Schuldirektor darauf vorzubereiten, dass die Laienspiel-gruppe den Kunstkeller als Proberaum benutzt. *Heute!* Und der Graf von Saint Germain hat ausdrücklich bestimmt, dass ...«

Mr Marley fing an, mir auf die Nerven zu gehen. (Laien-spielgruppe? Und Direktor Gilles? Ich verstand kein Wort.) »Hören Sie: Ich bin krank! Krank!!! Ich habe schon drei Aspi-rin geschluckt, aber es hilft nichts. Im Gegenteil, es wird im-mer schlimmer. Fieber habe ich auch. Und Atemnot.« Um meinen Worten Nachdruck zu verleihen, klammerte ich mich ans Geländer der Eingangstreppe und röchelte ein bisschen vor mich hin.

»*Morgen* können Sie krank werden, morgen!«, blökte Mr Marley. »Mr George! Sagen Sie ihr, dass sie erst morgen krank werden darf, sonst ist der ganze Zeitplan ... *zerstört!*«

»Du bist krank, Gwendolyn?« Mr George, der in der Tür er-schienen war, legte fürsorglich den Arm um mich und führte mich ins Haus. Das war doch schon besser.

Ich nickte leidend. »Wahrscheinlich habe ich mich bei Charlotte angesteckt.« Haha! Genau! Wir hatten beide die gleiche erfundene Grippe. Wennschon, dennschon. »Mein Kopf platzt beinahe.«

»Das ist aber jetzt wirklich ungünstig«, sagte Mr George.

»Das versuche ich ihr auch schon die ganze Zeit begreiflich zu machen«, sagte Mr Marley, der uns eifrig hinterherzockel-te. Sein Gesicht war zur Abwechslung nicht knallrot, sondern weiß-rot gefleckt, als könne es sich nicht recht entscheiden, was die geeignete Farbe für diese Situation war. »Dr. White kann ihr doch sicher eine Spritze geben, oder? Sie muss ja nur ein paar Stunden durchhalten.«

»Ja, das wäre eine Möglichkeit«, sagte Mr George.

Ich sah ihn verunsichert von der Seite an. Ein bisschen mehr Mitleid und Unterstützung hätte ich von ihm durchaus erwartet. Allmählich begann ich, mich wirklich krank zu fühlen, aber eher vor Angst. Irgendwie hatte ich das Gefühl, die Wächter würden mich nicht besonders nett behandeln, wenn sie merkten, dass ich ihnen nur etwas vorspielte. Aber jetzt war es zu spät, ich konnte nicht mehr zurück.

Anstatt in Madame Rossinis Atelier, wo ich jetzt eigentlich in Kleider des 18. Jahrhunderts gehüllt hätte werden sollen, brachte mich Mr George in den Drachensaal und Mr Marley, der immer noch meine Tasche trug und dabei aufgebracht mit sich selber sprach, folgte uns.

Dr. White, Falk de Villiers, Mr Whitman und ein anderer Mann, den ich nicht kannte (vielleicht der Gesundheitsminister?), saßen um den Tisch herum. Als Mr George mich in den Raum schob, drehten sie alle die Köpfe zur Tür und starrten uns an. Mein Unbehagen wuchs.

»Sie sagt, sie ist krank«, platzte Mr Marley heraus, der hinter uns in den Saal marschierte.

Falk de Villiers erhob sich. »Schließen Sie doch bitte erst einmal die Tür, Marley. Und jetzt noch einmal. Wer ist krank?«

»Na, *sie!*« Mr Marley streckte anklagend seinen Zeigefinger in meine Richtung und ich widerstand gerade noch einmal der Versuchung, mit den Augen zu rollen.

Mr George ließ mich los, setzte sich mit einem Ächzen auf einen freien Stuhl und tupfte sich mit seinem Taschentuch den Schweiß von der Glatze. »Ja, Gwendolyn fühlt sich nicht gut.«

»Es tut mir wirklich leid«, sagte ich, wobei ich sorgfältig darauf achtete, nach rechts unten zu schauen. Angeblich schauen nämlich alle Menschen nach links oben, wenn sie lügen, hatte ich mal gelesen. »Aber ich sehe mich nicht in der Lage, heute diesen Ball zu besuchen. Ich kann mich kaum auf den Beinen halten und es wird immer schlimmer.« Um meinen Worten Nachdruck zu verleihen, stützte ich mich auf Mr Georges Stuhllehne ab.

Dabei bemerkte ich erst, dass Gideon auch anwesend war, und mein Herz stolperte ein paar Schläge lang unregelmäßig vor sich hin.

Es war so unfair, dass sein bloßer Anblick ausreichte, um mich aus der Fassung zu bringen, während er ganz lässig am Fenster stand, die Hände tief in den Taschen seiner Jeans vergraben, und mich einfach anlächelte. Na gut, es war kein unverschämtes, breites Strahlelächeln, nur ein winziges Anheben seiner Mundwinkel, aber dafür lächelten seine Augen mit und aus irgendeinem Grund hatte ich plötzlich wieder einen Kloß im Hals.

Ich sah schnell woanders hin und entdeckte im riesigen Kamin den kleinen Robert, Dr. Whites Sohn, der als Siebenjähriger im Swimmingpool ertrunken war. Der kleine Geist war anfangs schüchtern gewesen, aber inzwischen hatte er Vertrauen zu mir gefasst. Jetzt winkte er begeistert, aber ich konnte ihm nur kurz zunicken.

»Was ist das für eine plötzlich und unerwartet aufgetretene Krankheit, wenn ich fragen darf?« Mr Whitman musterte mich spöttisch. »Vorhin in der Schule warst du noch kerngesund.« Er verschränkte seine Arme, bevor er sich offenbar besann und

seine Taktik änderte. Nun schlug er seinen weichen Vertrauens-
lehrer-Tonfall an, ganz sanft und mitfühlend. Ich kannte das
schon – der Ton bedeutete selten etwas Gutes. »Falls du wegen
des Balls Angst hast, Gwendolyn – das verstehen wir. Vielleicht
kann Dr. White dir etwas gegen das Lampenfieber geben.«

Falk nickte. »Wir können den Termin heute wirklich nicht
aufschieben«, sagte er und Mr George fiel mir ebenfalls in
den Rücken: »Mr Whitman hat recht, dein Lampenfieber ist
ganz normal. Jeder an deiner Stelle wäre aufgeregt. Deshalb
muss man sich nicht schämen.«

»Und du bist ja auch nicht allein«, ergänzte Falk. »Gideon
ist die ganze Zeit bei dir.«

Obwohl ich es nicht wollte, schaute ich schnell zu Gideon
hinüber und genauso schnell wieder weg, als sich sein Blick
in meinem zu verhaken schien.

Falk fuhr fort: »Ehe du dich versiehst, bist du schon wieder
zurück und hast alles überstanden.«

»Und denk nur an das schöne Kleid«, versuchte der eventu-
elle Gesundheitsminister mich zu locken. Hallo? Hielt er
mich für eine Zehnjährige, die noch mit Barbiepuppen spielte?

Die anderen brummten zustimmend und alle lächelten
mich aufmunternd an, bis auf Dr. White, der wie immer die
Augenbrauen zusammengezogen hatte und auf geradezu
Furcht einflößende Art und Weise unfreundlich dreinschaute. Der kleine Robert legte entschuldigend den Kopf
schief.

»Mein Hals tut weh, ich habe Kopf- und Gliederschmerzen«,
sagte ich mit so viel Nachdruck, wie ich konnte. »Ich denke

doch, dass Lampenfieber sich anders anfühlt. Meine Cousine ist heute wegen Grippe zu Hause geblieben und ich habe mich bei ihr angesteckt – so einfach ist das!«

»Man sollte ihr noch einmal erklären, dass es sich um ein Ereignis von historischer Bedeutung . . .«, quiekte Mr Marley im Hintergrund, aber Mr Whitman unterbrach ihn.

»Gwendolyn, erinnerst du dich an unser Gespräch heute Morgen?«, fragte er und sein Tonfall wurde vielleicht noch eine Spur schleimiger.

Welches meinte er? Sein Gemecker über mein mangelndes schulisches Engagement wollte er doch nicht ernsthaft als Gespräch bezeichnen? Doch, offenbar schon.

»Möglicherweise liegt es an unserer Ausbildung, aber ich bin mir ziemlich sicher, dass sich Charlotte an deiner Stelle ihrer Pflichten bewusst wäre. Niemals würde sie ihre körperlichen Befindlichkeiten über ihre Aufgaben in dieser unserer Sache stellen.«

Tja, war nicht meine Schuld, dass sie die Falsche ausgebildet hatten. Ich klammerte mich ein bisschen stärker an die Stuhllehne. »Glauben Sie mir, wenn Charlotte so krank wäre wie ich, würde sie auch nicht auf diesen Ball gehen können.«

Mr Whitman sah aus, als würde er jeden Augenblick die Geduld verlieren. »Ich denke, du verstehst nicht, worum es mir geht.«

»Das bringt doch nichts!« Es war Dr. White, der das sagte, wie immer in äußerst barschem Ton. »Wir verlieren hier nur kostbare Zeit. Wenn das Mädchen wirklich krank ist, können wir es wohl kaum gesund argumentieren. Und wenn sie nur simuliert . . .« Er schob seinen Stuhl zurück, stand auf und kam um den Tisch herum auf mich zu, so schnell, dass der kleine Robert Mühe hatte, Schritt zu halten. »Mund auf!«

Also, das ging jetzt wirklich zu weit. Ich starrte ihn empört an, aber da hatte er schon mit beiden Händen meinen Kopf ergriffen und tastete sich mit seinen Fingern von den Ohren den Hals hinab. Anschließend legte er eine Hand auf meine Stirn. Mir sank der Mut.

»Hm«, machte er und seine Miene wurde, wenn überhaupt möglich, noch finsterer. »Geschwollene Lymphknoten, erhöhte Temperatur – das sieht wirklich nicht gut aus. Mach den Mund bitte mal auf, Gwendolyn.«

Verblüfft leistete ich seinem Befehl Folge. Geschwollene Lymphknoten? Erhöhte Temperatur? War ich vor lauter Schreck wirklich krank geworden?

»Wie ich dachte.« Dr. White hatte ein Holzstäbchen aus seiner Brusttasche geholt und damit meine Zunge hintergedrückt. »Rachen gerötet, die Mandeln geschwollen . . . kein Wunder, dass du Halsschmerzen hast. Das muss beim Schlucken höllisch wehtun.«

»Du Arme«, sagte Robert mitleidig. »Jetzt musst du sicher grässlichen Hustensaft trinken.« Er verzog das Gesicht.

»Frierst du?«, fragte sein Vater.

Ich nickte unsicher. Warum zur Hölle machte er das? Warum half er mir? Ausgerechnet Dr. White, der immer so tat, als würde ich die nächstbeste Gelegenheit nutzen, um mit dem Chronografen stiften zu gehen?

»Dachte ich mir. Das Fieber wird auch noch steigen.« Dr. White drehte sich zu den anderen um. »Tja. Das sieht ganz nach einer Virusinfektion aus.«

Die anwesenden Wächter zogen betretene Mienen. Ich zwang mich, nicht zu Gideon hinüberzuschauen, auch wenn ich liebend gern sein Gesicht gesehen hätte.

»Kannst du ihr was dagegen geben, Jake?«, erkundigte sich Falk de Villiers.

»Ein fiebersenkendes Mittel höchstens. Aber nichts, was sie auf die Schnelle einsatzfähig machen würde. Sie gehört ins Bett.« Dr. White musterte mich grimmig. »Wenn sie Glück hat, ist es dieses Eintages-Fieber, das zurzeit grassiert. Es kann allerdings durchaus auch mehrere Tage dauern . . .«

»Aber wir könnten sie doch trotzdem . . .«, begann Mr Whitman.

»Nein, können wir nicht«, unterbrach ihn Dr. White unfreundlich. Ich gab mir alle Mühe, ihn nicht anzustarren wie das siebte Weltwunder. »Mal abgesehen davon, dass Gideon sie wohl kaum in einem Rollstuhl auf den Ball schieben kann, wäre es unverantwortlich und ein Verstoß gegen die goldenen Regeln, sie mit einer akuten Virusinfektion ins 18. Jahrhundert zu schicken.«

»Das ist allerdings wahr«, sagte der Unbekannte, den ich für den Gesundheitsminister hielt. »Man weiß nicht, wie das Immunsystem der Menschen damals auf einen modernen Virus reagieren würde. Es könnte verheerende Wirkungen haben.«

»So wie damals bei den Maya«, murmelte Mr George.

Falk stieß einen tiefen Seufzer aus. »Nun, damit ist die Entscheidung wohl gefallen. Gideon und Gwendolyn werden den Ball heute nicht besuchen. Vielleicht können wir stattdessen die Operation Opal vorziehen. Marley – würden Sie bitte die anderen über unsere Planänderung informieren?«

»Jawohl, Sir.« Mr Marley strebte sichtlich geknickt zur Tür. Der Blick, den er mir zuwarf, war der Inbegriff eines Vorwurfs. Aber das war mir egal. Hauptsache, ich hatte einen Aufschub erwirkt. Ich konnte mein Glück immer noch nicht fassen.

Jetzt riskierte ich doch einen vorsichtigen Blick zu Gideon hinüber. Im Gegensatz zu den anderen schien ihn die Verschiebung unseres Ausflugs nicht zu stören, denn er lächelte mich an. Ahnte er, dass meine Krankheit gespielt war? Oder freute er sich einfach nur, dass ihm für heute die lästige Verkleidung erspart geblieben war? So oder so widerstand ich der Versuchung zurückzulächeln und ließ meinen Blick zu Dr. White schweifen, der mit dem Gesundheitsminister zusammenstand.

Wie gerne hätte ich ihn unter vier Augen gesprochen. Doch der Arzt schien mich völlig vergessen zu haben, so sehr war er in sein Gespräch vertieft.

»Komm, Gwendolyn«, hörte ich eine mitleidige Stimme sagen. Mr George. »Wir bringen dich rasch zum Elapsieren, danach kannst du nach Hause.«

Ich nickte.

Das klang doch nach der Idee des Tages.

Eine Zeitreise mithilfe des Chronografen kann zwischen 120 Sekunden und 240 Minuten betragen, bei Opal, Aquamarin, Citrin, Jade, Saphir und Rubin beträgt die Minimaleinstellung 121 Sekunden, die Maximaleinstellung 239 Minuten. Um unkontrollierte Zeitsprünge zu vermeiden, müssen die Genträger täglich 180 Minuten elapsieren. Wird diese Zeit unterschritten, kann es innerhalb eines Zeitraums von 24 Stunden zu unkontrollierten Zeitsprüngen kommen (siehe Zeitsprungprotokolle, 6. Januar 1902, 17. Februar 1902 – Timothy de Villiers). Den empirischen Untersuchungen des Grafen von Saint Germain in den Jahren 1720 bis 1738 zufolge kann ein Genträger mit dem Chronografen insgesamt bis zu fünfeinhalb Stunden, also 330 Minuten, täglich elapsieren. Wird diese Zeit überschritten, stellen sich Kopfschmerzen, Schwindel- und Schwächegefühle ein sowie eine starke Beeinträchtigung der Wahrnehmungs- und Koordinationsfähigkeiten. Das konnten die Brüder de Villiers bei drei ähnlich angeordneten Selbstversuchen im Jahr 1902 bestätigen.

Aus den Chroniken der Wächter, Band 3,
Kapitel 1, Die Mysterien der Chronografen

6.

So komfortabel wie heute Nachmittag hatte ich bisher noch nie elapsiert. Man hatte mir einen Korb mitgegeben, mit Decken, einer Thermoskanne heißen Tees, Keksen (natürlich) und Obst, klein geschnitten in einer Lunchbox. Ich hatte beinahe ein schlechtes Gewissen, als ich es mir auf dem grünen Sofa gemütlich machte. Nur kurz hatte ich erwogen, den Schlüssel aus seinem Geheimversteck zu nehmen und mich auf den Weg nach oben zu machen – aber was sollte das bringen außer zusätzlichen Komplikationen und dem Risiko, erwischt zu werden? Ich befand mich irgendwann im Jahr 1953, nach dem genauen Datum hatte ich nicht gefragt, weil ich ja die apathische Grippekranke hatte spielen müssen.

Nach Falks Beschluss, die Pläne zu ändern, war hektische Betriebsamkeit unter den Wächtern ausgebrochen. Man hatte mich schließlich mit dem wenig erfreuten Mr Marley in den Chronografenraum geschickt. Er wäre viel lieber bei der Besprechung dabei gewesen, als sich um mich zu kümmern, das war ihm deutlich anzumerken. Daher hatte ich es auch nicht gewagt, ihn nach der Operation Opal zu fragen, sondern genauso muffelig vor mich hingeguckt wie er. Unsere Beziehung hatte in den letzten zwei Tagen eindeutig gelitten, aber Mr Marley war der Letzte, um den ich mir gerade Sorgen machte.

Im Jahr 1953 aß ich zuerst das Obst, dann die Kekse und schließlich streckte ich mich, unter die Decken gekuschelt, auf dem Sofa aus. Es dauerte, trotz des ungemütlichen Lichtes, das die Glühbirne von der Decke warf, keine fünf Minuten, da war ich tief und fest eingeschlafen. Nicht mal der Gedanke an den Geist ohne Kopf, der angeblich hier unten herumspukte, konnte mich davon abhalten. Gerade rechtzeitig vor meinem Rücksprung wachte ich erfrischt wieder auf und das war auch gut so, sonst wäre ich nämlich im Liegen direkt vor Mr Marleys Füße geknallt.

Während Mr Marley, der mich nur mit einem knappen Nicken begrüßt hatte, seinen Eintrag im Journal machte (wahrscheinlich so etwas wie *Spielverderber Rubin hat, anstatt seine Pflicht zu tun, faul im Jahr 1953 rumgelungert und Obst gefuttert),* fragte ich ihn, ob Dr. White noch im Haus sei. Ich wollte unbedingt wissen, warum er meine Krankheit nicht als Simulation entlarvt hatte.

»Der hat jetzt keine Zeit, sich um Ihre Wehweh... Krankheit zu kümmern«, antwortete Mr Marley. »In diesen Minuten brechen alle für die Operation Opal ins Verteidigungsministerium auf.« Ein »Und ich darf nicht dabei sein – *Ihretwegen«* hing so deutlich in der Luft, als hätte er es ausgesprochen.

Verteidigungsministerium? Warum das denn? Mr beleidigte Leberwurst brauchte ich wohl nicht erst zu fragen, so wie er drauf war, würde er mir ganz bestimmt nichts verraten. Er schien überhaupt beschlossen zu haben, dass es besser wäre, gar nicht mehr mit mir zu sprechen. Mit spitzen Fingern verband er mir die Augen und führte mich wortlos durch das Labyrinth der Kellergänge, eine Hand an meinem Ellenbogen, die andere an meiner Taille. Mit jedem Schritt wurde mir dieser Körperkontakt unangenehmer, zumal seine Hände heiß und verschwitzt waren. Ich konnte es kaum erwarten, sie abzuschütteln, als wir endlich die Wendeltreppe hinauf ins Erdgeschoss erklommen hatten. Aufseufzend nahm ich die Augenbinde ab und erklärte, dass ich von hier allein zur Limousine finden würde.

»Das habe ich noch nicht erlaubt«, protestierte Mr Marley. »Außerdem ist es meine Aufgabe, Sie bis vor Ihre Haustür zu begleiten.«

»Lassen Sie das!« Ich schlug gereizt nach ihm, als er Anstalten machte, mir das Tuch erneut um den Kopf zu binden. »Den Rest des Weges kenne ich ohnehin schon. Und wenn Sie unbedingt bis vor die Haustür mitkommen müssen, dann ganz bestimmt nicht mit Ihrer Hand um meine Taille.« Ich setzte mich wieder in Bewegung.

Mr Marley folgte mir, empört schnaufend. »Sie tun ja geradezu so, als hätte ich Sie unsittlich berührt!«

»Ja, genau«, sagte ich, um ihn zu ärgern.

»Also, das ist ja wirklich . . .«, rief Mr Marley aus, aber seine Worte wurden von Geschrei mit starkem französischen Akzent übertönt.

»Sie werden es nicht wagen, einfach ohne diese Kragen davonzustolzieren, junger Mann!« Vor uns war die Tür zum Schneideratelier aufgeflogen und Gideon kam heraus, dicht gefolgt von einer wütend aussehenden Madame Rossini. Sie fuchtelte mit den Händen und einem weißen Stoffgebilde in der Luft herum. »Bleiben Sie 'ier! Glauben Sie, isch 'abe diese Kragen nur aus Spaß genäht?«

Gideon war bereits stehen geblieben, als er uns bemerkt hatte. Ich war auch stehen geblieben, nur leider nicht so lässig, sondern eher salzsäulenmäßig. Und zwar nicht, weil ich von seiner merkwürdigen gepolsterten Jacke überrascht war, in der er Schultern wie ein Ringer auf Anabolika hatte, sondern weil ich offensichtlich bei keiner unserer Begegnungen etwas anderes zustande brachte als Glotzen. Und Herzklopfen.

»Als ob ich Sie *freiwillig* anfassen würde! Das mache ich doch nur, weil ich es tun *muss«*, zeterte Mr Marley hinter mir und da zog Gideon eine Augenbraue nach oben und lächelte mich spöttisch an.

Ich beeilte mich, ebenso spöttisch zurückzulächeln, und ließ meinen Blick dabei so langsam wie möglich von der bekloppten Jacke über die lustige Pumphose und die bestrumpften Waden bis hinab zu den Schnallenschuhen gleiten.

»Authentizität, junger Mann!« Madame Rossini fuhrwerkte immer noch mit dem Kragen in der Luft herum. »Wie oft soll ich Ihnen das noch erklären? Ah, da ist ja auch mein armes krankes Schwanen'älschen.« Ein Strahlen breitete sich auf ihrem runden Gesicht aus. »Bonsoir, ma petite. Sag dem Dummkopf, dass er mich nicht wütend machen soll.« (Sie sagte *misch* und *nischt.*)

»Schon gut. Geben Sie das Ding her.« Gideon ließ sich von Madame Rossini den Kragen umlegen. »Obwohl mich ja ohnehin kaum jemand zu Gesicht bekommt – und selbst wenn: Ich kann mir nicht vorstellen, dass die Leute Tag und Nacht so ein steifes Ballettröckchen um den Hals gebunden hatten.«

»Doch, das 'atten sie – jedenfalls bei 'ofe.«

»Ich versteh gar nicht, was du hast. Es steht dir super«, sagte ich mit einem richtig fiesen Grinsen. »Dein Kopf sieht aus wie eine riesige Praline.«

»Ja, ich weiß.« Gideon grinste auch. »Ich bin zum Anknabbern. Aber es lenkt wenigstens von den Pumphosen ab, hoffe ich.«

»Die sind sehr, sehr sexy«, behauptete Madame Rossini und da musste ich leider kichern.

»Freut mich, dass ich dich ein bisschen aufheitern konnte«, sagte Gideon. »Madame Rossini – mein Umhang!«

Ich biss mir auf die Unterlippe, um das Kichern zu stoppen. Das fehlte noch, dass ich mit diesem Mistkerl herumalberte, als ob nichts gewesen wäre. Als ob wir wirklich Freunde wären. Aber es war schon zu spät.

Im Vorbeigehen streichelte er über meine Wange und das geschah so schnell, dass ich zu keiner Reaktion fähig war. »Gute Besserung, Gwen.«

»Ah, da geht er! Stilecht seinem Abenteuer im 16. Jahrhundert entgegen, der kleine Rebell.« Madame Rossini schmunzelte. »Ach, ich wette, dass er den Kragen unterwegs abnimmt, der schlimme Junge.«

Ich starrte dem schlimmen Jungen ebenfalls hinterher. Hm – vielleicht waren diese Pumphosen doch ein klitzekleines bisschen sexy.

»Wir müssen auch weiter«, sagte Mr Marley, griff nach meinem Ellenbogen und ließ ihn gleich wieder los, als habe er sich verbrannt. Auf dem Weg zum Wagen hielt er ein paar Meter Abstand. Ich hörte trotzdem, wie er »Unerhört! Sie ist *überhaupt* nicht mein Typ« murmelte.

Meine Sorge, Charlotte könne in der Zwischenzeit den Chronografen gefunden haben, war unbegründet. Ich hatte den Einfallsreichtum meiner Familie unterschätzt. Als ich nach Hause kam, spielte Nick vor meiner Zimmertür mit einem Jojo.

»Zum Hauptquartier haben im Augenblick nur Mitglieder Zugang«, sagte er. »Parole?«

»Ich bin der Boss, schon vergessen?« Ich wuschelte durch seine roten Locken. »Iiiiih, ist das etwa wieder Kaugummi?« Nick wollte empört protestieren, aber ich nutzte die Gelegenheit und schlüpfte in mein Zimmer.

Es war kaum wiederzuerkennen. Tante Maddy hatte nämlich den ganzen Tag hier drin verbracht, von Mr Bernhard auf den Plan gerufen, der vermutlich immer noch von Blumengeschäft zu Blumengeschäft hetzte – und sie hatte dem Raum ein klein wenig Tante-Maddy-Flair angedeihen lassen. Ich war nicht direkt unordentlich, aber trotzdem neigten meine Sachen aus irgendeinem Grund dazu, sich flächendeckend auf dem Fußboden zu verteilen. Heute konnte man seit Längerem mal wieder den Teppich sehen und das Bett war gemacht – irgendwoher hatte Tante Maddy einen hübschen, weißen Überwurf und dazu passende Kissen gezaubert –, die Kleider lagen sauber gefaltet auf dem Stuhl, lose herumfliegende Arbeitsblätter, Hefte und Bücher waren in Stapeln auf dem Schreibtisch sortiert und sogar der Topf mit dem vertrockneten Farn auf der Fensterbank war verschwunden. Stattdessen stand dort ein wunderschönes Blumengesteck und verströmte einen zarten Freesienduft. Selbst Xemerius baumelte nicht unordentlich von der Deckenlampe, sondern saß, den Drachenschwanz um sich geringelt, dekorativ auf der Kommode, gleich neben einer riesigen Schale mit Bonbons.

»Ein ganz anderes Raumgefühl, nicht wahr?«, begrüßte er mich. »Dein Großtantchen versteht was von Feng-Shui, da kann man nicht meckern.«

»Keine Sorge, ich habe nichts weggeschmissen«, sagte Tante Maddy, die mit einem Buch auf dem Bett saß. »Nur ein wenig aufgeräumt und Staub gewischt, damit ich es mir gemütlich machen konnte.«

Ich konnte nicht anders, ich musste sie küssen. »Und ich habe mir den ganzen Tag schreckliche Sorgen gemacht.«

Xemerius nickte eifrig dazu. »Zu Recht! Kaum hatten wir zehn Seiten gelesen, äh, ich meine, kaum hatte Tante Maddy zehn Seiten gelesen, da kam auch schon Charlotte hereingeschlichen«, berichtete er. »Guckte wie ein U-Boot, als sie das Tantchen sah. Aber sie fing sich schnell wieder und behauptete, sich einen Radiergummi leihen zu wollen.«

Tante Maddy erzählte dasselbe. »Da ich gerade deinen Schreibtisch aufgeräumt hatte, konnte ich ihr behilflich sein. Übrigens habe ich auch deine Buntstifte gespitzt und nach Farben sortiert. Später kam sie noch einmal, angeblich, um den Radiergummi wieder zurückzubringen. Am Nachmittag haben Nick und ich uns dann abgewechselt, schließlich musste ich ab und an auch mal zur Toilette.«

»Fünf Mal, um genau zu sein«, sagte Nick, der mir gefolgt war.

»Der viele Tee«, sagte Tante Maddy entschuldigend.

»Vielen Dank, Tante Maddy, das hast du großartig gemacht! Ihr alle habt das großartig gemacht.« Ich strubbelte Nick noch einmal über den Kopf.

Tante Maddy lachte. »Ich mache mich doch gern nützlich. Violet hab ich auch schon gesagt, dass unser Treffen morgen in deinem Zimmer stattfinden muss.«

»Tante Maddy! Du wirst doch Violet nichts vom Chronografen erzählt haben?«, rief Nick aus.

Violet Purpleplum war für Tante Maddy in etwa das, was Leslie für mich war.

»Natürlich nicht!« Tante Maddy sah ihn empört an. »Das habe ich doch bei meinem Leben geschworen! Ich habe ihr gesagt, hier oben ist das Licht besser zum Handarbeiten und Arista kann uns nicht stören. Allerdings ist eins deiner Fenster undicht, Kind, es zieht von irgendwoher, ich konnte die ganze Zeit einen kühlen Lufthauch spüren.«

Xemerius machte ein schuldbewusstes Gesicht. »Ich mach das ja nicht mit Absicht«, sagte er. »Aber das Buch war so spannend.«

Ich war mit meinen Gedanken schon bei der kommenden Nacht. »Tante Maddy – wer hat eigentlich im November 1993 hier in meinem Zimmer gewohnt?«

Meine Großtante legte grübelnd ihre Stirn in Falten. »1993? Lass mal überlegen. War da Margret Thatcher noch Premierministerin? Dann war ... ach, wie hieß sie denn noch gleich?«

»Tsssss! Wirft alles durcheinander, die alte Dame«, sagte Xemerius. »Frag lieber mich! 1993 war das Jahr, in dem *Und täglich grüßt das Murmeltier* in die Kinos kam – ich hab's vierzehn Mal gesehen –, außerdem wurde die Affäre von

Prince Charles mit Camilla Parker-Bowles publik und der Premierminister hieß . . .«

»Das ist eigentlich egal«, unterbrach ich ihn. »Ich will nur wissen, ob ich nachher gefahrlos von hier ins Jahr 1993 springen kann.« Ich hatte Charlotte nämlich im Verdacht, dass sie sich inzwischen einen schwarzen Kampfanzug besorgt hatte und den Flur rund um die Uhr bewachte. »War das Zimmer hier bewohnt oder nicht, Tante Maddy?«

»Llanfairpwllgwyngyllgogerychwyrndrobwllllantysiliogogogoch«, rief Tante Maddy aus und Xemerius, Nick und ich starrten sie verdutzt an.

»Jetzt ist sie ganz durchgedreht«, sagte Xemerius. »Ist mir heute Nachmittag schon aufgefallen, als sie beim Lesen immer an den falschen Stellen gelacht hat.«

»Llanfairpwllgwyngyllgogerychwyrndrobwllllantysiliogogogoch«, wiederholte Tante Maddy, strahlte glücklich und schob sich einen Zitronenbonbon in den Mund. »So hieß die Stadt in Wales, aus dem unsere Haushälterin kam. Da sag noch mal einer, ich hätte kein gutes Gedächtnis.«

»Tante Maddy, ich will doch nur wissen, ob . . .«

»Jajaja. Die Haushälterin hieß Gladiola Langdon und hat Anfang der Neunzigerjahre im Zimmer deiner Mum gewohnt«, fiel mir Tante Maddy ins Wort. »Da staunst du, was? Deine Großtante hat nämlich, entgegen der landläufigen Meinung, ein ganz hervorragend funktionierendes Gehirn! Die restlichen Zimmer hier oben wurden in dieser Zeit nur ab und an mal als Gästezimmer genutzt, ansonsten standen sie leer. Und Gladiola hörte ziemlich schlecht. Du kannst also bedenkenlos in deine Zeitmaschine steigen und 1993 wieder hinausklettern.« Sie kicherte. »Gladiola Langdon – ihren Apple Pie werden wir wohl nie vergessen. Sie hielt nämlich nichts davon, die Kerngehäuse wegzuwerfen, die Gute.«

Mum hatte ein ziemlich schlechtes Gewissen wegen meiner vorgeblichen Grippe. Falk de Villiers höchstpersönlich hatte sie nämlich am Nachmittag angerufen und Dr. Whites Verordnung nach Bettruhe und vielen heißen Getränken weitergegeben. Sie beteuerte hundertmal, wie leid es ihr täte, nicht auf mich gehört zu haben, und presste mir eigenhändig drei Zitronen aus. Dann saß sie eine halbe Stunde an meinem Bett, um sich zu vergewissern, dass ich auch wirklich alles austrank. Weil ich etwas zu überzeugend mit den Zähnen geklappert hatte, stopfte sie zwei zusätzliche Decken um mich herum und legte mir außerdem eine Wärmflasche an meine Füße.

»Ich bin eine Rabenmutter«, sagte sie und streichelte mir über den Kopf. »Wo du es doch im Augenblick sowieso so schwer hast.«

Ja, da hatte sie allerdings recht. Und das nicht nur, weil ich mich fühlte wie in einer Schwitzhütte und man auf meinem Bauch vermutlich gerade Spiegeleier hätte braten können. Für ein paar Sekunden erlaubte ich mir, in Selbstmitleid zu baden. »Du bist keine Rabenmutter, Mum«, widersprach ich dann aber doch.

Mum sah, wenn möglich, noch bekümmerter aus. »Ich hoffe sehr, sie lassen dich nichts Gefährliches tun, diese besessenen geheimnistuerischen alten Männer.«

Ich nahm schnell vier Schlucke auf einmal von meiner heißen Zitrone. Wie immer war ich hin- und hergerissen, ob ich Mum nicht doch in alles einweihen sollte. Es war kein gutes Gefühl, sie anzulügen beziehungsweise ihr so wichtige Dinge zu verschweigen. Aber ich wollte auch nicht, dass sie sich Sorgen um mich machen musste oder sich gar mit den Wächtern anlegte. Außerdem wäre sie vermutlich nicht ganz so begeistert davon, dass ich den geklauten Chronografen hier versteckt hielt und damit eigene Zeitsprünge unternahm.

»Falk hat mir versichert, dass du immer nur in einem Keller sitzt und Hausaufgaben machst«, sagte sie. »Und ich müsste mir lediglich Sorgen darum machen, dass du zu wenig Tageslicht sähest.«

Ich zögerte noch eine Sekunde, dann lächelte ich sie schief an. »Da hat er recht. Es ist dunkel und stinklangweilig.«

»Das ist gut. Ich möchte nicht, dass es dir ergeht wie Lucy damals.«

»Mum – was genau ist damals passiert?« Es war nicht das erste Mal in den letzten zwei Wochen, dass ich diese Frage stellte, und noch nie hatte sie mir eine befriedigende Antwort gegeben.

»Das weißt du doch.« Mum streichelte mich wieder. »Oh mein armes Mäuschen! Du glühst ja regelrecht vor Fieber.«

Sanft schob ich ihre Hand beiseite. Ja, das mit dem Glühen stimmte. Das mit dem Fieber nicht.

»Mum, ich will wirklich wissen, was damals war«, sagte ich.

Sie zögerte einen Moment, dann erzählte sie noch einmal, was ich längst wusste: dass Lucy und Paul der Ansicht gewesen waren, dass der Blutkreis nicht geschlossen werden dürfe und dass sie den Chronografen gestohlen und sich mit ihm versteckt hatten, weil die Wächter diese Ansicht nicht geteilt hatten.

»Und weil es geradezu unmöglich war, dem Netz der Wächter zu entkommen – bestimmt haben sie ihre Leute auch bei Scotland Yard und beim Secret Service –, blieb Lucy und Paul schließlich nichts anderes übrig, als mit dem Chronografen in die Vergangenheit zu springen«, fuhr ich an ihrer Stelle fort und lupfte an meinen Füßen unauffällig die Bettdecken, um für etwas Abkühlung zu sorgen. »Du weißt nur nicht, in welches Jahr.«

»So ist es. Glaub mir, es ist ihnen wirklich nicht leichtgefallen, hier alles zurückzulassen.« Mum sah aus, als ob sie mit den Tränen kämpfte.

»Ja, aber *warum* waren sie der Ansicht, dass der Blutkreis nicht geschlossen werden dürfe?« Großer Gott, mir war so heiß! Warum hatte ich nur behauptet, Schüttelfrost zu haben?

Mum starrte an mir vorbei ins Leere. »Ich weiß nur, dass sie den Absichten des Grafen von Saint Germain nicht trauten und davon überzeugt waren, dass das Geheimnis der Wächter auf einer Lüge aufgebaut wurde. Heute tut es mir selber leid, dass ich nicht mehr wissen wollte . . . aber Lucy war es, glaube ich, ganz recht. Sie wollte mich nicht auch noch in Gefahr bringen.«

»Die Wächter denken, dass das Geheimnis des Blutkreises eine Art Wundermittel ist. Eine Medizin, die alle Krankheiten der Menschheit heilt«, sagte ich und an Mums Miene konnte ich ablesen, dass diese Information nicht wirklich neu für sie war. »Warum sollten Lucy und Paul verhindern wollen, dass dieses Heilmittel gefunden wird? Warum sollten Paul und Lucy dagegen sein?«

»Weil . . . ihnen der Preis dafür zu hoch erschien.« Mum flüsterte diese Worte. Eine Träne löste sich aus ihrem Augenwinkel und lief ihre Wange hinab. Sie wischte sie hastig mit ihrem Handrücken beiseite und stand auf. »Versuch ein bisschen zu schlafen, mein Schatz«, sagte sie mit ihrer normalen Stimme. »Bestimmt wird dir bald warm. Schlaf ist immer noch die beste Medizin.«

»Gute Nacht, Mum.« Unter anderen Umständen hätte ich sie bestimmt mit noch mehr Fragen gelöchert, aber jetzt konnte ich es kaum abwarten, bis sie die Zimmertür geschlossen hatte. Erleichtert warf ich die Decken von mir und riss die Fenster so hastig auf, dass ich zwei Tauben (oder Geistertauben?) aufscheuchte, die es sich auf dem Sims für die Nacht gemütlich gemacht hatten. Als Xemerius von seinem Kontrollflug durchs Haus zurückkam, hatte ich den nass geschwitzten Pyjama gegen einen neuen ausgetauscht.

»Alle liegen in ihren Betten, auch Charlotte, aber sie starrt mit offenen Augen an die Decke und macht Dehnungsübungen für ihre Waden«, berichtete Xemerius. »Uh, du siehst ja aus wie ein Hummer.«

»Ich fühl mich auch so.« Seufzend verriegelte ich die Tür. Niemand, am wenigsten Charlotte, sollte den Raum betreten, während ich weg war. Was immer sie mit ihren gedehnten Waden auch vorhatte – hier sollte sie auf keinen Fall hereinkommen.

Ich öffnete den Wandschrank und holte tief Luft. Es war äußerst mühselig, durch das Loch zu kriechen und bis zu dem

Krokodil zu robben, in dessen Bauch der Chronograf in Holzwolle gebettet lag. Mein frischer Schlafanzug bekam dabei eine schmutzig graue Färbung an der gesamten Vorderseite und zahlreiche Spinnweben blieben an mir haften. Widerlich.

»Du hast da . . . eine Kleinigkeit«, sagte Xemerius, als ich mit dem Chronografen im Arm wieder herausgekrochen kam. Er zeigte auf meine Brust. Die Kleinigkeit entpuppte sich als Spinne, so groß wie Carolines Handteller. (Na, ungefähr jedenfalls.) Nur mit äußerster Selbstbeherrschung konnte ich einen Schrei unterdrücken, der nicht nur alle Hausbewohner, sondern den gesamten Stadtteil aufgeweckt hätte. Die abgeschüttelte Spinne suchte hastig unter meinem Bett Zuflucht. (Ist es nicht unheimlich, wie schnell man mit acht Beinen rennen kann?)

»Wah, wah«, machte ich etwa eine Minute lang. Ich schüttelte mich noch vor Ekel, während ich den Chronografen einstellte.

»Hab dich nicht so«, sagte Xemerius. »Es gibt Spinnen, die sind locker zwanzigmal so groß.«

»Wo? Auf dem Planeten Romulus? In Ordnung, das dürfte stimmen.« Ich hievte den Chronografen im Wandschrank auf die Truhe, kniete mich davor und schob einen Finger in das Fach unter dem Rubin. »In anderthalb Stunden bin ich wieder da. Und du behältst gefälligst Tarantula im Auge.« Mit Nicks Taschenlampe winkte ich Xemerius zu und holte tief Luft.

Er legte sich dramatisch die Hand auf die Brust. »Willst du schon gehen? Der Tag ist ja noch fern . . .«

»Ach, halt die Klappe, Julia«, sagte ich und drückte meinen Finger fest auf die Nadel.

Als ich das nächste Mal einatmete, hatte ich Flanell im Mund. Ich spuckte es hastig aus und knipste die Taschenlampe an. Es war ein Bademantel, der direkt vor meinem Gesicht hing. Überhaupt war der Wandschrank gerammelt voll mit Kleidern, sie hingen in zwei Reihen und es dauerte eine Weile, bis ich es geschafft hatte, mich dazwischen aufzurichten.

»Hast du das gehört?«, fragte eine Frauenstimme außerhalb des Wandschranks.

Oh nein. Bitte nicht.

»Was ist denn, Schatz?« Das war eine Männerstimme. Sie klang sehr, sehr zaghaft.

Ich war vor Schreck zu keiner Bewegung fähig.

»Da ist Licht im Kleiderschrank«, keifte die Frauenstimme, die das Gegenteil von zaghaft klang. Genauer gesagt klang sie sehr nach meiner Tante Glenda.

Scheiße! Ich knipste die Taschenlampe aus und schob mich vorsichtig nach hinten in die zweite Kleiderreihe, bis ich die Wand im Rücken spürte.

»Möglicherweise . . .«

»Nein, Charles!« Die Stimme wurde noch eine Spur herrischer. »Ich bin nicht verrückt, wenn es das ist, was du sagen willst.«

»Aber ich . . .«

»Da war Licht im Kleiderschrank und du stehst jetzt gefälligst auf und schaust nach. Ansonsten kannst du im Nähzimmer übernachten.« Das Zischen hatte Charlotte eindeutig von Glenda. »Nein – warte! Das geht nicht – wenn Mrs Langdon dich dort sieht, wird Mutter mich fragen, ob wir eine Ehekrise haben, und das wäre ja wohl das Letzte, weil ich keine Ehekrise habe, ich nicht, auch wenn du mich nur geheiratet hast, weil es deinem Vater um den Adelstitel ging.«

»Aber Glenda . . .«

»Mir machst du nichts vor! Erst neulich hat mir Lady Presdemere erzählt . . .« Und schon feuerte Tante Glenda weitere Boshaftigkeiten in die Welt beziehungsweise auf ihren erbarmungswürdigen Ehemann ab, worüber sie das Licht im Kleiderschrank völlig vergaß. Leider vergaß sie auch, dass es eigentlich mitten in der Nacht war, und keifte in dem Stil gefühlte zwei Stunden weiter. Von Charles hörte man nur ab und zu ein verängstigtes Fiepen. Kein Wunder, dass die beiden geschieden waren. Man musste sich allerdings fragen, wie sie es vorher noch fertiggebracht hatten, die liebe kleine Charlotte zu zeugen.

Irgendwann endlich warf Glenda ihrem Mann vor, dass er sie um ihren wohlverdienten Schlaf bringen würde, dann knarrten die Bettfedern und nur Minuten später war ein Schnarchen zu hören. Na ja, bei manchen funktionierte heiße Milch mit Honig bei Schlafstörungen. Bei Tante Glenda schien die Sache anders zu liegen.

Tante Maddy und ihr phänomenales Gedächtnis verfluchend wartete ich zur Sicherheit noch eine halbe Stunde und schob dann vorsichtig die Schranktür auf. Ich konnte schließlich nicht meine ganze Zeit in diesem Kabuff verschwenden, Grandpa war sicher schon krank vor Sorge. Im Zimmer war es ein bisschen heller als im Schrank, jedenfalls reichte es gerade so, um die Konturen der Möbel zu erkennen und nirgendwo anzustoßen.

So leise ich konnte, schlich ich mich zur Tür und drückte

die Klinke hinab. Und genau in diesem Augenblick fuhr Tante Glenda in die Höhe: »Da ist jemand! *Charles!*«

Ich wartete nicht, bis der unglückliche Charles wach wurde oder das Licht anging, ich riss die Tür auf und sprintete, so schnell ich konnte, den Flur entlang und die Treppe hinunter, quer durch den Korridor im zweiten Stock und weiter hinab, ohne Rücksicht auf die knirschenden Treppenstufen. Wohin ich rannte, wusste ich selber nicht genau, aber ich hatte ein seltsames Déjà-vu-Gefühl – hatte ich das nicht alles schon einmal erlebt?

Im ersten Stock prallte ich gegen eine Gestalt, die sich nach der ersten Schreckzehntelsekunde als mein Großvater entpuppte. Er packte mich wortlos und zog mich in die Bibliothek.

»Was machst du denn für einen Lärm?«, flüsterte er, als er die Tür geschlossen hatte. »Und warum kommst du so spät? Ich habe mir vor Urururgroßonkel Hughs Bild die Beine in den Bauch gestanden und dachte schon, dir sei etwas zugestoßen.«

»Ist es ja auch. Dank Tante Maddy bin ich direkt im Schlafzimmer von Tante Glenda gelandet«, brachte ich außer Atem hervor. »Und ich fürchte, sie hat mich gesehen. Wahrscheinlich telefoniert sie in dieser Minute schon mit der Polizei.«

Lucas' Anblick war ein kleiner Schock. Er sah wieder aus wie der Grandpa, den ich als kleines Mädchen gekannt hatte, den jungen Lucas mit der Pomadenfrisur konnte ich nur noch ganz schwach erahnen. Obwohl es albern war, kamen mir deswegen die Tränen.

Grandpa merkte es nicht. Er lauschte an der Tür. »Warte

hier – ich gehe nachschauen.« Er drehte sich kurz zu mir um und lächelte. »Da vorne stehen Sandwiches – nur für den Fall. Und sollte jemand reinkommen . . .«

».. . bin ich deine Cousine Hazel«, ergänzte ich.

».. . versteckst du dich am besten! Dort hinten unter dem Schreibtisch.«

Aber das war nicht nötig. Kurz darauf kehrte Lucas schon wieder zurück. Ich hatte die Zeit genutzt, zu Atem zu kommen, ein Sandwich zu verdrücken und auszurechnen, wie viele Minuten mir noch bis zum Rücksprung blieben.

»Keine Sorge«, sagte er. »Sie wirft Charles gerade vor, dass er für die Albträume verantwortlich ist, die sie seit der Hochzeit hat.« Er schüttelte den Kopf. »Man sollte nicht glauben, dass der Alleinerbe einer Hotelkettendynastie sich so etwas bieten lässt! Egal, vergessen wir Glenda.« Er lächelte. »Lass dich anschauen, Enkeltochter. Genau, wie ich dich in Erinnerung hatte, vielleicht sogar noch ein bisschen hübscher. Was ist mit deinem Schlafanzug passiert? Du siehst aus wie ein Schornsteinfeger.«

Ich winkte ab. »Es war gar nicht so leicht, hierherzukommen. Im Jahr 2011 kann ich den Chronografen nicht mehr einfach durchs Haus schleppen, weil Charlotte Verdacht geschöpft hat und aufpasst wie ein Luchs. Vielleicht ist sie in diesen Minuten dabei, das Schloss zu meinem Zimmer aufzubrechen, wundern würde es mich nicht. Und jetzt habe ich auch kaum noch Zeit, ich habe ewig da oben im Wandschrank herumgestanden.« Ich schnalzte ärgerlich mit der Zunge. »Und wenn ich nicht wieder in meinem Zimmer zurückspringe, habe ich mich selber ausgesperrt – großartig!« Ich ließ mich stöhnend auf dem Sessel nieder. »Was für ein Reinfall! Wir müssen uns noch einmal verabreden – und zwar vor diesem verdammten Ball. Ich schlage vor, wir treffen uns am besten auf dem Dach! Ich glaube, das ist der einzige Platz in diesem Haus, an dem man nicht gestört wird. Wie wäre es von dir aus gesehen morgen um Mitternacht? Oder ist es für dich zu schwierig, unbemerkt aufs Dach zu klettern? Es gibt wohl einen Weg durch den Kamin, sagt Xemerius, aber ich weiß nicht . . .«

»Moment, Moment, Moment«, sagte Grandpa und schmunzelte. »Ich hatte schließlich ein paar Jährchen Zeit nachzudenken und daher habe ich schon etwas vorbereitet.« Er zeigte auf den Tisch, auf dem neben dem Teller mit den Sandwiches ein Buch lag, ein richtig dicker Schinken.

»*Anna Karenina?*«

Grandpa nickte. »Schlag es auf!«

»Du hast einen Code drin versteckt?«, mutmaßte ich. »So wie im Grünen Reiter?«

Das durfte doch wohl nicht wahr sein! Lucas hatte siebenunddreißig Jahre damit verbracht, eine Rätselaufgabe für mich auszuknobeln? Wahrscheinlich würde ich tagelang Buchstaben auszählen müssen. »Weißt du, es wäre mir lieber, du würdest mir einfach sagen, was darin steht. Die paar Minuten haben wir schon noch.«

»Jetzt sei doch nicht so voreilig. Lies den ersten Satz«, forderte Grandpa mich auf.

Ich blätterte zum ersten Kapitel vor. »*Alle glücklichen Familien gleichen einander, jede unglückliche Familie ist auf ihre eigene Weise unglücklich.* Ähm – ja. Das ist hübsch. Und so weise. Aber . . .«

»Es sieht ganz normal aus, oder?« Lucas strahlte. »Aber es ist eine Sonderanfertigung! Die ersten vierhundert und die letzten vierhundert Seiten sind von Tolstoi, ebenso zweihundert Seiten in der Mitte, die anderen aber sind von mir für dich – in exakt derselben Schrifttype gesetzt. Perfekt getarnt! Du wirst darin alle Informationen finden, die ich in siebenunddreißig Jahren zusammensuchen konnte – auch wenn ich immer noch nicht weiß, was genau der konkrete Anlass zu Lucys und Pauls Flucht mit dem Chronografen sein wird.« Er nahm mir das Buch aus der Hand und ließ die Seiten durch seine Finger gleiten. »Wir haben Beweise dafür, dass der Graf den Wächtern ab dem Gründungsjahr wichtige Unterlagen vorenthalten hat – Prophezeiungen, aus denen hervorgeht, dass der Stein der Weisen nicht das ist, was er alle glauben machen will.«

»Sondern?«

»Wir sind uns noch nicht ganz sicher – wir arbeiten daran, diese Unterlagen in unseren Besitz zu kriegen.« Grandpa kratzte sich am Kopf. »Hör mal, ich habe viel nachgedacht – natürlich – und mir ist klar geworden, dass ich im Jahr 2011 nicht mehr am Leben sein werde. Höchstwahrscheinlich bin ich gestorben, bevor du alt genug warst, von mir in alles eingeweiht zu werden.«

Ich wusste nicht, was ich sagen sollte, aber ich nickte.

Mein Grandpa lächelte sein wunderbares Grandpalächeln, bei dem sich das ganze Gesicht in Falten legte. »Das ist nicht schlimm, Gwen. Ich kann dir versichern: Selbst wenn ich heute sterben müsste, wäre ich nicht traurig – ich hatte ein tolles Leben.« Die Lachfältchen vertieften sich. »Es ist nur schade, dass ich dir in deiner Zeit nicht mehr helfen kann.«

Ich nickte wieder und kämpfte schwer mit meinen Tränen.

»Ach, komm schon, kleiner Rabe. Du müsstest doch am besten wissen, dass der Tod zum Leben dazugehört.« Lucas tätschelte meinen Arm. »Man sollte allerdings denken, dass ich wenigstens den Anstand hätte, nach meinem Tod als Geist in diesem Haus herumzuspuken. Du könntest ja nun wirklich etwas Unterstützung gebrauchen.«

»Ja, das wäre schön«, flüsterte ich. »Und schrecklich zugleich.« Die Geister, die ich kannte, waren nicht besonders glücklich. Ich war davon überzeugt, dass sie lieber an einem anderen Ort gewesen wären. Keiner von ihnen war gern ein Geist. Die meisten glaubten ja noch nicht mal, dass sie tot waren. Nein, es war gut, dass Grandpa nicht dazugehörte.

»Wann musst du zurück?«, erkundigte er sich.

Ich sah zur Uhr hinüber. Gott, dass Zeit so schnell vergehen konnte! »In neun Minuten. Und ich muss in Tante Glendas Schlafzimmer elapsieren, weil ich den Raum in meiner Zeit von innen abgeschlossen habe.«

»Wir könnten versuchen, dich einfach ein paar Sekunden vorher ins Zimmer zu schieben«, sagte Lucas. »Du würdest verschwinden, bevor sie richtig begreifen würden . . .«

In diesem Augenblick klopfte es an die Tür. »Lucas, bist du dort drinnen?«

»Versteck dich!«, zischte Lucas, aber ich hatte schon reagiert. Mit einem waghalsigen Sprung hechtete ich unter den Schreibtisch, gerade rechtzeitig, bevor sich die Tür öffnete und Lady Arista hereinkam. Ich konnte nur ihre Füße sehen und den Saum ihres Morgenmantels, aber ihre Stimme war unverkennbar.

»Was machst du denn mitten in der Nacht hier unten? Und sind das etwa Thunfisch-Sandwiches? Du weißt doch, was Dr. White gesagt hat.« Sie ließ sich mit einem Seufzer auf dem von mir angewärmten Sessel nieder. Jetzt war sie bis knapp zu den Schultern im Bild, die sie wie immer kerzengerade hielt. Ob sie wohl auch einen Teil von mir sehen würde, wenn sie den Kopf drehte?

Sie schnalzte mit der Zunge. »Charles kam eben zu mir. Er behauptet, Glenda würde ihm mit Schlägen drohen.«

»Oje«, sagte Lucas, der erstaunlich gelassen klang. »Der arme Junge. Was hast du gemacht?«

»Ich hab ihm ein Glas Whisky eingeflößt«, antwortete meine Großmutter und kicherte.

Ich hielt den Atem an. Meine Großmutter kicherte? Das hatte ich noch nie gehört. Wir wunderten uns schon immer, wenn sie lachte, aber Kichern gehörte in eine ganz andere Liga. Das war in etwa, als würde man eine Wagner-Oper auf der Blockflöte nachspielen. »Und dann hat er angefangen zu weinen!«, sagte meine Großmutter verächtlich. Das klang schon eher wieder nach Lady Arista. »Woraufhin *ich* ein Glas Whisky trinken musste.«

»Das ist mein Mädchen.« Ich hörte, dass mein Großvater lächelte, und plötzlich wurde mir ganz warm ums Herz. Die beiden sahen glücklich miteinander aus. (Na ja, jedenfalls vom Hals abwärts.) Erst jetzt wurde mir bewusst, dass ich eigentlich keine richtige Vorstellung von ihrer Ehe gehabt hatte.

»Zeit, dass das Haus von Glenda und Charles endlich fertig wird«, sagte Lady Arista. »Kann es sein, dass unsere Kinder

190

kein besonders gutes Händchen bei der Partnersuche haben? Harrys Jane ist entsetzlich langweilig, Charles ist ein Schwächling und Grace' Nicolas arm wie eine Kirchenmaus.«

»Aber er macht sie glücklich, und das ist doch die Hauptsache.«

Lady Arista erhob sich. »Ja, über Nicolas beschwere ich mich ja auch von allen am wenigsten. Viel schlimmer wäre es, wenn Grace an diesem unsäglichen de-Villiers-Ehrgeizling hängen geblieben wäre.« Ich sah, wie sie sich schüttelte. »Allesamt grässlich arrogant, diese de Villiers. Ich hoffe, Lucy kommt auch noch zur Vernunft.«

»Ich glaube, Paul schlägt ein bisschen aus der Art.« Grandpa schmunzelte. »Er ist ein netter Junge.«

»Das glaube ich nicht – der Apfel fällt nie weit vom Stamm. Kommst du mit hoch?«

»Ich wollte nur noch ein bisschen lesen . . .«

Ja, und ein bisschen mit der Enkelin aus der Zukunft plaudern, wenn es denn bitte ginge. Meine Zeit wurde nämlich knapp. Ich konnte die Uhr von hier aus nicht sehen, aber ich konnte sie ticken hören. Und war da nicht schon wieder dieses vermaledeite Schwindelgefühl in meinem Bauch zu spüren?

»*Anna Karenina?* Ein so melancholisches Buch, nicht wahr, mein Lieber?« Ich sah die schlanken Hände meiner Großmutter danach greifen und es einfach irgendwo aufschlagen. Vermutlich hielt Lucas genau wie ich die Luft an. »*Kann man denn einem anderen überhaupt klarmachen, was man fühlt?* Ach, vielleicht sollte ich es auch noch einmal lesen. Allerdings mit Brille.«

»Zuerst lese ich es«, sagte Lucas bestimmt.

»Aber nicht mehr heute Nacht.« Sie legte das Buch wieder auf den Tisch und beugte sich zu Lucas hinunter. Ich konnte es nicht genau erkennen, aber es sah aus, als ob die beiden sich umarmten.

»Ich komme in ein paar Minuten nach, Honigschnütchen«, sagte Lucas, aber das hätte er besser nicht getan. Bei dem Wort »Honigschnütchen« (Hallo? Er sprach mit *Lady Arista*!) zuckte ich heftig zusammen, und zwar so, dass mein Kopf gegen die Schreibtischplatte rumste.

»Was war das denn?«, fragte meine Großmutter streng.

»Was meinst du?« Ich sah, wie Lucas' Hand *Anna Karenina* vom Tisch wischte.

»Das Geräusch!«

»Ich habe nichts gehört«, sagte Lucas, konnte aber nicht verhindern, dass Lady Arista sich zu mir umdrehte. Ich fühlte förmlich, wie ihre Augen über der herrischen Nase misstrauisch funkelten.

Und was jetzt?

Lucas räusperte sich und versetzte dem Buch einen kräftigen Fußtritt. Es schlitterte über den Parkettboden auf mich zu und blieb einen halben Meter vor dem Schreibtisch liegen. Mein Magen krampfte sich zusammen, als Lady Arista einen Schritt auf mich zumachte.

»Das ist doch . . .«, murmelte sie dabei vor sich hin.

»Jetzt oder nie«, sagte Lucas und ich nahm an, dass er mich damit meinte. Mit einem beherzten Griff ließ ich meinen Arm hervorschnellen, schnappte nach dem Buch und presste es gegen meine Brust. Meine Großmutter stieß einen kleinen überraschten Schrei aus. Aber bevor sie sich bücken und unter den Schreibtisch sehen konnte, verschwammen ihre bestickten Pantöffelchen vor meinen Augen.

Zurück im Jahr 2011, kroch ich mit klopfendem Herzen unter dem Schreibtisch hervor und dankte Gott, dass das Möbelstück seit 1993 nicht um einen einzigen Zentimeter zur Seite gerückt worden war. Arme Lady Arista – nachdem sie gesehen hatte, wie der Schreibtisch Arme bekommen und ein Buch aufgegessen hatte, würde sie wahrscheinlich noch einen Whisky benötigen.

Ich hingegen benötigte nur noch mein Bett. Als mir Charlotte im zweiten Stock in den Weg trat, bekam ich nicht mal mehr einen Schreck – als ob mein Herz beschlossen hätte, für heute genug Aufregung erlebt zu haben.

»Ich hörte, du bist schwer krank und musst das Bett hüten.« Sie knipste eine Taschenlampe an und blendete mich mit gleißend hellem LED-Licht. Dabei fiel mir auf, dass ich Nicks Taschenlampe irgendwo im Jahr 1993 vergessen hatte. Vermutlich im Wandschrank.

»Genau. Offensichtlich hast du mich angesteckt«, sagte ich. »Scheint eine Krankheit zu sein, bei der man nachts nicht schlafen kann. Ich habe mir was zu lesen geholt. Und was machst du? Ein bisschen trainieren?«

»Warum nicht?« Charlotte trat einen Schritt näher und schwenkte den Lichtkegel zu meinem Buch. »*Anna Karenina?* Ist das nicht ein bisschen zu schwierig für dich?«

»Meinst du? Na, vielleicht tauschen wir dann besser. Ich gebe dir *Anna Karenina* und du leihst mir dafür *Im Schatten der Vampirhügel.*«

Charlotte schwieg drei Sekunden lang verdutzt. Dann blendete sie mich wieder mit dem kalten Lampenlicht. »Zeig mir, was in dieser Truhe ist, dann kann ich dir vielleicht helfen, Gwenny. Das Schlimmste abwenden . . .« Nanu, sie konnte ja auch ganz anders sprechen, weich und schmeichelnd, fast ein bisschen besorgt.

Ich schob mich (mit angespannten Bauchmuskeln) an ihr vorbei. »Vergiss es, Charlotte! Und bleib meinem Zimmer fern, klar?«

»Wenn ich richtig liege, dann bist du wirklich noch viel dümmer, als ich gedacht habe.« Ihre Stimme klang nun wieder wie immer. Obwohl ich damit rechnete, dass sie mich aufhalten und mir dabei – mindestens – das Schienbein zerschmettern würde, ließ sie mich gehen. Nur der Schein ihrer Taschenlampe verfolgte mich noch ein Stück.

Man kann die Zeit nicht aufhalten,
aber für die Liebe bleibt sie manchmal stehen.

(Pearl S. Buck)

7.

Als es gegen zehn Uhr an die Tür klopfte, schreckte ich aus dem Tiefschlaf empor, obwohl es bereits das dritte Mal war, dass ich an diesem Morgen geweckt wurde. Das erste Mal war um sieben Uhr gewesen, als meine Mum sich davon überzeugen wollte, wie es mir ging (»Kein Fieber mehr – da zeigt sich deine zähe Konstitution. Morgen kannst du wieder in die Schule gehen!«). Das zweite Mal war es eine Dreiviertelstunde später Leslie, die vor der Schule extra einen Umweg gefahren war, weil ich ihr mitten in der Nacht noch eine SMS geschickt hatte.

Dass die SMS nicht nur aus zusammenhangslosem Gestammel bestanden hatte, wunderte mich noch jetzt, denn ich war quasi besinnungslos vor Angst gewesen und meine Hände hatten so sehr gezittert, dass ich kaum die Tasten hatte treffen können. Der einzige Weg in mein abgeschlossenes Zimmer hatte nämlich über den Sims vor meinem Fenster geführt, geschätzte vierzehn Meter über dem Bürgersteig. Es war Xemerius' Idee gewesen, in Nicks Zimmer aus dem Fenster zu klettern und mich auf besagtem Sims mit dem Bauch an der Hauswand entlang zu meinem Fenster zu schieben. Er selbst hatte nichts zum Gelingen der Aktion beigetragen, außer »Sieh bloß nicht nach unten!« zu brüllen und »Meine Fresse, ist das tief!«.

Leslie und ich hatten nur ein paar Minuten Zeit gehabt,

dann musste sie zur Schule, während ich mich weiter dem Tiefschlaf widmete. Bis vor der Tür Stimmen laut wurden und ein rotblonder Kopf im Türspalt erschien. »Guten Morgen«, sagte Mr Marley steif.

Xemerius, der am Fußende meines Bettes gedöst hatte, schrak hoch. »Was macht denn der Feuermelder hier?«

Ich zog mir die Decke bis unter das Kinn. »Brennt's?«, erkundigte ich mich wenig einfallsreich bei Mr Marley. Laut meiner Mutter sollte ich erst am Nachmittag zum Elapsieren abgeholt werden. Und dann doch auch bitte nicht direkt aus dem Bett, herrje!

»Also, das geht nun wirklich zu weit, junger Mann!«, rief eine Stimme hinter ihm. Es war Tante Maddy. Sie gab Mr Marley einen kleinen Schubs und schob sich an ihm vorbei in mein Zimmer. »Offensichtlich haben Sie keine Manieren, sonst würden Sie nicht einfach so in das Schlafzimmer eines jungen Mädchens platzen.«

»Ja, und ich bin auch noch nicht gesellschaftsfein«, sagte Xemerius und leckte über seine Vorderpfote.

»Ich . . . ich«, stotterte Mr Marley, puterrot im Gesicht.

»Das gehört sich wirklich nicht!«

»Tante Maddy, halt dich da raus!« Als Dritte tauchte Charlotte auf, in Jeans und einem giftgrünen Pullover, der ihre Haare leuchten ließ wie Feuer. »Mr Marley und Mr Brewer müssen nur etwas abholen.« Mr Brewer war offenbar der junge Mann im schwarzen Anzug, der nun seinen Auftritt hatte. Nummer vier. Allmählich kam ich mir vor wie in der Victoria Station zur Rushhour. Dabei hatte mein Zimmer nicht annähernd die passende Quadratmeterzahl.

Charlotte drängte sich nach vorn, wobei sie ihre Ellenbogen benutzte. »Wo ist die Truhe?«, fragte sie.

»Petze, Petze ging in'n Laden!«, sang Xemerius.

»Welche Truhe?« Ich saß immer noch wie angewurzelt unter meiner Bettdecke. Ich wollte auch gar nicht aufstehen, weil ich nach wie vor den verdreckten Schlafanzug trug und Mr Marley diesen Anblick schlicht nicht gönnte. Es reichte, dass er mich mit verstrubbeltem Haar sah.

»Das weißt du ganz genau!« Charlotte beugte sich über mich. »Also, wo ist sie?«

Tante Maddys Löckchen sträubten sich empört. »Niemand rührt die Truhe an«, befahl sie überraschend herrisch.

Aber an die Schärfe in Lady Aristas Tonfall reichte es lange nicht heran. »Madeleine! Ich habe doch gesagt, du sollst unten bleiben.« Jetzt betrat auch meine Großmutter das Zimmer, gerade wie eine Kirchenkerze, das Kinn weit angehoben. »Das hier geht dich nichts an.«

Charlotte hatte sich in der Zwischenzeit durch die Menschenmenge in Richtung Wandschrank gekämpft, die Tür aufgerissen und zeigte jetzt auf die Truhe. »Hier ist sie!«

»Das geht mich sehr wohl etwas an. Es ist *meine* Truhe«, rief Tante Maddy wieder, diesmal mit Verzweiflung in der Stimme. »Ich habe sie Gwendolyn nur geliehen!«

»Unsinn«, sagte Lady Arista. »Die Truhe gehörte Lucas. Ich habe mich schon gefragt, wo sie all die Jahre abgeblieben ist.« Ihre eisblauen Augen musterten mich. »Junge Dame, wenn Charlotte recht hat, möchte ich nicht in deiner Haut stecken.«

Ich zog die Decke noch ein Stückchen höher und überlegte, ganz darunter zu verschwinden.

»Sie ist abgeschlossen«, meldete Charlotte, über die Truhe gebeugt.

Lady Arista streckte ihre Hand aus. »Den Schlüssel, Gwendolyn.«

»Hab ich nicht.« Meine Stimme klang dumpf, was an der Decke lag. »Und ich verstehe auch nicht, was . . .«

»Sei nicht so verstockt«, fiel Lady Arista mir ins Wort. Da Leslie sich aber den Schlüssel vorhin wieder um den Hals gehängt hatte, blieb mir gar nichts anderes übrig, als verstockt zu sein.

Charlotte begann, meine Schreibtischschubladen zu durchwühlen, und Tante Maddy schlug ihr auf die Finger. »Jetzt schäm dich aber!«

Mr Marley räusperte sich. »Mit Verlaub, Lady Montrose, wir haben in Temple Mittel und Wege, das Schloss auch ohne einen Schlüssel zu öffnen . . .«

»*Mittel und Wege*«, äffte Xemerius seinen geheimnistuerischen Tonfall nach. »Als ob Brecheisen irgendwas Magisches seien. Blöder Angeber!«

»Nun gut, dann nehmen Sie halt die Truhe mit«, sagte Lady Arista. Sie drehte sich zur Tür um. »Mr Bernhard«, hörte ich sie rufen. »Geleiten Sie die Herrschaften nach unten.«

»Man sollte doch denken, dass die bei den Wächtern genug Antiquitäten haben«, sagte Xemerius. »Gieriges Völkchen, das.«

»Ich protestiere noch einmal in aller Ausdrücklichkeit«, rief Tante Maddy, während Mr Marley und der andere Mann die Truhe grußlos aus dem Zimmer trugen. »Das ist . . . Hausfriedensbruch. Wenn Grace erfährt, dass man einfach so in ihre Wohnung eindringt, wird sie schrecklich wütend werden.«

»Es ist immer noch *mein* Haus«, sagte Lady Arista kühl. Sie wandte sich bereits zum Gehen. »Und hier gelten *meine* Regeln. Dass Gwendolyn sich ihrer Pflichten nicht bewusst ist und sich einer Montrose leider als unwürdig erweist, kann man vielleicht noch mit ihrem jugendlichen Alter und der mangelnden Aufklärung entschuldigen, aber du, Madeleine, solltest wissen, wofür dein Bruder sein ganzes Leben lang gearbeitet hat! Bei dir hätte ich mehr Sinn für die Familienehre erwartet. Ich bin schwer enttäuscht. Von euch beiden.«

»Ich bin auch enttäuscht.« Tante Maddy stemmte die Hände in ihre Taille und blickte der davonstolzierenden Lady Arista zornig nach. »Von *euch* beiden. Wir sind schließlich eine Familie!« Weil Lady Arista sie nicht mehr hören konnte, wandte sie sich an Charlotte: »Häschen! Wie konntest du nur?«

Charlotte wurde rot. Für einen ganz kurzen Augenblick sah sie dem unsäglichen Mr Marley ähnlich und ich überlegte, wo ich mein Handy hatte. Den Anblick hätte ich zu gern für die Nachwelt festgehalten. Oder für spätere Erpressungsversuche.

»Ich konnte ja nicht zulassen, dass Gwendolyn etwas boykottiert, was sie nicht mal *kapiert*«, sagte Charlotte und ihre Stimme zitterte sogar ein bisschen. »Einfach nur aus ihrem Drang heraus, sich ständig und überall in den Vordergrund zu spielen. Sie . . . sie hat keinen Respekt vor den Mysterien, mit denen sie unverdienterweise verbunden ist.« Sie warf mir einen giftigen Blick zu und der schien ihr dabei zu helfen, sich wieder ein bisschen zu fangen. »Das hast du dir alles selber eingebrockt!«, fauchte sie mit neuem Elan. »Ich habe sogar noch angeboten, dir zu helfen! Aber nein! Du musst ja immer gegen irgendwelche Regeln verstoßen.« Mit diesen Worten verwandelte sie sich zurück in ihr eigenes Ich und tat das, was sie am besten konnte: das Haar in den Nacken werfen und davonrauschen.

»Ogottogott«, sagte Tante Maddy und ließ sich auf meine Bettkante plumpsen. Xemerius konnte sich gerade noch rechtzeitig zur Seite wälzen. »Was machen wir denn jetzt? Bestimmt werden sie dich abholen, wenn sie die Truhe geöffnet haben, und ganz bestimmt werden sie nicht zimperlich mit dir umgehen.« Sie angelte ihre Dose mit Zitronenbonbons aus der Rocktasche und schob sich fünf auf einmal in den Mund. »Das halt ich nicht aus.«

»Ganz ruhig, Tante Maddy!« Ich fuhr mir mit allen zehn Fingern durch die Haare und grinste sie an. »In der Truhe befinden sich mein Schulatlas und die Jane-Austen-Gesamtausgabe, die du mir zu Weihnachten geschenkt hast.«

»Oh.« Tante Maddy rieb sich die Nase und schnaufte erleichtert. »Das habe ich mir *natürlich* schon gedacht«, sagte sie, heftig an den Bonbons lutschend. »Aber wo . . .?«

»In Sicherheit, hoffe ich.« Mit einem tiefen Seufzer schwang ich meine Beine über die Bettkante. »Aber falls sie gleich schon wiederkommen – mit einem Hausdurchsuchungsbefehl oder so –, sollte ich jetzt vielleicht doch besser duschen gehen. Übrigens – herzlichen Dank für deinen Rat gestern! Von wegen, die Räume standen alle leer. Ich bin im Schlafzimmer von Tante Glenda und Exonkel Charlie gelandet!«

»Ups«, machte Tante Maddy und verschluckte vor Schreck ein Bonbon.

An diesem Vormittag bekam ich Charlotte und meine Großmutter nicht mehr zu Gesicht. Ein paar Mal klingelte in den unteren Stockwerken das Telefon und einmal klingelte es auch bei uns, es war aber nur Mum, die sich nach meinem Befinden erkundigte.

Später am Tag kam Tante Maddys Freundin Mrs Purpleplum zu Besuch und ich hörte die beiden kichern wie zwei kleine Mädchen. Ansonsten blieb es still. Bevor ich am Mittag abgeholt und nach Temple gebracht wurde, konnten Xemerius und ich uns noch ein wenig der Lektüre von *Anna Karenina* zuwenden, das heißt dem Teil der Lektüre, der nicht von Tolstoi verfasst worden war. Die Seiten 400 bis 600 waren überwiegend mit Abschriften aus den Chroniken und Annalen der Wächter gefüllt. Lucas hatte dazugeschrieben: *Dies sind nur die interessanten Teile, liebe Enkeltochter*, aber um ehrlich zu sein, fand ich es zunächst nicht besonders interessant. Die sogenannten *Prinzipien zur Beschaffenheit der Zeit,* vom Grafen von Saint Germain persönlich verfasst, überforderten schon nach dem ersten Satz mein Gehirn. *Obwohl in der Gegenwart das Vergangene bereits geschehen ist, muss man alle Vorsicht aufbieten, um das Gegenwärtige nicht durch das Vergangene zu gefährden, indem man es gegenwärtig macht.*

»Verstehst du das?«, fragte ich Xemerius. »Einerseits ist ohnehin schon alles geschehen und wird daher auch so geschehen, wie es nun mal geschehen ist, andererseits darf man niemanden mit Grippeviren anstecken? Oder wie ist das gemeint?«

Xemerius schüttelte den Kopf. »Das überschlagen wir einfach, ja?«

Aber auch der Aufsatz eines gewissen Dr. M. Giordano (na, das war doch wohl kein Zufall, oder?) mit dem Titel *Der Graf von Saint Germain – Zeitreisender und Visionär – Quellenanalyse anhand von Inquisitionsprotokollen und Briefen*, publiziert 1992 in einer Fachzeitschrift für historische Forschung, begann mit einem über acht Zeilen konstruierten Bandwurmsatz, der nicht gerade zum Weiterlesen einlud.

Xemerius schien es genauso zu gehen. »Langweilig!«, krakeelte er und ich blätterte bereitwillig weiter zu der Stelle, an der Lucas alle Verse und Reime gesammelt hatte. Ein paar davon kannte ich bereits, aber auch die, die für mich neu waren, lasen sich verworren, symbolträchtig und vielseitig deutbar, je nach Betrachtungsweise, ähnlich wie Tante Maddys Visionen. Die Worte *Blut* und *Ewigkeit* kamen überdurchschnittlich oft darin vor, gerne gepaart mit *Glut* und *Leid*.

»Also, von Goethe sind die auf jeden Fall nicht«, meinte auch Xemerius. »Klingt, als hätten sich da ein paar Besoffene zusammengesetzt, um möglichst kryptisches Zeugs zu reimen. Hey, lass uns mal überlegen, Leute, was reimt sich denn auf Fuchs aus Jade? Marmelade, Wade, Made? Nee, nehmen wir doch einfach mal die Maskerade, das klingt doch, hicks, gleich viel geheimnisvoller.«

Ich musste lachen. Die Verse waren wirklich das Letzte. Aber ich wusste, Leslie würde sich voller Freude darauf stürzen, sie liebte Kryptisches über alles. Sie war fest überzeugt, dass uns die Lektüre von *Anna Karenina* entscheidend weiterbringen würde.

»Das ist der Beginn einer neuen Ära«, hatte sie heute früh dramatisch verkündet und das Buch in der Luft herumgeschwenkt. »Wer in Besitz von Wissen ist, ist auch im Besitz von Macht.« Hier hatte sie kurz gestutzt. »Das ist aus einem Film, aber im Augenblick fällt mir nicht ein, aus welchem. Egal: Jetzt können wir der Sache endlich auf den Grund gehen.«

Vielleicht hatte sie recht. Aber als ich später im Jahr 1953 auf dem grünen Sofa saß, fühlte ich mich kein bisschen mächtig oder wissend, sondern einfach nur furchtbar allein. Wie sehr wünschte ich mir, Leslie könne bei mir sein. Oder wenigstens Xemerius.

Beim ziellosen Blättern stolperte ich über die Stelle, von der Mr Marley gesprochen hatte. Im Oktober 1782 gab es tatsächlich einen Eintrag in den Annalen mit folgendem Text: ... *So legte uns der Graf vor seiner Abreise noch einmal nahe, auch künftig die Berührungspunkte der weiblichen Zeitreisenden, insbesondere des letztgeborenen Rubins, mit der Macht der Mysterien so gering wie möglich zu halten und die Zerstörungskraft der weiblichen Neugierde niemals zu unterschätzen.* Ah ja. Ich glaubte sofort, dass der Graf das gesagt hatte, ich konnte förmlich seine Stimme dabei hören. »Zerstörungskraft der weiblichen Neugierde« – tssss.

Für den Ball, der ja leider nur aufgeschoben, nicht aufgehoben war, half mir das allerdings nicht weiter, abgesehen von der Tatsache, dass mir dieses Wächtergeschreibsel nicht gerade Lust darauf machte, dem Grafen noch einmal gegenüberzutreten.

Mit einem gewissen Unbehagen widmete ich mich auch dem Studium der goldenen Regeln. Darin war viel von Ehre und Gewissen die Rede und der Verpflichtung, in der Vergangenheit nichts zu tun, das die Zukunft verändern könne. Gegen Regel vier – *Es dürfen keine Gegenstände von einer Zeit in die andere transportiert werden* – hatte ich vermutlich auf jeder einzelnen Zeitreise verstoßen. Und gegen Regel fünf – niemals auf das Schicksal von Menschen in der Vergangenheit Einfluss zu nehmen – ebenfalls. Ich ließ das Buch auf den Schoß sinken und kaute nachdenklich auf meiner Unterlippe herum. Vielleicht hatte Charlotte ja recht und ich war so etwas wie eine notorische Regelbrecherin – rein aus Prinzip. Ob die Wächter in der Zwischenzeit wohl gerade mein Zimmer durchkämmten? Oder gar das ganze Haus – mit Suchhunden und Metalldetektoren? Vorhin hatte es jedenfalls nicht so ausgesehen, als ob unser kleines Täuschungsmanöver ausgereicht hätte, um Charlottes Glaubwürdigkeit zu erschüttern.

Obwohl Mr Marley, der mich zu Hause abgeholt hatte, schon ein wenig erschüttert gewirkt hatte. Er schien kaum in der Lage, mir in die Augen zu schauen, auch wenn er versuchte, so zu tun, als sei nichts gewesen.

»Wahrscheinlich schämt er sich«, mutmaßte Xemerius. »Ich hätte ja nur zu gern sein dummes Gesicht gesehen, als er die Truhe geöffnet hat. Hoffentlich hat er vor Schreck das Brecheisen auf seinen Fuß fallen lassen.«

Ja, das war bestimmt ein blamabler Moment für Mr Marley gewesen, als er meine Bücher aus der Truhe gehoben hatte. Und für Charlotte natürlich. So schnell würde sie aber sicher nicht aufgeben.

Immerhin unternahm Mr Marley den Versuch, scheinbar ungezwungene Konversation zu betreiben, wahrscheinlich, um seine Schuldgefühle zu kaschieren, als er auf dem Weg vom Wagen zum Hauptquartier einen schwarzen Regenschirm über mir aufspannte. »Recht frisch heute, nicht wahr?«, sagte er forsch.

Das war mir wirklich zu albern. Ich erwiderte also ebenso forsch: »Ja. Und wann bekomme ich meine Truhe zurück?«

Darauf fiel ihm nichts weiter ein, als knallrot anzulaufen.

»Kann ich denn wenigstens meine Bücher zurückhaben oder werden die noch nach Fingerabdrücken untersucht?« Nein, heute tat er mir nicht leid.

»Wir . . . bedauerlicherweise . . . vielleicht . . . falsch«, stotterte er und Xemerius und ich fragten unisono: »Häh?«

Mr Marley war sichtlich erleichtert, als wir im Eingang auf Mr Whitman stießen, der wieder einmal aussah wie ein Filmstar auf dem roten Teppich. Offensichtlich war er auch gerade angekommen, er zog sich nämlich unnachahmlich elegant seinen Mantel aus und schüttelte sich die Regentropfen aus dem dichten Haar. Dazu lächelte er uns mit seinen perfekten weißen Zähnen an. Fehlte nur noch Blitzlichtgewitter. Wäre ich Cynthia gewesen, hätte ich ihn bestimmt kurz angeschmachtet, aber ich war gegen sein gutes Aussehen und seinen (bei mir ohnehin nur sporadisch eingesetzten) Charme vollkommen immun. Abgesehen davon machte Xemerius hinter seinem Rücken alberne Faxen und zeigte ihm Hasenohren.

»Gwendolyn – ich hörte, dir geht es schon besser?«, fragte Mr Whitman.

Von wem hatte er das denn gehört?

»Ein bisschen.« Um von meiner nicht vorhandenen Krankheit abzulenken und weil ich gerade so schön in Schwung war, plapperte ich schnell weiter. »Ich fragte Mr Marley eben nach meiner Truhe. Vielleicht können Sie mir sagen, wann ich sie wiederbekomme und warum Sie sie überhaupt haben abholen lassen?«

»Richtig! Angriff ist die beste Verteidigung«, feuerte Xemerius mich an. »Ich sehe schon – das hier schaffst du auch ohne mich. Ich flieg dann mal wieder nach Hause les... äh nach dem Rechten sehen – see you later, alligator, hehe!«

»Ich ... wir ... Fehlinformation ...«, setzte Mr Marley seinen Lückentext fort.

Mr Whitman schnalzte ärgerlich mit seiner Zunge. Neben ihm wirkte Mr Marley gleich doppelt unbeholfen. »Marley, Sie können Mittagspause machen.«

»Jawohl, Sir. Mittagspause, Sir.« Es hätte nicht viel gefehlt und Mr Marley hätte die Hacken zusammengeknallt.

»Deine Cousine hat den Verdacht, dass du im Besitz eines Gegenstandes bist, der dir nicht gehört«, sagte Mr Whitman, als Marley davongeeilt war, und musterte mich durchdringend. Wegen seiner schönen braunen Augen hatte er von Leslie den Spitznamen Eichhörnchen erhalten, aber jetzt war beim besten Willen nichts Niedliches und Possierliches darin zu erkennen, auch nichts von der Wärme, die man angeblich in braunen Augen immer findet. Unter seinem Blick verkrümelte sich mein Widerspruchsgeist ganz schnell in die hinterste Ecke meiner Persönlichkeit. Plötzlich wünschte ich, Mr Marley wäre dageblieben. Mit ihm stritt es sich weitaus angenehmer als mit Mr Whitman. Es war so schwierig, ihn anzulügen, vermutlich lag das an seiner Erfahrung als Lehrer. Aber ich versuchte es trotzdem.

»Charlotte fühlt sich wohl ein wenig ausgeschlossen«, murmelte ich mit niedergeschlagenen Augen. »Sie hat es im Augenblick auch nicht leicht und deshalb erfindet sie vielleicht Dinge, die ihr wieder ein bisschen . . . äh . . . Aufmerksamkeit zusichern.«

»Ja, der Ansicht sind die anderen auch«, sagte Mr Whitman nachdenklich. »Aber ich halte Charlotte für eine gefestigte Persönlichkeit, die so etwas nicht nötig hat.« Er neigte seinen Kopf zu mir, so nah, dass ich sein Aftershave riechen konnte. »Wenn ihr Verdacht sich doch noch bestätigen sollte . . . Nun, ich bin mir nicht sicher, ob du dir der Tragweite deines Tuns wirklich bewusst bist.«

Tja – da waren wir wohl schon zu zweit. Es kostete mich eine gewisse Überwindung, ihm wieder in die Augen zu sehen. »Darf ich denn wenigstens fragen, um welchen Gegenstand es sich handelt?«, fragte ich zaghaft.

Mr Whitman zog eine Augenbraue nach oben, dann lächelte er überraschenderweise. »Es besteht durchaus die Möglichkeit, dass ich dich unterschätzt habe, Gwendolyn. Allerdings ist das kein Grund für dich, dich selber zu überschätzen!«

Ein paar Sekunden lang starrten wir einander in die Augen und ich fühlte mich mit einem Mal sehr erschöpft. Was sollte diese ganze Schauspielerei eigentlich bringen? Was, wenn ich den Chronografen einfach wieder den Wächtern übergab und den Dingen ihren Lauf ließ? Irgendwo in meinem Hinterkopf hörte ich Leslie sagen *Jetzt reiß dich gefälligst mal zusammen,* aber wozu eigentlich? Ich tappte doch ohnehin nur im Dunkeln und kam keinen Schritt weiter. Mr Whitman hatte recht: Am Ende überschätzte ich mich völlig und machte alles nur noch schlimmer. Ich wusste ja nicht mal genau, wofür ich all diese nervenaufreibenden Dinge eigentlich auf mich nahm. Wäre es nicht schön, die Verantwortung abzugeben und Entscheidungen anderen zu überlassen?

»Ja?«, fragte Mr Whitman mit sanfter Stimme und jetzt trat tatsächlich ein warmer Glanz in seine Augen. »Willst du mir etwas sagen, Gwendolyn?«

Wer weiß – vielleicht hätte ich das sogar getan, wenn nicht in diesem Augenblick Mr George zu uns getreten wäre. Mit den Worten »Gwendolyn, wo bleibst du denn?« hatte er meinem Schwächemoment ein Ende bereitet. Mr Whitman hatte wieder ärgerlich mit der Zunge geschnalzt, aber das Thema in Mr Georges Gegenwart nicht mehr angeschnitten.

Und nun saß ich hier allein im Jahr 1953 auf dem grünen Sofa und rang immer noch um meine Fassung. Und um ein bisschen Zuversicht.

»Wissen ist Macht«, versuchte ich, mich mit zusammengebissenen Zähnen zu motivieren, und schlug das Buch wieder auf. Lucas hatte aus den Annalen vor allem Einträge aus den Jahren 1782 und 1912 abgeschrieben, *weil das, liebe Enkeltochter, die für dich relevanten Jahre sind. Im September 1782 wurde die sogenannte florentinische Allianz zerschlagen und der Verräter im inneren Kreis der Wächter entlarvt. Obwohl es nicht explizit in den Annalen steht, können wir davon ausgehen, dass du und Gideon in diese Ereignisse verwickelt seid.*

Ich sah hoch. War das der Hinweis auf den Ball, den ich gesucht hatte? Wenn, dann war ich genauso schlau wie vorher. Danke, Grandpa, seufzte ich. Das ist ungefähr so hilfreich wie »Hüte dich vor Pastrami-Sandwiches«. Ich blätterte um.

»Erschreck dich bloß nicht«, sagte eine Stimme hinter mir.

Ganz bestimmt muss man diesen Satz zu den berühmten letzten Sätzen zählen, und zwar zu denen, die man als Letztes vor seinem Tod hört. (Gleich nach »Die ist nicht geladen« und »Der will nur spielen«.) Natürlich erschrak ich ganz fürchterlich.

»Ich bin's doch nur.« Gideon stand hinter dem Sofa und lächelte auf mich herunter. Sein Anblick versetzte meinen Körper sofort wieder in einen Ausnahmezustand und die unterschiedlichsten Gefühle flossen in meinem Inneren zusammen, ohne sich auf eine Richtung festlegen zu können.

»Mr Whitman dachte, du könntest ein wenig Gesellschaft vertragen«, sagte Gideon leichthin. »Und mir ist eingefallen, dass die Glühbirne hier dringend ausgewechselt werden muss.« Er warf eine Glühbirne wie einen Jonglierball in die Höhe, fing sie wieder auf und ließ sich gleichzeitig mit einer anmutigen Bewegung neben mich auf das Sofa fallen. »Sehr gemütlich hast du es hier. Kaschmirdecken! Und Weintrauben. Ich glaube, bei Mrs Jenkins hast du einen Stein im Brett.«

Während ich in sein blasses schönes Gesicht starrte und versuchte, mein Gefühlschaos unter Kontrolle zu bekommen, besaß ich immerhin die Geistesgegenwart, *Anna Karenina* zuzuklappen.

Gideon betrachtete mich aufmerksam, sein Blick wanderte von meiner Stirn über meine Augen bis hinab zu meinem Mund. Ich wollte wegschauen und von ihm abrücken, aber

gleichzeitig konnte ich nicht genug kriegen von seinem Anblick, also starrte ich ihn weiter an wie das Kaninchen eine
Schlange.

»Ein kleines Hallo vielleicht?«, sagte er und schaute mir
wieder in die Augen. »Auch wenn du gerade sauer auf mich
bist.«

Dass er dabei amüsiert die Mundwinkel nach oben zog, rüttelte mich aus meiner Erstarrung. »Danke, dass du mich daran erinnerst.« Ich strich mir die Haare aus der Stirn, setzte
mich gerader hin und schlug mein Buch auf, dieses Mal
ziemlich am Anfang. Ich würde ihn einfach ignorieren – er
brauchte nicht zu denken, dass zwischen uns alles in bester
Ordnung war.

Aber Gideon ließ sich nicht so leicht abspeisen. Er sah hinauf zur Decke. »Um die Glühbirne zu wechseln, müsste ich
das Licht für eine kleine Weile ausschalten. Dann wäre es hier
vorübergehend ziemlich dunkel.«

Ich sagte nichts.

»Hast du eine Taschenlampe dabei?«

Ich antwortete nicht.

»Andererseits – die Lampe scheint heute keine Probleme zu
machen. Vielleicht lassen wir es einfach darauf ankommen?«

Ich spürte seine Blicke von der Seite, als würde er mich berühren, aber ich starrte hartnäckig in mein Buch.

»Hm – kann ich ein paar von den Trauben haben?«

Jetzt verlor ich die Geduld. »Ja, nimm sie – aber lass mich
in Ruhe lesen!«, schnauzte ich ihn an. »Und halt einfach die
Klappe, ja? Ich habe keine Lust auf blöden Smalltalk mit dir.«

Für die Zeit, die er brauchte, um die Weintrauben zu essen,

sagte er nichts. Ich blätterte eine Seite um, obwohl ich kein einziges Wort gelesen hatte.

»Ich hörte, du hattest heute früh schon Besuch.« Er begann, mit zwei Weinbeeren zu jonglieren. »Charlotte hat etwas von einer geheimnisvollen Truhe gesagt.«

Aha. Daher wehte also der Wind. Ich ließ das Buch auf meinen Schoß sinken. »Welchen Teil von *Halt die Klappe* hast du nicht verstanden?«

Gideon grinste breit. »Hey, das ist aber doch kein Smalltalk. Ich würde gern wissen, wie Charlotte auf die Idee gekommen ist, du könntest etwas besitzen, das Lucy und Paul dir zugespielt haben.«

Er war hier, um mich auszuhorchen – na klar. Wahrscheinlich im Auftrag von Falk und den anderen. *»Sei schön nett zu ihr, dann verrät sie dir bestimmt, ob und wo sie was versteckt hält.«* Frauen für dumm zu verkaufen, war ja schließlich das Familienhobby der Villiers.

Ich zog meine Beine aufs Sofa und verschränkte sie zum Schneidersitz. Wütend fiel es mir leichter, ihm direkt in die Augen zu sehen, ohne dass die Unterlippe bebte. »Frag Charlotte doch selber, wie sie darauf gekommen ist«, sagte ich kühl.

»Habe ich ja.« Gideon verknotete seine Beine ebenfalls zum Schneidersitz, sodass wir einander auf dem Sofa gegenübersaßen wie zwei Indianer in einem Tipi. Ob es wohl das Gegenteil einer Friedenspfeife gab? »Sie meint, du bist irgendwie in den Besitz des gestohlenen Chronografen gelangt und deine Geschwister, deine Großtante und sogar euer Butler helfen dir, ihn zu verstecken.«

Ich schüttelte den Kopf. »Ich hätte nicht gedacht, dass ich das mal sage, aber Charlotte hat offenbar zu viel Fantasie. Da muss man bloß eine alte Truhe durchs Haus tragen, schon spinnt sie total rum.«

»Was war denn in der Truhe?«, fragte er, nicht besonders interessiert. Meine Güte, wie durchschaubar!

»Nichts! Wir benutzen sie als Kartentisch, wenn wir pokern.« Ich fand die Idee selber so gut, dass ich mir ein Grinsen nur schwer verkneifen konnte.

»Arizona Hold'em?«, erkundigte sich Gideon, jetzt aufmerksamer.

Haha. »Texas Hold'em«, sagte ich. Als ob er mich mit so einem platten Trick aufs Glatteis führen könnte! Leslies Vater hatte uns Pokern beigebracht, als wir zwölf Jahre alt gewesen waren. Er war nämlich der Ansicht, dass Mädchen unbedingt pokern können sollten – warum, hatte er uns nie verraten. Dank ihm kannten wir jedenfalls alle Tricks und waren Weltmeister im Bluffen. Leslie kratzte sich zwar bis heute immer an der Nase, wenn sie ein gutes Blatt hatte, aber das wusste ja nur ich. »Auch Omaha, aber seltener. Weißt du«, ich beugte mich vertrauensvoll vor, »Glücksspiele sind bei uns zu Hause verboten – meine Großmutter hat da ein paar strenge Regeln aufgestellt. Eigentlich haben wir auch nur aus Protest und purer Bockigkeit mit dem Spielen angefangen, Tante Maddy, Mr Bernhard, Nick und ich. Aber dann hat es uns immer mehr Spaß gemacht.«

Gideon hatte eine Augenbraue nach oben gezogen. Er sah irgendwie beeindruckt aus. Ich konnte es ihm nicht verdenken.

»Vielleicht hat Lady Arista recht und das Spiel ist aller Laster Anfang«, fuhr ich fort. Ich war jetzt richtig in meinem Element. »Zuerst haben wir nur um Zitronenbonbons gespielt, aber mittlerweile sind die Einsätze höher geworden. Mein Bruder hat letzte Woche sein ganzes Taschengeld verspielt. Wenn das Lady Arista wüsste!« Ich beugte mich noch ein bisschen weiter vor und sah Gideon tief in die Augen. »Also sag das bloß nicht Charlotte, die würde es nämlich sofort petzen. Dann soll sie doch lieber Geschichten von geklauten Chronografen erfinden!« Äußerst zufrieden mit mir selber setzte ich mich wieder gerade hin.

Gideon sah immer noch beeindruckt aus. Er betrachtete mich eine Weile schweigend, dann streckte er urplötzlich die Hand aus und streichelte mir über das Haar. Sofort war es um meine Fassung geschehen.

»Lass das!« Er versuchte es wirklich mit allen Tricks! Mistkerl. »Was willst du überhaupt hier? Ich brauche keine Gesellschaft!« Es klang leider viel weniger giftig als beabsichtigt, eher ein bisschen kläglich. »Musst du nicht auf geheimen Missionen unterwegs sein und Leuten Blut abzapfen?«

»Du meinst die *Operation Pumphose* gestern Abend?« Er hatte das Streicheln eingestellt, aber nun nahm er eine meiner Haarsträhnen zwischen seine Finger und spielte damit. »Die ist erledigt. Elaine Burghleys Blut befindet sich im Chronografen.« Für zwei Sekunden starrte er an mir vorbei ins Leere und sah traurig aus. Dann hatte er sich wieder im Griff. »Fehlen noch die störrische Lady Tilney, Lucy und Paul. Aber da wir jetzt wissen, was Lucys und Pauls Basiszeit ist und unter welchen Namen sie gelebt haben, ist das nur noch eine

Formsache. Um Lady Tilney kümmere ich mich übrigens gleich morgen früh.«

»Ich dachte, du hättest in der Zwischenzeit Zweifel bekommen, ob das alles so seine Richtigkeit hat«, sagte ich und befreite mein Haar aus seiner Hand. »Was, wenn Lucy und Paul recht haben und der Blutkreis niemals geschlossen werden darf? Du hast doch selbst behauptet, dass die Möglichkeit besteht.«

»Richtig. Aber ich habe nicht vor, das den Wächtern auf die Nase zu binden. Du bist die Einzige, der ich davon erzählt habe.«

Ah, welch raffinierter psychologischer Schachzug. *Du bist die Einzige, der ich vertraue.*

Aber ich konnte auch raffiniert sein, wenn ich wollte. (Ich erinnere nur an die Poker-Geschichte!) »Lucy und Paul sagten, dass man dem Grafen nicht trauen kann. Dass er etwas Böses im Schilde führt. Glaubst du das jetzt auch?«

Gideon schüttelte den Kopf. Sein Gesicht war plötzlich ernst und angespannt. »Nein. Ich glaube nicht, dass er böse ist. Ich glaube nur . . .« Er zögerte. »Ich glaube, dass er das Wohl eines Einzelnen dem Allgemeinwohl unterordnet.«

»Auch sein eigenes?«

Er antwortete nicht, sondern streckte wieder seine Hand aus. Diesmal wickelte er meine Haarsträhne um seinen Finger wie um einen Lockenwickler. Schließlich sagte er: »Angenommen, du könntest irgendetwas Sensationelles entwickeln, nur so zum Beispiel, was weiß ich, ein Heilmittel gegen Krebs und Aids und alle anderen Krankheiten auf der Welt. Aber du müsstest dafür einen Menschen sterben lassen – würdest du es tun?«

Jemand musste sterben? War das der Grund, warum Lucy und Paul den Chronografen gestohlen hatten? *Weil ihnen der Preis dafür zu hoch erschien,* hörte ich die Stimme meiner Mum sagen. Der Preis – ein Menschenleben? Ich hatte sofort einschlägige Filmszenen vor Augen, mit verkehrt herum gehängten Kreuzen, Menschenopfern auf einem Altar und Männern mit Kapuzen, die babylonische Beschwörungsformeln murmelten. Was nicht so recht zu den Wächtern zu passen schien – von ein paar Ausnahmen vielleicht abgesehen.

Gideon schaute mich abwartend an.

»Ein Menschenleben zu opfern für die Rettung von vielen?«, murmelte ich. »Nein, ich glaube nicht, dass der Preis dafür zu hoch wäre – ganz pragmatisch betrachtet. Du denn?«

Gideon sagte lange nichts, er ließ seinen Blick nur über mein Gesicht wandern und spielte weiter mit meiner Haarsträhne. »Ja, das glaube ich«, sagte er schließlich. »Nicht immer heiligt der Zweck die Mittel.«

»Bedeutet das, du tust jetzt nicht mehr, was der Graf von dir verlangt?«, platzte ich – zugegeben wenig raffiniert – heraus. »Zum Beispiel mit meinen Gefühlen spielen? Oder mit meinen Haaren?«

Gideon nahm seine Hand aus meinem Haar und betrachtete sie verwundert, so als würde sie gar nicht zu ihm gehören. »Ich habe nicht . . . Der Graf hat mir doch nicht befohlen, mit deinen Gefühlen zu spielen.«

»Ach nein?« Mit einem Mal war ich wieder fürchterlich wütend auf ihn. »Mir hat er aber so etwas gesagt. Von wegen, er sei beeindruckt, wie gut du deine Sache gemacht hast, wo du doch so wenig Zeit gehabt hättest, meine Gefühle zu manipulieren, und dummerweise so viel Energie auf das falsche Opfer, nämlich Charlotte, verschwendet hast.«

Gideon seufzte und rieb sich mit dem Handrücken über die Stirn. »Der Graf und ich hatten tatsächlich ein paar Gespräche über . . . äh, eben Männergespräche. Er ist – und, bitte, der Mann hat vor über zweihundert Jahren gelebt, man möge es ihm nachsehen! – der Ansicht, dass die Handlungen von Frauen ausschließlich von Emotionen bestimmt werden, während Männer sich nur von der Vernunft leiten lassen, und dass es daher besser für mich wäre, wenn meine Zeitsprungpartnerin in mich verliebt wäre, damit ich ihre Handlungen im Zweifel kontrollieren könnte. Ich dachte . . .«

»Du . . .«, unterbrach ich ihn zornig. »Du dachtest, dann sorge ich doch mal dafür, dass das auch klappt!«

Gideon entknotete seine langen Beine, stand auf und begann, im Raum hin- und herzugehen. Aus irgendeinem Grund sah er plötzlich aufgewühlt aus. »Gwendolyn, ich habe dich zu nichts gezwungen, oder? Im Gegenteil – ich habe dich oft genug richtig mies behandelt.«

Ich starrte ihn sprachlos an. »Und dafür soll ich dir jetzt dankbar sein?«

»Natürlich nicht«, sagte er. »Oder doch, ja.«

»Was denn nun?«

Er funkelte mich an. »Warum stehen Mädchen auf Typen, die sie scheiße behandeln? Die netten Jungs sind offensichtlich nicht mal halb so interessant. Manchmal fällt es schwer, da den Respekt vor Mädchen zu behalten.« Noch immer tigerte er im Raum hin und her, mit langen, beinahe wütenden Schritten. »Zumal sich Jungs mit Segelohren und Pickeln lange nicht so viel rausnehmen dürfen.«

»Wie zynisch und oberflächlich du doch bist.« Ich war fassungslos über die Wende, die dieses Gespräch auf einmal genommen hatte.

Gideon zuckte mit den Achseln. »Fragt sich, wer hier oberflächlich ist. Oder hättest du dich von Mr Marley küssen lassen?«

Für einen Augenblick war ich wirklich aus dem Konzept gebracht. Ein kleines, also *klitzekleines* Körnchen Wahrheit war vielleicht an seinen Worten dran . . . Aber dann schüttelte ich den Kopf. »Du hast bei dieser beeindruckenden Argumentation etwas Entscheidendes vergessen. Ich hätte mich trotz deines pickelfreien Aussehens – Glückwunsch übrigens zu deinem gesunden Selbstbewusstsein – nicht von dir küssen lassen, wenn du mich nicht angelogen und mir vorgespielt hättest, Gefühle für mich zu haben.« Unvermittelt traten mir die Tränen in die Augen. Mit zittriger Stimme sprach ich trotzdem weiter. »Ich hätte . . . mich nicht in dich verliebt.« Und wenn doch, hätte ich es mir zumindest nicht anmerken lassen.

Gideon wandte sich von mir ab. Für einen Moment stand er völlig regungslos da, dann trat er plötzlich mit aller Macht gegen die Wand. »Verdammt, Gwendolyn«, sagte er mit zusammengebissenen Zähnen. »Hast du es denn mir gegenüber mit der Wahrheit so genau genommen? War es nicht vielmehr so, dass du mich belogen hast, wann immer es ging?«

Während ich nach einer Antwort suchte – er war wirklich

ein Meister im Spießumdrehen –, überkam mich das altbekannte Schwindelgefühl, aber diesmal war mir schlecht wie noch nie. Erschrocken presste ich *Anna Karenina* gegen meine Brust. Um den Korb zu packen, war es wohl zu spät.

»Du hast dich zwar von mir küssen lassen, aber mir nie vertraut«, hörte ich Gideon noch sagen. Den Rest bekam ich nicht mehr mit, denn im nächsten Moment landete ich in der Gegenwart und musste all meine Kraft darauf konzentrieren, Mr Marley nicht vor die Füße zu kotzen.

Als ich meinen Magen endlich im Griff hatte, war Gideon auch zurückgesprungen. Er lehnte mit dem Rücken an der Wand. Aller Zorn war von seinem Gesicht verschwunden und er lächelte wehmütig. »Ich würde schrecklich gern mal bei einer eurer Pokerrunden dabei sein«, sagte er. »Ich bin nämlich ziemlich gut im Bluffen.« Damit verließ er den Raum, ohne sich noch einmal umzusehen.

Aus den Inquisitionsprotokollen des Dominikanerpaters
Gian Petro Baribi
Archive der Universitätsbibliothek Padua
(entschlüsselt, übersetzt und bearbeitet
von Dr. M. Giordano)

25. Juni 1542. Ermittele immer noch im Kloster S.
im Fall der jungen Elisabetta, die laut Auskunft ihres
eigenen Vaters das Kind eines Dämons austrägt.
Ich hielt mich in meinem Bericht gegenüber dem Leiter
der Kongregation nicht mit meiner Vermutung zurück,
dass M. zu – wohlwollend ausgedrückt – religiösen
Verklärungen neigt und dazu, sich von Gott, unserem
Herrn, berufen zu fühlen, das Böse dieser Welt
auszurotten. Offensichtlich will er seine Tochter lieber
der Hexerei bezichtigen, als zu akzeptieren,
dass sie nicht seinen Vorstellungen von Sittsamkeit
entspricht. Seine guten Beziehungen zu R. M. erwähnte
ich ja bereits umseitig, sein Einfluss in dieser Region
ist erheblich, weshalb wir den Fall noch nicht als
abgeschlossen betrachten dürfen. Die Vernehmung
der Zeugen war der reinste Hohn. Zwei junge
Mitschülerinnen Elisabettas bestätigen die Aussage des
Contes vom Auftauchen eines Dämons im Garten des
Klosters. Die kleine Sofia – die nicht wirklich glaubhaft

erklären konnte, warum sie sich um Mitternacht rein zufällig in einem Gebüsch verborgen im Garten befand – beschrieb einen Riesen mit Hörnern, glühenden Augen und einem Pferdefuß, der Elisabetta kurioserweise ein Ständchen auf einer Violine brachte, bevor er sich in Unzucht an ihr verging. Die andere Zeugin, eine enge Freundin von Elisabetta, machte schon einen weitaus vernünftigeren Eindruck. Sie erzählte von einem gut gekleideten und sehr hochgewachsenen jungen Mann, der Elisabetta mit schönen Worten umgarne. Er würde aus dem Nichts erscheinen und könne sich dann wieder in Luft auflösen, was sie aber selber noch nicht beobachtet habe. Elisabetta ihrerseits vertraute mir an, dass der junge Mann, der die Klostermauern so geschickt überwunden hat, weder Hörner noch Pferdefuß besitze, sondern aus geachteter Familie stamme, und dass sie sogar seinen Namen kenne. Ich freute mich schon, die Sache zu einem klärenden Abschluss bringen zu können, da fügte sie hinzu, dass sie aber leider keinen Kontakt zu ihm herstellen könne, da er aus der Zukunft durch die Luft zu ihr geflogen sei, genauer gesagt aus dem Jahr des Herrn 1723. Man möge sich meine Verzweiflung über den Geisteszustand der mich umgebenden Menschen vorstellen – ich hoffe sehr, der Leiter der Kongregation beordert mich alsbald zurück nach Florenz, wo echte Fälle auf mich warten.

8.

Schimmernde Paradiesvögel, Blüten und Blätter in Blau- und Silbertönen rankten sich über das Brokatmieder, die Ärmel und der Rock waren aus schwerer nachtblauer Seide, die bei jedem Schritt raschelte und rauschte wie das Meer an einem stürmischen Tag. Mir war klar, dass jeder in diesem Kleid wie eine Prinzessin ausgesehen hätte, trotzdem war ich von meinem eigenen Anblick im Spiegel überwältigt.

»Es ist . . . unfassbar schön!«, flüsterte ich ehrfürchtig.

Xemerius schnaubte. Er saß auf einem Rest Brokat neben der Nähmaschine und popelte in der Nase. »Mädchen!«, sagte er. »Erst sträuben sie sich mit Händen und Füßen gegen diesen Ball und kaum haben sie so einen ollen Fummel an, machen sie sich vor Aufregung fast ins Röckchen.«

Ich ignorierte ihn und drehte mich zu der Schöpferin dieses Meisterstücks um. »Aber das andere Kleid war doch auch perfekt, Madame Rossini.«

»Ja, ich weiß.« Sie schmunzelte. »Wir können es einfach ein anderes Mal nehmen.«

»Madame Rossini, Sie sind eine Künstlerin!«, sagte ich mit Inbrunst.

»*N'est-ce pas?*« Sie zwinkerte mir zu. »Und als Künstler darf man sich die Dinge auch wieder anders überlegen. Zu der weißen Perücke schien mir das andere Kleid insgesamt zu blass zu sein – ein Teint wie deiner verlangt nach starken *comment on dit?* Kontrasten!«

»Ach richtig! Die Perücke.« Ich seufzte. »Die wird alles wieder kaputt machen. Können Sie bitte schnell noch ein Foto schießen?«

»*Bien sur.*« Madame Rossini verfrachtete mich auf einen Hocker vor der Frisierkommode und griff nach meinem Handy, das ich ihr hinhielt.

Xemerius faltete seine Flügel auseinander, flatterte zu mir herüber und legte eine etwas verunglückte Landung direkt vor dem Porzellankopf mit der Perücke hin.

»Du weißt schon, was sich normalerweise alles in so einem Haarteil herumtreibt, oder?« Er legte den Kopf in den Nacken und sah an dem puderweißen Turm hoch. »Filzläuse, ganz sicher. Motten vermutlich. Eventuell auch Schlimmeres.« Er hob theatralisch die Pfoten. »Ich sag nur: TARANTULA.«

Ich verbiss mir den Kommentar, dass *urban legends* nun wirklich ein alter Hut waren, und gähnte demonstrativ.

Xemerius stemmte die Krallen in die Seiten. »Ist doch wahr«, sagte er. »Und du solltest dich nicht nur vor Spinnen in Acht nehmen, sondern auch vor gewissen Grafen, falls dir das in deinem Kostümrausch gerade entgangen sein sollte.«

Da hatte er leider recht. Aber heute, frisch genesen und sogleich von den Wächtern für balltauglich erklärt, wollte ich nur noch eins: positiv denken. Und wo konnte einem das leichter fallen als in Madame Rossinis Atelier?

Ich warf Xemerius einen strengen Blick zu und ließ meine Blicke über die vollgehängten Kleiderstangen wandern. Ein Kleid war schöner als das andere.

»Sie haben nicht zufällig was in Grün?«, fragte ich sehn-süchtig. Ich musste an Cynthias Party denken und an die Kostüme, die Leslie für unsere Marsmenschgewandung vor-schwebten. »Wir brauchen nur grüne Müllsäcke, ein paar Pfeifenputzer, leere Konservenbüchsen und ein paar Styro-porkugeln«, hatte sie gesagt. »Mit Tacker und Heißklebepisto-le verwandeln wir uns im Handumdrehen in coole Vintage-Marsmenschen. Sozusagen lebende moderne Kunstwerke und es kostet keinen Penny.«

»Grün? *Mais oui*«, sagte Madame Rossini. »Als alle noch dachten, dass der rothaarige 'ungerhaken in der Zeit reisen würde, habe ich viele Grüntöne verwendet – das harmoniert perfekt zu roten 'aaren und natürlich auch zu den grünen Augen vom kleinen Rebell.«

»Oh, oh«, sagte Xemerius und drohte ihr mit einer Kralle. »Gefährliches Sperrgebiet, Teuerste!«

Womit er richtig lag. Der kleine Mistkerl-Rebell gehörte nämlich definitiv nicht auf die Liste von positiven Dingen, an die ich denken wollte. (Aber wenn Gideon wirklich mit Char-lotte auf dieser Party aufkreuzte, würde ich dort ganz sicher nicht im Müllsack rumstehen, da konnte Leslie über Coolness und moderne Kunst sagen, was sie wollte.)

Madame Rossini bürstete meine langen Haare und fasste sie auf dem Scheitel mit einem Zopfgummi zusammen. »Heute Abend wird er übrigens auch Grün tragen, ein dunkles Meer-grün, ich habe Stunden über der Stoffauswahl gebrütet, damit sich eure Farben nicht beißen. Am Ende habe ich alles noch mal bei Kerzenlicht überprüft. *Absolument onirique*. Ihr werdet zu-sammen aussehen wie der Meerkönig und die Meerkönigin.«

»Absolühmong«, krähte Xemerius. »Und wenn ihr nicht gestorben seid, bekommt ihr zusammen viele kleine Meerprinzen und -prinzesschen.«

Ich seufzte. Sollte er nicht zu Hause sein und weiter auf Charlotte aufpassen? Aber er hatte es sich nicht nehmen lassen, mich nach Temple zu begleiten, was irgendwie auch wieder süß war. Xemerius wusste genau, dass ich mich vor dem Ball fürchtete.

Während Madame Rossini die Haare in drei Strähnen teilte und zu einem Zopf flocht, den sie mit Haarnadeln zu einem Knoten fixierte, runzelte sie konzentriert die Stirn: »Grün, sagst du? Mal überlegen. Da 'ätten wir zum Beispiel ein Reitkostüm für das späte 18. Jahrhundert aus grünem Samt, außerdem – oh! Das ist mir superb gelungen – ein Abendensemble von 1922, nilgrüne Seide mit passendem 'ut, Mantel und einer 'andtasche, *très chic*. Und dann habe ich einige Kleider von Balenciaga nachgearbeitet, die Grace Kelly in den Sechzigerjahren getragen hat. Das Prunkstück ist ein Ballkleid in der Farbe von Rosenblättern, das würde dir auch wunderbar stehen.«

Sie nahm das Perückengebilde vorsichtig hoch. Schneeweiß und verziert mit blauen Bändern und Brokatblüten, erinnerte es mich ein bisschen an eine mehrstöckige Hochzeitstorte. Es verströmte sogar einen Duft nach Vanille und Orangen. Geschickt stülpte Madame Rossini mir die Torte über das Vogelnest auf meinem Scheitel, und als ich das nächste Mal in den Spiegel blickte, erkannte ich mich selber kaum wieder.

»Jetzt sehe ich aus wie eine Mischung aus Marie Antoinette und meiner Großmutter«, sagte ich. Und wegen der schwarzen Augenbrauen auch ein klitzekleines bisschen wie Räuber Hotzenplotz, der sich als Frau verkleidet hatte.

»Unsinn«, widersprach Madame Rossini, die die Perücke nun mit gewaltigen Haarnadeln feststeckte. Wie kleine Dolche sahen sie aus, mit ihrem Endstück aus glitzernden Glassteinen, die am Schluss wie blaue Sterne aus dem Lockengebilde hervorblitzten. »Es geht um Kontraste, Schwanen'älschen, Kontraste sind das Wichtigste überhaupt.« Sie deutete auf den aufgeklappten Schminkkasten, der auf der Kommode stand. »Dazu noch das Make-up – *smokey eyes* sind bei Kerzenlicht durchaus auch im 18. Jahrhundert en vogue. Ein Hauch von Puder, *et parfaitement!* Du wirst wieder die Allerschönste sein!«

Was sie natürlich nicht wissen konnte, sie war ja nie dabei. Ich lächelte sie an. »Sie sind so lieb zu mir! Sie sind überhaupt die Allerbeste! Und für Ihre Kleider müssten Sie eigentlich einen Oscar bekommen.«

»Ich weiß«, sagte Madame Rossini bescheiden.

»Wichtig ist es, dass du mit dem Kopf zuerst einsteigst und mit dem Kopf zuerst auch wieder aussteigst, mein Schnuckelchen!« Madame Rossini hatte mich bis zur Limousine begleitet und half mir beim Einsteigen. Ich kam mir ein bisschen vor wie Marge Simpson, nur dass mein Haarturm weiß und nicht blau war und die Autodecke glücklicherweise hoch genug.

»Nicht zu fassen, dass so ein schmales Persönchen so viel Platz beanspruchen kann«, sagte Mr George lachend, als ich meine Röcke endlich ordentlich auf dem Sitz ausgebreitet hatte.

»Ja, nicht wahr? Mit diesen Kleidern müsste man eigentlich eine eigene Postleitzahl beantragen.«

Madame Rossini warf mir zum Abschied ein lustiges Handküsschen zu. Ach, sie war so goldig! In ihrer Gegenwart vergaß ich immer ganz, wie schrecklich mein Leben doch eigentlich gerade war.

Der Wagen fuhr an und in diesem Moment wurde die Tür des Hauptquartiers der Wächter aufgerissen und heraus kam Giordano geeilt. Seine rasierten Augenbrauen standen senkrecht in die Höhe und unter seinem Selbstbräuner war er mit Sicherheit leichenblass. Sein Mund mit den Plusterlippen klappte auf und zu, was ihm das Aussehen eines vom Aussterben bedrohten Tiefseefisches gab. Glücklicherweise konnte ich nicht verstehen, was er zu Madame Rossini sagte, aber ich konnte es mir denken. *Dummes Ding. Keine Ahnung von Historie und Menuetttanzen. Wird uns mit ihrem Unverstand blamieren. Eine Schande für die Menschheit.*

Madame Rossini lächelte zuckersüß und sagte etwas zu ihm, was den Fischmund abrupt zuklappen ließ. Leider verlor ich die beiden aus den Augen, als der Fahrer in die Gasse einbog, die zum *Strand* hinaufführte.

Grinsend lehnte ich mich zurück, aber während der Fahrt verflüchtigte sich die gute Stimmung schnell wieder und machte Aufregung und Angst Platz. Ich fürchtete mich so ziemlich vor allem: vor der Ungewissheit, den vielen Menschen, den Blicken, den Fragen, dem Tanzen und am meisten natürlich vor einer neuerlichen Begegnung mit dem Grafen. Meine Ängste hatten mich heute Nacht bis in meine Träume verfolgt, wobei ich schon froh war, dass ich überhaupt eine durchgeschlafene Nacht vorweisen konnte. Kurz vor dem Aufwachen hatte ich besonders wirres Zeug geträumt, war über meine eigenen Röcke gestolpert und eine riesige Treppe hinabgepurzelt, direkt vor die Füße des Grafen von Saint Germain, der mir – ohne mich zu berühren – aufgeholfen hatte, indem er mich an meiner Kehle hochhob. Dabei keifte er seltsamerweise mit Charlottes Stimme: »Du bist eine Schande für die ganze Familie.« Und neben ihm stand Mr Marley, hielt Leslies Rucksack in die Höhe und sagte vorwurfsvoll: »Es ist nur noch ein Pfund zwanzig auf der Oystercard.«

»Wie ungerecht. Ich hatte sie gerade frisch aufgeladen!« Leslie hatte sich heute Morgen im Erdkundeunterricht über meinen Traum halb totgelacht. Allerdings war der gar nicht mal so weit hergeholt: Ihr Rucksack war nämlich gestern nach der Schule gestohlen worden, als sie gerade in den Bus steigen wollte. Rabiat vom Rücken gerissen von einem jungen Mann, der laut Leslie schneller hatte rennen können als Dwain Chambers.

Inzwischen waren wir ja einigermaßen abgebrüht, was die Wächter anging. Und von Charlotte, die zweifelsohne dahintersteckte (also indirekt betrachtet), hätten wir ohnehin nichts anderes erwartet. Aber dennoch fanden wir die Methode ein wenig . . . na ja . . . plump. Und wenn uns noch ein letzter Beweis gefehlt hätte, wäre es die Tatsache gewesen, dass die Frau neben Leslie eine Hermès-Tasche getragen hatte. Ich meine, Hand aufs Herz: Welcher Dieb, der etwas auf sich hält, hätte stattdessen einen gammligen Rucksack geklaut?

Laut Xemerius hatte Charlotte, kaum dass ich gestern das Haus verlassen hatte, mein Zimmer nach dem Chronografen durchkämmt und dabei nichts ausgelassen. Sogar unters Kopfkissen – welch originelles Versteck – hatte sie geschaut. Nach der akribischen Untersuchung meines Wandschrankes hatte sie schließlich die losgelöste Gipskartonplatte entdeckt und war mit einem triumphierenden Grinsen auf dem Gesicht (sagte Xemerius) in die Abseiten gekrochen, wobei sie nicht einmal die Schwester meiner kleinen Spinnenfreundin hatte schrecken können (sagte Xemerius). Sie zeigte auch keinerlei falsche Scheu, tief in die Eingeweide des Krokodils zu greifen.

Tja, hätte sie das mal einen Tag früher gemacht, aber wer zu spät kommt, den bestraft das Leben, sagte Lady Arista immer. Nachdem Charlotte frustriert aus dem Wandschrank gekrabbelt war, hatte sie Leslie ins Visier genommen, was diese wiederum ihren Rucksack gekostet hatte. Nun waren die Wächter in Besitz einer frisch aufgeladenen Oystercard, eines Mäppchens, eines Lipgloss in der Farbnuance Cherry sowie von ein paar Bibliotheksbüchern über die Ausdehnung des östlichen Gangesdeltas – mehr aber auch nicht.

Diese Niederlage konnte nicht mal Charlotte hinter ihrer üblichen hochmütigen Miene verbergen, mit der sie heute Morgen am Frühstückstisch erschienen war. Lady Arista hingegen hatte wenigstens die Größe, ihren Fehler zuzugeben.

»Die Truhe ist wieder auf dem Weg zu uns«, erklärte sie kühl. »Charlottes Nerven sind offensichtlich ein wenig überreizt – und ich muss zugeben, dass ich ihren Ausführungen irrtümlich Glauben geschenkt habe. Und jetzt sollten wir die Angelegenheit als erledigt betrachten und uns anderen Themen zuwenden.«

Das war (jedenfalls für Lady Aristas Verhältnisse) eine richtige Entschuldigung. Während Charlotte bei diesen Worten angestrengt auf ihren Teller starrte, tauschten wir anderen verdutzte Blicke und wendeten uns dann gehorsam dem einzig anderen Thema zu, das uns auf die Schnelle einfiel: dem Wetter.

Nur Tante Glenda, deren Hals hektische rote Flecken aufwies, wollte das nicht auf Charlotte sitzen lassen. »Man sollte ihr doch wohl eher dankbar sein, dass sie sich immer noch verantwortlich fühlt und ein wachsames Auge hat, anstatt ihr Vorwürfe zu machen«, konnte sie sich nicht verkneifen einzuwerfen. »Wie heißt es so schön? Undank ist der Welten Lohn. Ich bin überzeugt, dass . . .« Aber wir erfuhren nie, wovon Tante Glenda überzeugt war, denn Lady Arista sagte mit eisiger Stimme: »Wenn du das Thema nicht wechseln möchtest, steht es dir selbstverständlich frei, den Tisch zu verlassen, Glenda.« Was Tante Glenda dann auch tat, zusammen mit Charlotte, die behauptete, keinen Hunger mehr zu haben.

»Alles in Ordnung?« Mr George, der mir gegenübersaß (vielmehr schräg gegenüber, meine Röcke waren so ausladend, dass sie den halben Wagen ausfüllten) und mich bisher meinen Gedanken überlassen hatte, lächelte mir zu. »Hat Dr. White dir etwas gegen das Lampenfieber gegeben?«

Ich schüttelte den Kopf. »Nein«, sagte ich. »Ich hatte zu viel Angst, im 18. Jahrhundert doppelt zu sehen.« Oder Schlimmeres, aber das verschwieg ich Mr George lieber. Auf der Soiree am letzten Sonntag hatte ich nur mithilfe von Lady Bromptons Spezialpunsch Ruhe bewahren können – und es war ebendieser Punsch gewesen, der mich dazu gebracht hatte, vor lauter staunenden Gästen *Memory* aus *Cats* vorzutragen, schlappe zweihundert Jahre, bevor Andrew Lloyd Webber es überhaupt komponiert hatte. Außerdem hatte ich mich vor allen Leuten laut mit einem Geist unterhalten, was mir nüchtern ganz bestimmt nicht passiert wäre.

Ich hatte gehofft, wenigstens ein paar Minuten mit Dr. White allein sein zu können, um ihn zu fragen, warum er mir geholfen hatte, aber er hatte mich nur im Beisein von Falk de Villiers untersucht und zu aller Freude für genesen erklärt. Als ich ihm zum Abschied verschwörerisch zugezwinkert hatte, runzelte Dr. White lediglich die Stirn und fragte, ob ich etwas im Auge habe. Bei der Erinnerung daran seufzte ich.

»Mach dir keine Sorgen«, sagte Mr George mitleidig. »Es dauert ja nicht lange, dann bist du schon wieder zurück – noch vor dem Abendessen hast du alles überstanden.«

»Aber bis dahin kann ich eine Menge falsch machen, wenn nicht sogar eine weltweite Krise auslösen. Fragen Sie mal Giordano. Ein falsches Lächeln, eine falsche Reverenz, die falsche Kommunikation – und puff! Das 18. Jahrhundert steht in Brand.«

Mr George lachte. »Ach, Giordano ist doch nur neidisch. Für eine Zeitreise würde er einen Mord begehen!«

Ich strich mit meinen Händen über die weiche Seide meines Rockes und fuhr mit den Fingern die gestickten Linien nach. »Im Ernst, ich verstehe immer noch nicht, warum der Ball so wichtig ist. Und was ich da eigentlich zu suchen habe.«

»Du meinst – außer zu tanzen und dich zu amüsieren und das Privileg zu genießen, die berühmte Herzogin von Devonshire mit eigenen Augen sehen zu dürfen?« Als ich nicht zurücklächelte, wurde Mr George unvermittelt ernst, nahm ein

Taschentuch aus seiner Brusttasche und tupfte sich damit über die Stirn. »Ach, mein Mädchen! Dieser Tag ist deshalb von äußerster Bedeutung, weil sich auf ebendiesem Ball herausstellen soll, wer in den Reihen der Wächter der Verräter ist, der die Informationen an die florentinische Allianz weitergeleitet hat. Durch eure Anwesenheit hofft der Graf, sowohl Lord Alastair als auch den Verräter aus der Reserve zu locken.«

Aha. Das war zumindest ein bisschen spezifischer als in *Anna Karenina*.

»Genau genommen sind wir also Lockvögel.« Ich runzelte meine Stirn. »Aber – ähm – müssten Sie nicht längst wissen, ob der Plan funktioniert hat? Und wer der Verräter nun ist? Das ist doch alles bereits vor zweihundertdreißig Jahren passiert.«

»Ja und nein«, erwiderte Mr George. »Aus irgendeinem Grund sind die Berichte in den Annalen in diesen Tagen und Wochen äußerst verschwommen. Zudem fehlt ein ganzer Teil. Es ist zwar mehrmals von dem Verräter die Rede, der seines hohen Amtes entbunden wurde – aber sein Name wird nicht erwähnt. Vier Wochen später heißt es lapidar in einem Nebensatz, dass niemand dem Verräter die letzte Ehre erwiesen habe, denn Ehre habe er nun einmal nicht verdient.«

Ich bekam wieder einmal eine Gänsehaut. »Vier Wochen nach seinem Rausschmiss aus der Loge war der Verräter tot? Wie . . . äh . . . praktisch.«

Mr George hörte mir nicht mehr zu. Er klopfte an das Fenster zum Fahrer. »Ich fürchte, das Tor ist zu eng für die Limousine. Fahren Sie lieber von der Seite auf den Schulhof.« Er lächelte mich an. »Wir sind da! Du siehst übrigens wunderschön aus – das wollte ich dir die ganze Zeit schon sagen. Wie aus einem alten Gemälde entsprungen.«

Der Wagen bremste direkt vor der Treppe zum Eingang.

»Nur viel, viel schöner«, sagte Mr George.

»Danke.« Vor lauter Verlegenheit vergaß ich ganz, was Madame Rossini gesagt hatte – »Immer mit dem Kopf zuerst, Schnückelschen!« –, und machte den Fehler, auf die gleiche Weise aus dem Auto zu steigen wie sonst auch immer – mit dem Ergebnis, dass ich mich hoffnungslos in meinen Röcken verhedderte und mich fühlte wie die Biene Maja in Theklas Spinnennetz. Während ich fluchte und Mr George hilflos kicherte, reichte man mir von draußen gleich zwei hilfreiche Hände, und weil mir nichts anderes übrig blieb, ergriff ich beide und ließ mich hinaus und auf die Füße ziehen.

Die eine Hand gehörte Gideon, die andere Mr Whitman und ich ließ sie alle beide los, als hätte ich mich verbrannt.

»Ähm, danke«, murmelte ich, strich hastig das Kleid glatt und versuchte, meinen rasenden Puls zu beruhigen. Dann sah ich mir Gideon genauer an – und grinste. Ich konnte einfach nicht anders. Auch wenn Madame Rossini nicht umsonst von der Schönheit des meergrünen Stoffes geschwärmt hatte und der prächtige Rock Gideons breite Schultern in faltenfreier Perfektion umschloss und er bis hinab zu den Schnallenschuhen eine wirklich blendende Figur abgab, machte die weiße Perücke das alles wieder zunichte.

»Und ich dachte schon, ich wäre die Einzige, die sich doof vorkommen muss«, sagte ich.

Seine Augen funkelten amüsiert. »Immerhin konnte ich

Giordano überreden, Puder und Schönheitspflästerchen wegzulassen.«

Nun, er war auch so schon blass genug. Für eine Sekunde oder so verlor ich mich im Anblick der fein gezeichneten Linien seines Kinns und der Lippen, dann riss ich mich wieder zusammen und guckte ihn möglichst finster an.

»Die anderen warten unten, wir beeilen uns besser, bevor es hier einen Menschenauflauf gibt«, sagte Mr Whitman und warf einen Blick hinüber zum Bürgersteig, wo zwei Damen mit Hunden stehen geblieben waren und neugierig zu uns hinüberschauten. Wenn sie kein Aufsehen erregen wollten, dann sollten die Wächter vielleicht unauffälligere Autos fahren. Und natürlich nicht andauernd seltsam kostümierte Menschen durch die Gegend kutschieren. Gideon streckte seine Hand aus, doch in dem Moment ertönte von hinten ein dumpfer Laut und ich sah mich um. Xemerius war auf dem Autodach gelandet und lag für einen Moment platt wie eine Flunder auf dem Blech.

»Menno«, keuchte er. »Hättet ihr nicht auf mich warten können?« Er hatte in Temple die Abfahrt verpasst, wegen einer Katze, wenn ich das richtig mitbekommen hatte. »Ich musste den ganzen Weg fliegen! Dabei wollte ich mich doch noch von dir verabschieden.« Er rappelte sich auf, hüpfte mir auf die Schulter und ich fühlte so etwas wie eine nasse, kalte Umarmung.

»Also, Großmeisterin des heiligen Häkelschweinordens«, sagte er. »Vergiss nicht, den Wir-sagen-seinen-Namen-nicht«, er warf einen verächtlichen Blick auf Gideon, »beim Menuett ordentlich zu treten. Und nimm dich in Acht vor diesem Grafen.« Echte Sorge schwang in seiner Stimme mit. Ich musste schlucken, doch im selben Moment fügte er noch an: »Wenn du Mist baust, kannst du zusehen, wie du in Zukunft ohne mich klarkommst. Dann such ich mir nämlich einen neuen Menschen.« Er grinste frech und sauste ohne viel Umschweife auf die Hunde zu, die sich einen Moment später von ihren Leinen losrissen und mit eingekniffenem Schwanz das Weite suchten.

»Gwendolyn, träumst du?« Gideon reichte mir seinen Arm. »Ich meine natürlich, Miss Gray! Wenn Sie mir bitte ins Jahr 1782 folgen wollen.«

»Vergiss es – mit der Schauspielerei fange ich erst an, wenn wir da sind«, sagte ich leise, damit Mr George und Mr Whitman, die vor uns hergingen, es nicht hören konnten. »Vorher würde ich den Körperkontakt zu dir gern so minimal wie möglich halten, wenn du nichts dagegen hast. Außerdem kenne ich mich hier aus – das ist schließlich meine Schule.«

Und die lag an diesem Freitagnachmittag da wie ausgestorben. Im Foyer trafen wir auf Direktor Gilles, der einen Golftrolley hinter sich herzog und seinen Anzug bereits gegen karierte Hosen und ein Poloshirt getauscht hatte. Er ließ es sich aber nicht nehmen, die »Laienschauspielgruppe von unserem lieben Mr Whitman« ganz herzlich zu begrüßen. Und zwar alle einzeln – per Handschlag. »Als großer Förderer der Kunst ist es mir ein Vergnügen, unsere Schule für Ihre Proben zur Verfügung zu stellen, solange Ihr Probenraum nicht genutzt werden kann. Was für entzückende Kostüme!« Als er bei mir angelangt war, stutzte er. »Nanu! Das Gesicht kenne ich aber. Du bist doch eins von den bösen Froschmädchen, nicht wahr?«

Ich zwang mir ein Lächeln ab. »Ja, Direktor Gilles«, sagte ich.

»Nun, da freue ich mich aber, dass du so ein schönes Hobby gefunden hast. Sicher kommst du dann nicht mehr auf so dumme Ideen.« Er strahlte jovial in die Runde. »Dann wünsche ich also ganz viel Erfolg oder was man beim Theater eben so wünscht, toi, toi, toi, Hals- und Beinbruch . . .« Gut gelaunt winkte er uns noch einmal zu, dann verschwand er mitsamt seinem Trolley durch die Tür – hinaus ins Wochenende. Ich sah ihm ein wenig neidisch hinterher. Ausnahmsweise hätte ich gern mit ihm getauscht, selbst wenn ich dafür ein mittelalter Glatzkopf in karierten Hosen hätte werden müssen.

»Böses Froschmädchen?«, wiederholte Gideon auf dem Weg hinunter in den Kunstkeller und blickte mich neugierig von der Seite an.

Ich verwandte all meine Aufmerksamkeit darauf, die raschelnden Röcke weit genug anzuheben, um nicht darüber zu stolpern. »Meine Freundin Leslie und ich waren vor ein paar Jahren gezwungen, einen überfahrenen Frosch in die Suppe einer Mitschülerin zu legen – das nimmt uns Direktor Gilles leider immer noch übel.«

»Ihr wart *gezwungen*, einen Frosch in die Suppe einer Mitschülerin zu legen?«

»Ja«, erwiderte ich und bedachte ihn mit einem hochnäsigen Blick. »Aus pädagogischen Gründen muss man manchmal Dinge tun, die auf Außenstehende befremdlich wirken.«

Im Keller, gleich unter einem an die Wand gepinselten Zitat von Edgar Degas – *»Ein Bild muss mit demselben Gefühl gemacht werden, mit dem ein Verbrecher seine Tat ausführt«* –, hatten sich bereits die üblichen Verdächtigen um den Chronografen versammelt: Falk de Villiers, Mr Marley und Dr. White, der auf einem der Tische medizinische Bestecke und Verbandszeug ausbreitete. Ich war froh, dass wir wenigstens Giordano in Temple zurückgelassen hatten, wo er vermutlich noch immer auf der Eingangstreppe stand und die Hände rang.

Mr George zwinkerte mir zu. »Ich hatte gerade eine gute Idee«, raunte er. »Wenn du nicht mehr weiterweißt, wirst du einfach ohnmächtig – die Frauen fielen damals laufend in Ohnmacht, ob wegen der geschnürten Korsetts oder der schlechten Luft oder weil es einfach praktisch war, genau kann das niemand sagen.«

»Ich werde es im Hinterkopf behalten«, sagte ich und war versucht, Mr Georges Tipp gleich mal auszuprobieren. Leider schien Gideon meine Absicht zu durchschauen, denn er nahm meinen Arm und lächelte leicht.

Und dann hatte Falk auch schon den Chronografen enthüllt, und als er mich zu sich winkte, fügte ich mich in mein Schicksal, nicht jedoch ohne ein Stoßgebet zum Himmel zu schicken, dass Lady Brompton das Geheimnis ihres Spezialpunsches an ihre gute Freundin, die ehrenwerte Lady Pimplebottom, weitergegeben hatte.

Meine Vorstellungen von Bällen waren vage. Und von historischen Bällen geradezu nicht existent. Deswegen war es vermutlich kein Wunder, dass ich nach Tante Maddys Vision und meinen Träumen von heute Morgen ein Zwischending aus *Vom Winde verweht* und den rauschenden Festen aus *Marie Antoinette* erwartete, wobei der schöne Teil meines Traums gewesen war, dass ich Kirsten Dunst verblüffend ähnlich gesehen hatte.

Aber ehe ich meine Vorstellungen auf ihre Echtheit überprüfen konnte, mussten wir erst einmal aus dem Keller kommen. (Mal wieder! Ich hoffte inständig, dass meine Waden nicht Langzeitschäden vom vielen Treppenlaufen davontrugen.)

Trotz aller Nörgelei musste ich zugeben, dass die Wächter die Sache diesmal schlau eingefädelt hatten. Falk hatte den Chronografen so eingestellt, dass wir ankamen, als der Ball über uns schon seit Stunden im Gang war.

Ich war unendlich erleichtert, dass es so kein Vorbeidefilieren an den Gastgebern geben würde. Insgeheim hatte ich riesige Angst vor einem Zeremonienmeister gehabt, der mit einem Stab auf den Boden geklopft und mit lauter Stimme unsere falschen Namen verkündet hätte. Oder, noch schlimmer, die Wahrheit: »Ladys und Gentlemen!« Klopf, klopf. »Gideon de Villiers und Gwendolyn Shepherd, Hochstapler aus dem 21. Jahrhundert. Beachten Sie bitte, dass Korsett und Reifrock nicht etwa aus Fischbein, sondern aus Hightech-Kohlefasern bestehen! Die Herrschaften kamen übrigens durch den Keller ins Haus!«

Bei dem es sich diesmal um ein besonders dunkles Exemplar handelte, sodass ich leider gezwungen war, Gideons Hand zu nehmen, ansonsten hätten mein Kleid und ich es nicht heil nach oben geschafft. Erst im vorderen Teil des Kellers, dort, wo in meiner Schule der Gang zu den Medienräumen abzweigte, tauchten an den Wänden Fackeln auf, die ihr flackerndes Licht über die Wände warfen. Augenscheinlich waren hier die Vorratskammern untergebracht, was angesichts der Eiseskälte sicher sinnvoll war. Aus bloßer Neugier warf ich einen Blick in einen der angrenzenden Räume und blieb verblüfft stehen. So viel Essen hatte ich noch nie auf einmal gesehen! Offenbar sollte auf den Ball eine Art Bankett folgen, denn auf Tischen und auf dem Fußboden standen unzählige Platten, Schüsseln und große Bottiche voll der merkwürdigsten Speisen. Vieles war ausgesprochen kunstvoll angerichtet und mit einer Art durchsichtigem Wackelpudding umhüllt. Ich entdeckte große Mengen vorbereiteter Fleischgerichte, die für meinen Geschmack definitiv zu streng rochen, darüber hinaus atemberaubend viel Zuckerzeug in allen Formen und Größen und eine vergoldete Schwanenfigur, die verblüffend lebensecht gearbeitet war.

»Guck mal, die müssen ihre Tischdeko auch kühlen!«, flüsterte ich.

Gideon zog mich weiter. »Das ist keine Tischdeko! Das ist ein echter Schwan. Ein sogenanntes Schaugericht«, flüsterte er zurück, doch fast im gleichen Moment zuckte er zusammen und ich stieß, das muss ich leider zugeben, einen Schrei aus.

Denn direkt hinter einer ungefähr neunzehnstöckigen Torte mit zwei (toten) Nachtigallen als Krönung löste sich nun eine Gestalt aus dem Schatten und kam, den Degen blankgezogen, lautlos auf uns zu.

Es war Rakoczy, die rechte Hand des Grafen, und mit diesem dramatischen Auftritt hätte er jederzeit in einer Geisterbahn Geld verdienen können. Mit heiserer Stimme hieß er uns willkommen.

»Folgt mir«, raunte er dann.

Während ich versuchte, mich von dem Schreck zu erholen,

fragte Gideon ungehalten: »Hättet Ihr uns nicht längst in Empfang nehmen sollen?«

Rakoczy zog es vor, nicht darauf einzugehen, was mich nicht weiter wunderte. Er war haargenau der Typ, der keinen Fehler zugeben konnte.

Wortlos nahm er eine Fackel aus der Halterung, winkte uns zu und glitt durch einen Seitengang, der weiter zu einer Treppe führte.

Geigenmusik und Stimmengewirr tönten nun von oben zu uns herab, wurden lauter und lauter und kurz vor dem Ende der Treppe entließ uns Rakoczy mit den Worten: »Ich werde aus dem Schatten heraus mit meinen Leuten über Euch wachen.« Dann verschwand er, geräuschlos wie ein Leopard.

»Ich vermute, der hat keine Einladung bekommen«, sagte ich scherzhaft. In Wirklichkeit stellten sich mir bei der Vorstellung, dass in jeder dunklen Ecke einer von Rakoczys Männern lauerte und uns heimlich beobachtete, meine Nackenhaare auf.

»Doch, natürlich ist er eingeladen. Aber er will sich wohl nicht von seinem Degen trennen und die sind im Ballsaal nicht erlaubt.« Gideon musterte mich prüfend. »Sind noch Spinnweben auf deinem Kleid?«

Ich sah ihn empört an. »Nein, aber vielleicht in deinem Hirn«, sagte ich, drängte mich an ihm vorbei und öffnete vorsichtig die Tür.

Ich hatte mir Sorgen gemacht, wie wir es unbemerkt ins Foyer schaffen sollten, aber als wir in den Lärm und den Trubel der Ballgäste eintauchten, fragte ich mich, warum wir uns überhaupt die Mühe mit dem Keller gemacht hatten. Vermutlich pure Gewohnheit. Wir hätten locker direkt hierherspringen können – es hätte keiner mitbekommen.

Lord und Lady Pimplebottoms Zuhause war überaus prächtig – da hatte mein Freund James nicht übertrieben. Unter Damasttapeten, Stuckverzierungen, Gemälden und den mit Kristalllüstern behängten und freskenverzierten Decken war meine gute alte Schule kaum wiederzuerkennen. Die Böden waren mit Mosaiken und dicken Teppichen ausgelegt und auf dem Weg in den ersten Stock schien es mir, als gäbe es mehr Gänge und Treppen als zu meiner Zeit.

Und es war voll. Voll und laut. Zu unserer Zeit wäre die Party wegen Überfüllung geschlossen worden oder die Nachbarn hätten die Pimplebottoms wegen nächtlicher Ruhestörung verklagt. Und das waren erst das Foyer und die Flure.

Der Ballsaal spielte noch einmal in einer anderen Liga. Er nahm das halbe erste Stockwerk ein und wimmelte nur so vor Menschen. Sie standen in Grüppchen beisammen oder bildeten beim Tanzen lange Reihen. Der Saal summte von ihren Stimmen und dem Gelächter wie ein Bienenstock, wobei der Vergleich mir fast untertrieben vorkam, denn die Dezibelzahl erreichte bestimmt die eines startenden Jumbojets in Heathrow. Schließlich mussten an die vierhundert Leute gegeneinander anschreien und das zwanzigköpfige Orchester auf der Empore versuchte auch noch, die Oberhand zu behalten. Das Ganze wurde von einer solchen Menge Kerzen ausgeleuchtet, dass ich mich automatisch nach einem Feuerlöscher umsah.

Kurzum, der Ball verhielt sich zu der Soiree, die wir bei den Bromptons besucht hatten, wie eine Clubnacht zu einem von

Tante Maddys Teekränzchen und ich verstand unwillkürlich, woher der Ausdruck »rauschender Ball« kam.

Unser Auftauchen erregte kein besonderes Aufsehen, zumal ein ständiges Kommen und Gehen im Saal herrschte. Dennoch starrten uns einige der Weißperücken neugierig an und Gideon packte meinen Arm fester. Ich spürte, wie ich von Kopf bis Fuß gemustert wurde, und hatte das dringende Bedürfnis, noch einmal in einem Spiegel zu schauen, ob sich nicht doch eine Spinnenwebe auf mein Kleid verirrt hatte.

»Es ist alles bestens«, sagte Gideon. »Du siehst perfekt aus.«

Ich räusperte mich verlegen.

Gideon grinste auf mich hinunter. »Bereit?«, flüsterte er.

»Bereit, wenn du es bist«, antwortete ich, ohne nachzudenken. Es rutschte mir einfach so heraus und für einen Moment musste ich an den Spaß denken, den wir gehabt hatten, ehe er mich schmählich verraten hatte. Obwohl, so viel Spaß war es nun auch wieder nicht gewesen.

Ein paar Mädchen fingen an zu tuscheln, als wir an ihnen vorbeigingen, ich war nicht sicher, ob wegen meines Kleides oder weil sie Gideon so cool fanden. Ich hielt mich so gerade wie möglich. Die Perücke war erstaunlich gut austariert, sie machte jede Kopfbewegung mit, obwohl sie vom Gewicht her vermutlich mit diesen Wasserkrügen zu vergleichen war, die afrikanische Frauen auf ihrem Kopf trugen. Während wir den Saal durchquerten, hielt ich unablässig Ausschau nach James. Schließlich war das der Ball seiner Eltern – er würde doch wohl anwesend sein? Gideon, der die meisten Menschen im Saal um mehr als eine Kopflänge überragte, hatte schnell den Grafen von Saint Germain ausfindig gemacht. Er stand unnachahmlich elegant auf einem schmalen Balkon und unterhielt sich mit einem kleinen, bunt gekleideten Mann, der mir vage bekannt vorkam.

Ohne groß nachzudenken, versank ich in eine tiefe Reverenz, bereute es aber einen Moment später wieder, als mir einfiel, wie der Graf von Saint Germain bei unserer letzten Begegnung mit sanfter Stimme mein Herz in Zehntausende von winzigen Splittern zerbrochen hatte.

»Meine lieben Kinder – Ihr seid pünktlich auf die Minute«, sagte der Graf und winkte uns heran. Mir nickte er gnädig zu (vermutlich eine Ehre, eingedenk der Tatsache, dass ich als Frau mit einem Intelligenzquotienten bedacht war, der gerade mal von der Balkontür bis zur nächsten Kerze reichte). Gideon dagegen wurde mit einer herzlichen Umarmung bedacht. »Was sagt Ihr, Alcott? Könnt Ihr etwas von meinem Erbgut in den Zügen dieses schönen jungen Mannes erkennen?«

Der papageienbunt gekleidete Mann schüttelte lächelnd den Kopf. Sein schmales, langes Gesicht war nicht nur gepudert, er hatte sich auch Rouge auf die Wangen geschmiert wie ein Clown. »Es besteht eine gewisse Ähnlichkeit in der Haltung, meine ich.«

»Wie sollte man auch ein so junges Gesicht mit meinem alten vergleichen können?« Der Graf kräuselte selbstironisch seine Lippen. »Die Jahre haben in meinen Gesichtszügen gewütet, manchmal erkenne ich mich im Spiegel kaum wieder.« Mit einem Taschentuch fächelte er sich Luft zu. »Darf ich übrigens vorstellen: der Ehrenwerte Albert Alcott, derzeit der Erste Sekretär der Loge.«

»Wir sind uns bereits bei diversen Besuchen in Temple begegnet«, sagte Gideon mit einer leichten Verbeugung.

»Ach ja richtig.« Der Graf lächelte.

Jetzt wusste auch ich, warum mir der Papagei bekannt vor-
kam. Der Mann hatte uns bei unserem ersten Treffen mit dem
Grafen in Temple empfangen und die Kutsche zum Haus von
Lord Brompton gestellt.

»Leider habt ihr den Auftritt des Herzogspaares verpasst«,
sagte er. »Die Frisur Ihrer Durchlaucht hat viel Neid erregt.
Ich fürchte, dass die Londoner Perückenmacher sich morgen
vor Kundschaft kaum retten können.«

»Eine wirklich schöne Frau, die Herzogin! Wie schade, dass
sie sich berufen fühlt, sich in Männergeschäfte und Politik
einzumischen. Alcott, wäre es wohl möglich, den Neuan-
kömmlingen etwas zu trinken zu besorgen?« Wie so oft sprach
der Graf mit leiser und sanfter Stimme, aber trotz des Lärms,
der uns umgab, war er überdeutlich zu verstehen. Mich frös-
telte bei dem Klang, und das lag ganz bestimmt nicht an der
kalten Nachtluft, die durch die geöffnete Balkontür drang.

»Selbstverständlich!« Der Erste Sekretär erinnerte mich in
seiner Diensteifrigkeit an Mr Marley. »Weißwein? Ich bin sofort wieder da.«

Mist. Kein Punsch.

Der Graf wartete, bis Alcott im Ballsaal verschwunden war,
dann griff er in seine Rocktasche und zauberte einen versiegelten Brief hervor, den er Gideon überreichte. »Das ist ein
Schreiben an deinen Großmeister. Er enthält Einzelheiten zu
unserem nächsten Zusammentreffen.«

Gideon steckte den Brief ein und reichte dem Grafen im Ge-

genzug ebenfalls einen versiegelten Umschlag. »Darin befindet sich ein ausführlicher Bericht über die Geschehnisse der vergangenen Tage. Es wird Euch freuen zu hören, dass das Blut von Elaine Burghley und Lady Tilney nun im Chronografen eingelesen ist.«

Ich zuckte zusammen. Lady Tilney? Wie hatte er das nur angestellt? Sie hatte bei unserem letzten Treffen nicht den Eindruck gemacht, als würde sie ihr Blut freiwillig hergeben. Misstrauisch blickte ich Gideon von der Seite an. Er würde ihr doch nicht etwa mit Gewalt Blut abgezapft haben? In meiner Vorstellung sah ich sie verzweifelt mit Häkelschweinen nach ihm werfen.

Der Graf klopfte ihm auf die Schulter. »Fehlen also nur noch Saphir und Schwarzer Turmalin.« Er stützte sich auf seinen Stock, aber in dieser Geste lag nichts Gebrechliches. Stattdessen wirkte er ungeheuer machtvoll. »Oh, wenn *er* wüsste, wie nahe wir dran sind, die Welt zu verändern!« Mit dem Kopf wies er in den Ballsaal, wo ich an der anderen Seite Lord Alastair von der florentinischen Allianz erkannte, wie beim letzten Mal mit reichlich Schmuck behängt. Die Klunker in seinen zahlreichen Ringen funkelten bis zu uns hinüber. Das tat auch sein Blick, eisig und hasserfüllt, selbst auf diese Distanz. Hinter ihm ragte drohend eine schwarz gekleidete Gestalt auf, aber dieses Mal machte ich nicht den Fehler, sie mit einem Gast zu verwechseln. Es handelte sich um einen Geist, der zu Lord Alastair gehörte wie der kleine Robert zu Dr. White. Als er mich bemerkte, bewegte sich sein Mund und ich war froh, dass ich seine Beschimpfungen nicht bis hierhin hören konnte. Es reichte, dass er mich in meinen Albträumen heimsuchte.

»Da steht er und träumt davon, uns mit seinem Degen zu durchbohren«, sagte der Graf und er klang dabei fast zufrieden. »Tatsächlich denkt er seit Tagen an nichts anderes. Er hat es sogar geschafft, seinen Degen in diesen Tanzsaal zu schmuggeln.« Er strich sich über das Kinn. »Weshalb er weder tanzt noch sitzt, er steht nur steif und starr wie ein Zinnsoldat herum und wartet auf eine Gelegenheit.«

»Und ich durfte meinen Degen nicht mitnehmen«, sagte Gideon vorwurfsvoll.

»Keine Sorge, mein Junge, Rakoczy und seine Leute werden Alastair nicht aus den Augen lassen. Das Blutvergießen überlassen wir heute Abend den tapferen Kuruzzen.«

Ich sah erneut zu Lord Alastair und dem schwarz gekleideten Geist hinüber, der nun mordlüstern sein Schwert in meine Richtung schwenkte. »Aber er würde uns doch nicht . . . vor allen Leuten . . . ich meine, auch im 18. Jahrhundert durfte man nicht einfach so ungestraft morden?« Ich schluckte. »Lord Alastair würde nicht riskieren, unseretwegen am Galgen zu landen, oder?«

Die schweren Lider verbargen die dunklen Augen des Grafen für einige Sekunden, als ob er sich auf die Gedanken seines Gegners konzentrierte.

»Nein, dazu ist er zu schlau«, sagte er langsam. »Aber er weiß auch, dass er nicht allzu viele Gelegenheiten haben wird, euch beide jemals wieder vor seine Klinge zu bekommen. Er wird sie nicht einfach verstreichen lassen. Da ich dem Mann, den ich für den Verräter in unseren Reihen halte – und nur ihm! –, zugespielt habe, um welche Uhrzeit ihr beiden euch wieder – unbewaffnet und allein – für den Rücksprung in den Keller begeben müsst, werden wir ja sehen, was passiert . . .«

»Äh«, sagte ich. »Aber . . .«

Der Graf hob seine Hand. »Keine Sorge, Kind! Der Verräter weiß nicht, dass Rakoczy und seine Leute euch auf Schritt und Tritt bewachen werden. Alastair schwebt der perfekte Mord vor: Die Leichen lösen sich nach der Tat praktischerweise in Luft auf.« Er lachte. »Bei mir würde das natürlich nicht funktionieren, daher plant er für mich einen anderen Tod.«

Na toll.

Ehe ich die Nachricht verdauen konnte, dass wir sozusagen Freiwild auf Abschuss waren, was meine Einstellung zu diesem Ball im Allgemeinen und Besonderen nicht gerade änderte, kehrte der bunte Erste Sekretär – ich hatte seinen Namen schon wieder vergessen – mit zwei Gläsern Weißwein zurück. In seinem Schlepptau befand sich ein weiterer alter Bekannter – der dicke Lord Brompton. Er freute sich über alle Maßen, uns wiederzusehen, und küsste meine Hand viel öfter, als es der Anstand geboten hätte.

»Ah, der Abend ist gerettet«, rief er. »Ich freue mich so! Lady Brompton und Lady Lavinia haben Euch auch schon gesehen, aber sie wurden auf der Tanzfläche aufgehalten.« Er lachte, dass sein dicker Bauch wackelte. »Man hat mich beauftragt, Euch zum Tanzen zu holen.«

»Das ist eine gute Idee«, sagte der Graf. »Junge Leute sollten tanzen! Ich habe in meiner Jugend auch keine Gelegenheit ausgelassen.«

Oha, es ging also los. Jetzt kam die Sache mit den beiden linken Füßen und diesem »Wo war noch mal rechts?«-Problem, das Giordano als »eklatanten Orientierungsmangel« bezeichnet hatte. Ich wollte meinen Weißwein auf Ex kippen, aber da entwand mir Gideon schon das Glas und reichte es dem Ersten Sekretär.

Auf der Tanzfläche stellte man sich für das nächste Menuett auf. Lady Brompton winkte uns begeistert zu, Lord Brompton verschwand im Gewühl und Gideon platzierte mich gerade rechtzeitig zum Einsetzen der Musik in der Reihe der Damen, genauer gesagt, zwischen einem blassgoldenen und einem grün bestickten Kleid. Das Grüne gehörte Lady Lavinia, wie ich mit einem Seitenblick feststellte. Sie war genauso schön, wie ich sie in Erinnerung hatte, und ihre Ballrobe erlaubte selbst für diese doch recht freizügige Mode ausgesprochen tiefe Einblicke in ihr Dekolleté. An ihrer Stelle hätte ich mich nicht getraut, mich zu bücken. Aber Lady Lavinia wirkte deswegen nicht gerade besorgt.

»Wie wunderbar, Euch wiederzusehen!« Sie warf ein strahlendes Lächeln in die Runde und insbesondere auf Gideon, um gleich darauf in der Anfangsreverenz zu versinken. Ich tat es ihr nach und fühlte in einem Anflug von Panik meine Füße nicht mehr.

Eine Vielzahl von Anweisungen schwirrten durch meinen Kopf und ich hätte um ein Haar »Links ist dort, wo der Daumen rechts ist« gestammelt, doch da schritt Gideon bei der *Tour de Main* schon an mir vorbei und merkwürdigerweise fanden meine Beine wie von selbst in den Rhythmus.

Die festlichen Klänge des Orchesters erfüllten den Saal bis in den letzten Winkel und die Gespräche um uns herum verebbten.

Gideon nahm die linke Hand in die Hüfte und reichte mir seine rechte. »Herrlich, diese Haydn-Menuette«, sagte er im Plauderton. »Wusstest du, dass der Komponist fast den Wächtern beigetreten wäre? In ungefähr zehn Jahren, auf einer seiner Reisen nach England. Er überlegte damals, sich dauerhaft hier in London niederzulassen.«

»Sag bloß.« Ich tanzte an ihm vorbei und legte meinen Kopf etwas zur Seite, um ihn im Blick zu halten. »Ich wusste bisher nur, dass Haydn ein Kinderquäler war.« Zumindest hatte er mich in der Kindheit gequält, dann nämlich, wenn Charlotte ihre Klaviersonaten mit derselben Verbissenheit geübt hatte, die sie jetzt an den Tag legte, um den Chronografen zu finden.

Doch das konnte ich Gideon nicht mehr erklären, denn inzwischen waren wir aus einer Viererfigur in einen großen Kreis getanzt und ich musste mich darauf konzentrieren, dass es rechtsherum ging.

Woran es genau lag, wusste ich nicht, aber mit einem Mal fing die Sache an, mir richtig Spaß zu machen. Die Kerzen warfen ein wunderschönes Licht auf die prachtvollen Abendgarderoben, die Musik klang nicht mehr langweilig und verstaubt, sondern genau richtig, und vor, hinter und neben mir lachten die Tänzer unbeschwert. Selbst die Perücken sahen nicht mehr so affig aus und ich fühlte mich für einen Moment ganz leicht und frei. Als sich der Kreis auflöste, schwebte ich auf Gideon zu, als hätte ich nie etwas anderes gemacht, und er blickte mir entgegen, als wären wir plötzlich allein im Saal.

In meiner seltsamen Hochstimmung konnte ich nichts anderes tun, als ihn anzustrahlen, ohne Rücksicht auf Giordanos Mahnung, im 18. Jahrhundert niemals die Zähne zu zeigen. Aus irgendeinem Grund schien mein Lächeln Gideon völlig aus der Fassung zu bringen. Er nahm meine ausgestreckte Hand entgegen, aber anstatt nur seine Finger leicht unter meine zu legen, umklammerte er sie.

»Gwendolyn, ich lasse mir von niemandem mehr . . .«

Ich sollte nicht erfahren, was er sich von niemandem mehr ließ, denn in diesem Moment griff Lady Lavinia nach seiner Hand, legte meine dafür in die ihres Tanzpartners und sagte lachend: »Wir tauschen mal kurz, einverstanden?«

Nein, von einverstanden konnte von meiner Seite aus keine Rede sein und auch Gideon zögerte einen Moment. Doch dann verneigte er sich vor Lady Lavinia und ließ mich wie die nichtssagende kleine Ziehschwester (die ich ja im Grunde auch war) links liegen. Mein Hochgefühl verschwand genauso schnell, wie es aufgetaucht war.

»Ich habe Euch vorhin schon von Weitem bewundert«, sagte mein neuer Tanzpartner, als ich aus meiner Reverenz hervortauchte und ihm die Hand reichte. Am liebsten hätte ich sie sofort wieder losgelassen, denn seine Finger waren feucht und klebrig. »Mein Freund, Mr Merchant, hatte bereits das Vergnügen, Euch auf Lady Bromptons Soiree kennenzulernen. Er wollte uns miteinander bekannt machen. Aber das kann ich ja nun selber übernehmen. Ich bin Lord Fleet. *Der* Lord Fleet.«

Ich lächelte höflich. Ein Freund von Busengrabscher Mr Merchant, aha. Während die nächste Schrittfolge uns voneinander wegführte und ich hoffte, *der* Lord Fleet würde die Gelegenheit nutzen, sich die feuchten Hände am Hosenbein abzuwischen, sah ich Hilfe suchend zu Gideon hinüber. Aber der schien ganz in den Anblick von Lady Lavinia versunken zu sein. Auch der Mann neben ihm hatte nur Augen für sie beziehungsweise für ihr Dekolleté, während er seine eigene Partnerin geflissentlich übersah. Und der Mann daneben . . . oh mein Gott! Da war James! *Mein* James. Endlich hatte ich ihn gefunden! Er tanzte mit einem Mädchen in einem pflaumenmusfarbenen Kleid und sah so lebendig aus, wie man mit einer weißen Perücke und weißem Puder im Gesicht eben aussehen kann.

Anstatt Lord Fleet erneut meine Hand zu reichen, tanzte ich an Lady Lavinia und Gideon vorbei auf James zu. »Bitte alle einmal eins aufrücken«, sagte ich dabei, so nett ich konnte, und ohne auf die Proteste zu achten. Noch zwei Wechselschritte, und ich stand vor James.

»Entschuldigung, nur einmal aufrücken, bitte.« Dem Pflaumenmus-Mädchen gab ich einen kleinen Schubs direkt in die Arme des Mannes gegenüber, dann reichte ich dem verdutzten James meine Hand und versuchte atemlos, zurück in meinen Rhythmus zu kommen. Ein Blick nach links zeigte mir, dass die anderen ebenfalls dabei waren, sich neu zu ordnen, und dann weitertanzten, als wäre nichts gewesen. Zu Gideon sah ich sicherheitshalber nicht, stattdessen starrte ich James an. Kaum zu glauben, dass ich seine Hand halten konnte und dass sie sich warm und lebendig anfühlte!

»Ihr habt die ganze Reihe durcheinandergebracht«, sagte er vorwurfsvoll und unterzog mich einer Musterung von Kopf bis Fuß. »Und Ihr habt Miss Amelia äußerst rüde von mir weggeschubst.«

Ja, er war es wirklich! Der gleiche blasierte Tonfall wie immer. Ich strahlte ihn an. »Das tut mir auch aufrichtig leid, James, aber ich muss unbedingt mit dir . . . nun, ich muss in einer Sache von größter Wichtigkeit mit Euch sprechen.«

»Soviel ich weiß, sind wir einander noch nicht vorgestellt worden«, sagte James naserümpfend, während er zierlich einen Fuß vor den anderen setzte.

»Ich bin Penelope Gray aus . . . vom Land. Aber das ist vollkommen unerheblich. Ich habe Informationen von unschätzbarem Wert für Euch und daher müsst Ihr Euch dringend mit mir treffen. Wenn Euch Euer Leben lieb und teuer ist«, setzte ich dem dramatischen Effekts zuliebe hinzu.

»Was fällt Euch ein?« James sah mich konsterniert an. »Vom Lande oder nicht: Euer Benehmen ist wirklich sehr ungebührlich . . .«

»Ja.« Aus dem Augenwinkel nahm ich erneut Unruhe in der Reihe wahr, diesmal auf der Männerseite. Etwas Meergrünes näherte sich im Wechselschritt. »Es ist aber wichtig, dass Ihr mir trotzdem zuhört. Es geht um Le. . . es geht um . . . um euer Pferd – Hector, den, äh, Grauschimmel. Ihr müsst mich unbedingt morgen Vormittag um elf Uhr im Hyde Park treffen. Bei der Brücke, die über den See führt.« Wobei man nur hoffen konnte, dass See und Brücke im 18. Jahrhundert schon existierten.

»Ich soll Euch treffen? Im Hyde Park? Wegen *Hector?*« James zog seine Augenbrauen bis zu seinem Haaransatz hoch.

Ich nickte.

»Verzeihung«, sagte Gideon mit einer kleinen Verneigung und schob James sanft zur Seite. »Hier ist wohl etwas durcheinandergeraten.«

»Das kann man wohl sagen!« James wandte sich kopfschüttelnd wieder Miss Pflaumenmus zu, während Gideon meine Hand packte und mich recht unsanft in die nächste Figur führte. »Bist du wahnsinnig? Was sollte denn das schon wieder?«

»Ich habe nur einen alten Freund getroffen.« Ich drehte mich noch einmal zu James um. Ob er mich ernst genommen hatte? Wahrscheinlich nicht. Er schüttelte immer noch den Kopf.

»Du willst wirklich um jeden Preis auffallen, oder?«, zischte Gideon. »Warum kannst du nicht mal für drei Stunden tun, was man dir sagt?«

»Na, dumme Frage: Natürlich, weil ich eine Frau bin und mir Vernunft völlig fremd ist. Außerdem bist du doch zuerst mit Lady-mein-Busen-fällt-gleich-aus-dem-Kleid aus der Reihe getanzt.«

»Ja, aber doch nur, weil sie ge. . . Ach, hör schon auf!«

»Hör selber auf!« Wir funkelten uns gegenseitig zornig an, als der letzte Geigenton erklang. Endlich! Das war sicher das längste Menuett der Welt gewesen! Ich sank erleichtert in meine Reverenz und wandte mich zum Gehen, bevor Gideon mir seine Hand reichen (oder vielmehr nach meiner greifen) konnte. Ich ärgerte mich über mein wenig durchdachtes Gespräch mit James – es schien mir doch unwahrscheinlich, dass er zu unserer Verabredung im Park erscheinen würde. Ich musste noch einmal mit ihm reden und versuchen, ihm dieses Mal die Wahrheit zu sagen.

Wo war er nur? Diese blöden weißen Männerperücken sahen aber auch alle gleich aus. Die Tanzreihen hatten sich Z-förmig durch den riesigen Saal geschlängelt und nun waren wir an einer ganz anderen Stelle angelangt. Ich reckte den Kopf über das Menschengewusel und bemühte mich um Orientierung. Gerade glaubte ich, einen Blick auf James' roten Samtrock zu erhaschen, als Gideon mich am Ellenbogen festhielt.

»Hier geht's lang!«, sagte er knapp.

Ich hatte seinen Befehlston allmählich wirklich satt! Es war aber gar nicht mehr nötig, ihn abzuschütteln, das erledigte Lady Lavinia, die sich in einer Wolke von Maiglöckchenduft zwischen uns schob.

»Ihr habt mir noch einen Tanz versprochen«, sagte sie schmollend und ihr Lächeln zauberte gleichzeitig niedliche Grübchen in ihre Wangen.

Hinter ihr bahnte sich Lord Brompton schnaufend einen Weg durch die Menge. »So! Genug getanzt für diese Saison«, sagte er. »Ich werde allmählich zu fe. . . alt für dieses Vergnügen. Apropos Vergnügen: Hat noch jemand außer mir meine liebe Gattin mit diesem schneidigen Konteradmiral gesehen, der angeblich erst kürzlich in der Schlacht seinen Arm verloren hat? Nun, alles Gerüchte! Ich konnte deutlich erkennen, dass es zwei Arme waren, mit denen er nach ihr gegriffen hat.« Er lachte und seine zahlreichen Doppelkinne gerieten gefährlich ins Beben.

Das Orchester begann wieder zu spielen und schon formierten sich neue Reihen. »Ach, bitte! Ihr werdet mich doch nicht abweisen«, sagte Lady Lavinia, wobei sie sich an Gideons Rockaufschläge krallte und schmachtend zu ihm aufsah. »Nur diesen einen Tanz.«

»Ich hatte meiner Schwester gerade versprochen, ihr etwas

zu trinken zu besorgen«, sagte Gideon und bedachte mich mit einem finsteren Blick. Na klar, er war sauer, dass ich ihn vom Flirten abhielt. »Und der Graf wartet dort hinten auf unsere Gesellschaft.« Der Graf hatte inzwischen seinen Platz auf dem Balkon verlassen, aber nicht etwa, um sich hinzusetzen und etwas auszuruhen. Er spähte mit seinen Adleraugen zu uns hinüber und sah aus, als ob er jedes Wort verstünde.

»Es wäre mir eine Ehre, Ihrer werten Schwester etwas zu trinken zu besorgen«, mischte sich Lord Brompton ein und zwinkerte mir zu. »Bei mir ist sie in den allerbesten Händen.«

»Seht Ihr!« Lady Lavinia zog Gideon lachend zurück auf die Tanzfläche.

»Ich bin gleich wieder da«, versicherte er mir über seine Schulter hinweg.

»Nur keine Eile«, knurrte ich.

Lord Brompton setzte seine Fettmassen in Bewegung. »Ich kenne da ein ganz besonderes Plätzchen«, sagte er und winkte mir zu. »Man nennt es auch den Winkel der alten Jungfern, aber das soll uns nicht weiter stören. Die werden wir schon mit unanständigen Geschichten vergraulen.« Er führte mich ein paar Stufen auf eine kleine Empore hinauf, wo ein Sofa stand, von dessen erhöhter Lage man eine großartige Übersicht hatte. Hier saßen tatsächlich zwei nicht mehr ganz so junge und ganz so hübsche Damen, die bereitwillig ihre Röcke beiseiterafften, um mir Platz zu machen.

Lord Brompton rieb sich die Hände. »Gemütlich, nicht wahr? Ich werde mit dem Grafen und etwas zu trinken wiederkommen. Ich eile!« Das tat er wirklich, wie ein galoppierendes Flusspferd schob er seinen massigen Leib durch das

Samt-, Seiden- und Brokatmeer. Ich nutzte meinen erhöhten Posten, um nach James Ausschau zu halten. Aber ich konnte ihn nirgendwo entdecken. Dafür sah ich Lady Lavinia und Gideon ganz in der Nähe tanzen und es versetzte mir einen Stich, wie gut sie miteinander harmonierten. Sogar die Farbe ihrer Kleidung passte zusammen, als hätte Madame Rossini sie höchstpersönlich ausgesucht. Jedes Mal wenn ihre Hände sich berührten, schienen elektrische Funken zwischen ihnen zu fliegen und sie unterhielten sich offensichtlich blendend miteinander. Mir war, als könne ich Lady Lavinias perlendes Lachen bis hierhin vernehmen.

Die beiden alten Jungfern neben mir seufzten sehnsüchtig. Abrupt stand ich auf. Das musste ich mir ja nun wirklich nicht antun. War das nicht James' roter Rock, der soeben durch einen der Ausgänge verschwand? Ich beschloss, ihm zu folgen. Das hier war schließlich sein Zuhause und außerdem war es meine Schule, ich würde ihn schon aufspüren. Und dann würde ich versuchen, die Sache mit Hector geradezurücken.

Beim Verlassen des Saales warf ich noch einen prüfenden Blick auf Lord Alastair, der nach wie vor an der gleichen Stelle stand und den Grafen nicht aus den Augen ließ. Sein Geisterfreund schüttelte mordlüstern sein Schwert und ohne Zweifel röchelte er dabei hasserfüllte Parolen. Keiner von ihnen bemerkte mich. Dafür aber schien Gideon meine Flucht zu registrieren. In der Reihe der Tanzenden entstand Unruhe.

Mist! Ich drehte mich um und machte, dass ich hinauskam. In den Korridoren herrschte eher trübe Beleuchtung, aber hier draußen tummelten sich noch immer jede Menge Gäste.

Ich hatte den Eindruck, dass nicht wenige Pärchen dabei waren, sich ein ruhiges Plätzchen zu suchen, und gleich gegenüber vom Ballsaal befand sich eine Art Spielsalon, in den sich ein paar Herren zurückgezogen hatten. Zigarrenqualm drang durch die halb offene Tür. Am Ende des Ganges glaubte ich, James' roten Rock um die Ecke biegen zu sehen, und ich rannte ihm nach, so schnell es mein Kleid erlaubte. Als ich den nächsten Gang erreichte, war keine Spur mehr von ihm zu entdecken, was bedeutete, dass er in einem der Zimmer verschwunden sein musste. Ich öffnete die nächstgelegene Tür und schloss sie gleich wieder, als der Lichtschein eine Chaiselongue erfasste, vor der ein Mann (nicht James!) kniete, der gerade dabei war, einer Dame das Strumpfband abzustreifen. Nun ja, wenn man in diesem Zusammenhang noch von einer *Dame* reden durfte. Ich grinste ein bisschen, während ich auf die nächste Tür zusteuerte. Im Grunde unterschieden sich diese Partygäste hier nicht sehr von denen in unserer Zeit.

Hinter mir im Gang wurden Stimmen laut. »Warum rennt Ihr denn so schnell? Könnt Ihr Eure Schwester denn nicht mal für fünf Minuten alleine lassen?« Unverkennbar Lady Lavinia!

Ich schlüpfte wie der Blitz ins nächstgelegene Zimmer und lehnte mich von innen gegen die Tür, um tief Luft zu holen.

Der Feige stirbt schon vielmal, eh' er stirbt,
Die Tapfern kosten einmal nur den Tod.
Von allen Wundern, die ich je gehört,
Scheint mir das größte, dass sich Menschen fürchten,
Da sie doch sehn, der Tod, das Schicksal aller, kommt,
wann er kommen soll.

(William Shakespeare, »Julius Cäsar«,
2. Aufzug, 2. Szene)

9.

Es war nicht dunkel, wie ich erwartet hatte. Der Raum wurde von ein paar Kerzen erhellt, die einen Bücherschrank und einen Schreibtisch beleuchteten. Offenbar war ich in eine Art Arbeitszimmer geraten.

Und ich war nicht allein.

Auf dem Stuhl hinter dem Schreibtisch saß Rakoczy, vor sich ein Glas und zwei Flaschen. Die eine Flasche enthielt eine rötlich schimmernde Flüssigkeit, die nach Rotwein aussah, die andere, eine zierliche, geschwungene Phiole, war mit einem dubiosen schmutzig grauen Inhalt gefüllt. Der Degen des Barons lag quer über dem Schreibtisch.

»Das ging aber schnell«, sagte Rakoczy und seine Stimme mit dem harten, osteuropäischen Akzent klang ein wenig verschwommen. »Gerade habe ich mir noch gewünscht, einem Engel zu begegnen, und schon öffnet sich das Himmelstor und schickt den lieblichsten Engel heraus, den der Himmel aufzubieten hat. Diese wunderbare Medizin hier übertrifft alles, was ich jemals probiert habe.«

»Solltet Ihr nicht . . . äh . . . aus dem Schatten über uns wachen oder so?«, erkundigte ich mich und überlegte, ob ich den Raum nicht lieber wieder verlassen sollte, auch auf die Gefahr hin, Gideon in die Arme zu laufen. Rakoczy war mir schon in nüchternem Zustand nicht ganz geheuer.

Meine Worte schienen ihn allerdings etwas zu sich zu bringen. Er runzelte seine Stirn. »Ah – Ihr seid das!«, sagte er immer noch verschwommen, aber deutlich weniger verklärt. »Kein Engel – nur ein dummes, kleines Mädchen.« Mit einer einzigen, geschmeidigen Bewegung, beinahe schneller als ich blinzeln konnte, hatte er sich die kleine Phiole vom Schreibtisch geschnappt und kam damit auf mich zu. Gott weiß was für Zeug er eingeworfen hatte, aber seine motorischen Fähigkeiten schienen in keiner Weise beeinträchtigt zu sein. »Allerdings ein sehr schönes, kleines, dummes Mädchen.« Er war jetzt so nah, dass mich sein Atem streifte – er roch nach Wein und etwas anderem, Schärferem, Fremdartigem. Mit seiner freien Hand streichelte er über meine Wange und fuhr mit einem rauen Daumen über meine Unterlippe. Ich war vor Schreck wie erstarrt.

»Ich wette, diese Lippen haben noch nie etwas Verbotenes getan – richtig? Ein Schluck von Alcotts Wundertrank hier wird das ändern.«

»Nein danke.« Ich tauchte unter seinen Armen hinweg und stolperte in den Raum hinein. *Nein danke* – großartig! Als Nächstes würde ich vielleicht auch noch einen Knicks machen! »Bleiben Sie mir bloß mit Ihrem Trank vom Leib!«, versuchte ich es ein bisschen energischer. Ehe ich einen weiteren Schritt machen konnte – ich hatte die vage Idee, aus dem Fenster zu springen –, war Rakoczy wieder bei mir und drängte mich zum Schreibtisch. Er war so viel stärker als ich, dass er meine Gegenwehr nicht mal bemerkte. »Schschscht, keine Angst, meine Kleine, ich verspreche dir, es wird dir gefallen.« Mit einem leisen Plopp zog er den Korken aus der kleinen Flasche und bog mit Gewalt meinen Kopf nach hinten. »Trink!«

Ich presste meine Lippen zusammen und versuchte, Rakoczy mit meiner freien Hand von mir zu schieben. Genauso gut hätte ich versuchen können, einen Berg zu verrücken. Verzweifelt rief ich mir das Wenige in Erinnerung, was ich über Selbstverteidigung gehört hatte – Charlottes Krav-Maga-Kenntnisse wären jetzt sehr von Nutzen gewesen. Als die Flasche schon meine Lippen berührte und mir der scharfe Geruch der Flüssigkeit in die Nase stieg, kam mir endlich eine rettende Idee. Ich riss mir eine Haarnadel aus der Frisur und stach damit, so fest ich konnte, nach der Hand, die die Flasche hielt. Gleichzeitig flog die Tür auf und ich hörte Gideon rufen: »Lasst sie sofort los, Rakoczy!«

Im Nachhinein war mir schon klar, dass es klüger gewesen wäre, das Ding in Rakoczys Auge oder wenigstens in seinen Hals zu rammen – der Stich in die Hand hatte ihn nur ein paar Sekunden abgelenkt. Obwohl die Haarnadel in seinem Fleisch stecken blieb, ließ er nicht mal die Flasche fallen. Aber er lockerte seinen schraubstockartigen Griff und drehte sich um. Gideon, der zusammen mit Lady Lavinia in der Tür stand, schaute ihn entsetzt an.

»Was zur Hölle tut Ihr da?«

»Nichts weiter. Ich wollte diesem kleinen Mädchen nur zu etwas mehr . . . Größe verhelfen!« Rakoczy warf den Kopf in den Nacken und ließ ein raues Lachen hören. »Wagt Ihr vielleicht einen Schluck? Ich versichere Euch, es werden Euch nie gekannte Gefühle überkommen!«

Ich nutzte die Gelegenheit, um mich von ihm loszumachen.

»Alles in Ordnung mit dir?« Gideon musterte mich besorgt, während Lady Lavinia sich ängstlich an seinen Arm klammerte. Nicht zu fassen! Wahrscheinlich waren die beiden auf der Suche nach einem Raum gewesen, in dem sie in Ruhe hatten herumknutschen können, während Rakoczy mir wer weiß welche Drogen hatte einflößen wollen, um dann wer weiß was mit mir zu tun. Und jetzt sollte ich wohl auch noch dankbar sein, dass Gideon und Lady Busenwunder sich ausgerechnet diesen Raum hier ausgesucht hatten.

»Alles bestens!«, knurrte ich und verschränkte die Arme vor meiner Brust, damit niemand sah, wie meine Hände zitterten.

Rakoczy lachte immer noch, nahm einen großen Schluck aus der Flasche und verkorkte sie dann energisch.

»Weiß der Graf, dass Ihr Euch hier im stillen Kämmerlein mit Drogenexperimenten vergnügt, anstatt Euch Euren Pflichten zu widmen?«, fragte Gideon mit eisiger Stimme. »Hattet Ihr für heute Abend nicht andere Aufgaben?«

Rakoczy taumelte leicht. Erstaunt, als würde er sie jetzt erst bemerken, betrachtete er die Haarnadel in seinem Handrücken, dann zog er sie mit einem Ruck aus seinem Fleisch und leckte das Blut ab wie eine Raubkatze. »Der schwarze Leopard ist jeder Aufgabe gewachsen – jederzeit!«, sagte er, fasste sich an den Kopf, taumelte um den Schreibtisch herum und ließ sich schwerfällig auf den Stuhl fallen. »Allerdings scheint dieser Trank wirklich . . .«, murmelte er noch, dann fiel sein Kopf vornüber und krachte auf die Schreibtischplatte.

Lady Lavinia lehnte sich schaudernd an Gideons Schulter. »Ist er . . .?«

»Das will ich nicht hoffen.« Gideon trat an den Schreibtisch, hob das Fläschchen an und hielt es gegen das Licht. Dann entkorkte er es, um daran zu riechen. »Ich habe keine Ahnung, was es ist, aber wenn es selbst Rakoczy so schnell von den Füßen gerissen hat . . .« Er stellte die Phiole wieder ab. »Ich tippe auf Opium. Hat sich wohl nicht so gut mit seinen üblichen Drogen und dem Alkohol vertragen.«

Ja, das war offensichtlich. Rakoczy lag da wie tot, man konnte keinen Atemzug hören.

»Vielleicht hat es ihm jemand gegeben, der nicht wollte, dass er heute Abend alle seine Sinne beisammenhat«, sagte ich, die Arme immer noch vor der Brust verschränkt. »Hat er noch einen Puls?« Ich hätte selber nachgefühlt, aber ich brachte es nicht über mich, noch näher an Rakoczy heranzutreten. Ich hatte schon Mühe, überhaupt stehen zu bleiben, so sehr zitterte ich am ganzen Körper.

»Gwen? Ist wirklich alles in Ordnung mit dir?« Gideon sah stirnrunzelnd zu mir hinüber. Ich sage es nur ungern, aber in diesem Augenblick hätte ich mich liebend gern in seine Arme geworfen und einfach eine kleine Runde geheult. Aber er sah nicht so aus, als brenne er darauf, mich zu umarmen und zu trösten, eher im Gegenteil. Als ich zögernd nickte, fuhr er mich heftig an: »Was zur Hölle hast du eigentlich hier zu suchen gehabt?« Er zeigte auf den reglosen Rakoczy. »Dir könnte es jetzt genauso ergehen!«

Mittlerweile klapperten auch meine Zähne, weswegen ich kaum sprechen konnte. »Ich wusste doch gar nicht, dass . . .«, stotterte ich, aber Lavinia, die immer noch wie eine sehr große, sehr grüne Klette an Gideon klebte, unterbrach mich – sie war ganz klar eine von diesen Frauen, die es nicht leiden können, wenn jemand anders im Mittelpunkt steht.

»Der Tod«, flüsterte sie dramatisch und sah mit weit aufgerissenen Augen zu Gideon auf. »Ich habe seinen Atem gespürt, als er den Raum betreten hat. Bitte . . .« Ihre Lider flatterten. »Haltet mich fest . . .«

Ich fasste es nicht – sie fiel einfach in Ohnmacht! Vollkommen grundlos. Und natürlich sehr elegant in Gideons Arme. Aus irgendeinem Grund machte es mich extrem wütend, dass er sie auffing – so wütend, dass ich sogar das Zittern und Zähneklappern vergaß. Aber gleichzeitig – als ob es in diesem Wechselbad der Gefühle noch nicht wechselnd genug zuging – spürte ich, wie mir die Tränen in die Augen schossen. Ach verdammt – in Ohnmacht zu fallen, war ganz bestimmt die bessere Alternative. Nur, dass *mich* natürlich niemand aufgefangen hätte.

In diesem Augenblick sagte der tote Rakoczy mit einer Stimme, die durchaus aus dem Jenseits hätte kommen können, so heiser und tief, wie sie klang: »Dosis sola venenum facit. Keine Sorge, Unkraut vergeht nicht.«

Lavinia (ich hatte beschlossen, dass sie für mich ab sofort keine Lady mehr war) stieß einen kurzen Schreckensschrei aus und öffnete die Augen, um Rakoczy anzustarren. Dann fiel ihr aber wohl wieder ein, dass sie ja eigentlich ohnmächtig war, und mit einem effektvollen Aufstöhnen sank sie schlaff in Gideons Arme zurück.

»Es geht gleich wieder. Kein Grund, Aufsehen zu erregen.« Rakoczy hatte den Kopf gehoben und sah uns mit blutunterlaufenen Augen an. »Meine Schuld! Man soll es tropfenweise verwenden, sagt er.«

»Sagt wer?«, fragte Gideon, Lavinia in seinen Armen balancierend wie eine Schaufensterpuppe.

Mit einiger Mühe brachte Rakoczy sich wieder in Sitzposition, ließ seinen Kopf in den Nacken kippen und betrachtete mit einem bellenden Lachen die Decke. »Seht ihr die Sterne tanzen?«

Gideon seufzte. »Ich werde den Grafen holen müssen«, sagte er. »Gwen – wenn du mir bitte gerade mal helfen könntest . . .?«

Ich starrte ihn fassungslos an. »Mit *der* da? Geht's noch?« Mit ein paar Schritten war ich an der Tür und hinaus im Korridor, damit er meine albernen Tränen nicht sehen musste, die mir in Sturzbächen über das Gesicht flossen. Ich wusste weder, warum ich weinte, noch, wohin ich eigentlich rannte. Bestimmt war das so eine posttraumatische Reaktion, von der man immer wieder las. Menschen unter Schock taten die seltsamsten Dinge, wie dieser Bäcker in Yorkshire, der seinen Arm in der Teigpresse zerquetscht hatte. Noch sieben Bleche mit Zimtschnecken hat er fertig gebacken, bevor er den Notarzt anrief. Diese Zimtschnecken waren das Gruseligste, was die Sanitäter jemals gesehen hatten.

An der Treppe zögerte ich kurz. Nach unten wollte ich nicht laufen, da wartete ja im Zweifel bereits Lord Alastair und wollte seinen perfekten Mord begehen, also lief ich die Treppe hinauf. Weit kam ich nicht, da hörte ich Gideon schon hinter mir rufen. »Gwenny! Bleib stehen! Bitte!«

Für einen Augenblick stellte ich mir vor, dass er Lavinia

einfach auf den Boden hatte knallen lassen, um mir hinterherzueilen, aber es half nichts: Ich war immer noch wütend oder traurig oder ängstlich oder alles zusammen und stolperte, blind vor Tränen, weiter die Stufen hoch und in den nächsten Korridor hinein.

»Wo willst du hin?« Jetzt war Gideon neben mir und versuchte, mich an der Hand zu fassen.

»Egal! Nur weg von dir«, schluchzte ich und rannte in das nächstbeste Zimmer. Gideon folgte mir. Natürlich. Um ein Haar wäre ich mir mit dem Ärmel durch das Gesicht gefahren, um die Tränen wegzuwischen, aber in letzter Sekunde erinnerte ich mich an Madame Rossinis Make-up und hielt inne. Wahrscheinlich sah ich auch so schon ramponiert genug aus. Um Gideon nicht anschauen zu müssen, blickte ich mich im Zimmer um. Kerzen in Wandleuchtern erhellten die hübsche, ganz in Goldtönen gehaltene Einrichtung, ein Sofa, einen zierlichen Schreibtisch, ein paar Stühle, ein Gemälde, das einen toten Fasan neben ein paar Birnen zeigte, eine Sammlung exotisch aussehender Säbel über dem Kaminsims und prächtige goldfarbene Portieren vor den Fenstern. Aus irgendeinem Grund hatte ich plötzlich das Gefühl, schon einmal hier gewesen zu sein.

Gideon stand abwartend vor mir.

»Lass mich in Ruhe!«, sagte ich ziemlich kraftlos.

»Ich *kann* dich nicht in Ruhe lassen. Immer wenn ich dich allein lasse, machst du irgendwas Unüberlegtes.«

»Geh weg!« Ich wollte mich gern für eine Weile auf dieses Sofa werfen und mit den Fäusten in die Kissen trommeln. War das denn zu viel verlangt?

»Nein, das werde ich nicht tun«, sagte Gideon. »Hör zu, es tut mir leid, dass das passiert ist. Ich hätte es nicht zulassen dürfen.«

Mein Gott, das war ja wieder mal typisch. Klassischer Fall von Überverantwortungssyndrom. Was hatte er denn bitte damit zu tun, dass ich zufällig auf Rakoczy getroffen war und der nicht mehr alle gestreiften Murmeln im Sack hatte, wie Xemerius sagen würde? Andererseits – ein paar Schuldgefühle konnten ihm nicht schaden.

»Hast du aber!«, sagte ich daher und fügte hinzu: »Weil du nur Augen für *sie* hattest.«

»Du bist ja eifersüchtig.« Gideon besaß die Frechheit, in Gelächter auszubrechen. Es klang irgendwie erleichtert.

»Das hättest du wohl gerne.« Meine Tränen waren versiegt und ich wischte mir verstohlen über die Nase.

»Der Graf wird sich fragen, wo wir abgeblieben sind«, sagte Gideon nach einer kleinen Pause.

»Soll er doch seinen transsilvanischen Seelenbruder auf die Suche schicken, dein Graf.« Endlich brachte ich es über mich, ihm wieder in die Augen zu sehen. »In Wahrheit ist er noch nicht einmal ein Graf. Sein Titel ist genauso falsch wie die rosigen Wangen dieser . . . wie hieß sie noch gleich?«

Gideon lachte leise. »Ich habe ihren Namen schon wieder vergessen.«

»Lügner«, sagte ich, musste aber dummerweise auch ein bisschen grinsen.

Gideon war sofort wieder ernst. »Der Graf kann nichts für Rakoczys Verhalten. Er wird ihn mit Sicherheit dafür bestrafen.« Er seufzte. »Du musst den Grafen nicht mögen, du musst ihn nur respektieren.«

Ich schnaubte zornig. »Ich *muss* gar nichts«, sagte ich und drehte mich abrupt zum Fenster. Und da sah ich . . . *mich!* In meiner Schuluniform glotzte ich ziemlich einfältig hinter dem goldenen Vorhang hervor. Himmel! Deswegen war mir der Raum so bekannt vorgekommen! Das war Mrs Counters Klassenzimmer und die Gwendolyn hinter dem Vorhang war gerade zum dritten Mal in der Zeit gesprungen. Ich gab ihr ein Zeichen mit der Hand, sich wieder zu verstecken.

»Was war das?«, fragte Gideon.

»Nichts!«, fragte ich möglichst dümmlich.

»Am Fenster.« Er griff ins Leere, als er reflexartig nach seinem Degen tastete.

»Da ist nichts!« Was ich als Nächstes tat, muss man auf jeden Fall auf diese posttraumatische Schocksache – ich erinnere noch mal an den Bäcker und die blutigen Zimtschnecken – zurückführen, unter normalen Umständen hätte ich das ganz sicher niemals gemacht. Außerdem glaubte ich, aus den Augenwinkeln etwas Grünes an der Tür vorbeihuschen zu sehen und . . . ach, und im Grunde tat ich es nur, weil ich ja schon genau wusste, dass ich es tun würde. Es blieb mir sozusagen gar nichts anderes übrig.

»Es könnte jemand hinter dem Vorhang stehen und uns belau. . .«, sagte Gideon noch, da hatte ich bereits meinen Arm um seinen Hals geschlungen und meine Lippen auf seine gepresst. Und wo ich schon mal dabei war, presste ich auch den Rest von meinem Körper in allerbester Lavinia-Manier gegen seinen.

Für ein paar Sekunden fürchtete ich, Gideon würde mich von sich stoßen, aber dann stöhnte er leise auf, legte seine Arme um meine Taille und zog mich noch enger an sich. Er erwiderte den Kuss mit einer solchen Heftigkeit, dass ich alles andere vergaß und die Augen schloss. Wie vorhin beim Tanzen spielte es plötzlich keine Rolle mehr, was um uns herum geschah oder geschehen würde, es spielte auch keine Rolle, dass er eigentlich ein Mistkerl war – ich wusste nur, dass ich ihn liebte und für immer lieben würde und mich bis in alle Ewigkeit von ihm küssen lassen wollte.

Eine kleine innere Stimme raunte mir zu, gefälligst zur Besinnung zu kommen, aber Gideons Lippen und seine Hände bewirkten eher das Gegenteil. Deshalb kann ich auch unmöglich sagen, wie lange es dauerte, bis wir uns voneinander lösten und einander fassungslos anstarrten.

»Warum . . . hast du das getan?«, fragte Gideon schwer atmend. Er wirkte vollkommen verwirrt. Beinahe taumelnd machte er ein paar Schritte rückwärts, als wolle er möglichst schnell möglichst viel Abstand zwischen uns bringen.

»Wie meinst du das – *warum?*« Mein Herz klopfte so schnell und laut, dass er es bestimmt hören konnte. Ich warf einen Blick zur Tür. Wahrscheinlich hatte ich mir das Grüne, das ich aus dem Augenwinkel zu sehen geglaubt hatte, nur eingebildet und es lag noch ohnmächtig ein Stockwerk tiefer auf dem Teppich herum und wartete darauf, wach geküsst zu werden.

Gideon hatte misstrauisch seine Augen zusammengekniffen. »Du hast doch . . .« Mit ein paar Schritten war er am Fenster und zog die Vorhänge beiseite. Ah, das war ja wieder mal typisch – kaum erlebte man etwas ... ähm ... *Nettes* mit ihm, musste er alles daransetzen, es so schnell wie möglich kaputt zu machen.

»Suchst du was Bestimmtes?«, fragte ich spöttisch. Hinter den Vorhängen stand natürlich niemand mehr – mein jüngeres Ich war längst zurückgesprungen und fragte sich gerade, wo zur Hölle es so unwahrscheinlich gut küssen gelernt hatte.

Gideon drehte sich wieder um. Die Verwirrung war aus seinem Gesicht verschwunden und hatte seiner üblichen arroganten Miene Platz gemacht. Mit verschränkten Armen lehnte er sich gegen den Fenstersims. »Was sollte das gerade, Gwendolyn? Ein paar Sekunden vorher hast du mich noch voller Abscheu angesehen.«

»Ich wollte ...«, begann ich, aber dann überlegte ich es mir anders. »Was fragst du eigentlich so blöd? Du hast mir bisher auch nie erklärt, warum du mich geküsst hast, oder?« Ein bisschen trotzig fügte ich hinzu: »Mir war eben einfach danach. Und du hättest ja nicht mitmachen müssen.« Dann allerdings wäre ich wohl vor lauter Scham im Boden versunken.

Gideons Augen blitzten auf. »Dir war eben einfach danach?«, wiederholte er und kam wieder auf mich zu. »Verdammt, Gwendolyn! Es hat durchaus seinen Grund, dass ... Seit Tagen versuche ich ... ich habe die ganze Zeit ...« Er runzelte die Stirn, offensichtlich verärgert über sein eigenes Gestammel. »Glaubst du vielleicht, ich sei aus *Stein?*« Den letzten Satz sagte er ziemlich laut.

Ich wusste nicht, was ich darauf antworten sollte. Es war vermutlich auch eher eine rhetorische Frage, nein, ich glaubte natürlich nicht, dass er aus Stein war, aber was zur Hölle wollte er mir damit sagen? Die Halbsätze davor hatten auch nicht gerade zur Klärung der Lage beigetragen. Eine kleine Weile schauten wir einander in die Augen, dann wandte er sich ab und sagte mit ganz normaler Stimme: »Wir müssen gehen – wenn wir nicht pünktlich im Keller erscheinen, ist der ganze Plan umsonst gewesen.«

Ach ja, stimmte ja. Der Plan. Der Plan, der uns als potenzielle, selbstauflösende Mordopfer vorsah.

»Also, mich bekommen da keine zehn Pferde runter, solange Rakoczy bekifft auf dem Schreibtisch rumliegt«, sagte ich bestimmt.

»Erstens ist er inzwischen sicher wieder auf den Beinen und zweitens warten dort unten mindestens fünf seiner Männer.« Er streckte seine Hand nach mir aus. »Komm schon. Wir müssen uns beeilen. Und du brauchst keine Angst zu haben: Gegen diese Kuruzzen-Kämpfer hätte Alastair auch dann keine Chance, wenn er nicht allein käme. Sie können im Dunkeln sehen wie Katzen und ich habe sie mit Messern und Degen Dinge anstellen sehen, die an Zauberei grenzen.« Er wartete, bis ich meine Hand in seine gelegt hatte, dann lächelte er leicht und fügte hinzu: »Und ich bin ja auch noch da.«

Aber noch ehe wir einen Schritt gemacht hatten, erschien Lavinia in der Tür und neben ihr, genauso außer Atem wie sie selber, der papageienbunte Erste Sekretär.

»Bitte sehr – hier sind sie. Alle beide«, sagte Lavinia. Für jemanden, der erst kürzlich in Ohnmacht gefallen war, sah sie ziemlich fit aus, wenn auch nicht mehr ganz so schön. Durch die helle Puderschicht waren Streifen geröteter Haut zu sehen, offenbar hatte es sie einiges an Schweiß gekostet, die Treppen rauf- und runterzurennen. Auch ihr Dekolleté wies rote Flecken auf.

Es freute mich, dass Gideon sie keines Blickes würdigte. »Ich weiß, wir sind spät dran, Sir Alcott«, sagte er. »Wir wollten gerade hinuntergehen.«

»Das . . . ist nicht nötig«, erwiderte Alcott, nach Luft schnappend. »Es gibt eine kleine *Plan*änderung.«

Er musste nicht mehr erklären, was er damit meinte, denn hinter ihm betrat Lord Alastair den Raum, kein bisschen außer Atem, dafür aber unangenehm lächelnd.

»So sieht man sich wieder«, sagte er. Ihm folgte wie ein Schatten sein Geistervorfahre im schwarzen Umhang, der keine Zeit verlor, schwülstige Morddrohungen auszustoßen: »Die Unwürdigen sterben einen unwürdigen Tod!« Wegen seiner röchelnden Sprechweise hatte ich ihn bei unserer letzten Begegnung *Darth Vader* getauft und ich beneidete alle, die ihn weder sehen noch hören konnten. Seine toten käferschwarzen Augen durchbohrten uns voller Hass.

Gideon neigte den Kopf. »Lord Alastair, welche Überraschung.«

»Das war meine Absicht«, sagte Lord Alastair und lächelte süffisant. »Eine Überraschung wollte ich Euch bereiten.«

Gideon lotste mich beinahe unmerklich weiter in die Ecke, sodass der Schreibtisch zwischen uns und den Besuchern stand, was mich nicht sehr beruhigte, weil es sich um ein äußerst fragiles Rokokodamenmodell handelte. Eiche rustikal wäre mir lieber gewesen.

»Verstehe«, wiederholte Gideon höflich.

Ich verstand auch. Das Morden war offensichtlich kurzerhand vom Keller in diesen hübschen Raum hier verlegt worden, denn der Erste Sekretär war der Verräter und Lavinia eine falsche Schlange. Im Grunde ganz einfach. Anstatt vor Angst loszuschlottern, war mir plötzlich nach Kichern zumute. Das war einfach zu viel für einen Tag.

»Aber ich dachte, Ihr hättet Eure Mordpläne ein wenig differenziert, seit Ihr im Besitz der Abstammungslinien der Zeitreisenden seid«, sagte Gideon.

Lord Alastair machte eine wegwerfende Geste. »Die Stammbäume, die uns der Dämon aus der Zukunft gebracht hat, haben nur gezeigt, dass es ein unmögliches Unterfangen ist, Eure Linien gänzlich auszulöschen!«, sagte er. »Ich bevorzuge die direkte Methode.«

»Allein die Nachkommen dieser Madame d'Urfé, die am Hofe des Königs von Frankreich gelebt hat, sind so zahlreich, dass es mehr als ein Menschenleben benötigen würde, sie aufzuspüren«, ergänzte der Erste Sekretär. »Eure Beseitigung vor Ort scheint mir unumgänglich. Wenn Ihr Euch neulich im Hyde Park nicht so gewehrt hättet, wäre die Angelegenheit jetzt schon erledigt . . .«

»Was bekommt Ihr als Lohn, Alcott?«, erkundigte sich Gideon, als würde es ihn wirklich interessieren. »Was kann Euch Lord Alastair geben, dass Ihr den Wächterschwur brecht und diesen Verrat begeht?«

»Nun, ich . . .«, begann Alcott bereitwillig, aber Lord Alastair fuhr ihm über den Mund: »Eine reine Seele! Das ist sein Lohn! Die Gewissheit, dass die Engel im Himmel seine Taten lobpreisen werden, ist nicht mit Gold aufzuwiegen. Die Erde muss von dämonischen Missgeburten wie Euch befreit werden – und Gott allein wird es uns danken, dass wir Euer Blut vergießen.«

Jajaja. Ganz kurz keimte in mir die Hoffnung, Lord Alastair brauchte einfach mal jemanden, der ihm zuhörte. Vielleicht wollte er nur über seine religiösen Wahnvorstellungen reden und ein bisschen getätschelt werden. Aber da röchelte Darth Vader »Euer Leben ist verwirkt, Dämonengezücht« und ich verwarf den Gedanken wieder.

»Ihr glaubt also, der Mord an einem unschuldigen Mädchen würde Gottes Beifall hervorrufen? Interessant.« Gideons Hand fuhr in die Rockinnentasche, doch dann zuckte er unmerklich zusammen.

»Sucht Ihr vielleicht das hier?«, fragte der Erste Sekretär hämisch. Er griff in seine zitronengelbe Rocktasche und zückte eine kleine schwarze Pistole, die er mit spitzen Fingern in die Höhe hielt. »Ohne Zweifel ein teuflisches Mordgerät aus der Zukunft, habe ich recht?« Beifall heischend schaute er zu Lord Alastair hinüber. »Ich habe unsere verführerische Lady Lavinia hier gebeten, Euch gründlich nach Waffen abzusuchen, Zeitreisender.«

Lavinia warf Gideon ein schuldbewusstes Lächeln zu und Gideon sah für einen Moment so aus, als hätte er sich gern selber eine Ohrfeige verpasst. Verständlicherweise. Die Pistole wäre unsere Rettung gewesen, gegen eine Smith&Wesson-Automatik hatten Leute mit Degen nicht die geringste Chance. Ich wünschte, der verräterische Alcott würde aus Versehen den Auslöser betätigen und sich selber in den Fuß schießen. Den Lärm würde man vielleicht bis in den Ballsaal hören – oder auch nicht.

Aber Alcott ließ die Pistole wieder in seiner Rocktasche verschwinden und mein Mut sank.

»Ja, da staunt Ihr, nicht wahr? Ich habe an alles gedacht. Ich wusste, dass die gute Lady Spielschulden hat«, sagte Alcott im Plauderton. Wie alle Bösewichte lechzte er offenbar nach Anerkennung für seine listigen Taten. Ich fand, sein längliches Gesicht hatte Ähnlichkeit mit dem einer Ratte. »Hohe Spielschulden, die sie nicht mehr wie üblich mit *Freizügigkeiten* gegenüber ihren Schuldnern ausgleichen konnte.« An dieser Stelle lachte er schleimig. »Ihr werdet mir verzeihen, Madam, dass ich an Euren Diensten nicht so recht interessiert war. Aber hiermit sind Eure Schulden nun beglichen.«

Lavinia sah nicht so aus, als würde sie sich besonders darüber freuen. »Es tut mir so leid. Aber ich hatte keine andere Wahl«, sagte sie zu Gideon, doch er schien sie gar nicht zu hören. Er schien vielmehr zu erwägen, wie schnell er drüben beim Kamin sein und einen der Säbel von der Wand reißen könnte, bevor Lord Alastair ihn mit seinem Degen durchbohrt hätte. Ich folgte seinen Blicken und kam zu dem Schluss, dass er wenig Aussicht auf Erfolg hatte, es sei denn, er hatte mir verheimlicht, dass er eigentlich Superman war. Der Kamin war zu weit weg und außerdem stand Lord Alastair, der Gideon nicht eine Sekunde aus den Augen ließ, viel näher dran.

»Das ist ja alles gut und schön«, sagte ich gedehnt, um Zeit zu gewinnen. »Aber Ihr habt Eure Rechnung ohne den Grafen gemacht.«

Alcott lachte. »Ihr meint wohl eher ohne Rakoczy?« Er rieb sich die Hände. »Nun, seine besonderen ... nennen wir es mal Vorlieben, werden es ihm heute leider unmöglich machen, seine Pflicht zu tun, nicht wahr?« Er warf sich in die Brust. »Seine Vorliebe für Rauschmittel hat ihn zu einem leichten Opfer gemacht, wenn Ihr wisst, was ich meine.«

»Aber Rakoczy ist nicht allein«, sagte ich. »Seine Kuruzzen bewachen uns auf Schritt und Tritt.«

Alcott schaute kurz verunsichert zu Lord Alastair hinüber, dann lachte er wieder. »Ach, und wo sind sie jetzt, Eure Kuruzzen?«

Im Keller, vermutlich.

»Sie warten im Schatten«, murmelte ich möglichst bedrohlich. »Jederzeit bereit zuzuschlagen. Und sie vollbringen Dinge mit ihren Degen und Messern, die an Zauberei grenzen.«

Doch Alcott ließ sich leider nicht ins Bockshorn jagen. Er machte ein paar abfällige Bemerkungen über Rakoczy und seine Männer und lobte sich selbst noch einmal über den grünen Klee für seine geniale Planung und die noch genialere Planänderung. »Ich fürchte, der ach so schlaue Graf harrt heute vergeblich auf Euch und auf seinen schwarzen Leoparden. Fragt mich, was ich mit ihm vorhabe.«

Aber Gideon hatte offensichtlich das Interesse an Alcotts Ausführungen verloren. Er schwieg. Lord Alastair schien von dem zeitraubenden Geplapper des Ersten Sekretärs ebenfalls genug zu haben. Er wollte endlich zur Sache kommen. »Sie soll sich entfernen«, sagte er unhöflich, zog seinen Degen und zeigte damit auf Lady Lavinia.

Aha, jetzt ging es ans Eingemachte.

»Und ich dachte immer, Ihr seid ein Ehrenmann und duelliert Euch nur mit bewaffneten Gegnern«, sagte Gideon.

»Ich bin ein Ehrenmann – aber Ihr seid ein Dämon. Mit Euch duelliere ich mich nicht, Euch schlachte ich ab«, sagte Lord Alastair kalt.

Lady Lavinia stieß einen erstickten Schreckenslaut aus. »Das wollte ich nicht«, flüsterte sie in Gideons Richtung.

Nee, klar. Jetzt bekam sie plötzlich Skrupel. Fall doch in Ohnmacht, blöde Kuh.

»Hinaus mit ihr, sagte ich!« Lord Alastair sprach mir ausnahmsweise aus der Seele. Prüfend ließ er den Degen durch die Luft sausen.

»Ja, natürlich, das ist kein Anblick für eine Dame.« Alcott schob Lavinia in den Korridor hinaus. »Schließt die Tür und sorgt dafür, dass niemand hereinkommt.«

»Aber . . .«

»Noch habe ich Euch die Schuldscheine nicht zurückgegeben«, zischte Alcott. »Wenn ich es will, kommen morgen schon die Büttel in Euer Haus und dann ist es die längste Zeit Euer Haus gewesen.«

Lavinia sagte nichts mehr. Alcott verriegelte die Tür, drehte sich zu uns um und zog einen Dolch aus seiner Rocktasche, ein eher zierliches Modell. Ich hätte sicher trotzdem fürchterliche Angst haben müssen, aber Angst wollte sich immer noch nicht so richtig bei mir einstellen. Wahrscheinlich, weil mir das Ganze vollkommen absurd vorkam. Unwirklich. Wie eine Szene in einem Film.

Und mussten wir nicht jeden Augenblick zurückspringen? »Wie viel Zeit haben wir noch?«, flüsterte ich Gideon zu.

»Zu viel«, stieß er mit zusammengebissenen Zähnen hervor.

Auf Alcotts Rattengesicht zeigte sich freudige Erregung. »Ich übernehme das Mädchen«, sagte er, vor Tatendrang geradezu sprühend. »Ihr erledigt den Jungen. Aber seid vorsichtig. Er ist listig und flink.«

Lord Alastair stieß nur ein verächtliches Schnauben aus.

»Dämonenblut wird die Erde tränken«, grunzte Darth Vader voller Vorfreude. Sein Repertoire an Sätzen schien äußerst begrenzt zu sein.

Weil Gideon immer noch mit den unerreichbaren Säbeln zu liebäugeln schien und seinen ganzen Körper konzentriert anspannte, sah ich mich nach einer alternativen Waffe um. Kurz entschlossen hob ich einen der gepolsterten Stühle hoch und richtete die fragilen Stuhlbeine auf Alcott.

Der fand das aus irgendeinem Grund amüsant, denn er grinste nur noch mordlüsterner als vorher und kam langsam auf mich zu. So viel war klar: Was immer seine Motive waren, eine reine Seele würde er in diesem Leben nicht mehr erlangen.

Auch Lord Alastair kam näher.

Und dann geschah alles auf einmal.

»Du bleibst hier stehen«, rief Gideon mir zu, während er den zierlichen Schreibtisch umstürzte und ihn mit einem Tritt über das Parkett auf Lord Alastair zuschlittern ließ. Nahezu gleichzeitig riss er einen der schweren Kerzenleuchter von der Wand und schleuderte ihn mit aller Kraft auf den Ersten Sekretär. Er traf ihn mit einem sehr hässlichen Geräusch am Kopf und ließ ihn zu Boden gehen wie einen Felsbrocken. Gideon hielt sich nicht damit auf zu überprüfen, ob sein Treffer erfolgreich gewesen war. Noch als der Leuchter sich in der Luft befand, war er schon losgesprungen – direkt auf die Säbelsammlung zu. Lord Alastair wiederum machte einen Ausfallschritt, um dem heransausenden Schreibtisch auszuweichen, aber anstatt Gideon daran zu hindern, die Säbel von der Wand zu reißen, war er mit wenigen Schritten bei mir. Das alles hatte nur einen Wimpernschlag in Anspruch genommen und ich hatte kaum Zeit, den Stuhl zu heben, mit der festen Absicht, ihn Lord Alastair über den Kopf zu braten, als sein Degen auch schon nach vorne schnellte.

Die Klinge durchbohrte mein Kleid und drang unter meinem linken Rippenbogen tief in mich ein, und ehe ich recht begriff, was geschehen war, zog Lord Alastair die Waffe wieder heraus und schnellte mit einem triumphierenden Aufschrei zu Gideon herum, die mit meinem Blut beschmierte Degenspitze auf ihn gerichtet.

Der Schmerz erreichte mich mit einer Sekunde Verspätung. Wie eine Marionette, der man die Fäden durchschnitten hatte, kippte ich vornüber auf meine Knie und presste instinktiv die Hand an die Brust. Ich hörte Gideon meinen Namen schreien, ich sah, wie er gleich zwei Säbel von der Wand riss und über seinem Kopf schwang wie ein Samurai-Krieger. Ich sank derweil endgültig auf den Boden, mein Hinterkopf schlug nicht mal unsanft (für so etwas ist eine Perücke doch sehr praktisch) auf dem Parkett auf. Wie durch Zauberei war der Schmerz plötzlich verschwunden. Einen Moment lang starrte ich verblüfft ins Leere, dann schwebte ich in der Luft, schwerelos, körperlos schwebte ich höher und höher im Raum, der stuckverzierten Decke entgegen. Um mich herum tanzten goldfarbene Staubpartikelchen im Kerzenlicht und es war beinahe so, als wäre ich eins von ihnen geworden.

Tief unter mir sah ich mich selber liegen, mit weit aufgerissenen Augen und nach Luft ringend. Auf dem Stoff meines Kleides breitete sich ein Blutfleck langsam aus. Die Farbe wich rasch aus meinem Gesicht, bis meine Haut so weiß wie meine Perücke war. Verwundert schaute ich zu, wie meine Lider zitterten und sich dann schlossen.

Aber der Teil von mir, der in der Luft herumschwebte, konnte alles weiter beobachten:

Ich sah den Ersten Sekretär reglos neben dem Kerzenleuchter liegen. Er blutete aus einer großen Wunde an der Schläfe.

Ich sah Gideon zornesblass auf Alastair zustürmen. Der Lord wich zur Tür zurück und parierte die Säbelhiebe mit dem Degen, aber schon nach wenigen Sekunden hatte Gideon ihn in eine Zimmerecke getrieben.

Ich sah, wie verbissen die beiden sich duellierten, auch wenn das Klirren der Waffen hier oben etwas gedämpft erschien.

Der Lord machte einen Ausfallschritt und versuchte, unter Gideons Linken durchzutauchen, aber Gideon durchschaute seine Absicht und stieß fast im gleichen Moment mit aller Macht in den ungedeckten rechten Oberarm des Lords. Alastair blickte seinen Gegner erst ungläubig an, dann verzerrte sich seine Miene zu einem stummen Schrei. Die Finger öffneten sich und der Degen fiel scheppernd zu Boden: Gideon hatte den Arm des Lords an die Wand genagelt. Derart kaltgestellt begann er – trotz der Schmerzen, die er ohne Zweifel hatte –, wüste Beschimpfungen zu zischen.

Gideon wandte sich von ihm ab, ohne ihn noch eines weiteren Blickes zu würdigen, und warf sich neben mich auf den Boden. Das heißt, neben meinen Körper – ich selber schwebte ja nach wie vor nutzlos in der Luft herum.

»Gwendolyn! Oh mein Gott! Gwenny! Bitte nicht!« Er presste seine Faust auf die Stelle unter meiner Brust, wo der Degen ein winziges Loch im Kleid hinterlassen hatte.

»Zu spät!«, hallte Darth Vader. »Seht Ihr nicht, wie das Leben aus ihr herausrinnt?«

»Sie wird sterben, daran könnt Ihr nichts ändern!«, rief auch Lord Alastair von seinem Platz an der Wand, sorgsam bedacht, seinen festgenagelten Arm nicht zu bewegen. Blut tropfte herab und bildete eine kleine Pfütze neben seinen Füßen. »Ich habe ihr dämonisches Herz durchbohrt.«

»Haltet Euren Mund«, fuhr Gideon ihn an, der nun beide Hände auf meine Wunde gelegt hatte und mit seinem ganzen Körpergewicht dagegenpresste. »Ich werde nicht zulassen, dass sie verblutet. Wenn wir nur rechtzeitig . . .« Er schluchzte verzweifelt auf. »Du darfst nicht sterben, hörst du, Gwenny!«

Noch hob und senkte sich meine Brust und meine Haut war mit winzigen Schweißtröpfchen überzogen, aber es war nicht auszuschließen, dass Darth Vader und Lord Alastair richtiglagen. Schließlich flog ich ja bereits als glitzernder Staubpartikel durch die Luft und in meinem Gesicht dort unten war nicht mehr der leiseste Hauch von Farbe zu erkennen. Selbst meine Lippen waren grau geworden.

Gideon liefen jetzt die Tränen über das Gesicht. Immer noch presste er mit ganzer Kraft seine Hände auf die Wunde. »Bleib bei mir, Gwenny, bleib bei mir«, flüsterte er und plötzlich sah ich nichts mehr, aber dafür spürte ich wieder den harten Boden unter mir, den dumpfen Schmerz in meinem Bauch und die ganze Schwere meines Körpers. Rasselnd holte ich Luft und wusste, für einen weiteren Atemzug würde ich keine Kraft mehr haben.

Ich wollte meine Augen öffnen, um Gideon ein letztes Mal anzusehen, aber ich schaffte es nicht.

»Ich liebe dich, Gwenny, bitte verlass mich nicht«, sagte Gideon, und das war das Letzte, was ich hörte, bevor ich von einem großen Nichts verschluckt wurde.

Tote Gegenstände aller Arten und Materialen können problemlos in der Zeit transportiert werden, und zwar in beide Richtungen. Grundbedingung: Der Gegenstand darf im Augenblick des Transportes zu nichts und niemandem Kontakt haben außer zu dem ihn transportierenden Zeitreisenden.

Der größte bisher in der Zeit transferierte Gegenstand war ein vier Meter langer Refektoriumstisch, den die de-Villiers-Zwillinge im Jahr 1900 aus dem Jahr 1805 bewegten und auch wieder zurück (s. Band 4, Kapitel 3, Experimente und empirische Untersuchungen, S. 188 ff.).

Pflanzen und Pflanzenteile sowie Lebewesen aller Arten können nicht transportiert werden, da eine Zeitreise ihre Zellstrukturen zerstört bzw. gänzlich auflöst, wie in zahlreichen Versuchen anhand von Algen, div. Setzlingen, Pantoffeltierchen, Kellerasseln und Mäusen bewiesen wurde (s. auch Band 4, Kapitel 3, Experimente und empirische Untersuchungen, S. 194 ff.).

Der Transport von Gegenständen, außer unter Aufsicht oder zu Versuchszwecken, ist strengstens verboten.

Aus den Chroniken der Wächter,
Band 2, Allgemeingültige Gesetzmäßigkeiten

10.

Sie kommt mir seltsam bekannt vor«, hörte ich jemanden sagen. Ganz klar der blasierte Tonfall von James.

»Natürlich tut sie das, du alter Holzkopf«, antwortete eine Stimme, die nur Xemerius gehören konnte. »Das ist Gwendolyn, allerdings ohne Schuluniform und mit einer Perücke.«

»Ich habe dir nicht erlaubt, mit mir zu sprechen, ungezogene Katze!«

Wie bei einem Radio, das man langsam lauter drehte, drangen nun auch andere Geräusche und aufgeregte Stimmen zu mir durch. Ich lag immer noch oder schon wieder auf dem Rücken. Die entsetzliche Schwere auf meiner Brust war verschwunden, der dumpfe Schmerz in meinem Unterleib ebenfalls. War ich nun ein Geist wie James?

Mit einem hässlichen Geräusch wurde mein Mieder aufgeschnitten und der Stoff beiseitegerissen.

»Er hat die Aorta getroffen«, hörte ich Gideon voller Verzweiflung sagen. »Ich habe versucht, sie abzupressen, aber . . . es hat zu lange gedauert.«

Kühle Hände tasteten über meinen Oberkörper und berührten eine schmerzende Stelle unter meinem Rippenbogen. Dann sagte Dr. White erleichtert: »Es ist nur ein oberflächlicher Schnitt! Meine Güte, hast du mir einen Schreck eingejagt!«

»Was? Das kann nicht sein, sie . . .«

»Der Degen hat lediglich ihre Haut geritzt. Siehst du? Madame Rossinis Korsett hat hier offenbar gute Dienste geleistet. Aorta abdominalis – lieber Himmel, Gideon, was lernt ihr denn im Studium? Für einen Moment habe ich dir wirklich geglaubt.« Dr. Whites Finger pressten gegen meinen Hals. »Ihr Puls ist auch kräftig.«

»Ist alles in Ordnung mit ihr?«

»Was ist denn genau passiert?«

»Wie konnte Lord Alastair ihr das antun?« Die Stimmen von Mr George, Falk de Villiers und Mr Whitman schwirrten alle durcheinander. Von Gideon war nichts mehr zu hören. Ich versuchte, meine Augen zu öffnen, und dieses Mal ging es ganz leicht. Ich konnte mich sogar problemlos aufrichten. Um mich herum leuchteten die vertrauten, bunt bemalten Wände unseres Kunstkellers und über mich beugten sich die Köpfe der versammelten Wächter. Alle – sogar Mr Marley – lächelten mir zu.

Nur Gideon starrte mich an, als würde er seinen Augen nicht trauen. Sein Gesicht war leichenblass und auf seinen Wangen waren immer noch die Spuren seiner Tränen zu sehen.

Weiter hinten stand James und hielt sich sein Spitzentaschentuch vor die Augen. »Wenn ich wieder gucken kann, sag mir Bescheid.«

»Auf keinen Fall jetzt, sonst erblindest du auf der Stelle«, sagte Xemerius, der im Schneidersitz zu meinen Füßen saß. »Ihr fällt nämlich gerade der halbe Busen aus dem Mieder!«

Ups. Er hatte recht. Peinlich berührt versuchte ich, meine

Blöße mit den zerrissenen und zerschnittenen Überresten von Madame Rossinis wunderbarem Kleid zu bedecken. Dr. White drückte mich sanft zurück auf den Tisch, auf den man mich verfrachtet hatte.

»Ich muss den Kratzer hier schnell reinigen und verbinden«, sagte er. »Dann werde ich dich gründlich untersuchen. Irgendwelche Schmerzen?«

Ich schüttelte den Kopf, um gleich darauf »Aua!« zu stöhnen. Mein Kopf tat nämlich höllisch weh.

Mr George legte mir von hinten seine Hand auf die Schulter. »Oh mein Gott, Gwendolyn. Du hast uns einen ziemlichen Schreck eingejagt.« Er lachte leise. »Aber das nenne ich mal eine veritable Ohnmacht! Als Gideon mit dir im Arm hereinkam, dachte ich ernsthaft, du könntest . . .«

». . . tot sein«, vollendete Xemerius den Satz, den Mr George schamhaft in der Luft hatte hängen lassen. »Ehrlich gesagt, sahst du auch ziemlich tot aus. Und der Junge war vollkommen aufgelöst! Hat nach Adernklemmen gebrüllt und wirres Zeug gestammelt. Und geheult. Was glotzt du so?«

Letzteres galt dem kleinen Robert. Er starrte Xemerius fasziniert an. »Er ist so süß. Darf ich ihn mal streicheln?«, fragte er mich.

»Nicht, wenn du deine Hand behalten willst, Kleiner«, sagte Xemerius. »Es reicht mir schon, dass dieser parfümierte Gockel da drüben mich andauernd mit einer Katze verwechselt.«

»Also, ich muss doch sehr bitten. Keine Katze hat Flügel, das weiß ich selber«, rief James, der sich nach wie vor die Augen zuhielt. »Du bist eine Fieberfantasiekatze. Eine entartete Katze.«

»Noch ein Wort, und ich fresse dich«, sagte Xemerius.

Gideon war ein paar Schritte zur Seite gegangen und hatte sich auf einen Stuhl fallen lassen. Er nahm seine Perücke ab, fuhr sich mit allen zehn Fingern durch die dunklen Locken und vergrub sein Gesicht in den Händen. »Ich verstehe das nicht«, klang es undeutlich zwischen den Fingern hervor.

Da ging es ihm wie mir. Wie konnte es möglich sein, dass ich eben noch gestorben war und mich nun wieder quicklebendig fühlte? Konnte man sich so etwas einbilden? Ich sah auf die Verletzung, die Dr. White verarztete. Er hatte recht, es war tatsächlich nur ein Kratzer. Der Schnitt, den ich mir mit dem Gemüsemesser zugefügt hatte, war weitaus länger und schmerzhafter gewesen.

Gideons Gesicht tauchte wieder aus seinen Händen empor. Wie grün seine Augen in dem blassen Gesicht leuchteten! Mir fiel wieder ein, was er als Letztes zu mir gesagt hatte, und ich versuchte abermals, mich aufzusetzen, doch Dr. White hinderte mich daran.

»Kann ihr vielleicht mal jemand diese unsägliche Perücke abnehmen?«, sagte er unwirsch. Gleich mehrere Hände begannen, die Haarnadeln aus meiner Frisur zu ziehen, und es war ein herrliches Gefühl, als die Perücke abgestreift wurde.

»Vorsichtig, Marley«, warnte Falk de Villiers. »Denken Sie an Madame Rossini!«

»Ja, Sir«, stammelte Marley und ließ die Perücke vor Schreck fast fallen. »Madame Rossini, Sir.«

Mr George entfernte die Haarnadeln aus meinem Knoten und löste mit sanften Fingern den Zopf. »Besser so?«, erkundigte er sich. Ja, das war viel besser.

»Zottelliese saß allein, auf dem kleinen Tischelein, Kleid und Hut, stehn ihr gut, sie ist frohgemut«, sang Xemerius albern. »Uuuh, wenn du nur einen Hut hättest! Wäre die Rettung für den Bad Hair Day, oder? Ach, ich bin so froh, dass du noch lebst und ich mir keinen neuen Menschen suchen muss, dass ich lauter dummes Zeug rede. Kleine Zottelliese, du.«

Der kleine Robert kicherte.

»Kann ich wieder gucken?«, fragte James, wartete aber die Antwort nicht ab. Nach einem Blick auf mich hielt er sich erneut die Augen zu. »Potzblitz! Das ist ja wirklich Miss Gwendolyn. Verzeiht mir, dass ich Euch nicht erkannt habe, als der junge Dandy Euch vorhin an meiner Nische vorbeigetragen hat.« Er seufzte. »Das an sich war schon seltsam genug. Man sieht ja in diesen Mauern sonst nie mehr anständig gekleidete Menschen.«

Mr Whitman legte einen Arm um Gideons Schulter. »Was ist denn nun genau passiert, Junge? Konntest du dem Grafen unsere Botschaft übermitteln? Und hat er dir Instruktionen für das nächste Treffen gegeben?«

»Holt ihm einen Whisky und lasst ihn für ein paar Minuten in Ruhe«, knurrte Dr. White, während er zwei kleine Pflasterstreifen auf meine Wunde klebte. »Er steht unter Schock.«

»Nein. Nein. Es geht schon wieder«, murmelte Gideon. Er warf noch einen kurzen Blick zu mir hinüber, nahm den versiegelten Brief aus seiner Rocktasche und reichte ihn Falk.

»Komm!«, sagte Mr Whitman, zog Gideon auf die Füße und führte ihn zur Tür. »Oben in Direktor Gilles' Büro ist Whisky. Und auch eine Couch, falls du dich kurz hinlegen willst.« Er sah sich um. »Falk, begleitest du uns?«

»Aber sicher«, sagte Falk. »Ich hoffe, der alte Gilles hat genug Whisky für uns alle.« Er drehte sich zu den anderen um. »Und ihr bringt Gwendolyn auf keinen Fall in diesem ramponierten Zustand nach Hause, ist das klar?«

»Klar, Sir«, versicherte Mr Marley. »Glasklar, Sir, wenn ich das so formulieren darf.«

Falk rollte die Augen. »Sie dürfen«, sagte er und dann verschwand er mit Mr Whitman und Gideon durch die Tür.

Mr Bernhard hatte seinen freien Abend, deshalb machte Caroline mir die Tür auf und redete sofort ohne Punkt und Komma auf mich ein: »Charlotte hat das Feenkostüm für die Party anprobiert, es ist wunderschön und erst hat sie erlaubt, dass ich ihr die Flügel anstecke, aber da hat Tante Glenda gesagt, ich soll mir gefälligst die Hände waschen, ich hätte doch bestimmt wieder schmutziges Viehzeug gestrei. . .« Weiter kam sie nicht, weil ich sie packte und so fest umarmte, dass sie keine Luft mehr bekam.

»Ja, zerquetsch sie ruhig!«, sagte Xemerius, der hinter mir ins Haus geflattert kam. »Deine Mum kann ja einfach noch ein Kind kriegen, wenn das hier kaputt ist.«

»Mein süßes, allerliebstes, goldiges, kleines Schwesterchen«, murmelte ich in Carolines Haar und musste gleichzeitig lachen und weinen. »Ich hab dich so lieb!«

»Ich hab dich auch lieb, aber du pustest mir ins Ohr«, sagte Caroline und befreite sich vorsichtig. »Komm! Wir sind schon beim Essen. Zum Nachtisch gibt es Hummingbird-Bakery-Schokoladentorte!«

»Oh, ich liebe, liebe, *liebe* Chocolate Devil's Food Cake«, rief ich. »Und ich liebe das Leben, das einem all diese wundervollen Dinge schenkt!«

»Geht's vielleicht auch eine Nummer weniger übertrieben? Man denkt ja, du kommst gerade von einer Elektroschockbehandlung.« Xemerius nieste griesgrämig.

Ich wollte ihm einen tadelnden Blick zuwerfen, aber ich konnte ihn nur liebevoll anstrahlen. Meinen süßen, kleinen, griesgrämigen Wasserspeierdämon. »Ich hab dich auch lieb!«, sagte ich zu ihm.

»Oh, Mann«, stöhnte er. »Wenn du ein Fernsehprogramm wärst, würde ich dich jetzt umschalten.«

Caroline sah mich ein wenig besorgt an. Auf dem Weg in den ersten Stock nahm sie meine Hand. »Was ist denn mit dir los, Gwenny?«

Ich wischte mir die Tränen von der Wange und lachte. »Mit mir ist alles in bester Ordnung«, versicherte ich ihr. »Ich bin einfach nur glücklich. Weil ich am Leben bin. Und weil ich eine so wunderbare Familie habe. Und weil sich dieses Treppengeländer so herrlich glatt und vertraut anfühlt. Und weil das Leben so wunderwunderschön ist.« Als mir bei diesen Worten erneut die Tränen kamen, überlegte ich, ob es wirklich nur Aspirin gewesen war, das mir Dr. White in Wasser aufgelöst hatte. Aber die Euphorie konnte auch einfach von der überwältigenden Tatsache kommen, dass ich überlebt hatte und nun nicht als winzig kleiner Staubpartikel mein Dasein fristen musste.

Vor der Esszimmertür hob ich Caroline deswegen in die Luft und wirbelte sie einmal im Kreis herum. Ich war der glücklichste Mensch der Welt, denn ich lebte und Gideon hatte »Ich liebe dich« gesagt. Letzteres konnte natürlich auch eine Nahtod-Halluzination gewesen sein, das wollte ich nicht ganz ausschließen.

Meine Schwester quietschte vergnügt auf, während Xemerius so tat, als habe er eine Fernbedienung in der Hand und versuche vergebens, das Programm zu wechseln.

Als ich sie wieder absetzte, fragte Caroline: »Stimmt es, was Charlotte gesagt hat? Dass du als grüner Müllsack zu Cynthias Party gehen wirst?«

Das holte mich für einen kleinen Moment von meinem Euphorie-Trip runter.

»Hahaha«, machte Xemerius schadenfroh. »Ich sehe es schon vor mir: ein glücklicher grüner Müllsack, der alle umarmen und abküssen will, weil das Leben so wunderwunderschön ist.«

»Ähm – nicht, wenn ich es irgendwie vermeiden kann.« Lieber Himmel, hoffentlich konnte ich Leslie noch davon überzeugen, sich ihre Moderne-Kunst-Marsmenschen-Idee für eine spätere Party aufzuheben. Wenn sie es bereits überall herumerzählte, musste sie wirklich davon begeistert sein, und wenn Leslie von etwas begeistert war, konnte man sie nur sehr schwer wieder davon abbringen, das wusste ich aus leidiger Erfahrung.

Meine ganze Familie saß vollzählig um den Esstisch herum und ich musste mich sehr zurückhalten, sie nicht ebenfalls alle mit enthusiastischen Umarmungen zu beglücken – sogar Tante Glenda und Charlotte hätte ich abknutschen können. (Was wohl beweist, in welchem Ausnahmezustand ich mich befand.) Weil Xemerius mich aber warnend ansah, begnügte ich mich mit einem strahlenden Begrüßungslächeln und wuschelte nur Nick im Vorbeigehen übers Haar. Als ich vor meinem Teller Platz genommen hatte, auf den meine Mutter bereits die Vorspeise gelegt hatte, vergaß ich meine Zurückhaltung aber sofort wieder.

»Spargelquiche!«, rief ich aus. »Ist das Leben nicht einfach nur wunderbar? Es gibt so viel, über das man sich freuen kann, nicht wahr?«

»Wenn du noch einmal *wunderbar* sagst, kotze ich in deine verdammte Spargelquiche«, knurrte Xemerius.

Ich lächelte ihm zu, schob mir ein Stück in den Mund, sah glücksstrahlend in die Runde und fragte: »Wie war denn euer Tag so?«

Tante Maddy strahlte zurück. »Na, deiner scheint auf jeden Fall ziemlich gut gewesen zu sein.«

Charlottes Gabel quietschte mit einem grauenvollen Geräusch über den Teller.

Ja – im Endergebnis war der Tag wirklich ziemlich gut gewesen. Auch wenn Gideon, Falk und Mr Whitman bis zu meiner Abfahrt verschwunden geblieben waren und ich keine Gelegenheit mehr gehabt hatte zu überprüfen, ob »Ich liebe dich, Gwenny, bitte verlass mich nicht« allein meiner Einbildung entsprungen war oder ob Gideon es tatsächlich gesagt hatte. Die übrig gebliebenen Wächter hatten sich alle Mühe gegeben, meinen, wie Falk de Villiers es genannt hatte, »ramponierten Zustand« zu beheben, Mr Marley hatte mir sogar eigenhändig die Haare bürsten wollen, aber das hatte ich dann doch lieber selber übernommen. Nun trug ich meine Schuluniform und meine Haare hingen ordentlich gestriegelt den Rücken hinunter.

Mum tätschelte meine Hand. »Ich bin froh, dass du wieder gesund bist, Herzchen.«

Tante Glenda murmelte etwas vor sich hin, in dem die Worte »Konstitution wie ein Bauernkind« vorkamen. Dann fragte sie mit einem falschen Lächeln: »Also, was ist denn nun mit diesem grünen Müllsack? Ich kann es nicht glauben, dass du und deine Freundin Lassie so zu der Party erscheinen wollt, die die Dales für ihre Tochter ausrichten! Tobias Dale wird das sicher als politischen Affront begreifen, wo er doch bei den Tories so eine große Nummer ist.«

»Häh?«, machte ich.

»Man sagt *wie bitte*«, rügte mich Xemerius.

»Glenda, ich muss mich über dich wundern!« Lady Arista schnalzte mit der Zunge. »Keine meiner Enkelinnen würde auch nur im Entferntesten auf so einen Gedanken kommen. Müllsack! Was für ein Unsinn!«

»Na ja, wenn man nichts anderes Grünes zum Anziehen hat, ist es wohl besser als nichts«, sagte Charlotte spitz. »Jedenfalls bei Gwen.«

»Oje.« Tante Maddy schaute mitleidig drein. »Mal überlegen. Ich hätte einen flauschigen grünen Frottee-Bademantel, den ich dir leihen könnte.«

Charlotte, Nick, Caroline und Xemerius kicherten und ich grinste Tante Maddy an. »Lieb von dir, aber ich glaube, da wäre Leslie nicht mit einverstanden: ein Marsmensch im Morgenrock geht gar nicht.«

»Da hörst du es! Es ist ihnen ernst«, schnappte Tante Glenda. »Meine Rede. Diese Lassie hat einen schlechten Einfluss auf Gwendolyn.« Sie rümpfte ihre Nase. »Nicht, dass man von der Erziehung proletarischer Eltern etwas anderes erwarten könnte. Es ist schon schlimm genug, dass solche wie sie überhaupt an der Saint Lennox zugelassen werden. Aber ganz sicher würde ich meiner Tochter den Umgang nicht erlau. . .«

»Jetzt reicht es aber, Glenda!« Mum funkelte ihre Schwester wütend an. »Leslie ist ein kluges und wohlerzogenes Mädchen und ihre Eltern sind keine Proleten! Der Vater ist . . . ist . . .«

»Bauingenieur«, soufflierte ich.

». . . Bauingenieur und die Mutter arbeitet als . . .«

»Ernährungsberaterin«, ergänzte ich wieder.

»Und der Hund hat am Goldsmith College studiert«, sagte Xemerius. »Sehr respektable Familie.«

»Unser Kostüm hat keine politische Aussage«, versicherte ich Tante Glenda und Lady Arista, die mich mit hochgezogenen Brauen musterten. »Es soll einfach nur Kunst sein.« Andererseits: Es wäre typisch für Leslie, wenn sie dem Ganzen sozusagen als Krönung auch noch eine politische Bedeutung verleihen würde. Als reichte es nicht schon, dass wir einfach nur grauenvoll aussehen würden. »Und es ist Cynthias Party, nicht die Party ihrer Eltern – sonst wäre das Motto vielleicht nicht ganz so grün ausgefallen.«

»Das ist nicht komisch«, sagte Tante Glenda. »Und ich empfinde es mehr als unhöflich, sich keine Mühe mit dem Kostüm zu geben, wo doch die anderen Gäste und die Gastgeber keinen Aufwand scheuen. Charlottes Kostüm zum Beispiel hat . . .«

». . . ein Vermögen gekostet und steht ihr wie angegossen, das hast du heute schon vierunddreißig Mal gesagt«, fiel ihr Mum ins Wort.

»Du bist ja nur neidisch. Warst du immer schon. Aber mir geht es wenigstens um das Wohl meiner Tochter, im Gegensatz zu dir«, keifte Tante Glenda. »Dass du dich so wenig für den gesellschaftlichen Umgang deiner Tochter interessierst und ihr nicht mal ein anständiges Kostüm . . .«

»Gesellschaftlicher Umgang?« Mum verdrehte die Augen. »Sag mal, geht's vielleicht noch ein bisschen weltfremder? Das ist die Geburtstagsparty einer Klassenkameradin! Schlimm genug, dass die armen Kinder sich da überhaupt verkleiden müssen.«

Lady Arista legte geräuschvoll das Besteck nieder. »Meine Güte – ihr seid über vierzig und benehmt euch wie Teenager. Selbstverständlich wird Gwendolyn nicht in einem Müllsack zur Party gehen. Und nun Themenwechsel, wenn ich bitten darf.«

»Ja, lasst uns über despotische alte Drachen reden«, schlug Xemerius vor. »Und über Frauen, die mit über vierzig noch bei Mama wohnen.«

»Du kannst doch Gwendolyn nicht vorschrei. . .«, begann Mum, aber ich gab ihr unter dem Tisch einen Tritt vors Schienbein und grinste sie an.

Sie seufzte, doch dann grinste sie zurück.

»Es ist ja nur so, dass ich nicht offenen Auges dabei zusehen kann, wie Gwendolyn dem Ruf unserer Familie . . .«, sagte Tante Glenda, aber Lady Arista ließ sie nicht ausreden. »Glenda, wenn du jetzt nicht den Mund hältst, kannst du ohne Abendessen ins Bett gehen«, fauchte sie und darüber mussten alle außer sie selber und Tante Glenda lachen, sogar Charlotte.

In diesem Augenblick klingelte es an der Haustür.

Ein paar Sekunden lang reagierte niemand, wir aßen einfach weiter, bis uns einfiel, dass Mr Bernhard ja seinen freien Tag hatte. Lady Arista seufzte. »Wärst du wohl noch mal so nett, Caroline? Sollte es Mr Turner wegen des diesjährigen Laternenblumenschmucks sein – richte ihm aus, ich bin nicht zu Hause.« Sie wartete, bis Caroline verschwunden war, dann schüttelte sie den Kopf. »Der Mann ist die *Pest!* Ich sage nur: orangefarbene Begonien! Ich hoffe sehr, dass es für solche Menschen eine gesonderte Hölle gibt!«

»Das hoffe ich allerdings auch«, pflichtete ihr Tante Maddy bei.

Eine Minute später war Caroline wieder zurück. »Es ist Gollum!«, rief sie. »Und er will zu Gwendolyn.«

»Gollum?«, wiederholten Mum, Nick und ich wie aus einem Mund. Zufällig war *Herr der Ringe* unser aller Lieblingsfilm, nur Caroline hatte ihn noch nicht sehen dürfen, weil sie zu jung war.

Caroline nickte eifrig. »Ja, er wartet unten.«

Nick lachte. »Das ist ja toll, mein Schatzzzzzzzz! Den muss ich mir unbedingt angucken.«

»Ich auch«, sagte Xemerius, aber er baumelte weiterhin faul vom Kronleuchter herab und kratzte sich am Bauch.

»Bestimmt meinst du *Gordon*«, sagte Charlotte und stand auf. »Und er will zu mir. Er ist nur zu früh dran. Ich habe halb neun gesagt.«

»Oh, ein Verehrer, Häschen?«, erkundigte sich Tante Maddy entzückt. »Wie schön! Das wird dich vielleicht auf andere Gedanken bringen.«

Charlotte machte ein pikiertes Gesicht. »Nein, Tante Maddy, Gordon ist nur ein Junge aus meiner Klasse und ich helfe ihm bei seiner Strafarbeit über Siegelringe.«

»Er hat aber Gwendolyn gesagt«, beharrte Caroline, doch da hatte Charlotte sie schon zur Seite geschoben und war aus dem Zimmer geeilt. Caroline lief ihr hinterher.

»Er kann gern noch mitessen«, rief Tante Glenda ihnen nach. »Sie ist immer so hilfsbereit«, wandte sie sich dann an uns. »Gordon Gelderman ist übrigens der Sohn von Kyle Arthur Gelderman.«

»Hört, hört«, sagte Xemerius.

»Wer immer das auch ist«, sagte Mum.

»*Kyle Arthur Gelderman*«, wiederholte Tante Glenda, dieses Mal jede Silbe betonend. »Der Kaufhaus-Tycoon! Sagt dir das nichts? Das ist wieder mal typisch – du hast keine Ahnung, in welchem Umfeld sich deine Tochter bewegt. Dein Engagement als Mutter ist wirklich armselig. Nun ja, an Gwendolyn hat der Junge ja ohnehin kein Interesse.«

Mum stöhnte. »Glen, wirklich, du solltest diese Tabletten gegen Wechseljahresbeschwerden wieder nehmen.«

Lady Aristas Augenbrauen berührten sich beinahe in der Mitte, so finster hatte sie sie zusammengezogen, und sie holte schon tief Luft, wahrscheinlich um Mum und Tante Glenda ohne Nachtisch ins Bett zu schicken, als Caroline zurückkam und triumphierend sagte: »Und Gollum wollte *doch* zu Gwendolyn!«

Ich hatte mir gerade ein großes Stück Quiche in den Mund geschoben und beinahe hätte ich es wieder ausgespuckt, als ich Gideon den Raum betreten sah, gefolgt von Charlotte, deren Gesicht plötzlich zu Stein geworden war.

»Guten Abend«, sagte Gideon höflich. Er trug Jeans und ein verwaschenes grünes Hemd. Ganz offensichtlich hatte er in der Zwischenzeit geduscht, denn seine Haare waren noch feucht und kringelten sich ziemlich wild in sein Gesicht. »Es tut mir leid. Ich wollte wirklich nicht beim Essen stören, ich wollte nur zu Gwendolyn.«

Für einen Moment herrschte Schweigen. Wenn man mal von Xemerius absah, der sich auf dem Kronleuchter vor Lachen schier ausschütten wollte. Ich konnte nicht sprechen, weil ich fieberhaft damit beschäftigt war, das Essen herunterzuwürgen, Nick kicherte, meine Mum sah mehrmals von Gideon zu mir und wieder zurück, Tante Glenda bekam wieder rote Flecken am Hals und Lady Aristas Blick auf Gideon hätte durchaus auch einer orangefarbenen Begonie gelten können.

Nur Tante Maddy bewies halbwegs Manieren. »Aber Sie stören doch nicht«, sagte sie freundlich. »Hier – setzen Sie sich neben mich. Charlotte, leg bitte noch ein Gedeck auf.«

»Ja, ein Teller für Gollum«, flüsterte Nick mir zu und grinste.

Charlotte ignorierte Tante Maddy und kehrte, immer noch mit versteinerter Miene, auf ihren Platz zurück.

»Das ist sehr nett, danke, aber ich habe schon zu Abend gegessen«, sagte Gideon.

Ich hatte es endlich geschafft, das Quichestück herunterzuschlucken, und erhob mich hastig. »Und ich bin eigentlich schon satt«, sagte ich. »Ist es in Ordnung, wenn ich aufstehe?« Ich sah zuerst Mum, dann meine Großmutter an.

Die beiden tauschten einen seltsamen, einvernehmlichen Blick und seufzten unisono, und zwar abgrundtief.

»Natürlich«, sagte Mum dann.

»Aber der Schokoladenkuchen«, erinnerte mich Caroline.

»Wir verwahren Gwendolyn ein Stück.« Lady Arista nickte mir zu. Etwas steif ging ich auf Gideon zu.

»Und es herrschte Totenstille im Raum«, flüsterte Xemerius vom Kronleuchter. »Alle Augen ruhten auf dem Mädchen in der pissgelben Bluse . . .«

Argh, er hatte recht. Ich ärgerte mich, dass ich mich vorhin nicht noch schnell geduscht und umgezogen hatte – die blöde Schuluniform war so ziemlich das am wenigsten Kleidsame, das ich besaß. Aber wer hätte auch ahnen können, dass ich heute Abend noch mal Besuch bekommen würde? Und zwar Besuch, bei dem mir mein Aussehen wichtig war?

»Hi«, sagte Gideon und lächelte zum ersten Mal, seit er den Raum betreten hatte.

Ich lächelte verlegen zurück. »Hi, Gollum.«

Gideons Lächeln vertiefte sich.

»Selbst die Schatten an den Wänden verstummten, während die beiden einander anschauten, als hätten sie sich gerade auf ein Pupskissen gesetzt«, sagte Xemerius und flatterte vom Kronleuchter hinter uns her. »Romantische Geigenmusik setzte ein, dann taperten sie nebeneinander aus dem Zimmer, das Mädchen mit der pissgelben Bluse und der Junge, der dringend mal wieder zum Friseur müsste.« Er flatterte hinter uns her, aber an der Treppe bog er nach links ab. »Der kluge und schöne Dämon Xemerius wäre ihnen ja als Anstandswauwau gefolgt, wenn er nach so viel Zurschaustellung von Gefühlen nicht erst einmal seinen unbändigen Appetit hätte stillen müssen! Heute würde er wohl endlich diesen fetten Klarinettenspieler fressen, der in Nummer 23 herumspukte und den ganzen Tag Glen Miller verhunzte.« Er winkte noch einmal, dann verschwand er durch das Flurfenster.

In meinem Zimmer angelangt, sah ich erleichtert, dass mir glücklicherweise die Zeit gefehlt hatte, die wunderbare Ordnung, die Tante Maddy am Mittwoch geschaffen hatte, wieder zu zerstören. Gut, das Bett war ungemacht, aber die paar Klamotten, die herumlagen, hatte ich mit zwei, drei Handgriffen zusammengerafft und auf den Stuhl zu den anderen geworfen. Dann drehte ich mich zu Gideon um, der den ganzen Weg hinauf geschwiegen hatte. Vermutlich war ihm gar nichts anderes übrig geblieben, weil ich nämlich – immer noch außer mir vor Verlegenheit – nach Xemerius' Abflug ohne Punkt und Komma auf ihn eingeredet hatte. Wie unter Zwang hatte ich gequasselt und gequasselt, und zwar über die Bilder, an denen wir vorbeikamen. Über jedes einzelne der ungefähr elftausend Stück. »Das sind meine Urgroßeltern – keine Ahnung, warum sie sich in Öl haben malen lassen, damals gab es auch schon Fotografen. Der Dicke auf dem Hocker hier ist Urururgroßonkel Hugh als kleiner Junge, zusammen mit seiner Schwester Petronella und drei Kaninchen. Das ist eine Erzherzogin, deren Namen ich gerade nicht parat habe – nicht verwandt, aber auf dem Bild trägt sie ein Collier aus dem Familienbesitz der Montroses, deshalb darf sie hier hängen. Und jetzt sind wir im zweiten Stock, daher kannst du auf allen Bildern in diesem Korridor Charlotte bewundern. Tante Glenda geht jedes Quartal mit ihr zu einem Fotografen, der angeblich auch die königliche Familie fotografiert. Das hier ist mein Lieblingsfoto: Charlotte als Zehnjährige mit einem Mops, der Mundgeruch hatte, was man Charlotte irgendwie ansieht, findest du nicht?« Und so weiter und so fort. Es war schrecklich. Erst in meinem Zimmer konnte ich endlich damit aufhören. Aber nur, weil hier keine Bilder hingen.

Ich zog die Bettdecke glatt, wobei ich mein *Hello-Kitty*-Nachthemd unauffällig unter dem Kopfkissen verschwinden ließ. Dann drehte ich mich um und schaute Gideon abwartend an. Jetzt konnte er ruhig auch mal was sagen.

Was er nicht tat. Stattdessen lächelte er mich weiter an, als könne er nicht so recht glauben, was er sah. Mein Herz machte einen Galoppsprung, um dann mal kurz auszusetzen. Na toll! Einen Degenstich steckte es locker weg, aber mit Gideon war es völlig überfordert. Vor allem, wenn er so guckte wie jetzt.

»Ich wollte dich vorher anrufen, aber du bist nicht ans Handy gegangen«, sagte er schließlich doch.

»Der Akku ist leer.« Er hatte mitten im Gespräch mit Leslie in der Limousine seinen Geist aufgegeben. Weil Gideon wieder schwieg, nahm ich das Handy aus der Rocktasche und begann, nach dem Ladekabel zu suchen. Tante Maddy hatte es ordentlich zusammengerollt und in eine Schreibtischschublade gesteckt.

Gideon lehnte sich mit dem Rücken gegen die Tür. »Das war ein ziemlich merkwürdiger Tag, oder?«

Ich nickte. Das Handy war ordnungsgemäß eingesteckt. Weil ich nicht wusste, was ich sonst noch tun sollte, stützte ich mich auf die Schreibtischkante.

»Ich glaube, es war der schrecklichste Tag in meinem ganzen Leben«, sagte Gideon. »Als du dort auf dem Boden lagst . . .« Seine Stimme wurde ein wenig brüchig. Er löste sich von der Tür und kam auf mich zu.

Plötzlich hatte ich das überwältigende Bedürfnis, ihn zu trösten. »Es tut mir leid, dass ich . . . dir so einen Schreck eingejagt habe. Aber ich dachte *wirklich,* ich müsste sterben.«

»Das dachte ich auch.« Er schluckte und machte einen weiteren Schritt auf mich zu.

Obwohl Xemerius längst zu seinem Klarinettenspieler verschwunden war, spuckte ein Teil meines Hirns mühelos seinen Kommentar aus: »Sein grün funkelnder Blick entzündete die Flamme ihres Herzens unter der pissgelben Bluse. An seine männliche Brust geschmiegt, ließ sie ihren Tränen freien Lauf.«

Oh Gott, Gwendolyn! Ging's vielleicht noch etwas hysterischer?

Ich umklammerte die Schreibtischkante fester.

»Du hättest eigentlich besser wissen müssen, was mit mir los war«, sagte ich. »Du studierst immerhin Medizin.«

»Ja, und genau deshalb war mir auch klar, dass du . . .« Er blieb vor mir stehen und zur Abwechslung war er es mal, der sich auf die Unterlippe biss, was mich gleich wieder rührte. Langsam hob er seine Hand. »Die Degenspitze war *so* tief in dir drin.« Er spreizte Daumen und Zeigefinger ziemlich weit auseinander. »Ein kleiner Kratzer hätte dich nicht zusammenbrechen lassen. Und dir ist sofort die Farbe aus dem Gesicht gewichen und kalter Schweiß ausgebrochen. Deswegen war mir klar, dass Alastair eine große Arterie getroffen haben musste. Du bist innerlich verblutet.«

Ich starrte seine Hand an, die vor meinem Gesicht schwebte.

»Du hast die Wunde selber gesehen, sie ist wirklich harmlos«, sagte ich und räusperte mich. Irgendetwas stellte seine Nähe mit meinen Stimmbändern an. »Das . . . das muss . . . vielleicht war das einfach der Schock. Du weißt schon, ich hab mir eingebildet, ernsthaft verletzt zu sein, und deswegen hat es auch so ausgesehen, als ob ich . . .«

»Nein, Gwenny, das hast du dir nicht eingebildet.«

»Aber wie kann es dann sein, dass ich nur diese kleine Wunde zurückbehalten habe?«, flüsterte ich.

Er zog seine Hand zurück und begann, im Raum auf und ab zu laufen. »Das habe ich zuerst auch nicht verstanden«, sagte er heftig. »Ich war so . . . erleichtert, dass du am Leben warst, dass ich mir eingeredet habe, für die Sache mit der Wunde würde es schon irgendeine logische Erklärung geben. Aber vorhin unter der Dusche, da ist mir plötzlich ein Licht aufgegangen.«

»Ah, das wird es sein«, sagte ich. »Ich habe noch nicht geduscht.« Ich löste meine verkrampften Finger von der Schreibtischkante und ließ mich auf den Teppich nieder. Okay, das war schon viel besser. Zumindest zitterten meine Knie jetzt nicht mehr.

Mit dem Rücken gegen die Bettkante gelehnt, sah ich zu ihm hoch. »Musst du wie ein Wilder herumlaufen? Das macht mich ganz nervös. Ich meine, noch nervöser, als ich sowieso schon bin.«

Gideon kniete sich direkt vor mir auf den Teppich und legte mir die Hand auf die Schulter, ohne Rücksicht darauf, dass ich von jetzt an nicht mehr in der Lage war, aufmerksam zu-zuhören, sondern mit lauter unwichtigen Gedanken wie »Hoffentlich rieche ich wenigstens gut« und »Oh, ich darf nicht vergessen zu atmen« beschäftigt war.

»Kennst du das Gefühl, das man hat, wenn man beim Sudo-ku diese *eine* Zahl findet, durch die dann alle anderen Felder auf einmal ganz einfach zu besetzen sind?«, fragte er.

Ich nickte zögernd.

Gideon streichelte mich gedankenverloren. »Schon seit Ta-gen grübele ich über so viele Dinge nach, aber erst heute Abend habe ich . . . diese eine magische Zahl gefunden, ver-stehst du? Immer und immer wieder habe ich diese Papiere durchgelesen, so oft, bis ich sie fast auswendig konnte . . .«

»Was für Papiere?«, unterbrach ich ihn.

Er ließ mich los. »Die Papiere, die Paul von Lord Alastair im Tausch gegen die Abstammungslinien bekommen hatte. Paul hat sie mir gegeben, und zwar an dem Tag, an dem du dein Gespräch mit dem Grafen hattest.« Er grinste schief, als er die vielen Fragezeichen in meinem Gesicht sah. »Ich hätte dir da-von erzählt, aber du warst zu sehr damit beschäftigt, mir merkwürdige Fragen zu stellen und anschließend zutiefst ge-kränkt wegzurennen. Ich konnte dir nicht hinterher, weil Dr. White darauf bestand, meine Wunde zu versorgen, weißt du noch?«

»Das war erst am Montag, Gideon.«

»Ja, stimmt. Kommt einem schon wieder vor wie eine Ewig-keit, oder? Als ich dann endlich nach Hause durfte, habe ich im Zehnminutenrhythmus bei dir angerufen, um dir zu sa-gen, dass ich dich . . .« Er räusperte sich, um wieder meine

Hand zu nehmen, ». . . um dir alles zu erklären, aber es war die ganze Zeit besetzt.«

»Ja, da habe ich Leslie erzählt, was für ein gemeiner Mistkerl du doch bist«, sagte ich. »Aber wir haben auch eine Festnetznummer, weißt du?«

Er beachtete meinen Einwurf nicht. »Während der Wählpausen habe ich angefangen, die Papiere zu lesen. Es handelt sich um Prophezeiungen und Notizen aus dem Privatbesitz des Grafen. Unterlagen, die die Wächter nicht kennen. Die er seinen eigenen Leuten mit voller Berechnung vorenthalten hat.«

Ich stöhnte. »Lass mich raten. Noch mehr alberne Gedichte. Und du hast kein Wort verstanden.«

Gideon beugte sich vor. »Nein«, sagte er langsam. »Ganz im Gegenteil. Es war ziemlich eindeutig. Dort steht, dass jemand sterben muss, damit der Stein der Weisen seine volle Wirkung entfalten kann.« Er blickte mir direkt in die Augen. »Und dieser Jemand bist du.«

»Aha.« Ich war nicht so beeindruckt, wie ich vermutlich hätte sein sollen. »Dann bin *ich* also der Preis, der bezahlt werden muss.«

»Mich hat es ziemlich geschockt, als ich es gelesen habe.« Gideon fiel eine Haarsträhne ins Gesicht, aber er bemerkte sie gar nicht. »Ich konnte es anfangs gar nicht glauben, aber die Prophezeiungen waren eindeutig. Das rubinrote Leben erlischt, des Raben Tod offenbart das Ende, der zwölfte Stern erbleicht und so weiter und so fort, es wollte überhaupt kein Ende nehmen.« Er machte eine kleine Pause. »Noch eindeutiger waren die Notizen, die der Graf an den Rand geschrieben hat. Sobald der Kreis geschlossen ist und das Elixier seine Bestimmung gefunden hat, sollst du sterben. Das steht da beinahe wörtlich.«

Ich schluckte nun doch. »Und wie soll ich sterben?« Unwillkürlich musste ich wieder an Lord Alastairs blutige Degenklinge denken. »Stand das auch da?«

Gideon lächelte leicht. »Nun, die Prophezeiungen sind da wie gewohnt vage, aber eine Sache wird immer und immer wieder betont. Dass ich, also der Diamant, der Löwe, die Nummer elf, irgendwas damit zu tun haben werde.« Das Lächeln verschwand aus seinem Gesicht und in seine Stimme trat etwas, was ich noch nie vorher gehört hatte. »Dass du *meinetwegen* stirbst. Aus Liebe.«

»Oh. Ähm. Aber«, sagte ich wenig einfallsreich. »Das sind doch nur irgendwelche Reime.«

Gideon schüttelte den Kopf. »Verstehst du denn nicht, dass ich das nicht zulassen konnte, Gwenny? Nur deshalb bin ich auf dein dummes Spiel eingegangen und habe so getan, als hätte ich dich angelogen und mit deinen Gefühlen gespielt.«

Jetzt ging mir ein Licht auf. »Damit ich nicht auf die Idee kommen sollte, aus Liebe zu dir zu sterben, hast du am nächsten Tag dafür gesorgt, dass ich dich hasse? Das war aber wirklich sehr . . . wie soll ich sagen . . . ritterlich von dir.« Ich beugte mich vor und strich ihm diese widerspenstige Haarsträhne aus dem Gesicht. »Wirklich, sehr ritterlich.«

Gideon grinste schwach. »Glaub mir, das war das Schwerste, was ich jemals getan habe.«

Jetzt, wo ich einmal angefangen hatte, konnte ich meine Finger nicht mehr von ihm lassen. Meine Hand wanderte langsam über sein Gesicht. Zum Rasieren war er offenbar nicht mehr gekommen, aber die Bartstoppeln fühlten sich irgendwie sexy an.

»*Lass uns Freunde bleiben* – das war wirklich ein ziemlich genialer Schachzug«, murmelte ich. »Ich habe dich auf der Stelle innig gehasst.«

Gideon stöhnte. »Aber das wollte ich gar nicht – ich wollte *wirklich,* dass wir Freunde sind«, sagte er. Er griff nach meiner Hand und hielt sie einen Moment fest. »Dass dich dieser Satz so wütend machen würde . . .« Er ließ den Rest einfach in der Luft hängen.

Ich beugte mich noch näher heran und nahm sein Gesicht in beide Hände. »Na ja, vielleicht merkst du es dir einfach für die Zukunft«, flüsterte ich. »Diesen Satz sagt man niemals, niemals, *niemals* zu jemandem, den man geküsst hat.«

»Warte, Gwen, das ist nicht alles, ich muss dir noch etwas . . .«, begann er, doch ich hatte nicht vor, das hier länger hinauszuzögern. Ich legte vorsichtig meine Lippen auf seine und begann, ihn zu küssen.

Gideon erwiderte meinen Kuss, zuerst ganz sanft und behutsam, aber als ich meine Arme um seinen Hals schlang und mich an ihn schmiegte, wurde der Kuss heftiger. Seine linke Hand vergrub sich in meinen Haaren und die andere begann, meinen Hals zu streicheln, und wanderte langsam abwärts. Als sie exakt am obersten Blusenknopf angelangt war, klingelte mein Handy. Genauer gesagt ertönte die Titelmelodie vom Film *Spiel mir das Lied vom Tod.*

Widerstrebend löste ich mich von ihm.

»Leslie«, sagte ich nach einem Blick auf das Display. »Da

muss ich drangehen. Wenigstens kurz, sonst macht sie sich Sorgen.«

Gideon grinste. »Keine Angst. Ich hab nicht vor, mich in Luft aufzulösen.«

»Leslie? Kann ich dich zurückrufen? Und danke für den neuen Klingelton – sehr witzig.«

Doch Leslie hörte mir gar nicht zu. »Gwen, pass auf, ich habe *Anna Karenina* durch«, sprudelte sie los. »Und ich glaube, ich weiß jetzt, was der Graf wirklich mit dem Stein der Weisen vorhat.«

Der Stein der Weisen konnte mich mal. Zumindest im Moment.

»Äh, das ist ja toll«, sagte ich und sah zu Gideon hinüber. »Das müssen wir unbedingt später . . .«

»Keine Sorge«, sagte Leslie. »Ich bin schon auf dem Weg.«

»Wirklich? Ich . . .«

»Na ja, um genau zu sein, bin ich eigentlich schon da.«

»*Wo* bist du?«

»Na, hier. Ich stehe in eurem Flur. Und hinter mir kommt gerade deine Mum mit deinen Geschwistern die Treppe hinauf. Und deine Großtante dackelt hinterher. So, jetzt haben sie mich überholt, ich fürchte, sie werden jeden Augenblick bei dir klopfen . . .«

Aber diese Mühe machte sich Caroline gar nicht. Ohne Umschweife riss sie die Tür auf und rief freudestrahlend: »Schokokuchen für alle!« Und dann drehte sie sich zu den anderen um und sagte: »Seht ihr, sie knutschen gar nicht!«

Der Kreis der Zwölf

Name	Edelstein	Alchimistische Entsprechung	Tier	Baum
Lancelot de Villiers 1560–1607	Bernstein	Calcinatio	Frosch	Buche
Elaine Burghley 1562–1580	Opal	Putrefactio et mortificio	Eule	Walnuss
William de Villiers 1636–1689	Achat	Sublimatio	Bär	Kiefer
Cecilia Woodville 1628–1684	Aquamarin	Solutio	Pferd	Ahorn
Robert Leopold Graf von Saint Germain 1703–1784	Smaragd	Distillatio	Adler	Eiche
Jeanne de Pontcarreé Madame d'Urfé 1705–1775	Citrin	Coagulatio	Schlange	Gingko
Jonathan und Timothy de Villiers 1875–1944 1875–1930	Karneole	Extractio	Falke	Apfelbaum
Margarete Tilney 1877–1944	Jade	Digestio	Fuchs	Linde
Paul de Villiers *1974	Schwarzer Turmalin	Ceratio	Wolf	Eberesche
Lucy Montrose *1976	Saphir	Fermentatio	Luchs	Weide
Gideon de Villiers *1992	Diamant	Multiplicatio	Löwe	Eibe
Gwendolyn Shepherd *1994	Rubin	Projectio	Rabe	Birke

Aus den Chroniken der Wächter, Band 4, Der Kreis der Zwölf

11.

Der Tag hatte ja nun wirklich schon allerlei Seltsamkeiten aufzuweisen (das Wichtigste noch mal in Kürze: Gideon liebte mich! Ah, und dann natürlich noch die Sache mit dem Degen und dem Sterben), aber dieses abendliche Familien-Picknick in meinem Zimmer kam mir von allen Ereignissen am seltsamsten vor. Da waren sie also fast vollzählig auf meinem Teppich versammelt, die Menschen, die mir auf der Welt am meisten bedeuteten, sie lachten und redeten wild durcheinander, Mum, Tante Maddy, Nick, Caroline, Leslie – und Gideon! Und alle hatten sie Schokolade im Gesicht. (Da Tante Glenda und Charlotte der Appetit vergangen war und Lady Arista Süßes grundsätzlich verabscheute, hatten wir den ganzen Schokoladenkuchen für uns.) Vielleicht war der Kuchen schuld, dass zwischen Gideon und meiner Familie sofort ein vertrauter Umgang herrschte, vielleicht lag es aber auch daran, dass er so gelöst war, wie ich ihn bisher noch nie erlebt hatte. Und das, obwohl Mum und Tante Maddy eine Reihe von merkwürdigen bis peinlichen Fragen stellten und Nick ihn weiterhin hartnäckig Gollum nannte.

Als der letzte Krümel verdrückt war, erhob sich Tante Maddy ächzend. »Ich glaube, ich muss wieder hinunter und Arista beistehen – Mr Turner hat sich zusammen mit Charlottes kleinem Verehrer ins Haus gedrängt und bestimmt zanken sie sich immer noch wegen der Begonien.« Sie schenkte Gideon eines ihrer rosigen Grübchen-Lächeln. »Wissen Sie, für einen de Villiers sind Sie wirklich ungewöhnlich sympathisch, Gideon.«

Gideon erhob sich ebenfalls. »Vielen Dank«, erwiderte er fröhlich und schüttelte Tante Maddys Hand. »Wie außerordentlich nett, Sie kennenzulernen.«

»Uh!« Leslie rammte mir ihren Ellenbogen in die Rippen. »Manieren hat er auch noch. Wuchtet seinen Hintern in die Höhe, wenn eine Dame aufsteht. Und was für ein süßer Hintern. Wie schade, dass er so ein Mistkerl ist.«

Ich verdrehte meine Augen.

Mum klopfte sich die Krümel vom Kleid und zog Caroline und Nick auf die Beine. »Kommt, ihr beiden – es wird allmählich Zeit fürs Bett.«

»Mum!«, sagte Nick gekränkt. »Es ist Freitag und ich bin zwölf!«

»Und ich will gern noch hierbleiben, bitte.« Caroline sah treuherzig zu Gideon hoch. »Ich mag dich«, sagte sie. »Du bist echt nett und total hübsch.«

»Ja, *echt*«, flüsterte Leslie mir zu. »Errötet er da etwa gerade?«

Sah ganz so aus. Wie süß.

Wieder landete Leslies Ellenbogen in meinen Rippen. »Du guckst wie ein Schaf«, zischte sie. In diesem Augenblick flatterte Xemerius durch das geschlossene Fenster und ließ sich mit einem zufriedenen Rülpser auf dem Schreibtisch nieder.

»Als der kluge und überaus schöne Dämon hoffnungsvoll von seinem Ausflug zurückkehrte, musste er leider feststellen, dass das Mädchen in der Zwischenzeit weder die pissgelbe Bluse noch seine Unschuld verloren hatte . . .«, zitierte er aus seinem ungeschriebenen Roman.

Ich formulierte ein stummes »Halt die Klappe« in seine Richtung.

»Ich mein ja nur«, sagte er beleidigt. »Die Gelegenheit war günstig. Du bist schließlich auch nicht mehr die Jüngste und wer weiß, ob du den Kerl morgen nicht schon wieder abgrundtief hassen wirst.«

Als Tante Maddy gegangen war und Mum meine Geschwister vor sich her aus dem Zimmer gescheucht hatte, schloss Gideon die Tür hinter ihnen und sah uns grinsend an.

Leslie hob beide Hände. »Nein, vergiss es! *Ich* gehe nicht. Ich habe wichtige Dinge mit Gwen zu besprechen. Streng geheime Dinge.«

»Dann gehe ich auch nicht«, sagte Xemerius, hüpfte auf mein Bett und kuschelte sich auf dem Kopfkissen zusammen.

»Les – es ist, glaube ich, nicht mehr nötig, Dinge vor Gideon geheim zu halten«, sagte ich. »Es wäre nicht schlecht, unser aller Wissen in einen Topf zu werfen.« Das hatte ich doch schön ausgedrückt.

»Zumal ich bezweifle, dass *Google* in dieser Angelegenheit wirklich weiterhilft«, sagte Gideon spöttisch. »Entschuldige, Leslie – aber Mr Whitman hat neulich so einen niedlichen Ordner herumgezeigt, in dem du . . . allerhand, äh, Informationen gesammelt hattest.«

»Hallo?!« Leslie stemmte ihre Hände in die Hüften. »Und gerade dachte ich noch, dass du vielleicht doch nicht so ein arrogantes Arschloch bist, wie Gwen immer gesagt hat! Von wegen niedlich! Das sind . . .« Sie krauste etwas verlegen die Nase. »Wie gemein, dass das Eichhörnchen meinen Ordner auch noch rumgezeigt hat! Diese Internetrecherchen waren am Anfang alles, was wir hatten, und ich war ziemlich stolz darauf.«

»Aber in der Zwischenzeit haben wir weit mehr herausgefunden«, sagte ich. »Erstens ist Leslie nämlich ein Genie und zweitens habe ich mehrfach meinen Groß. . .«

»Wir denken natürlich nicht daran, unsere Quellen preiszugeben!« Leslie funkelte mich an. »Er ist immer noch einer von ihnen, Gwen. Auch wenn er deine Sinne hormonell vernebelt hat.«

Gideon grinste breit, während er sich im Schneidersitz auf dem Teppich niederließ. »Okay. Dann bin eben zuerst ich dran.« Und ohne Leslies Einverständnis abzuwarten, begann er noch einmal von den Papieren zu erzählen, die er von Paul erhalten hatte. Anders als ich war Leslie über die Aussage, dass ich sterben sollte, sobald der Blutkreis geschlossen war, mehr als entsetzt. Sie wurde richtig blass unter ihren Sommersprossen.

»Kann man diese Papiere denn mal sehen?«, fragte sie.

»Klar.« Gideon kramte einige zusammengefaltete Blätter aus seiner Hosentasche, ein paar andere nahm er aus der Brusttasche seines Hemdes. Das Papier war ziemlich vergilbt und an den Faltstellen recht fadenscheinig, soweit ich das sehen konnte.

Leslie starrte ihn fassungslos an. »Die trägst du einfach so in deinen Taschen spazieren? Das sind wertvolle Originaldokumente, keine . . . Rotzfahnen.« Sie griff danach. »Die fallen ja beinahe schon auseinander. Das ist wieder mal typisch Mann!« Behutsam entfaltete sie die Dokumente. »Und du bist dir ganz sicher, dass es keine Fälschungen sind?«

Gideon zuckte mit den Schultern. »Ich bin weder Grafologe noch Historiker. Aber sie sehen genauso aus wie die anderen Originale, die die Wächter aufbewahren.«

»Wohltemperiert und unter Glas, möchte ich wetten«, sagte Leslie immer noch vorwurfsvoll. »Wie es sich gehört.«

»Und wie sind die Leute von der florentinischen Allianz in den Besitz der Papiere gelangt?«, fragte ich.

Wieder zuckte Gideon mit den Schultern. »Diebstahl nehme ich an. Ich hatte noch nicht genügend Zeit, die Annalen nach einem Hinweis zu durchforsten. Ich hatte überhaupt noch nicht genug Zeit, um das alles zu überprüfen. Seit Tagen laufe ich mit diesen Papieren durch die Gegend! Ich kann sie auswendig – aber so richtig schlau bin ich daraus nicht geworden. Außer was diese eine Sache betrifft.«

»Immerhin bist du nicht sofort zu Falk gerannt und hast ihm alles gezeigt«, sagte ich anerkennend.

»Aber ich habe daran gedacht, genau das zu tun. Dann aber . . .« Gideon seufzte. »Im Augenblick weiß ich einfach nicht mehr, wem ich trauen kann.«

»Traue niemandem«, raunte ich und rollte dabei dramatisch meine Augen. »Das hat mir jedenfalls meine Mutter eingeschärft.«

»Deine Mum«, murmelte Gideon. »Mich würde interessieren, wie viel sie von alldem weiß.«

»Das heißt, wenn der Kreis geschlossen ist und der Graf dieses Elixier hat, soll Gwendolyn . . .« Leslie brachte es nicht über sich, diesen Satz zu Ende zu sprechen.

». . . sterben«, ergänzte ich.

»Abnippeln, über den Jordan gehen, das Leben aushauchen, den letzten Atemzug tun, dich zur ewigen Ruhe hinlegen, entschlafen, dahinscheiden . . .«, steuerte Xemerius schläfrig bei.

». . . ermordet werden!« Leslie griff mit einer dramatischen Geste nach meiner Hand. »Denn du wirst ja nicht von allein tot umfallen!« Sie fuhr sich durch die Haare, die sowieso schon ganz zerzaust von ihrem Kopf abstanden. Gideon räusperte sich, aber Leslie ließ ihn nicht zu Wort kommen. »Ehrlich gesagt hatte ich die ganze Zeit so ein ungutes Gefühl«, sagte sie. »Schon diese anderen Reime sind furchtbar . . . unheilverkündend. Und immer ist es der Rabe, der Rubin, die Nummer zwölf, für den es irgendwie düster aussieht. Außerdem passt es zu dem, was ich herausgefunden habe.« Sie ließ meine Hand los und angelte nach ihrem (brandneuen!) Rucksack, um *Anna Karenina* herauszunehmen. »Na ja, eigentlich haben es Lucy und Paul und dein Großvater herausgefunden – und Giordano.«

»Giordano?«, wiederholte ich verwirrt.

»Ja! Hast du seine Aufsätze denn nicht gelesen?« Leslie blätterte in dem Buch. »Die Wächter haben ihn in die Loge aufnehmen müssen, damit er aufhörte, seine Thesen überall in der Welt herumzuposaunen.«

Ich schüttelte beschämt den Kopf. Ich hatte schon nach dem ersten Schachtelsatz das Interesse an Giordanos Geschreibsel verloren. (Mal abgesehen davon, dass es von *Giordano* war – hallo?)

»Weckt mich, wenn es interessant werden sollte«, sagte Xemerius und machte die Augen zu. »Ich brauche ein Verdauungsschläfchen.«

»Als Historiker ist Giordano nie wirklich ernst genommen worden, auch nicht von den Wächtern«, mischte sich Gideon ein. »Er hat wirren Kram in dubiosen Esoterikzeitschriften publiziert, deren Anhänger den Grafen als Aufgestiegenen, als Transformierten bezeichnen, was immer das sein soll.«

»Das kann ich dir genau erklären!« Leslie hielt ihm *Anna Karenina* unter die Nase, als wäre es ein Beweisstück bei Gericht. »Als Historiker ist Giordano über Inquisitionsprotokolle und Briefe aus dem 16. Jahrhundert gestolpert. Die Quellen belegen, dass der Graf von Saint Germain als sehr junger Mann auf einer seiner Zeitreisen eine im Kloster lebende Grafentochter namens Elisabetta di Madrone geschwängert hat. Und bei der Gelegenheit«, sie stockte für einen kurzen Moment, »na ja, davor oder danach vermutlich, hat er ihr alles Mögliche über sich erzählt – vielleicht weil er noch jung und dumm war oder auch einfach nur, weil er sich in Sicherheit gewiegt hat.«

»Und alles Mögliche wäre?«, erkundigte ich mich.

»Er hat sehr freizügig Informationen preisgegeben, angefangen von seiner Herkunft und seinem richtigen Namen über seine Fähigkeiten, in der Zeit zu reisen, bis hin zu der Behauptung, im Besitz von unschätzbaren Geheimnissen zu sein. Geheimnisse, durch die er in der Lage sei, den Stein der Weisen herzustellen.«

Gideon nickte, als würde er die Geschichte kennen, doch Leslie ließ sich nicht beirren.

»Dummerweise fanden die das im 16. Jahrhundert in Italien gar nicht so toll«, fuhr sie fort. »Sie hielten den Grafen für einen gefährlichen Dämon und der Vater dieser Elisabetta war außerdem so sauer darüber, was der mit seiner Tochter angestellt hatte, dass er die florentinische Allianz gründete und sein Leben fortan der Suche nach dem Grafen und seinesgleichen widmete, genau wie viele Generationen nach ihm . . .« Sie verstummte. »Wie bin ich jetzt dahin gekommen? Meine Güte, mein Kopf ist so voll mit Informationen, dass ich das Gefühl habe, er könne jeden Augenblick platzen.«

»Was zur Hölle hat das mit Tolstoi zu tun?«, fragte Gideon und schaute Lucas' präpariertes Buch irritiert an. »Sei nicht böse, aber bis jetzt hast du mir noch nichts wirklich Neues erzählt.«

Leslie warf ihm einen finsteren Blick zu.

»Mir schon«, beeilte ich mich zu sagen. »Aber du wolltest erklären, was der Graf nun mit dem Stein der Weisen wirklich vorhat, Les!«

»Richtig.« Leslie runzelte die Stirn. »Dafür wollte ich etwas weiter ausholen, denn es hat natürlich eine Weile gedauert, bis die Nachfahren des Conte di Madrone den ersten Zeitreisenden, Lancelot de Villiers, in . . .«

»Du kannst es ruhig abkürzen«, fiel Gideon ihr ins Wort. »So schrecklich viel Zeit haben wir nämlich nicht mehr. Übermorgen treffen wir uns erneut mit dem Grafen und in der Zwischenzeit soll ich – laut seiner Anweisung – das Blut von Lucy und Paul besorgen. Ich fürchte, wenn mir das nicht gelingt, wird er einen anderen Plan aus dem Hut zaubern . . .« Er seufzte. »Also?«

»Die Details dürfen wir aber auch nicht vernachlässigen.«
Leslie seufzte ebenfalls und vergrub einen Moment das Gesicht in den Händen. »Aber na gut. Die Wächter glauben, der Stein der Weisen sei etwas, das die Menschheit entscheidend weiterbringen wird, weil er sie von allen Krankheiten heilen kann, richtig?«

»Richtig«, sagten Gideon und ich aus einem Mund.

»Aber Lucy und Paul und Gwennys Großvater und genau genommen auch die Leute von der florentinischen Allianz waren der Ansicht, dass das eine Lüge ist!«

Ich nickte.

»Warte mal.« Gideon hatte seine Augenbrauen zusammengezogen. »Gwennys Großvater? Unser Großmeister, bevor mein Onkel Falk übernahm?«

Ich nickte wieder, diesmal etwas schuldbewusst. Er starrte mich an und plötzlich sah er so aus, als würde ihm ein Licht aufgehen. »Mach weiter, Leslie«, sagte er. »Auf was bist du gestoßen?«

»Lucy und Paul glaubten, dass der Graf den Stein der Weisen lediglich für sich will.« Leslie hielt einen Moment inne, um sich zu vergewissern, dass wir auch wirklich an ihren Lippen hingen. »Weil der Stein der Weisen ihn und nur ihn allein *unsterblich* machen soll.«

Gideon und ich schwiegen. Ich für meinen Teil angemessen beeindruckt. Bei Gideon wusste ich es nicht. Seine Miene verriet nicht ansatzweise, was er dachte.

»Natürlich musste der Graf den ganzen Kram mit der Rettung der Menschheit und blablabla erfinden, damit er die Leute überzeugen konnte, für ihn zu arbeiten«, fuhr Leslie fort. »Er hätte wohl kaum so eine mächtige Geheimorganisation auf die Beine stellen können, wenn er gesagt hätte, was er wirklich vorhat.«

»Und das ist alles? Es geht allein darum, dass der alte Zausel Angst vor dem Sterben hat?«, sagte ich. Ich war fast ein bisschen enttäuscht. Das sollte also das Geheimnis hinter dem Geheimnis sein? Dafür der ganze Aufwand?

Während ich also skeptisch den Kopf schüttelte und in Gedanken begann, einen Satz zu bilden, der mit »Aber« anfing, rückten Gideons Brauen noch dichter zusammen.

»Es würde passen«, murmelte er. »Verdammt, Leslie hat recht! Es passt.«

»Was passt?«, fragte ich.

Er sprang auf und begann, durch mein Zimmer zu laufen. »Ich kann nicht glauben, dass meine Familie ihm seit Jahrhunderten blindlings auf den Leim gegangen ist«, sagte er. »Dass *ich* ihm blindlings auf den Leim gegangen bin!« Er blieb vor mir stehen und holte tief Luft. ». . . *erfüllt die Luft der Duft der Zeit, einer bleibt nun für die Ewigkeit.* Wenn man genau liest, kann man es durchaus erkennen. *Heilt alle Pestilenzen und Gebrechen, unter dem Zwölfgestirn erfüllt sich das Versprechen.* Natürlich! Um jemandem ewiges Leben zu verleihen, muss diese Substanz ja alle Krankheiten heilen können.« Er rieb sich die Stirn und zeigte auf die zerfledderten Blätter auf dem Teppich. »Und die Prophezeiungen, die der Graf den Wächtern vorenthalten hat, sagen es noch deutlicher. *Der Stein der Weisen die Ewigkeit bindet, im Kleid der Jugend wächst neue Kraft, bringt dem, der den Zauber trägt, unsterbliche Macht.* Wie einfach! Warum bin ich da nicht längst draufgekommen? Ich war so fixiert auf die Tatsache, dass Gwendolyn sterben soll und ich dafür verantwortlich sein könnte, dass ich die Wahrheit gar nicht begriffen habe! Obwohl sie direkt vor mir lag.«

»Na ja«, sagte Leslie und konnte sich ein kleines triumphierendes Lächeln nicht verkneifen. »Ich nehme an, deine Stärken liegen auf anderen Gebieten. Stimmt's, Gwenny?« In versöhnlichem Ton setzte sie hinzu: »Und du hattest ja auch genug anderes zu tun.«

Ich griff nach Gideons Papieren. *»Doch achte, wenn der zwölfte Stern geht auf, das Schicksal des Irdischen nimmt seinen Lauf. Die Jugend schmilzt, die Eiche ist geweiht, dem Untergang in Erdenzeit. Nur wenn der zwölfte Stern erbleicht, der Adler auf ewig sein Ziel erreicht«,* las ich stockend vor und versuchte zu ignorieren, dass sich bei diesen Worten alle Härchen auf meinen Armen aufrichteten. »Okay, der zwölfte Stern bin ich, aber der Rest ist wieder mal Chinesisch für mich . . .«

»Hier steht am Rand: *Sobald ich das Elixier besitze, muss sie sterben!«,* murmelte Leslie, den Kopf neben meinen gequetscht. »Das verstehst du aber, oder?« Sie umarmte mich ganz fest. »Du darfst niemals, niemals wieder in die Nähe dieses Mörders kommen, ist das klar? Dieser verdammte Blutkreis darf einfach nicht geschlossen werden, um keinen Preis.« Sie hielt mich ein kleines Stück von sich ab. »Lucy und Paul haben ja schon ihr Bestes versucht, indem sie einfach mit dem Chronografen abgehauen sind. Zu blöd, dass es diesen zweiten Chronografen gibt.« Sie ließ mich los und sah Gideon vorwurfsvoll an. »Und dass einer hier im Raum nichts

Besseres zu tun hatte, als ihn fleißig mit dem Blut aller Zeitreisenden zu füllen! Versprich mir hier und auf der Stelle,
dass dieser Graf niemals die Gelegenheit haben wird, Gwenny zu erwürgen oder zu erdolchen oder . . .«

Xemerius schreckte aus dem Tiefschlaf empor. ». . . vergif-
ten, erschießen, vierteilen, erhängen, köpfen, zu Tode tram-
peln, ertränken, vom Hochhaus werfen . . .«, rief er begeistert.
»Worum geht's?«

*»Nur wenn der zwölfte Stern erbleicht, der Adler auf ewig
sein Ziel erreicht«*, sagte Gideon leise. »Nur, dass sie nicht
sterben *kann*!«

»Darf, meinst du wohl«, verbesserte Leslie ihn.

»Muss, kann, soll, braucht«, leierte Xemerius und ließ den
Kopf wieder auf seine Pfoten sinken.

Gideon hockte sich vor uns auf den Boden. Sein Blick war
wieder sehr ernst. »Das war es, was ich dir vorhin sagen wollte, bevor wir uns . . .« Er räusperte sich. »Hast du Leslie schon
erzählt, dass Lord Alastair dich mit dem Degen getroffen
hat?«

Ich nickte und Leslie sagte: »Sie hatte wirklich verdammtes
Glück, dass er sie nicht richtig erwischt hat!«

»Lord Alastair ist einer der besten Degenkämpfer, den ich
kenne«, sagte Gideon. »Und er hat Gwendolyn sehr wohl richtig erwischt. Und zwar lebensgefährlich.« Er berührte mit seinen Fingerspitzen meine Hand. »Tödlich, um genau zu sein.«

Leslie schnappte nach Luft.

»Das habe ich mir doch nur . . .«, murmelte ich und dachte
an meinen Ausflug an die Zimmerdecke und meinen spekta-
kulären Blick von oben auf das Geschehen.

»Nein!« Gideon schüttelte den Kopf. »Das hast du dir nicht eingebildet! Ich weiß gar nicht, ob man sich so etwas überhaupt einbilden kann. Und ich war schließlich auch dabei!« Für einen Moment schien er unfähig weiterzusprechen, dann hatte er sich wieder im Griff. »Als wir zurückgesprungen sind, hast du schon mindestens eine halbe Minute nicht mehr geatmet, und als ich mit dir im Keller ankam, hattest du immer noch keinen Puls, da bin ich mir ganz sicher. Und eine Minute später hast du dich aufgesetzt, als wäre nichts gewesen.«

»Bedeutet das . . .?«, fragte Leslie und jetzt war sie es, die wie ein Schaf guckte.

»Es bedeutet, dass Gwenny unsterblich ist«, sagte Gideon und schenkte mir ein flackerndes Lächeln. Ich konnte nur vollkommen perplex zurückstarren.

Xemerius hatte sich aufgerichtet und kratzte sich verunsichert am Bauch. Sein Mund klappte einmal auf und einmal zu, doch statt eines Kommentars spuckte er nur einen kleinen Schwall Wasser auf mein Kopfkissen.

»Unsterblich?« Leslies Augen waren weit aufgerissen. »Wie . . . wie der Highlander?«

Gideon nickte. »Nur, dass sie auch nicht stirbt, wenn man sie köpft.« Er stand wieder auf und sein Gesicht verhärtete sich. »Gwendolyn kann überhaupt nicht sterben – es sei denn, sie nimmt sich selber das Leben.« Und dann deklamierte er mit leiser Stimme: *»Drum wisse, ein Stern verglüht vor Liebe gequält, wenn sein Niedergang ist frei gewählt.«*

Als ich die Augen aufschlug, flutete das Licht der aufgehenden Sonne in mein Zimmer, wirbelte Staubkörnchen in die

Höhe und tauchte sie in glitzerndes rosiges Licht. Ich war – im Gegensatz zu all den Tagen vorher – sofort hellwach. Vorsichtig tastete ich unter meinem Nachthemd nach der Wunde unter meiner Brust und fuhr mit dem Finger den Schorfrand entlang.

Unsterblich.

Anfänglich hatte ich mich geweigert, Gideons Behauptung Glauben zu schenken, einfach, weil es so absurd war und mein Leben ohnehin schon vor lauter Komplikationen kurz vor einem Kollaps zu stehen schien. Mein Verstand weigerte sich schlichtweg, die Tatsache zu akzeptieren.

Aber tief in meinem Inneren hatte ich sofort gewusst, dass Gideon recht hatte: Lord Alastairs Degen hatte mich getötet. Ich hatte die Schmerzen gespürt und gesehen, wie der mickrige Rest meines Lebens einfach verschwand. Ich hatte meinen letzten Atemzug getan – und doch lebte ich.

Das Thema Unsterblichkeit hatte uns den Rest des Abends nicht mehr losgelassen. Vor allem Leslie und Xemerius waren nach dem ersten Schock nicht zu bremsen gewesen.

»Bedeutet das jetzt, sie bekommt niemals Falten?«

»Aber wenn nun ein acht Tonnen schwerer Betonklotz auf dich fallen würde? Würdest du dann platt wie eine Briefmarke weiterleben müssen?«

»Vielleicht bist du nicht unsterblich, vielleicht hast du nur sieben Leben, wie eine Katze?«

»Wenn man ihr ein Auge ausstechen würde, würde es dann nachwachsen?«

Die Tatsache, dass Gideon auf keine ihrer Fragen eine Antwort wusste, störte sie nicht besonders. Wahrscheinlich hätten sie die ganze Nacht so weitergemacht, wenn Mum nicht hereingekommen wäre und Leslie und Gideon nach Hause geschickt hätte. Leider war sie unerbittlich. »Denk bitte daran, dass du gestern noch krank warst, Gwendolyn«, sagte sie. »Ich möchte, dass du genug Schlaf bekommst.«

Genug Schlaf – als ob nach einem solchen Tag an Schlaf auch nur zu denken gewesen wäre! Und es gab noch so viel zu besprechen!

Ich war mit Gideon und Leslie nach unten gegangen, um sie an der Haustür zu verabschieden. Wobei Leslie, ganz die gute Freundin, sofort kapierte und schon mal ein paar Schritte Richtung Bushaltestelle lief, um noch ein ganz dringendes Telefonat zu führen. (Ich hörte sie »Hi, Bertie, ich bin gleich zu Hause« sagen.) Xemerius war leider nicht so rücksichtsvoll. Er hängte sich kopfüber an den Baldachin über unserer Tür und sang mit krächzender Stimme: »Gidi und Gwendolyn, die knutschen unterm Baldachin, Baldachin, der krachte, Xemerius der lachte.«

Schließlich hatte ich mich widerstrebend von Gideon getrennt und war zurück in mein Zimmer gegangen, mit der festen Absicht, die ganze Nacht zu grübeln, zu telefonieren und Pläne zu schmieden. Aber kaum hatte ich mich – nur mal ganz kurz – auf dem Bett ausgestreckt, war ich auch schon tief und fest eingeschlafen. Den anderen war es offensichtlich ähnlich gegangen – ich sah keinen entgangenen Anruf auf dem Display meines Handys.

Ich blickte Xemerius, der sich am Fußende zusammengerollt hatte und sich nun streckte und dehnte und laut gähnte, vorwurfsvoll an: »Du hättest mich wecken müssen!«

»Bin ich vielleicht dein Wecker, oh unsterbliche Herrin?«

»Ich dachte, Geister – äh – Dämonen brauchen keinen Schlaf.«

»Brauchen vielleicht nicht«, sagte Xemerius. »Aber nach so einem üppigen Abendessen kann so ein Schläfchen durchaus guttun.« Er rümpfte die Nase. »Genau wie dir eine Dusche guttun würde.«

Da hatte er allerdings recht. Weil alle anderen noch schliefen (schließlich war es Samstag), konnte ich das Bad für eine kleine Ewigkeit blockieren und Unmengen von Shampoo, Duschgel, Zahnpasta, Bodylotion und Mums Antifaltencreme verbrauchen.

»Lass mich raten, das Leben ist wunderwunderbar und du fühlst dich – haha! – wie neugeboren«, kommentierte Xemerius trocken, als ich später beim Anziehen mein eigenes Spiegelbild anstrahlte.

»Genau! Weißt du, irgendwie sehe ich das Leben auf einmal mit ganz anderen Augen . . .«

Xemerius schnaubte. »Du glaubst vielleicht, du seist erleuchtet, aber in Wirklichkeit sind das nur die Hormone. Heute himmelhochjauchzend, morgen zu Tode betrübt«, sagte er. »*Mädchen!* Die nächsten zwanzig, dreißig Jahre wird das nicht mehr aufhören. Und dann geht es übergangslos in die Wechseljahre. Obwohl – bei dir ja vielleicht nicht. Eine Unsterbliche mit Midlife-Crisis – das passt irgendwie nicht.«

Ich bedachte ihn mit einem milden Lächeln. »Weißt du, kleiner Griesgram, du hast ja überhaupt . . .« Das Handyklingeln unterbrach meinen Vortrag. Leslie erkundigte sich, um wie viel Uhr wir uns treffen sollten, um die Marsmensch-Kostüme für Cynthias Party zusammenzukleben.

Party! Ich konnte nicht fassen, dass sie für so etwas jetzt einen Kopf hatte. »Weißt du, Les, ich überlege, ob ich überhaupt gehen soll. Es ist so viel passiert und . . .«

»Du *musst* mitkommen. Und du wirst auch mitkommen.« Leslies Tonfall duldete keinen Widerspruch. »Weil ich uns gestern noch Begleitung organisiert habe und es sonst echt peinlich für mich wäre.«

Ich stöhnte. »Du hast hoffentlich nicht wieder deinen dämlichen Cousin und seinen furzenden Freund engagiert, Leslie?« Für einen grauenhaften Moment hatte ich das Bild eines sich aufblähenden grünen Müllsackes vor Augen. »Beim letzten Mal hast du geschworen, dass du das niemals wieder machen würdest. Ich muss dich hoffentlich nicht an diese Sache mit den Schokoküssen erinnern, die . . .«

»Für wie dumm hältst du mich? Ich mache nie denselben Fehler zweimal, das weißt du doch!« Leslie legte eine kleine Pause ein, dann fuhr sie scheinbar gleichmütig fort: »Auf dem Weg zum Bus gestern habe ich Gideon von der Party erzählt. Er hat sich förmlich als Begleitung aufgedrängt.« Noch eine kleine Pause. »Sich und seinen kleinen Bruder. Und deshalb kannst du jetzt nicht kneifen.«

»Les!« Ich konnte mir genau vorstellen, wie dieses Gespräch abgelaufen war. Leslie war eine Meisterin der Manipulation. Wahrscheinlich hatte Gideon gar nicht gewusst, wie ihm geschah.

»Du kannst mir später danken«, sagte Leslie und kicherte. »Jetzt müssen wir nur überlegen, wie wir das mit den Kostümen hinkriegen. Ich habe schon ein grünes Küchensieb mit Fühlern bestückt, das sieht grandios als Hut aus. Wenn du willst, überlasse ich es dir.«

Ich stöhnte. »Oh mein Gott! Du verlangst tatsächlich von mir, dass ich zu meinem ersten offiziellen Date mit Gideon in einem Müllsack und mit einem Küchensieb auf dem Kopf erscheine?«

Leslie zögerte nur kurz. »Das ist Kunst! Und witzig. Und es kostet nichts«, erklärte sie dann. »Außerdem ist der so verknallt in dich, dass es ihm egal sein wird.«

Ich sah schon, hier war ein wenig mehr Raffinesse erforderlich. »Na gut«, sagte ich, scheinbar resigniert. »Wenn du unbedingt willst, dann gehen wir eben als Marsmüllmänner. Du bist echt cool. Und ich bin ein bisschen neidisch, weil es dir vollkommen egal ist, ob Raphael Mädchen mit Fühlern und Sieben auf dem Kopf sexy findet. Und dass du beim Tanzen knistern wirst und dich anfühlen wirst wie . . . eine Mülltüte eben. Und dass du einen leicht chemischen Geruch ausdünstest . . . Und dass Charlotte in ihrem Elfenkostüm an uns vorbeischweben und gemeine Bemerkungen machen wird . . .«

Leslie schwieg genau drei Sekunden. Dann sagte sie langsam: »Ja, das ist mir wirklich total schnuppe . . .«

»Weiß ich ja. Sonst hätte ich den Vorschlag gemacht, dass wir uns von Madame Rossini ankleiden lassen – sie würde uns alles leihen, was sie in Grün so dahat: Kleider aus Filmen mit Grace Kelly und Audrey Hepburn. Charleston-Tanzkleider aus den Goldenen Zwanzigern. Oder Ballroben aus . . .«

»Schon gut, schon gut«, unterbrach mich Leslie schrill. »Du hattest mich schon bei Grace Kelly. Vergessen wir die scheiß

Müllsäcke. Meinst du, deine Madame Rossini ist schon wach?«

»Wie sehe ich aus?« Mum drehte sich einmal um ihre eigene Achse. Seit sie am Vormittag einen Anruf von Mrs Jenkins, der Sekretärin der Wächter, erhalten hatte, mit der Bitte, mich zu meinem Elapsiertermin nach Temple zu begleiten, hatte sie sich schon dreimal umgezogen.

»Sehr gut«, sagte ich, ohne richtig hinzuschauen. Die Limousine musste jeden Augenblick um die Ecke biegen. Ob Gideon mich abholen würde? Oder würde er im Hauptquartier auf mich warten? Der Abend war gestern viel zu abrupt zu Ende gegangen. Es gab noch so viel, was wir uns sagen mussten.

»Ich fand – mit Verlaub – das blaue Outfit besser«, bemerkte Mr Bernhard, der mit einem riesigen Staubwedel die Bilderrahmen in der Eingangshalle abtupfte.

Mum rannte sofort wieder die Treppe hoch. »Sie haben so recht, Mr Bernhard! Das hier sieht viel zu gewollt aus. Zu elegant für einen Samstagmittag. Er wird sich ja wer weiß was einbilden. Als ob ich mich extra für ihn so aufgebrezelt hätte.«

Ich bedachte Mr Bernhard mit einem vorwurfsvollen Lächeln. »Musste das sein?«

»Sie hatte gefragt.« Die braunen Augen hinter der Eulenbrille zwinkerten mir zu, dann sah er durch das Flurfenster. »Oh, da kommt die Limousine. Soll ich ausrichten, dass es etwas später wird? Zu dem blauen Outfit wird sie nämlich keine passenden Schuhe finden.«

»Ich mache das schon!« Ich schulterte meine Tasche. »Wiedersehen, Mr Bernhard. Und bitte haben Sie ein Auge auf Sie-wissen-schon-wen.«

»Selbstverständlich, Miss Gwendolyn. Sie-wissen-schon-wer wird nicht mal in die Nähe von Sie-wissen-schon-was kommen.« Mit einem fast unmerklichen Lächeln wandte er sich wieder seiner Arbeit zu.

Kein Gideon in der Limousine. Dafür Mr Marley, der bereits die Wagentür geöffnet hatte, als ich auf den Bürgersteig trat. Sein Mondgesicht sah so verkniffen aus wie die ganzen letzten Tage. Vielleicht sogar noch ein bisschen mehr. Und auf mein überschwängliches »Ist das nicht ein herrlicher Frühlingstag?« antwortete er gar nicht.

»Wo ist Mrs Grace Shepherd?«, fragte er stattdessen. »Ich habe Order, sie ebenfalls unverzüglich in Temple abzuliefern.«

»Das klingt ja so, als wollten Sie sie dem Haftrichter vorführen«, sagte ich. Hätte ich gewusst, wie nah ich mit dieser Bemerkung an der Wahrheit war, hätte ich wohl nicht so gut gelaunt im Fond Platz genommen.

Nachdem Mum endlich fertig war, verlief die Fahrt nach Temple für Londoner Verhältnisse zügig. Wir gerieten in nur drei Staus und waren bereits nach fünfzig Minuten da und ich fragte mich wieder einmal, warum wir nicht einfach die U-Bahn nehmen konnten.

Am Eingang zum Hauptquartier begrüßte uns Mr George. Ich bemerkte, dass er ernster dreinschaute als sonst und sein Lächeln irgendwie gezwungen ausfiel. »Gwendolyn, Mr Marley begleitet dich zum Elapsieren hinunter. Grace, Sie werden im Drachensaal erwartet.«

Ich sah Mum fragend an. »Was wollen die denn von dir?«

Mum hob die Schultern, aber sie wirkte plötzlich angespannt.

Mr Marley zückte den schwarzen Seidenschal. »Kommen Sie, Miss«, sagte er. Er griff nach meinem Ellenbogen, ließ ihn aber sofort wieder los, als er meinen Blick sah. Mit zusammengekniffenen Lippen und feuerroten Ohren schnarrte er: »Folgen Sie mir. Wir haben heute Mittag einen sehr engen Zeitplan. Ich habe den Chronografen schon eingestellt.«

Ich warf Mum noch ein ermutigendes Lächeln zu, dann stolperte ich hinter Mr Marley den Gang hinunter. Er legte ein ungeheures Tempo vor und sprach dabei wie üblich mit sich selber. An der nächsten Ecke wäre er in Gideon hineingerannt, wenn der nicht geistesgegenwärtig ausgewichen wäre.

»Guten Morgen, Marley«, sagte er lässig, während Mr Marley, reichlich verspätet, einen ulkigen kleinen Hopser vollführte. Mein Herz ebenfalls, zumal sich auf Gideons Gesicht bei meinem Anblick ein Lächeln ausbreitete, das die Ausmaße des östlichen Gangesdeltas hatte. (Mindestens!)

»Hi, Gwenny, gut geschlafen?«, fragte er liebevoll.

»Was machen Sie denn noch hier oben? Sie sollten längst bei Madame Rossini sein und eingekleidet werden«, polterte Mr Marley los. »Wir haben heute wirklich einen sehr engen Zeitplan und die Operation Schwarzer Turmalin Schrägstrich Sa. . .«

»Gehen Sie doch einfach schon mal vor, Marley«, sagte Gideon freundlich. »Ich komme mit Gwenny in ein paar Minuten nach. Und anschließend bin ich im Handumdrehen umgezogen.«

»Sie sind nicht be. . .«, begann Mr Marley, doch plötzlich

335

war alle Freundlichkeit in Gideons Blick verschwunden und er wurde so kühl, dass Mr Marley den Kopf einzog. »Aber Sie dürfen nicht vergessen, ihr die Augen zu verbinden«, sagte er noch, dann reichte er Gideon den schwarzen Schal und eilte mit langen Schritten davon.

Gideon wartete nicht, bis er außer Sichtweite war, er zog mich an sich und küsste mich heftig auf den Mund. »Ich hab dich so vermisst.«

Ich war sehr froh, dass Xemerius nicht dabei war, als ich »Ich dich auch« säuselte, meine Arme um seinen Hals schlang und ihn leidenschaftlich zurückküsste. Gideon drängte mich gegen die Wand und wir lösten uns erst voneinander, als neben mir ein Bild von der Wand fiel. Ein Ölgemälde mit einem Viermaster auf stürmischer See. Atemlos versuchte ich, es wieder an seinen Nagel zu hängen.

Gideon half mir dabei. »Ich wollte dich gestern Abend noch anrufen, aber dann dachte ich, dass deine Mutter recht hat – du brauchtest dringend Schlaf.«

»Ja, brauchte ich tatsächlich.« Ich lehnte mich wieder mit dem Rücken gegen die Wand und grinste ihn an. »Ich habe gehört, dass wir heute Abend zusammen auf eine Party gehen.«

Gideon lachte. »Ja – ein Viererdate, zusammen mit meinem kleinen Bruder. Raphael war ganz begeistert, vor allem, als er erfahren hat, dass es Leslies Idee war.« Er streichelte mit den Fingerspitzen über meine Wange. »Irgendwie hatte ich mir unser erstes Date ja anders vorgestellt. Aber deine Freundin kann sehr überzeugend sein.«

»Hat sie dir auch verraten, dass es eine Kostümparty ist?«

Gideon zuckte mit den Achseln. »Mich schockt nichts

mehr.« Seine Fingerspitzen wanderten meine Wangen hinab bis zu meinem Hals. »Wir hätten gestern Abend noch so viel . . . äh . . . zu besprechen gehabt.« Er räusperte sich. »Ich würde gern alles über deinen Großvater erfahren und wie zur Hölle du es geschafft hast, ihn zu treffen. Oder vielmehr wann. Und was hat es mit diesem Buch auf sich, das Leslie immer in die Höhe gehalten hat wie den Heiligen Gral?«

»Oh, *Anna Karenina!* Ich hab's dir mitgebracht, obwohl Leslie meinte, wir sollten noch ein bisschen damit warten, bis wir wirklich sicher sind, dass du auf unserer Seite bist.« Ich wollte nach meiner Tasche greifen, aber sie war nicht da. Ärgerlich schnalzte ich mit der Zunge. »Mist! Meine Mum hat vorhin beim Aussteigen meine Tasche genommen.«

Von irgendwoher erklang die Melodie von *Nice guys finish last*. Ich musste lachen. »Das ist doch nicht etwa . . .?«

»Ähm . . . doch. Nicht passend?« Gideon fischte sein Handy aus der Hosentasche. »Also, wenn das Marley ist, werde ich ihn . . . oh! Meine Mutter.« Er seufzte. »Sie hat ein Internat für Raphael ausfindig gemacht und will, dass ich ihn überrede, dorthin zu gehen. Ich ruf sie nachher zurück.«

Das Handy hörte nicht auf.

»Geh ruhig dran«, sagte ich. »Ich hole in der Zwischenzeit noch mal schnell das Buch.«

Ich spurtete los, ohne seine Antwort abzuwarten. Wahrscheinlich würde Mr Marley unten im Keller ausflippen, aber das war jetzt auch egal.

Die Tür zum Drachensaal stand einen Spaltbreit offen und schon von Weitem hörte ich die aufgeregte Stimme meiner Mum.

»Was soll das werden – ein Verhör? Ich habe meine Gründe bereits dargelegt – ich wollte meine Tochter beschützen und hatte gehofft, dass Charlotte das Gen geerbt haben würde. Mehr gibt es darüber nicht zu sagen.«

»Setzen Sie sich wieder.« Das war unverkennbar Mr Whitman, in dem Ton, den er ungezogenen Schülern gegenüber anschlug.

Stühle wurden gerückt. Mehrstimmiges Räuspern. Ich schlich langsam näher.

»Wir hatten dich gewarnt, Grace.« Falk de Villiers Stimme war eisig. Wahrscheinlich starrte Mum gerade auf ihre Schuhe und fragte sich, warum zum Teufel sie sich so eine Mühe mit ihrem Outfit gegeben hatte. Ich lehnte mich mit dem Rücken an die Wand gleich neben der Tür, um besser lauschen zu können.

»Wie dumm zu denken, dass wir die Wahrheit nicht herausfinden würden.« Dr. Whites mürrische Stimme.

Von Mum war nichts mehr zu hören.

»Wir haben gestern einen Abstecher in die Cotswolds gemacht und eine gewisse Mrs Dawn Heller besucht«, sagte Falk. »Der Name sagt dir doch etwas, oder?«

Als Mum nicht antwortete, fuhr er fort: »Es handelt sich um die Hebamme, die geholfen hat, Gwendolyn auf die Welt zu bringen. Da du die Miete ihres Ferienhäuschens erst unlängst mit deiner Kreditkarte bezahlt hast, dachte ich eigentlich, du würdest dich besser an sie erinnern können.«

»Lieber Himmel, was habt ihr der armen Frau angetan?«, stieß Mum hervor.

»Nichts, natürlich. Was denken Sie denn!« Das war Mr George.

Und Mr Whitman, die Stimme triefend vor Sarkasmus, ergänzte: »Aber sie schien zu glauben, dass wir irgendwelche satanischen Rituale mit ihr durchführen wollten. Sie war völlig hysterisch und bekreuzigte sich in einer Tour. Und als sie Jake gesehen hat, ist sie vor Angst beinahe in Ohnmacht gefallen.«

»Dabei wollte ich ihr nur eine Beruhigungsspritze verpassen«, brummte Dr. White.

»Schließlich hatte sie sich aber so weit abgeregt, dass wir eine einigermaßen vernünftige Unterhaltung mit ihr führen konnten.« Das war wieder Falk de Villiers. »Und dann hat sie uns die hochinteressante Geschichte von jener Nacht erzählt, in der Gwendolyn geboren wurde. Klang ein bisschen wie ein Schauermärchen. Eine wackere, leichtgläubige Hebamme wird zu einem in den Wehen liegenden jungen Mädchen gerufen, das in einem kleinen Reihenhaus in Durham vor einer satanischen Sekte versteckt wird. Die grausame Sekte – fixiert auf numerologische Rituale – ist nicht nur hinter dem Mädchen her, sondern auch hinter dem Baby. Die Hebamme weiß nicht genau, was man mit dem armen Würmchen vorhat, aber ihrer Fantasie sind offenbar keine Grenzen gesetzt. Weil sie so ein gutes Herz hat und man ihr obendrein eine nicht unerhebliche Bestechungssumme bezahlt – bei Gelegenheit kannst du mir mal verraten, woher du das Geld hattest, Grace –, fälscht sie das Datum auf der Geburtsurkunde des Kindes, nachdem sie ihm bei einer Hausgeburt auf die Welt geholfen hat. Und sie schwört, niemals jemandem ein Wort davon zu verraten.«

Eine Weile lang war es still. Dann sagte Mum ein wenig trotzig: »Ja, und? Das ist doch genau das, was ich euch bereits erzählt hatte.«

»Ja, das dachten wir zuerst auch«, sagte Mr Whitman. »Aber dann stolperten wir über das ein oder andere Detail der Erzählung.«

»Du warst 1994 fast achtundzwanzig – aber gut, in den Augen der Hebamme kannst du noch als *junges Mädchen* durchgegangen sein«, fuhr Falk fort. »Aber wer war dann die rothaarige besorgte Schwester der werdenden Mutter, von der Mrs Heller sprach?«

»Die Frau war damals schon recht alt«, sagte Mum leise. »Wahrscheinlich ist sie mittlerweile senil.«

»Möglicherweise. Aber sie hatte überhaupt keine Probleme damit, das junge Mädchen von damals auf einem Foto wiederzuerkennen«, sagte Mr Whitman. »Das junge Mädchen, das in dieser Nacht eine Tochter gebar.«

»Es war ein Foto von *Lucy*.«

Falks Worte trafen mich wie eine Faust in den Magen. Während sich im Drachensaal eisiges Schweigen ausbreitete, gaben meine Knie nach und ich rutschte langsam an der Wand hinab auf den Boden.

»Das ist . . . ein Irrtum«, hörte ich Mum schließlich flüstern. Schritte näherten sich auf dem Gang, aber ich war unfähig, den Kopf zu drehen. Erst als er sich über mich beugte, erkannte ich, dass es Gideon war.

»Was ist los?«, flüsterte er und hockte sich vor mich auf den Boden.

Ich konnte ihm nicht antworten, ich schüttelte nur stumm den Kopf.

»Ein Irrtum, Grace?« Falk de Villiers war mühelos zu verstehen. »Die Frau hat auch dich auf einem Foto wiedererkannt, die vorgebliche große Schwester, die ihr einen Umschlag mit einer unfassbar hohen Geldsumme überreicht hatte. Und sie erkannte den Mann, der Lucy während der Geburt die Hand gehalten hat! Meinen Bruder!«

Und als ob ich es noch nicht begriffen hätte, setzte er hinzu: »Gwendolyn ist das Kind von Lucy und Paul!«

Mir entwich ein merkwürdiges Wimmern. Gideon, der ganz blass im Gesicht geworden war, nahm meine Hände.

Drinnen im Drachensaal begann meine Mum zu weinen.

Nur dass es nicht meine Mum war.

»Das wäre alles nicht nötig gewesen, wenn ihr sie in Ruhe gelassen hättet«, schluchzte sie. »Wenn ihr sie nicht so gnadenlos verfolgt hättet.«

»Niemand wusste, dass Lucy und Paul ein Kind erwarteten!«, sagte Falk heftig.

»Sie hatten einen Diebstahl begangen«, schnaubte Dr. White. »Sie hatten den wertvollsten Besitz der Loge gestohlen und waren im Begriff, alles zunichte zu machen, was über Jahrhunderte . . .«

»Ach, seien Sie doch still«, rief Mum. »Sie haben diese jungen Menschen gezwungen, ihre geliebte Tochter zurückzulassen, nur zwei Tage nach ihrer Geburt!«

Das war der Moment, an dem ich – ich weiß nicht wie – zurück auf meine Beine sprang. Ich konnte unmöglich auch nur noch eine Sekunde länger zuhören.

»Gwenny!«, sagte Gideon eindringlich, aber ich schüttelte seine Hände ab und rannte los.

»Wo willst du hin?« Nach wenigen Schritten hatte er mich eingeholt.

»Nur weg von hier!« Ich rannte noch schneller. Das Porzellan in den Vitrinen, an denen wir vorbeikamen, klirrte leise.

Gideon griff nach meiner Hand. »Ich komme mit dir!«, sagte er. »Ich lass dich jetzt nicht allein.«

Irgendwo hinter uns in den Gängen rief jemand unsere Namen.

»Ich will nicht . . .«, keuchte ich. »Ich will mit niemandem reden.«

Gideons Griff um meine Hand wurde fester. »Ich weiß, wo uns die nächsten Stunden niemand findet. Hier entlang!«

Aus den Inquisitionsprotokollen des Dominikanerpaters
Gian Petro Baribi
Archive der Universitätsbibliothek Padua
(entschlüsselt, übersetzt und bearbeitet von
Dr. M. Giordano)

27. Juni 1542
Ohne mein Wissen hat M. Pater Dominikus vom dritten
Orden, einen Mann mit überaus zweifelhaftem Ruf, zu
einem Exorzismus der besonderen Art überredet, um
seine Tochter Elisabetta von ihrer angeblichen
Besessenheit zu heilen. Als mich die Kunde von diesem
frevlerischen Vorhaben ereilte, war es bereits zu spät.
Obwohl ich mir Zugang zu der Kapelle verschaffte, in
der der schändliche Vorgang stattfand, konnte ich nicht
verhindern, dass dem Mädchen fragwürdige Substanzen
verabreicht wurden, die sie aus dem Mund schäumen,
die Augäpfel verdrehen und in wirren Zungen reden
ließen, während Pater Dominikus sie mit Weihwasser
besprengte. Infolge dieser Behandlung, von der ich mich
nicht scheue, das Wort »Folter« anzuwenden, verlor
Elisabetta noch in derselben Nacht die Frucht ihres
Leibes. Vor seiner Abreise zeigte der Vater sich ohne
Reue, aber voller Triumph über die Austreibung des
Dämons. Elisabettas Geständnis, unter dem Einfluss der

Substanzen und Schmerzen entstanden, hat er sorgfältig protokolliert und als Beweis für seinen Irrsinn niedergeschrieben. Ich habe eine Abschrift dankend abgelehnt – mein Bericht an den Leiter der Kongregation wird ohnehin schon auf Unverständnis stoßen, so viel ist sicher. Ich wünschte mir nur, mit meinem Bericht dazu beitragen zu können, dass M. bei seinen Gönnern in Ungnade fällt, aber ich mache mir diesbezüglich wenig Hoffnung.

12.

Mr Marley runzelte seine Stirn, als wir in den Chronografen-raum platzten.

»Hatten Sie ihr nicht die Augen verbun. . .?«, begann er, aber Gideon ließ ihn nicht ausreden.

»Ich werde heute mit Gwendolyn ins Jahr 1953 elapsieren«, erklärte er.

Mr Marley stemmte die Hände in die Hüften. »Das dürfen Sie nicht«, sagte er. »Sie brauchen Ihr Zeitkontingent für die Operation Schwarzer Turmalin Schrägstrich Saphir. Und falls Sie es vergessen haben, die findet zeitgleich statt.« Vor Mr Marley stand der Chronograf auf dem Tisch und die Edelstei-ne funkelten im künstlichen Licht.

»Planänderung«, sagte Gideon kurz angebunden und drückte meine Hand.

»Davon weiß ich nichts! Und ich glaube Ihnen nicht.« Mr Marley verzog ärgerlich seinen Mund. »Meine letzte Order besagt eindeutig . . .«

»Rufen Sie doch einfach oben an und erkundigen Sie sich«, unterbrach ihn Gideon und zeigte auf das Telefon an der Wand.

»Genau das werde ich auch tun!« Mr Marley stakste mit ro-ten Ohren zum Telefon. Gideon ließ mich los und beugte sich über den Chronografen, während ich wie eine Schaufensterpuppe neben der Tür stehen blieb. Jetzt, wo wir nicht mehr laufen mussten, war ich plötzlich vollkommen regungslos, erstarrt wie eine abgelaufene Spieluhr. Nicht mal mein Herz fühlte ich mehr klopfen. Es war, als würde ich langsam zu Stein werden. Eigentlich hätten die Gedanken in meinem Kopf rotieren müssen, aber das taten sie nicht. Da war nichts als dumpfer Schmerz.

»Gwenny, es ist schon alles für dich eingestellt. Komm her.« Gideon wartete nicht, bis ich seiner Aufforderung nachkam, er achtete auch nicht auf Mr Marleys Protest (»Lassen Sie das! Das ist meine Aufgabe!«), er zog mich zu sich, nahm meine schlaffe Hand und legte einen Finger vorsichtig in das Fach unter dem Rubin. »Ich bin gleich bei dir.«

»Sie haben nicht die Erlaubnis, den Chronografen eigenmächtig zu bedienen«, schimpfte Mr Marley und nahm den Hörer ab. »Ich werde unverzüglich Ihrem Onkel Bescheid geben, dass Sie die Regeln missachten.« Ich sah noch, wie er eine Nummer wählte, dann schwamm ich in einem Strudel rubinroten Lichts davon.

Ich landete in vollkommener Dunkelheit und tastete mich mechanisch vorwärts, in der Richtung, in der ich den Lichtschalter vermutete.

»Lass mich das machen«, hörte ich Gideon sagen, der lautlos hinter mir gelandet war. Zwei Sekunden später flackerte die Glühbirne an der Decke auf.

»Das ging aber schnell«, murmelte ich.

Gideon drehte sich zu mir um.

»Ach Gwenny«, sagte er sanft. »Es tut mir alles so leid!«

Als ich mich weder rührte noch ihm antwortete, war er mit

zwei langen Schritten bei mir und nahm mich in die Arme. Er zog meinen Kopf an seine Schulter, legte sein Kinn auf mein Haar und flüsterte: »Alles wird gut. Ich verspreche es dir. Alles wird wieder gut.«

Ich weiß nicht, wie lange wir so dastanden. Vielleicht waren es seine Worte, die er ein ums andere Mal wiederholte, vielleicht aber auch seine Körperwärme, die ganz allmählich meine Erstarrung auftaute. Jedenfalls brachte ich schließlich ein Flüstern über die Lippen. »Meine Mum . . . ist nicht meine Mum«, sagte ich hilflos.

Gideon lotste mich zum grünen Sofa in der Raummitte und setzte sich neben mich. »Ich wünschte, ich hätte es gewusst«, sagte er bekümmert. »Dann hätte ich dich vorwarnen können. Ist dir kalt? Du klapperst mit den Zähnen.«

Ich schüttelte den Kopf, lehnte mich gegen ihn und schloss die Augen. Für einen Moment wünschte ich mir, dass die Zeit stillstehen würde, hier im Jahr 1953 auf diesem grünen Sofa, wo es keine Probleme, keine Fragen, keine Lügen gab, sondern nur Gideon und seine tröstliche Nähe, die mich einhüllte.

Doch leider pflegten meine Wünsche nicht in Erfüllung zu gehen, das wusste ich aus bitterer Erfahrung.

Ich öffnete die Augen wieder und blickte Gideon von der Seite an. »Du hattest recht«, sagte ich kläglich. »Das hier ist wahrscheinlich wirklich der einzige Ort, wo sie uns nicht stören können. Aber du wirst Ärger kriegen!«

»Ja, ganz bestimmt sogar.« Gideon lächelte leicht. »Vor allem, weil ich Marley etwas . . . nun ja . . . unsanft davon abhalten musste, mir den Chronografen zu entreißen.« Sein Lächeln wurde kurzfristig grimmig. »Die Operation Schwarzer Turmalin und Saphir wird dann wohl an einem anderen Tag stattfinden müssen. Obwohl ich jetzt noch mehr Fragen an Lucy und Paul hätte und ein Treffen genau das wäre, was wir im Moment bräuchten.«

Ich dachte an unsere letzte Begegnung mit Lucy und Paul bei Lady Tilney und meine Zähne klapperten laut aufeinander, als mir einfiel, wie Lucy mich angeschaut und meinen Namen geflüstert hatte. Mein Gott, und ich hatte keine Ahnung gehabt.

»Wenn Lucy und Paul meine Eltern sind – sind wir dann verwandt?«, fragte ich.

Gideon lächelte wieder. »Das war auch das Erste, was mir durch den Kopf geschossen ist«, sagte er. »Aber Falk und Paul sind für mich entfernte Cousins – dritten oder vierten Grades. Sie stammen von dem einen, ich von dem anderen Karneol-Zwilling ab.«

In meinem Gehirn fingen die Zahnrädchen wieder an, sich zu drehen und ineinanderzugreifen. Plötzlich war ein dicker Kloß in meiner Kehle. »Bevor er krank wurde, hat Dad uns abends immer etwas vorgesungen und dazu Gitarre gespielt. Das haben wir geliebt, Nick und ich«, sagte ich leise. »Er hat immer behauptet, dass ich mein musikalisches Talent von ihm geerbt hätte. Dabei war er nicht mal mit mir verwandt. Die schwarzen Haare habe ich von Paul.« Ich schluckte.

Gideon schwieg, sein Gesicht mitleidig verzogen.

»Wenn Lucy nicht meine Cousine ist, sondern meine Mutter, dann ist meine Mutter . . . meine Großtante!«, fuhr ich fort. »Und meine Großmutter ist in Wirklichkeit meine Urgroßmutter. Und nicht Grandpa ist mein Großvater, sondern Onkel Harry!« Letzteres brachte das Fass zum Überlaufen. Ich begann, haltlos zu weinen. »Ich kann Onkel Harry nicht ausstehen! Ich will nicht, dass er mein Großvater ist! Und ich will nicht, dass Caroline und Nick nicht mehr meine Geschwister sind. Ich hab sie so lieb.«

Gideon ließ mich eine Weile weinen, dann fing er an, meine Haare zu streicheln und beruhigende Laute zu murmeln. »Hey, ist schon gut, Gwenny, das spielt doch alles keine Rolle. Es bleiben genau dieselben Menschen, egal, in welchem Verwandtschaftsverhältnis sie zu dir stehen!«

Aber ich schluchzte untröstlich vor mich hin. Ich merkte kaum, wie Gideon mich sanft an sich zog. Er schlang beide Arme um mich und hielt mich ganz fest.

»Sie hätte es mir sagen müssen«, brachte ich schließlich mühsam heraus. Gideons T-Shirt war ganz nass von meinen Tränen. »Mum . . . hätte es mir sagen müssen.«

»Hätte sie vielleicht auch irgendwann. Aber versetz dich doch mal in ihre Lage: Sie liebt dich – und deshalb wusste sie genau, dass dir die Wahrheit wehtun würde. Sie hat es vermutlich nicht übers Herz gebracht.« Gideons Hände streichelten über meinen Rücken. »Es muss furchtbar für alle gewesen sein: für Lucy und Paul ganz besonders.«

Meine Tränen flossen wieder. »Aber warum haben sie mich allein zurückgelassen? Die Wächter hätten mir doch niemals etwas getan! Warum haben sie nicht einfach mit ihnen geredet?«

Gideon antwortete nicht gleich. »Ich weiß, dass sie es versucht haben«, sagte er dann langsam. »Vermutlich als Lucy gemerkt hat, dass sie schwanger war, und ihnen klar wurde, dass du der Rubin sein würdest.« Er räusperte sich.

»Aber sie hatten damals noch keine Beweise für ihre Theorien über den Grafen. Ihre Geschichten wurden als kindische Versuche abgetan, ihre ungenehmigten Zeitreisen zu entschuldigen. Das kann man sogar in den Annalen nachlesen. Vor allem Marleys Großvater hat sich damals schrecklich über ihre Anschuldigungen aufgeregt. Laut seinen Aufzeichnungen haben Lucy und Paul das Andenken des Grafen in den Schmutz gezogen.«

»Aber mein . . . Großvater!« Mein Verstand weigerte sich, an Lucas als an jemand anderen als meinen Grandpa zu denken. »Er war doch in alles eingeweiht und hat Lucy und Paul auf jeden Fall geglaubt! Wieso hat er ihre Flucht nicht verhindert?«

»Ich habe keine Ahnung.« Gideon hob seine nass geweinte Schulter. »Ohne Beweise hätte selbst er nicht viel ausrichten können. Er durfte seine Stellung im Inneren Kreis ja nicht gefährden. Und wer weiß, ob er allen Wächtern trauen konnte. Wir können die Möglichkeit nicht ausschließen, dass es jemand in der Gegenwart gegeben hat, der von den wahren Plänen des Grafen wusste.«

Jemand, der meinen Großvater am Ende vielleicht sogar ermordet hatte. Ich schüttelte den Kopf. Das war mir alles zu viel, doch Gideon war noch nicht fertig mit seiner Theorie.

»Was auch immer ihn dazu gebracht hat – vielleicht hat dein Großvater die Idee, Lucy und Paul mit dem Chronografen in die Vergangenheit zu schicken, sogar unterstützt.«

Ich schluckte. »Sie hätten mich mitnehmen können«, sagte ich. »Vor meiner Geburt!«

»Um dich im Jahr 1912 auf die Welt zu bringen und unter falschem Namen großzuziehen? Kurz vor dem Ersten Weltkrieg?« Er schüttelte den Kopf. »Wer hätte dich aufnehmen können, falls ihnen etwas zugestoßen wäre? Wer hätte für dich gesorgt?« Er streichelte mir übers Haar. »Ich kann nicht annähernd nachvollziehen, wie weh es tun muss, so etwas zu erfahren, Gwen. Aber ich kann Lucy und Paul verstehen. Sie konnten darauf vertrauen, dass sie in deiner Mum jemanden hatten, der dich wie ihr eigenes Kind lieben und in Sicherheit großziehen würde.«

Ich nagte an meiner Unterlippe. »Ich weiß nicht.« Erschöpft setzte ich mich auf. »Ich weiß überhaupt nichts mehr. Ich wünschte mir, ich könnte die Zeit zurückdrehen – vor ein paar Wochen war ich vielleicht nicht das glücklichste Mädchen der Welt, aber irgendwie ganz normal! Keine Zeitreisende. Keine Unsterbliche! Und schon gar nicht das Kind von . . . von zwei *Teenagern,* die im Jahr 1912 leben.«

Gideon lächelte mich an. »Ja, aber sieh es mal so: Es gibt auch ein paar positive Dinge.« Vorsichtig fuhr er mit dem Daumen unter meinen Augen entlang, vermutlich um riesige Pfützen voller Wimperntusche zu verwischen. »Ich finde, dass du sehr tapfer bist. Und . . . ich liebe dich!«

Seine Worte spülten den dumpfen Schmerz aus meiner Brust. Ich legte meine Arme um seinen Hals. »Kannst du das bitte noch mal sagen? Und mich dann küssen? So, dass ich alles andere vergesse?«

Gideon ließ seinen Blick von meinen Augen zu meinen Lippen wandern. »Ich kann es versuchen«, murmelte er.

Gideons Versuche waren von Erfolg gekrönt. Wenn man es denn so formulieren will. Ich jedenfalls hätte nichts dagegen gehabt, den Rest des Tages oder möglicherweise auch meines ganzen Lebens in seinen Armen auf diesem grünen Sofa im Jahr 1953 zu verbringen.

Aber irgendwann rückte er ein Stück von mir ab, stützte sich auf seinen Ellenbogen und schaute auf mich hinunter. »Ich glaube, wir sollten jetzt besser damit aufhören, sonst kann ich für nichts mehr garantieren«, sagte er etwas atemlos.

Ich sagte nichts. Warum sollte es ihm auch anders gehen als mir? Nur dass ich nicht einfach so hätte aufhören können. Ich überlegte, ob ich deswegen ein bisschen gekränkt sein musste. Doch lange konnte ich nicht darüber nachgrübeln, denn Gideon warf einen Blick auf die Uhr und schoss plötzlich kerzengerade in die Höhe. »Äh, Gwen«, sagte er hastig. »Es ist gleich so weit. Du solltest was mit deinen Haaren machen – wahrscheinlich haben sich alle schon im Kreis um den Chronografen versammelt, um uns böse anzustarren, wenn wir zurückkommen.«

Ich seufzte. »Oh Gott«, sagte ich unglücklich. »Aber wir müssen doch vorher noch besprechen, wie es jetzt weitergeht.«

Gideon runzelte die Stirn. »Sie werden die Operation natürlich verschieben müssen, aber vielleicht kann ich sie überreden, mich wenigstens noch für die zwei übrig gebliebenen Stunden ins Jahr 1912 zu schicken. Wir müssen wirklich dringend mit Lucy und Paul reden!«

»Wir könnten sie heute Abend zusammen besuchen«, sagte

ich, obwohl mir bei der Vorstellung ganz kurz übel wurde. *Nett euch kennenzulernen, Mum und Dad.*

»Vergiss es, Gwen. Sie werden dich nicht mehr mit mir ins Jahr 1912 lassen, es sei denn, der Graf ordnet das ausdrücklich an.« Gideon streckte mir die Hand hin, zog mich auf die Beine und versuchte dann etwas ungeschickt, das Haargewirr an meinem Hinterkopf zu glätten, das er selber dort hineingewühlt hatte.

»Wie gut, dass ich zufällig einen eigenen Chronografen bei mir zu Hause habe«, sagte ich, so lässig ich konnte. »Der übrigens hervorragend funktioniert.«

Gideon starrte mich an. *»Was?«*

»Na komm schon! Das hast du doch gewusst – wie sonst hätte ich Lucas wohl immer treffen können?« Ich legte die Hand auf meinen Magen, der bereits anfing, Karussell zu fahren.

»Ich dachte, du hättest einen Weg gefunden, ihn während des Elapsierens . . .« Vor meinen Augen löste Gideon sich in Luft auf. Ich folgte ihm wenige Sekunden später, nachdem ich mir noch einmal über die Haare gefahren war.

Ich war davon überzeugt gewesen, dass der Chronografenraum bei unserer Rückkehr von Wächtern nur so wimmeln würde, alle in heller Aufregung wegen Gideons eigenmächtigen Handelns (heimlich erwartete ich auch, dass Mr Marley mit einem blauen Auge in einer Ecke stand und darauf beharrte, dass man Gideon in Handschellen abführte), aber tatsächlich war es ganz still.

Nur Falk de Villiers war anwesend – und meine Mum. Wie ein Häufchen Elend saß sie auf einem Stuhl, knetete ihre

Hände und sah mich aus verweinten Augen an. Wimperntusche und Lidschattenreste bildeten ein unregelmäßiges Streifenmuster auf ihren Wangen.

»Da seid ihr ja«, sagte Falk. Seine Stimme und auch seine Miene waren neutral, aber ich hielt es nicht für ausgeschlossen, dass er unter dieser Fassade vor Wut brodelte. In seinen bernsteinfarbenen Wolfsaugen lag ein seltsamer Glanz. Gideon neben mir straffte sich unwillkürlich und hob leicht sein Kinn, als wappne er sich innerlich gegen eine Strafpredigt.

Rasch griff ich nach seiner Hand. »Es ist nicht seine Schuld – ich wollte nicht allein elapsieren«, sprudelte ich hervor. »Gideon hat den Plan nicht mit Absicht . . .«

»Schon gut, Gwendolyn.« Falk schenkte mir ein müdes Lächeln. »Im Augenblick läuft hier so einiges nicht nach Plan.« Er rieb sich mit der Hand über die Stirn und warf Mum einen kurzen Seitenblick zu. »Es tut mir sehr leid, dass du unser Gespräch heute Mittag . . . dass du es so erfahren musstest. Das geschah ganz bestimmt nicht aus Absicht.« Wieder sah er Mum an. »So eine wichtige Sache sollte man schonender beigebracht bekommen.«

Mum schwieg und versuchte angestrengt, ihre Tränen zurückzuhalten. Gideon drückte meine Hand.

Falk seufzte. »Ich denke, Grace und du, ihr habt eine Menge zu besprechen. Wir lassen euch am besten allein«, sagte er. »Vor der Tür wartet ein Adept, der euch nach oben geleiten wird, wenn ihr so weit seid. Kommst du, Gideon?«

Widerstrebend ließ Gideon meine Hand los und gab mir einen Kuss auf die Wange. Dabei flüsterte er mir ins Ohr: »Du schaffst das, Gwen. Und nachher reden wir über das, was du bei dir zu Hause versteckt hast.«

Es kostete mich all meine Selbstbeherrschung, mich nicht an ihm festzuklammern und »Bitte bleib bei mir« zu rufen.

Stumm wartete ich, bis er und Falk den Raum verlassen und die Tür hinter sich geschlossen hatten. Dann drehte ich mich zu Mum um und versuchte ein Lächeln. »Dass sie dich in ihr Allerheiligstes gelassen haben, wundert mich aber.«

Mum stand auf – wackelig wie eine alte Frau – und lächelte schief zurück. »Sie haben mir die Augen verbunden. Beziehungsweise der mit dem Mondgesicht. Er hatte eine aufgeplatzte Lippe und ich glaube, deswegen hat er den Knoten extra festgezogen. Es hat schrecklich geziept, aber ich habe mich nicht getraut, mich zu beschweren.«

»Das kenne ich.« Mr Marleys aufgeplatzte Lippe tat mir nur bedingt leid. »Mum . . .«

»Ich weiß, du hasst mich jetzt.« Mum ließ mich nicht ausreden. »Und ich verstehe dich absolut.«

»Mum, ich . . .«

»Es tut mir alles so furchtbar leid! Ich hätte es niemals so weit kommen lassen dürfen.« Sie machte einen Schritt auf mich zu und streckte die Arme nach mir aus, um sie sofort wieder hilflos fallen zu lassen. »Ich hatte immer solche Angst vor diesem Tag! Ich wusste ja, er würde irgendwann kommen, und je älter du wurdest, desto mehr habe ich mich davor gefürchtet. Dein Großvater . . .« Sie stockte, dann holte sie tief Luft und fuhr fort: »Mein Vater und ich hatten vor, es dir gemeinsam zu sagen, wenn du alt genug wärst, die Wahrheit zu verstehen und zu verkraften.«

»Lucas wusste also davon?«

»Natürlich! Er hat Lucy und Paul bei uns in Durham versteckt und es war auch seine Idee, dass ich allen eine Schwangerschaft vorspielen sollte, um das Baby – also dich – im Zweifel als meins ausgeben zu können. Lucy ist unter meinem Namen in Durham zu den Vorsorgeuntersuchungen gegangen – sie und Paul haben fast vier Monate bei uns gelebt, während Dad damit beschäftigt war, falsche Spuren durch halb Europa zu legen. Es war im Grunde das perfekte Versteck. Für meine Schwangerschaft hat sich niemand interessiert. Der Geburtstermin sollte im Dezember sein und damit warst du für die Wächter und die Familie völlig unwichtig.« Mum sah an mir vorbei auf den Wandteppich und ihr Blick wurde glasig. »Bis zum Schluss haben wir gehofft, dass es nicht nötig sein würde, Lucy und Paul mit dem Chronografen in die Vergangenheit springen zu lassen. Aber einer der Privatdetektive der Wächter hatte unsere Wohnung ins Visier genommen . . .« Sie schauderte bei der Erinnerung. »Mein Vater konnte uns gerade noch rechtzeitig warnen. Lucy und Paul hatten keine andere Wahl – sie mussten fliehen, während du bei uns geblieben bist – ein winzig kleines Baby mit einem komischen kleinen Haarbüschel auf dem Kopf und riesigen blauen Augen.« Jetzt liefen ihr Tränen über die Wangen. »Wir haben geschworen, dich zu beschützen, Nicolas und ich, und wir haben dich von der ersten Sekunde an geliebt wie unser eigenes Kind.«

Ohne es zu merken, hatte ich auch wieder angefangen zu weinen. »Mum . . .«

»Weißt du, wir wollten nie Kinder haben. In Nicolas' Familie gab es so viele Krankheiten und ich dachte immer, ich wäre nicht der Typ, Mutter zu werden. Aber das hat sich alles geändert, als Lucy und Paul dich uns anvertraut haben.« Mums Tränen flossen unaufhörlich. »Du hast uns so . . . *glücklich* gemacht. Du hast unser Leben vollkommen umgekrempelt und uns gezeigt, wie wunderbar Kinder sind. Wenn es dich nicht gegeben hätte, wären Nick und Caroline bestimmt niemals auf die Welt gekommen.« Sie konnte vor Schluchzen nicht weitersprechen. Ich hielt es nicht mehr aus und stürzte mich in ihre Arme.

»Es ist alles gut, Mum!«, versuchte ich zu sagen, aber es kam nur ein schnorchelndes Geräusch heraus. Mum schien es trotzdem zu verstehen, sie schlang ihre Arme ganz fest um mich und für eine ziemlich lange Weile waren wir nicht in der Lage, zu sprechen oder mit dem Weinen aufzuhören.

Bis Xemerius seinen Kopf durch die Wand steckte und »Ach, hier bist du!« sagte. Er quetschte den Rest seines Körpers in den Raum und flog auf den Tisch, von wo aus er uns neugierig anstarrte. »Oh weh! Jetzt sind es schon zwei Zimmerbrunnen! Das Auslaufmodell *Niagara Falls* war offensichtlich im Sonderangebot zu haben.«

Ich machte mich sanft von Mum los. »Wir müssen gehen, Mum! Du hast nicht zufällig Taschentücher dabei?«

»Wenn wir Glück haben!« Sie wühlte in ihrer Tasche und reichte mir eins. »Wieso ist deine Wimperntusche nicht im ganzen Gesicht verteilt?«, fragte sie mit einem schwachen Grinsen.

Ich putzte mir geräuschvoll die Nase. »Ich fürchte, das klebt alles an Gideons T-Shirt.«

»Er scheint wirklich ein netter Junge zu sein. Obwohl ich dich vor ihm warnen muss . . . diese de Villiers bringen uns Montrose-Mädchen immer nur in Schwierigkeiten.« Mum klappte ihre Puderdose auf, blickte in den kleinen Spiegel und seufzte. »Oje. Ich sehe aus wie Frankensteins Mutter.«

»Ja, da hilft wohl nur ein Waschlappen«, sagte Xemerius. Er hopste vom Tisch auf eine Truhe in der Ecke und legte den Kopf schief. »Scheint, als hätte ich eine Menge verpasst! Dort oben herrscht übrigens helle Aufregung. Überall wichtige Leute in schwarzen Anzügen und Marley, die alte Pfeife, sieht aus, als hätte er eins in die Fresse gekriegt. Und Gwendolyn, alle hacken sie auf deinem *netten Jungen* herum – offensichtlich hat er ihre Pläne gründlich auf den Kopf gestellt. Darüber hinaus bringt er jeden Einzelnen von ihnen zur Weißglut, weil er die ganze Zeit idiotisch vor sich hingrinst.«

Und obwohl es vermutlich absolut keinen Grund dazu gab, musste ich plötzlich genau dasselbe tun: idiotisch vor mich hingrinsen.

Mum sah mich über den Rand der Puderdose hinweg an. »Verzeihst du mir?«, fragte sie leise.

»Ach, Mum!« Ich nahm sie so fest in die Arme, dass sie alles fallen ließ. »Ich liebe dich doch so sehr!«

»Oh, bitte!«, stöhnte Xemerius. »Jetzt geht das wieder von vorne los. Hier ist es doch wahrhaftig schon feucht genug!«

»So stelle ich mir den Himmel vor«, sagte Leslie und drehte sich einmal um die eigene Achse, um die Atmosphäre des Kostümfundus auf sich wirken zu lassen. Ihre Blicke glitten über die Regale mit Schuhen und Stiefeln aus allen Epochen, weiter zu den Hüten, von dort zu den sich scheinbar endlos erstreckenden Kleiderstangen und schließlich zurück zu Madame Rossini, die uns die Tür zu diesem Paradies aufgeschlossen hatte. »Und Sie sind der liebe Gott!«

»Wie niedlich du bist!« Madame Rossini strahlte sie an und aus ihrem Niedlich wurde ein *Niedlisch*.

»Ja, das finde ich auch«, sagte Raphael. Gideon warf ihm einen amüsierten Blick zu. Ich wusste nicht, wie er es nach all dem Ärger heute Nachmittag geschafft hatte, Falk dieses Zugeständnis abzuringen (vielleicht war Gideons Onkel doch eher ein Schaf im Wolfspelz als umgekehrt?), aber tatsächlich hatten wir – samt Leslie und Raphael – die offizielle Erlaubnis erhalten, uns unter Madame Rossinis Aufsicht im Kostümfundus der Wächter für Cynthias Party einzukleiden. Es war früher Abend, als wir uns vor dem Eingang trafen, und Leslie war so aufgeregt, das Hauptquartier betreten zu dürfen, dass sie kaum stillstehen konnte. Obwohl sie nichts von den Räumlichkeiten zu Gesicht bekam, die ich ihr beschrieben hatte, und nur einen unspektakulären Korridor entlang zum Fundus geführt wurde, war sie hellauf begeistert.

»Merkst du was?«, flüsterte sie mir zu. »Es riecht nach Rätseln und Geheimnissen. Oh Gott, ich liebe es!«

In dem Kostümfundus dann stand sie kurz vorm Hyperventilieren. Unter anderen Umständen wäre es mir ganz bestimmt genauso gegangen. Bisher hatte ich ja schon Madame Rossinis Atelier für den Garten Eden gehalten, aber das hier übertraf es noch um ein Vielfaches.

Aber erstens war ich, was die Kleider anging, mittlerweile

ein wenig abgebrüht und zweitens waren mein Kopf und mein Herz mit ganz anderen Dingen beschäftigt.

»Natürlich habe nicht ich all diese Kostüme hier geschneidert, es ist eine Sammlung der Wächter, die bereits vor zweihundert Jahren angelegt und im Laufe der Zeit immer wieder erweitert wurde.« Madame Rossini hob ein leicht vergilbtes Spitzenkleid von einer Stange und Leslie und ich seufzten verzückt. »Viele der historischen Originale sind zwar zum Teil wunderhübsch anzusehen, aber nicht mehr brauchbar für die aktuellen Zeitreisen.« Sie hängte das Kleid vorsichtig zurück. »Und auch die Kostüme, die man für die vorletzte Generation angefertigt hat, entsprechen nicht länger den erforderlichen Standards.«

»Das heißt, all diese herrlichen Kleider rotten hier langsam vor sich hin?« Leslie streichelte das Spitzenkleid voller Mitleid.

Madame Rossini zuckte mit den rundlichen Schultern. »Es ist wertvolles Anschauungsmaterial, auch für mich. Aber du hast recht, es ist schade, dass man es so selten nutzt. Umso schöner, dass ihr heute Abend hier seid. Ihr werdet auf diesem Ball die Allerschönsten sein, *mes petites!*«

»Es ist kein Ball, Madame Rossini, es ist nur eine ziemlich langweilige Party«, sagte Leslie.

»Eine Party ist immer nur so langweilig wie ihre Gäste«, erwiderte Madame Rossini energisch.

»Genau, das ist auch mein Motto«, sagte Raphael und blickte Leslie von der Seite an. »Wie wäre es, wenn wir als Robin Hood und Lady Marian gehen würden? Die sind doch total grün.« Er setzte sich einen kleinen Damenhut mit einer wippenden Feder auf den Kopf. »Dann sieht jeder gleich, dass wir zusammengehören.«

»Hm«, machte Leslie.

Madame Rossini schritt fröhlich singend die Kleiderstangen ab. »Oh, das macht Spaß! Das macht Freude! Vier junge Menschen *et une fête déguisée* – was kann es Schöneres geben?«

»Also, ich wüsste da so einiges«, flüsterte Gideon mit dem Mund dicht an meinem Ohr. »Hör mal, ihr müsst sie ein bisschen ablenken, damit ich die Klamotten für unseren Ausflug ins Jahr 1912 klauen kann.« Laut sagte er: »Ich ziehe dieses grüne Ding von gestern an, Madame Rossini, wenn ich darf.«

Madame Rossini drehte sich schwungvoll zu uns um. »Das grüne Ding von gestern?« Sie zog eine Augenbraue in die Höhe.

»Er . . . nun, er meint den meergrünen Rock mit der Smaragdschließe«, sagte ich schnell.

»Ja und den ganzen dazu passenden Kram.« Gideon lächelte verbindlich. »Grüner geht's ja wohl nicht.«

»*Kram!* Perlen vor die Säue!« Madame Rossini warf ihre Hände in die Luft, aber sie schmunzelte dabei. »Spätes 18. Jahrhundert also für den kleinen Rebell. Dann müssen wir das Schwanen'älschen dazu passend ankleiden. Aber ich fürchte, ich habe kein grünes Ballkleid aus dieser Epoche . . .«

»Die Epoche ist egal, Madame Rossini. Die Banausen auf der Party kennen sich damit sowieso nicht aus.«

»Hauptsache, es sieht alt aus und ist lang und bauschig«, fügte Leslie hinzu.

»Wenn das so ist«, sagte Madame Rossini widerstrebend. Leslie und ich folgten ihr einmal quer durch den Raum, eifrig wie kleine Hündchen, die man mit einem Knochen lockt. Gideon verschwand zwischen den Kleiderstangen, während Raphael weiterhin Damenhüte anprobierte.

»Es gibt da einen Traum aus schillerndem grünem Seidentaft und Tüll, Wien, 1865«, sagte Madame Rossini und blinzelte uns an. Mit ihren winzigen Äuglein und dem fehlenden Hals hatte sie immer etwas von einer Schildkröte. »Farblich passt es ganz hervorragend zu dem meergrünen Stoff des kleinen Rebellen, allerdings ist diese Kombination stilistisch gesehen natürlich eine absolute Katastrophe. Als würde Casanova zusammen mit Kaiserin Sisi auf einen Ball gehen, wenn ihr versteht, was ich meine . . .«

»Wie gesagt, für solche Feinheiten haben die Leute heute Abend keinen Sinn«, sagte ich und hielt die Luft an, als Madame Rossini das Sisi-Kleid vom Ständer nahm. Es war wirklich ein Traum.

»Also, bauschig ist es auf jeden Fall!« Leslie lachte. »Wenn du dich darin einmal umdrehst, räumst du das komplette kalte Büfett ab.«

»Probier das mal an, mein Schwanen'älschen. Es gibt ein passendes Diadem dazu. Und jetzt zu dir.« Madame Rossini nahm Leslies Arm und schwenkte mit ihr in die nächste Reihe ein. »Hier haben wir französische und italienische Haute Couture aus dem letzten Jahrhundert. Grün war zwar nicht die bevorzugte Modefarbe, aber wir werden bestimmt etwas für dich finden.«

Leslie wollte etwas sagen, aber sie verschluckte sich vor Aufregung bei dem Wort »Haute Couture« und bekam einen Hustenanfall.

»Darf ich diese lustigen Kniehosen mal anprobieren?«, rief Raphael von hinten.

»Natürlich! Aber sei vorsichtig mit den Knöpfen.«

Ich hielt unauffällig Ausschau nach Gideon. Er hatte bereits ein paar Kleidungsstücke über dem Arm hängen und lächelte mir über die Stangen hinweg zu.

Madame Rossini bemerkte seine Plünderei nicht. Sie schritt überglücklich die Haute-Couture-Abteilung ab, dicht gefolgt von der schwer atmenden Leslie.

»Für *la petite* Sommersprosse vielleicht ein . . .«

». . . das hier!«, fiel Leslie ihr ins Wort. »Bitte! Das ist wunderschön!«

»*Excuse-moi, ma cherie.* Aber das ist nicht grün!«, sagte Madame Rossini.

»Aber es ist *fast* grün!« Leslie sah aus, als würde sie vor Enttäuschung gleich in Tränen ausbrechen.

»Nein, das ist eisblau«, sagte Madame Rossini bestimmt. »Grace Kelly trug es zu einer Gala mit Preisverleihung für *Ein Mädchen vom Lande*. Natürlich nicht das □aber es ist eine exakte Dublette.«

»Es ist das schönste Kleid, das ich jemals gesehen habe«, hauchte Leslie.

»Es hat schon etwas Grünes«, versuchte ich, ihr beizustehen. »Mindestens türkis mit einem Stich ins Grüne. Also praktisch grün, wenn das Licht noch ein wenig gelblich ist.«

»Hm«, machte Madame Rossini unschlüssig.

Ich blickte mich nach Gideon um, der unauffällig der Tür zustrebte.

»Es würde mir sowieso nicht passen«, murmelte Leslie.

»Ich denke doch!« Madame Rossinis Blick glitt an Leslies Figur hinab und wieder hinauf und schweifte dann gedankenverloren in die Ferne. »Ihr jungen Mädchen habt alle so wundervolle Taillen. – *Zut alors!*« Plötzlich wurde ihr Blick hart. »Junger Mann! Wohin willst du mit meinen Sachen?«, rief sie.

»Ich äh . . .«, stammelte Gideon erschrocken. Er hatte die Tür fast erreicht.

Aus der Schildkröte wurde ein wütender Elefant, der durchs Unterholz brach. Viel schneller, als ich es ihr zugetraut hätte, war Madame Rossini bei Gideon. »Was soll das?« Sie riss ihm die Kleider aus der Hand und ihr französischer Akzent gewann die Oberhand. »Wolltest du misch etwa bestehlen?«

»Nein, natürlich nicht, Madame Rossini. Ich wollte es nur . . . äh . . . ausleihen.« Gideon setzte einen ausgesprochen zerknirschten Blick auf, aber bei Madame Rossini zeigte das keinerlei Wirkung. Sie hielt die Kleider vor sich in die Höhe und betrachtete sie.

»Was 'ast du damit vor, du unmöglischer Junge? Das ist nischt mal grün!«

Ich kam Gideon zu Hilfe. »Bitte seien Sie uns nicht böse. Wir brauchen die Sachen für . . . einen Ausflug ins Jahr 1912.« Ich machte eine kleine Pause, dann beschloss ich, alles auf eine Karte zu setzen. »Einen heimlichen Ausflug, Madame Rossini.«

»'eimlisch? Ins Jahr 1912!«, wiederholte Madame Rossini. Sie drückte die Kleider an sich wie Caroline ihr Häkelschwein. »In diesen Sachen? Soll das ein Scherz sein?« Ich hatte sie noch nie so wütend gesehen. »Das. Ist. Ein. Herrenanzug. Aus. Dem. Jahr. 1932«, sagte sie drohend und schnappte zwischen jedem Wort empört nach Luft. »Und dieses Kleid gehörte einem *Zigarrenmädchen!* Würdet ihr darin 1912 auf die Straße gehen, würdet ihr einen Volksauflauf riskieren.« Sie stemmte ihre Hände in die Hüften. »Hast du denn überhaupt nichts bei mir gelernt, junger Mann? Was sage ich immer? Worum geht es bei diesen Kostümen? Um . . .«

». . . Authentizität«, ergänzte Gideon kleinlaut.

»*Précisément!*« Madame Rossini fletschte die Zähne. »Wenn ihr schon einen heimlichen Ausflug ins Jahr 1912 machen wollt, dann ganz sicher nicht in diesen Klamotten! Da könntet ihr auch mit einem Raumschiff mitten in der Stadt landen – das wäre genauso diskret.« Ihre Augen funkelten immer noch zornig, als sie von Gideon zu mir und wieder zurückschaute, doch mit einem Mal setzte sie sich in Bewegung und wogte unter unseren verblüfften Blicken von einer Stange zur anderen. Kurze Zeit später kehrte sie zurück, den Arm voller Kleider und merkwürdiger Kopfbedeckungen.

»*Bien*«, sagte sie mit einer Stimme, die keinen Widerspruch duldete. »Das soll euch eine Lehre sein, Madame Rossini zu hintergehen.« Sie hielt uns die Kleider hin und plötzlich verzog sich ihr Gesicht und es war, als würde die Sonne zwischen dunklen Regenwolken hervorblitzen. »Und wenn ich den kleinen 'eimlichtuer diesmal dabei erwische, dass er seinen 'ut nicht trägt«, sie drohte Gideon mit dem Finger, »dann wird Madame Rossini Ihrem Onkel von Ihrem kleinen Ausflug erzählen müssen!«

Ich lachte erleichtert auf und umarmte sie stürmisch. »Ach, Sie sind einfach die Allerbeste, Madame Rossini.«

Caroline und Nick saßen im Nähzimmer auf dem Sofa und schauten überrascht, als Gideon und ich zur Tür hineingeschlichen kamen. Doch während sich über Carolines Gesicht ein strahlendes Lächeln ausbreitete, schien Nick eher verlegen zu sein.

»Ich dachte, ihr seid auf dieser Party!«, sagte mein kleiner Bruder. Ich wusste nicht genau, was ihm peinlicher war: dass er sich zusammen mit seiner kleinen Schwester einen Kinderfilm ansah oder dass sie alle beide schon Schlafanzüge trugen, und zwar die himmelblauen, die Tante Maddy ihnen zu Weihnachten geschenkt hatte. Das Besondere daran waren die Kapuzen mit Häschenohren. Ich fand die ja – genau wie Tante Maddy – allerliebst, aber wenn man zwölf Jahre alt ist, sieht man das vielleicht anders. Vor allem, wenn man unerwartet Besuch bekommt und der Freund der großen Schwester eine megacoole Lederjacke trägt.

»Charlotte ist schon vor einer halben Stunde los«, erklärte Nick. »Tante Glenda ist um sie herumgesprungen wie ein Huhn, das gerade ein Ei gelegt hat. Iiiih, nein, hör mit der Küsserei auf, Gwenny, du bist genau wie Mum vorhin. Warum seid ihr überhaupt noch hier?«

»Wir gehen später zu der Party«, sagte Gideon und ließ sich neben ihn auf das Sofa fallen.

»Klaro«, sagte Xemerius, der träge auf einem Stapel von gesammelten Ausgaben von *Homes & Gardens* lag. »Die richtig coolen Typen kommen immer zuletzt.«

Caroline himmelte Gideon mit großen Kulleraugen an. »Kennst du schon Margret?« Sie streckte ihm ihr Häkelschwein entgegen, das sie auf dem Schoß gehalten hatte. »Du darfst sie ruhig streicheln.«

Gideon streichelte Margret gehorsam über den Rücken. »Schön weich.« Er schaute gespannt in den Bildschirm. »Oh, seid ihr schon da, wo die Farbkanone explodiert? Das ist meine Lieblingsstelle.«

Nick sah ihn misstrauisch von der Seite an. »Du kennst *Tinker Bell?*«

»Ich finde ihre Erfindungen echt cool«, behauptete Gideon.

»Ich auch«, sagte Xemerius. »Nur die Frisur ist ein bisschen . . . scheiße.«

Caroline seufzte verliebt. »Du bist so nett! Kommst du jetzt öfter?«

»Ich fürchte, ja«, sagte Xemerius.

»Ich hoffe, ja«, sagte Gideon und unsere Blicke streiften sich kurz. Ich konnte einen verliebten Seufzer ebenfalls nicht unterdrücken. Nach unserem ergiebigen Besuch im Kostümfundus der Wächter hatten wir noch einen kleinen Abstecher in Dr. Whites Behandlungszimmer gemacht, und während Gideon sich dort mit diversen Utensilien eindeckte, war mir plötzlich ein Gedanke gekommen.

»Wo wir schon mal beim Klauen sind – kannst du vielleicht auch einen Impfstoff gegen Pocken mitnehmen?«

»Keine Sorge – du bist gegen so ziemlich alle Krankheiten geimpft worden, die dir auf den Zeitreisen über den Weg laufen könnten«, hatte Gideon erwidert. »Natürlich auch gegen Variola-Viren.«

»Es ist nicht für mich – es ist für einen Freund«, hatte ich gesagt. »Bitte! Ich erkläre es dir später.«

Gideon hatte zwar eine Augenbraue nach oben gezogen, aber kommentarlos Dr. Whites Medikamentenschrank aufgeschlossen und nach kurzem Suchen eine rote Schachtel eingesteckt.

Dafür, dass er keine Fragen gestellt hatte, liebte ich ihn umso mehr.

»Du siehst aus, als würde dir gleich der Sabber aus dem Mund laufen«, holte mich Xemerius in die Realität zurück.

Ich angelte den Schlüssel für die Tür zum Dach aus der Zuckerdose im Schrank. »Wie lange ist Mum schon in der Badewanne?«, erkundigte ich mich bei Nick und Caroline.

»Eine Viertelstunde, höchstens.« Nick sah jetzt viel entspannter aus. »Sie war irgendwie komisch heute Abend. Hat uns andauernd abgeküsst und geseufzt. Erst nachdem Mr Bernhard ihr einen Whisky gebracht hat, hat sie damit aufgehört.«

»Eine Viertelstunde erst? Dann müssten wir Zeit genug haben. Aber falls sie früher als erwartet hier auftaucht, verratet ihr bitte nicht, dass wir auf dem Dach sind.«

»Okay«, sagte Nick, während Xemerius sein albernes »Gidi und Gwendolyn knutschen unterm Baldachin«-Lied anstimmte.

Ich warf Gideon einen spöttischen Blick zu. »Wenn du dich von Tinkerbell losreißen kannst, könnten wir jetzt beginnen.«

»Glücklicherweise weiß ich ja, wie es ausgeht.« Gideon griff nach seinem Rucksack und erhob sich.

»Bis gleich«, hauchte Caroline uns hinterher.

»Ja, bis gleich. Ehe ich euch beim Knutschen zusehe, schaue ich mir lieber weiterhin Feen bei der Arbeit an«, sagte Xemerius. »Man hat ja so etwas wie Dämonenstolz und möchte sich nicht nachsagen lassen, ein Spanner zu sein.«

Ich kümmerte mich nicht um ihn, sondern kletterte die schmale Schornsteinfegerstiege hinauf und öffnete die Luke. Es war eine vergleichsweise laue Frühlingsnacht – der perfekte Abend für einen Besuch hier oben und eigentlich auch zum Knutschen. Von dieser Stelle aus hatte man einen wunderbaren Blick über die nächsten Häuserblocks und im Osten leuchtete der Mond über den Dächern.

»Wo bleibst du denn?«, rief ich leise nach unten.

Gideons Lockenkopf tauchte in der Luke auf, dann der Rest von ihm.

»Ich kann verstehen, dass das hier dein Lieblingsplatz ist«, sagte er, setzte seinen Rucksack ab und kniete sich vorsichtig hin.

Ich hatte noch nie bemerkt, dass dieser Ort vor allem bei Nacht wirklich romantische Qualitäten besaß, mit dem Meer der funkelnden Stadtlichter, das sich hinter der verschnörkelten Firstverzierung ins schier Unendliche erstreckte. Nächstes Mal würden wir hier vielleicht ein Picknick machen, mit kuscheligen Kissen und Kerzen ... und Gideon könnte seine Geige mitbringen ... und Xemerius hatte dann hoffentlich seinen freien Tag.

»Warum grinst du so?«, fragte Gideon.

»Ach nichts – ich habe nur gerade ein bisschen rumgesponnen.«

Gideon zog eine komische Grimasse. »Ach so?« Er sah sich

aufmerksam um. »Okay. Ich würde sagen: Die Vorstellung kann beginnen.«

Ich nickte und tastete mich vorsichtig zu den Kaminen hinüber. An dieser Stelle war das Dach flach, aber nur einen halben Meter hinter den Schornsteinen begann die Schräge, lediglich abgetrennt durch das kniehohe Eisengitter. (Und unsterblich oder nicht – vier Stockwerke in die Tiefe zu stürzen, war nicht gerade meine Vorstellung von Wochenendvergnügen.)

Ich öffnete die Lüftungsklappe an dem vorderen der breiten Kamine.

»Warum ausgerechnet hier oben, Gwenny?«, hörte ich Gideon hinter mir fragen.

»Charlotte hat Höhenangst«, erklärte ich. »Sie würde sich nie aufs Dach trauen.« Ich hob das schwere Bündel aus dem Kamin und balancierte es vorsichtig aus.

Gideon sprang auf. »Lass ihn bloß nicht fallen!«, sagte er nervös. »Bitte!«

»Keine Sorge!« Ich musste lachen, so entsetzt sah er aus. »Schau mal, ich kann sogar auf einem Bein . . .«

Gideon stieß so etwas wie ein kleines Wimmern aus. »Damit macht man keine Scherze, Gwenny«, keuchte er. Offenbar war dieser Mysterienunterricht doch prägender, als ich gedacht hatte. Er nahm mir das Bündel aus dem Arm und wiegte es wie ein Baby. »Ist das wirklich . . .«, begann er.

Hinter uns spürte ich einen kalten Luftzug. »Nee, du Depp«, krähte Xemerius und steckte seinen Kopf durch die Luke. »Das ist ein alter Käse, den Gwendolyn hier oben aufbewahrt, falls sie in der Nacht Hunger bekommt.«

Ich rollte mit den Augen und bedeutete ihm, sich zu verziehen, was er verblüffenderweise auch tat. Vermutlich war *Tinker Bell* gerade zu spannend.

Gideon hatte währenddessen den Chronografen auf dem Dach abgestellt und begann nun vorsichtig, die Stoffbahnen auseinanderzuschlagen.

»Weißt du eigentlich, dass Charlotte so ungefähr alle zehn Minuten bei uns angerufen hat, um uns davon zu überzeugen, dass du diesen Chronografen hast? Selbst Marley war am Schluss von ihr genervt.«

»Wie schade«, sagte ich. »Dabei sind die beiden doch wie füreinander geschaffen.«

Gideon nickte. Dann zog er die letzte Stoffbahn weg und sog hörbar die Luft ein.

Ich streichelte vorsichtig über das blank geputzte Holz. »Da steht er nun also.«

Gideon schwieg für einen Moment. Für einen ziemlich langen Moment, wenn ich ehrlich war.

»Gideon?«, fragte ich schließlich verunsichert. Leslie hatte mich angefleht, noch ein paar Tage zu warten, um sicherzugehen, ob man ihm auch wirklich vertrauen konnte, aber ich hatte nur abgewunken.

»Ich hab ihr einfach nicht geglaubt«, flüsterte Gideon endlich. »Keine Sekunde hab ich Charlotte geglaubt.« Er sah mich an und seine Augen waren in diesem Licht ganz dunkel. »Ist dir klar, was passieren würde, wenn jemand hiervon wüsste?«

Ich sparte es mir, ihn darauf hinzuweisen, dass sogar eine ganze Menge Personen davon wussten. Aber vielleicht lag es daran, dass Gideon mit einem Mal so fassungslos wirkte, jedenfalls bekam auch ich es plötzlich mit der Angst zu tun. »Wollen wir das hier wirklich durchziehen?«, fragte ich und spürte ein mulmiges Gefühl in meinem Bauch, das diesmal nichts mit einer beginnenden Zeitreise zu tun hatte.

Dass mein Großvater mein Blut in den Chronografen eingelesen hatte, war die eine Sache. Aber das, was wir jetzt vorhatten, stand auf einem ganz anderen Blatt. Wir würden den Blutkreislauf schließen und die Folgen waren nicht absehbar. Mal positiv formuliert.

Mein Gedächtnis rekapitulierte rasch all die grässlich gedichteten Prophezeiungen, die auf *Wahl* und *Qual* endeten, und fügte noch schnell ein paar Details ein, die auf *Not* und *Tod* hinausliefen. Und die Tatsache, dass ich unsterblich war, tröstete mich nicht ein klitzekleines bisschen.

Merkwürdigerweise schien es aber gerade meine Unsicherheit zu sein, die Gideon aus seiner Erstarrung rüttelte. »Ob wir das durchziehen wollen?« Er beugte sich vor und gab mir einen kleinen Kuss auf die Nase. »Fragst du mich das im Ernst?« Er zog seine Jacke aus und packte aus dem Rucksack die Beute aus, die wir bei Dr. White abgestaubt hatten. »Okay, es kann losgehen.«

Zuerst legte er sich ein Gummiband um den linken Oberarm und zog es zusammen. Anschließend nahm er eine Spritze aus ihrer sterilen Plastikverpackung und grinste mich an. »Schwester?«, sagte er im Befehlston. »Taschenlampe!«

Ich zog eine Grimasse. »So kann man es natürlich auch machen«, erwiderte ich und leuchtete in seine Ellenbogenbeuge. »Typisch Medizinstudent!«

»Höre ich da einen Hauch von Verächtlichkeit in deiner

Stimme?« Gideon warf mir einen belustigten Blick zu. »Wie hast du es denn gemacht?«

»Ich habe ein japanisches Gemüsemesser genommen«, erklärte ich ein wenig prahlerisch. »Und Grandpa hat das Blut in einer Teetasse aufgefangen.«

»Verstehe. Die Verletzung an deinem Handgelenk«, sagte er, plötzlich gar nicht mehr belustigt, und senkte die Nadel in seine Haut. Das Blut begann, in die Kanüle zu fließen.

»Und du bist sicher, dass du genau weißt, was du tun musst?«, fragte ich und deutete mit dem Kinn auf den Chronografen. »Das Ding hat so viele verschiedene Klappen und Schublädchen, da kann man schnell mal das falsche Rädchen drehen . . .«

»Chronografenkunde ist eins der Prüfungsfächer, wenn man den Adeptengrad erwirbt, und bei mir ist das alles noch nicht lange her.« Gideon reichte mir die Spritze mit dem Blut und nahm das Band von seinem Arm.

»Da fragt man sich schon, wann du noch Zeit hattest, so cineastische Meisterwerke wie *Tinker Bell* anzuschauen.«

Gideon schüttelte den Kopf. »Ich finde, ein bisschen mehr Respekt könnte nicht schaden. Gib mir die Kanüle. Und jetzt die Taschenlampe auf den Chronografen richten. Ja, richtig so.«

»Du kannst ruhig ab und zu mal Bitte und Danke sagen«, bemerkte ich, während Gideon begann, sein Blut in den Chronografen zu träufeln. Anders als bei Lucas zitterten seine Hände nicht im Geringsten. Vielleicht würde er einmal einen guten Chirurgen abgeben.

Ich nagte aufgeregt an meiner Unterlippe.

»Und drei Tropfen hier unter den Löwenkopf«, murmelte Gideon konzentriert. »Dann dieses Rädchen drehen und den Hebel umlegen. So, das war's.« Er ließ die Kanüle sinken und ich knipste reflexartig die Taschenlampe aus.

Im Inneren des Chronografen fingen mehrere Zahnrädchen an, sich zu drehen, es knackte, klapperte und summte, genau wie beim letzten Mal. Dann wurde das Geklapper lauter und das Summen schwoll an, fast hörte es sich an wie eine Melodie. Hitze schlug uns ins Gesicht und ich klammerte mich an Gideons Arm fest, als würde als Nächstes ein Windstoß folgen, der uns vom Dach wehen könnte. Doch stattdessen leuchteten nur nacheinander alle Steine im Chronografen auf, die Luft flimmerte, und wenn es zunächst so gewirkt hatte, als ob im Inneren des Chronografen ein Feuer tobte, so wurde die Luft plötzlich eisig kalt. Das flackernde Licht erlosch und die Zahnrädchen standen wieder still. Das Ganze hatte nicht mal eine halbe Minute gedauert.

Ich ließ Gideon los und rieb mir über die senkrecht stehenden Härchen auf meinem Arm. »War das alles?«

Gideon holte tief Luft und streckte seine Hand aus. Dieses Mal zitterte sie ein wenig. »Das werden wir jetzt sehen«, sagte er.

Ich zog eine von Dr. Whites kleinen Laborflaschen aus meiner Tasche und reichte sie ihm. »Sei vorsichtig. Wenn es ein Pulver ist, könnte ein Windstoß es einfach wegwehen!«

»Das wäre vielleicht nicht das Schlechteste«, murmelte Gideon. Er drehte sich zu mir um. Seine Augen glänzten. »Siehst du? *Unter dem Zwölfgestirn erfüllt sich das Versprechen.*«

Ich pfiff auf das Zwölfgestirn. Stattdessen verließ ich mich lieber auf meine Taschenlampe.

»Mach schon«, sagte ich ungeduldig, beugte mich vor und dann zog Gideon das winzige Schublädchen heraus.

Zugegeben, ich war enttäuscht. Irgendwie war ich nach all der Geheimniskrämerei und dem Mysterien-Blabla schrecklich enttäuscht. In der Schublade befand sich weder eine Flüssigkeit, wie Leslie es mir prophezeit hatte (»Sie ist bestimmt rot wie Blut«, hatte sie mit weit aufgerissenen Augen gesagt), noch ein Pulver noch ein wie auch immer gearteter Stein.

Es war eine Substanz, die aussah wie Salz. Allerdings ein besonders schönes Salz, wenn man genau hinschaute, lauter winzige, opalisierende Kristalle.

»Verrückt«, flüsterte ich. »Nicht zu fassen, dass wegen dieser paar Krümel hier seit Jahrhunderten so ein Aufwand betrieben wird.«

Gideon hielt die Hand schützend über die Schublade. »Hauptsache, niemand erfährt, dass wir nun im Besitz dieser Krümel sind«, sagte er etwas atemlos.

Ich nickte. Mal abgesehen von denen, die es bereits wussten. Ich entkorkte die Flasche. »Beeil dich lieber!«, zischte ich. Plötzlich hatte ich eine Vision, wie Lady Arista, die, soviel ich wusste, vor nichts und niemandem Angst hatte und ganz bestimmt nicht vor Höhe, sich aus der Luke schwang und uns das Fläschchen entriss.

Gideon schien etwas Ähnliches zu denken, denn er füllte ganz unfeierlich die Krümel in die Flasche um und verschloss sie. Erst als er sie in seiner Jacke verstaut hatte, schien er aufzuatmen.

Doch in diesem Moment kam mir ein anderer Gedanke. »Jetzt, wo der Chronograf seinen Zweck erfüllt hat, funktioniert er vielleicht gar nicht mehr«, sagte ich.

»Das werden wir ja sehen«, erwiderte Gideon und lächelte mich an. »Ich würde sagen: auf ins Jahr 1912.«

Stammbaum der Familie Montrose
(die wahre Version)

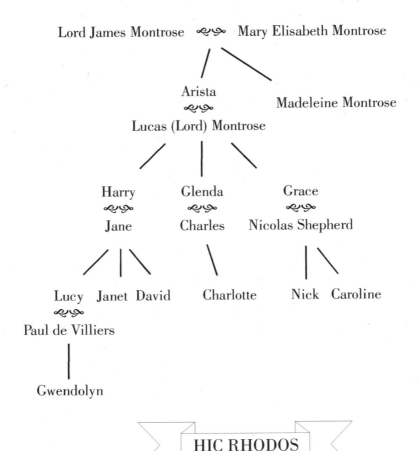

Lord James Montrose ✌ Mary Elisabeth Montrose

Arista
✌
Lucas (Lord) Montrose

Madeleine Montrose

Harry
✌
Jane

Glenda
✌
Charles

Grace
✌
Nicolas Shepherd

Lucy   Janet David

Charlotte

Nick   Caroline

Paul de Villiers
✌
Lucy

Gwendolyn

HIC RHODOS
HIC SALTA

(Motto im Familienwappen der Montroses.
Frei übersetzt: »Zeig, was du wirklich kannst.«)

13.

Oh Shit, ich glaube, ich habe mich auf den verdammten Hut gesetzt«, murmelte Gideon nebenan.

»Hör auf zu fluchen, sonst stürzt uns noch die Decke auf den Kopf!«, zischte ich. »Und wenn du den 'üt nischt anziehst, werde isch disch bei Madame Rossini verpetzen!«

Xemerius lachte gackernd. Dieses Mal hatte er es sich nicht nehmen lassen, uns zu begleiten. »Der Hut wird es auch nicht rausreißen! Mit der Frisur werden ihn 1912 alle für einen Goldgräber halten. Er hätte sich wenigstens einen ordentlichen Seitenscheitel ziehen können.«

Ich hörte Gideon wieder leise fluchen, diesmal weil er sich offenbar den Ellenbogen angestoßen hatte. Es war gar nicht so einfach, sich in einem Beichtstuhl umzuziehen, und ich war mir ziemlich sicher, dass es ein entsetzliches Sakrileg war, einen solchen Ort als Umkleidekabine zu missbrauchen. Mal abgesehen davon, dass es ganz bestimmt auch einen weltlichen Strafbestand darstellte, in eine Kirche einzubrechen, selbst wenn man nichts klauen, sondern von hier aus nur rasch ins Jahr 1912 springen wollte. Gideon hatte die Seitentür mit einem metallenen Haken aufgeschlossen, so schnell, dass ich gar keine Zeit gehabt hatte, nervös zu werden.

»Donnerwetter!« Xemerius hatte anerkennend durch seine

Zähne gepfiffen. »Das soll er dir auch beibringen. Zu zweit wären wir ein unschlagbares Einbrecher-Team. Geradezu unsterblich gut.«

Es handelte sich übrigens um dieselbe Kirche, in der Xemerius und ich uns kennengelernt hatten und in der Gideon mich das erste Mal geküsst hatte. Obwohl keine Zeit war, mich in nostalgischen Erinnerungen zu verlieren, kam es mir so vor, als würden diese Ereignisse lange, lange zurückliegen, vor allem, wenn man bedachte, was seither alles passiert war. In Wirklichkeit lagen ein paar Tage dazwischen.

Gideon klopfte von außen an die Tür. »Fertig?«

»Nein. Leider hat man bei meinem Kleid den Reißverschluss noch nicht erfunden«, sagte ich, verzweifelt über die vielen Knöpfe am Rücken, die sich auch unter abenteuerlichsten Verrenkungen nicht alle erreichen ließen.

Ich schlüpfte aus dem Beichtstuhl. Ob mein Herz jemals aufhören würde, bei Gideons Anblick schneller zu schlagen? Ob ich irgendwann bei jedem Blick auf ihn nicht mehr das Gefühl haben würde, von etwas unfassbar Schönem geblendet zu werden? Wahrscheinlich nicht. Dabei trug er diesmal nun wirklich einen unspektakulären dunkelgrauen Anzug, darunter eine Weste und ein weißes Hemd. Aber die Sachen standen ihm einfach zu gut, die breiten . . .

Xemerius, der kopfüber von der Empore baumelte, räusperte sich. »Es war einmal ein kleines Schaf, das glotzte treu und brav . . .«

»Sehr hübsch«, sagte ich schnell. »Ein zeitloses Mafia-Boss-Outfit. Die Krawatte ist übrigens perfekt gebunden. Madame Rossini wäre stolz auf dich.« Seufzend wandte ich mich wieder meinen Knöpfen zu. »Oh Gott, der Erfinder des Reißverschlusses hätte längst heiliggesprochen werden müssen.«

Gideon grinste. »Dreh dich um und lass mich das mal machen«, sagte er. »Oh«, er stockte kurz, »das sind ja Hunderte.«

Es dauerte eine geraume Weile, bis er alle Knöpfchen geschlossen hatte, was vielleicht auch daran lag, dass er mich bei jedem zweiten in den Nacken küsste. Ich hätte es mit Sicherheit mehr genossen, wenn Xemerius nicht bei jedem Kuss »Schmatz, schmatz, kleiner Fratz« gerufen hätte.

Endlich waren wir fertig. Madame Rossini hatte mir ein hochgeschlossenes hellgraues Kleid mit Spitzenkragen herausgesucht. Der Rock war ein bisschen zu lang, sodass ich gleich mal darüber stolperte und der Länge nach hingefallen wäre, wenn Gideon mich nicht aufgefangen hätte.

»Das nächste Mal ziehe *ich* den Anzug an«, sagte ich. Gideon lachte und machte Anstalten, mich zu küssen, aber weil Xemerius schrie »Nee, nicht schon wieder!«, schob ich ihn sanft von mir.

»Wir haben keine Zeit mehr!«, sagte ich. *Und außerdem hängt zwei Meter über unseren Köpfen eine fledermausflügelige Kreatur und schneidet entsetzliche Grimassen.* Ich sah böse zu Xemerius hinauf.

»Was denn?«, sagte Xemerius. »Ich dachte, das hier ist eine wichtige Mission, kein Rendezvous. Du solltest mir lieber dankbar sein.«

»Wohl kaum«, knurrte ich.

Gideon war in der Zwischenzeit in den Chorraum gelaufen und hatte sich vor den Chronografen niedergekniet. Wir hatten ihn nach längerem Überlegen unter dem Altar platziert, weil ihn dort hoffentlich niemand während unserer Abwesenheit entdecken würde, es sei denn, die hatten hier eine Putzfrau, die samstagabends arbeitete.

»Ich halte die Stellung«, versprach Xemerius. »Falls jemand kommt und das Ding klaut, werde ich ihn gnadenlos . . . äh . . . anspucken.«

Gideon nahm meine Hand. »Bereit, Gwenny?«

Ich sah ihm direkt in die Augen und mein Herz machte einen kleinen Satz. »Bereit, wenn du es bist«, sagte ich leise.

Xemerius' (ohne Zweifel ätzende) Bemerkung hörte ich nicht mehr, die Nadel bohrte sich bereits in meinen Finger und Wellen rubinroten Lichts trugen mich davon.

Kurze Zeit später richtete ich mich auf. Die Kirche war menschenleer und genauso still wie in unserer Zeit. Halb hoffte ich, Xemerius auf der Empore zu entdecken, halb fürchtete ich mich davor. Im Jahr 1912 hatte er sich auch schon hier herumgetrieben.

Gideon landete neben mir und griff sofort wieder nach meiner Hand. »Komm, wir müssen uns beeilen! Wir haben nur zwei Stunden und ich wette, das reicht nicht mal für ein Zehntel unserer Fragen.«

»Was, wenn wir Lucy und Paul überhaupt nicht bei Lady Tilney antreffen?«, sagte ich und bei diesen Worten begannen meine Zähne, vor Aufregung zu klappern. Noch immer brachte ich es nicht über mich, an sie als meine Eltern zu denken. Und wenn schon die Aussprache mit Mum schlimm gewesen war, wie würde es dann erst mit ihnen sein – völlig Fremden?

Als wir aus der Kirche traten, regnete es in Strömen. »Na

toll«, sagte ich und hätte plötzlich alles für einen von Madame Rossinis unkleidsamen Hüten gegeben. »Hättest du nicht vorher den Wetterbericht lesen können?«

»Ach was. Das ist nur ein leichter Sommerregen«, behauptete Gideon und zog mich vorwärts. Bis wir den Eaton Place erreicht hatten, hatte uns der leichte Sommerregen allerdings komplett durchnässt. Man kann sagen, dass wir durchaus Aufsehen erregten, denn alle anderen Menschen, denen wir unterwegs begegneten, besaßen einen Regenschirm und sahen uns mitleidig an.

»Wie gut, dass wir uns keine Mühe mit authentischen Frisuren gegeben haben«, sagte ich, als wir vor Lady Tilneys Haustür standen. Ich strich mir nervös über das Haar, das mir an der Kopfhaut klebte. Meine Zähne klapperten immer noch aufeinander.

Gideon läutete die Türglocke und drückte meine Hand fester.

»Irgendwie habe ich ein mulmiges Gefühl«, flüsterte ich. »Noch haben wir Zeit, einfach wieder zu verschwinden. Vielleicht wäre es am besten, erst in aller Ruhe darüber nachzudenken, in welcher Reihenfolge wir die Fragen . . .«

»Schschscht«, machte Gideon. »Alles ist gut, Gwenny. Ich bin bei dir.«

»Ja, du bist bei mir«, sagte ich und wiederholte gleich noch einmal, wie ein beruhigendes Mantra. »Du bist bei mir du bist bei mir du bist bei mir.«

Wie beim letzten Mal öffnete uns der Butler mit den weißen Handschuhen. Er musterte uns recht feindselig.

»Mr Millhouse, nicht wahr?« Gideon lächelte verbindlich.

»Wenn Sie so freundlich wären, Lady Tilney unseren Besuch anzukündigen. Miss Gwendolyn Shepherd und Gideon de Villiers.«

Der Butler zögerte einen Moment. »Warten Sie hier«, sagte er dann und schloss die Tür vor unserer Nase.

»Also, so etwas würde sich Mr Bernhard niemals erlauben«, sagte ich empört. »Na ja, wahrscheinlich denkt er, du hast wieder eine Pistole dabei und willst seiner Arbeitgeberin Blut abzapfen. Er kann ja nicht wissen, dass Lady Lavinia dir die Pistole geklaut hat, wobei ich mich immer noch frage, wie sie das angestellt hat. Ich meine, was zur Hölle hat sie gemacht, was dich so abgelenkt hat? Sollte ich ihr jemals noch mal über den Weg laufen, werde ich sie genau das fragen, obwohl ich ehrlich gesagt gar nicht sicher bin, ob ich es überhaupt wissen will. Oh und ich rede wieder wie ein Wasserfall, das ist immer so, wenn ich aufgeregt bin, ich glaube nicht, dass ich es schaffe, ihnen gegenüberzutreten, Gideon. Und ich bekomme keine Luft mehr, aber das kann auch daran liegen, dass ich einfach nicht atme, was auch nichts weiter macht, weil ich ja unsterblich bin.« An dieser Stelle überschlug sich meine Stimme hysterisch, aber ich fuhr ohne Pause fort. »Lass uns lieber einen Schritt zurückgehen, denn wenn die Tür das nächste Mal aufgeht, haut dieser Millhouse dir vielleicht in die . . .«

Die Tür öffnete sich wieder.

». . . Fresse«, murmelte ich trotzdem noch schnell.

Der bullige Butler winkte uns herein. »Lady Tilney erwartet Sie oben im kleinen Salon«, sagte er steif. »Sobald ich Sie auf Waffen untersucht habe.«

»Wenn es sein muss!« Gideon breitete bereitwillig seine Arme aus und ließ sich von Millhouse abklopfen.

»In Ordnung. Sie können hinaufgehen«, sagte der Butler schließlich.

»Und was ist mit mir?«, fragte ich verdutzt.

»Du bist eine Dame – die tragen keine Waffen.« Gideon lächelte mich an, nahm meine Hand und zog mich die Treppe hinauf.

»Wie leichtsinnig!« Ich warf einen Blick auf Millhouse, der uns mit ein paar Schritten Abstand folgte. »Nur weil ich eine Frau bin, hat er keine Angst vor mir? Der sollte mal *Tomb Raider* sehen! Ich könnte eine Atombombe unter dem Kleid tragen und in jedem BH-Körbchen eine Handgranate. Ich finde dieses Benehmen tendenziell frauenfeindlich.« Ich hätte noch weitergeredet, und zwar ohne Punkt und Komma bis ungefähr zum Sonnenuntergang, aber oben an der Treppe erwartete uns Lady Tilney, gerade und schlank wie eine Kerze. Sie war eine ausgesprochen schöne Frau, daran konnte auch ihr eisiger Blick nichts ändern. Ich wollte sie eigentlich spontan anlächeln, aber ich zwang meine Mundwinkel, auf halbem Weg wieder umzukehren. Im Jahr 1912 war Lady Tilney viel Furcht einflößender als später, wenn sie das Häkeln von Schweinen als Hobby entdecken würde, und mir wurde unangenehm bewusst, dass nicht nur unsere Frisuren herzlich wenig präsentabel waren, sondern auch mein Kleid an mir herunterhing wie ein nasser Sack. Unwillkürlich fragte ich mich, ob der Föhn bereits erfunden war.

»Sie schon wieder«, sagte Lady Tilney zu Gideon, mit einer Stimme, die genauso kühl war wie ihr Blick. Nur Lady Arista konnte diesen Ton noch toppen. »Sie sind wirklich hartnäckig. Bei Ihrem letzten Besuch dürften Sie doch begriffen haben, dass ich Ihnen mein Blut nicht geben werde.«

»Wir sind nicht wegen Ihres Blutes hier, Lady Tilney«, erwiderte Gideon. »Das habe ich längst . . .« Er räusperte sich. »Wir würden gern noch einmal mit Ihnen und Lucy und Paul sprechen. Diesmal ohne . . . Missverständnisse.«

»Missverständnisse!« Lady Tilney verschränkte ihre Arme vor der spitzenbesetzten Brust. »Letztes Mal haben Sie sich nicht gerade gut benommen, junger Mann, und eine erschreckende Bereitschaft zu Gewalt an den Tag gelegt. Außerdem ist mir der Aufenthaltsort von Lucy und Paul im Moment nicht bekannt und so wäre es mir auch unter anderen Umständen unmöglich, Ihnen weiterzuhelfen.« Sie machte eine kurze Pause, bei der ihr Blick auf mir ruhte. »Ich denke allerdings, dass ich ein Gespräch arrangieren könnte.« Ihre Stimme wurde um ein halbes Grad wärmer. »Vielleicht nur mit Gwendolyn und natürlich zu einem anderen Zeitp. . .«

»Ich will wirklich nicht unhöflich sein, aber Sie verstehen sicher, dass unsere Zeit sehr begrenzt ist«, fiel Gideon ihr ins Wort und zog mich weiter die Treppe hoch, wo ich und mein Kleid den teuren Teppich volltropften. »Und ich weiß, dass Lucy und Paul im Moment bei Ihnen wohnen, also bitte rufen Sie sie einfach. Ich verspreche, dass ich mich dieses Mal benehmen werde.«

»Das ist nicht . . .«, begann Lady Tilney, aber da klappte im Hintergrund eine Tür auf und kurz darauf trat ein zierliches junges Mädchen neben sie.

Lucy.

Meine Mutter.

Ich umklammerte Gideons Hand fester, während ich Lucy anstarrte und dieses Mal jedes Detail ihres Aussehens in mich aufnahm. Durch die roten Haare, den blassen Porzellanteint und die großen blauen Augen wiesen alle Montrose-Frauen eine nicht zu leugnende Ähnlichkeit auf, aber ich suchte vor allem nach Gemeinsamkeiten mit mir selber. Waren das meine Ohren? Hatte ich nicht genau die gleiche kleine Nase? Und der Schwung der Augenbrauen – war er nicht ganz ähnlich wie bei mir? Und legte sich meine Stirn auch in solch komische Falten, wenn ich sie runzelte?

»Er hat recht, wir sollten keine Zeit verlieren, Margret«, sagte Lucy leise. Ihre Stimme zitterte unmerklich und mir zog es das Herz zusammen. »Würden Sie so lieb sein und Paul holen, Mr Millhouse?«

Lady Tilney seufzte, aber sie nickte Millhouse zu, der sie fragend ansah. Während der Butler an uns vorbei noch ein Stockwerk weiter nach oben strebte, sagte Lady Tilney: »Ich möchte dich daran erinnern, dass er dir das letzte Mal eine Pistole an den Hinterkopf gesetzt hat, Lucy.«

»Das tut mir auch wirklich leid«, sagte Gideon. »Andererseits . . . die Umstände haben mich damals dazu gezwungen.« Er blickte Lucy bedeutungsvoll an. »Mittlerweile sind wir allerdings in den Besitz von Informationen gelangt, die unsere Meinung geändert haben.«

Schön gesagt. Ich hatte das Gefühl, ich müsste langsam auch mal etwas Salbungsvolles zu dem Gespräch beisteuern. Aber was?

Mutter, ich weiß, wer du bist – komm an meine Brust?

Lucy, ich verzeihe dir, dass du mich verlassen hast. Nun kann uns nichts und niemand mehr trennen? Ich muss irgendeinen komischen kleinen Laut von mir gegeben haben, den Gideon ganz richtig als den Beginn eines hysterischen Anfalls deutete. Er legte seinen Arm um meine Schulter und stützte mich, gerade noch rechtzeitig, denn meine Beine schienen plötzlich nicht mehr in der Lage zu sein, mein Körpergewicht zu halten.

»Vielleicht gehen wir hinüber in den Salon?«, schlug Lucy vor.

Gute Idee. Wenn ich mich richtig erinnerte, gab es da Sitzgelegenheiten.

In dem kleinen runden Zimmer war diesmal nicht der Teetisch gedeckt, aber alles sah genauso aus wie das letzte Mal, bis auf das Blumenarrangement, das von weißen Rosen zu Rittersporn und Levkojen gewechselt hatte. Eine Gruppe aus zierlichen Stühlen und Sesseln stand in dem Erker, dessen Fenster auf die Straße hinauszeigten.

»Setzt euch doch«, sagte Lady Tilney.

Ich ließ mich auf einen der gepolsterten Chintz-Stühle fallen, aber die anderen blieben stehen.

Lucy lächelte mich an. Sie trat einen Schritt näher und sah so aus, als wollte sie mir gleich übers Haar streichen. Ich sprang nervös wieder auf. »Es tut mir leid, dass wir so nass sind. Wir hatten leider keinen Regenschirm dabei«, plapperte ich los.

Lucys Lächeln wurde breiter. »Wie sagt Lady Arista immer?«

Ich musste grinsen. »Kind, du tropfst mir nicht die guten

Polster voll!«, sagten wir unisono. Plötzlich änderte sich Lucys Miene. Jetzt sah sie so aus, als würde sie gleich zu weinen anfangen.

»Ich werde Tee bringen lassen«, sagte Lady Tilney energisch und griff nach einer kleinen Glocke. »Pfefferminztee mit viel Zucker und heißer Zitrone.«

»Nein – bitte!« Gideon schüttelte verzweifelt den Kopf. »Damit können wir uns nicht aufhalten. Ich weiß nicht genau, ob ich den richtigen Zeitpunkt gewählt habe, aber ich hoffe inständig, dass Pauls und mein Zusammentreffen im Jahr 1782 von euch aus gesehen bereits stattgefunden hat.«

Lucy, die ihre Fassung zurückgewonnen hatte, neigte langsam den Kopf und Gideon atmete erleichtert auf. »Dann ist euch ja klar, dass ihr mir die geheimen Papiere des Grafen überlassen habt. Wir haben etwas Zeit gebraucht, um alles zu verstehen, aber jetzt wissen wir, dass der Stein der Weisen kein Allheilmittel für die Menschheit darstellt, sondern allein dem Grafen Unsterblichkeit bringen soll.«

»Und dass seine Unsterblichkeit mit dem Augenblick von Gwendolyns Geburt beendet sein wird?«, hauchte Lucy. »Weshalb er versucht, sie zu töten, sobald der Kreis geschlossen ist?«

Gideon nickte, doch ich schaute ihn irritiert an. Dieses Detail hatten wir bislang viel zu kurz diskutiert. Aber jetzt schien auch nicht der richtige Zeitpunkt zu sein, denn er fuhr bereits fort: »Euch ging es immer nur darum, Gwendolyn zu schützen.«

»Siehst du, Luce – ich habe es dir doch gesagt.« Paul war in der Tür aufgetaucht. Er trug seinen Arm in einer Schlinge,

und während er näher kam, wanderte der Blick seiner gold-
farbenen Augen zwischen Gideon, Lucy und mir hin und her.

Ich hielt den Atem an. Er war nur ein paar Jahre älter als
ich und im normalen Leben hätte ich gedacht, wie blendend
er aussah, mit diesem rabenschwarzen Haar, den ungewöhn-
lichen Villiers-Augen und dem kleinen Grübchen auf dem
Kinn. Für die Koteletten konnte er hoffentlich nichts, vermutlich trug man das in dieser Zeit so. Aber Koteletten hin,
Koteletten her, wie mein Vater – oder irgendjemandes Vater,
wenn man es denn so wollte – sah er nun wirklich nicht aus.

»Manchmal lohnt es sich eben, Menschen einen Vertrau-
ensvorschuss zu gewähren«, sagte er und musterte Gideon
von Kopf bis Fuß. »Auch kleinen Mistkerlen wie dem da.«

»Manchmal hat man aber auch einfach nur unverschämtes
Glück«, fauchte Lucy ihn an. Sie wandte sich an Gideon. »Ich
danke dir sehr, dass du Paul das Leben gerettet hast, Gideon«,
sagte sie würdevoll. »Wenn du nicht zufällig dort vorbeigekommen wärst, dann wäre er jetzt tot.«

»Übertreib doch nicht immer so, Lucy.« Paul zog eine Grimasse. »Ich wäre schon irgendwie aus dieser Nummer raus-
gekommen.«

»Ja, klar«, sagte Gideon mit einem Grinsen.

Paul runzelte die Stirn, aber dann grinste er auch. »Na gut,
wahrscheinlich nicht. Dieser Alastair ist ein hinterhältiger
Hund und ein verflucht guter Degenfechter dazu. Und dann
waren sie ja auch zu dritt! Sollte ich ihm jemals wieder begegnen . . .«

»Das ist eher unwahrscheinlich«, murmelte ich, und als Paul
mich fragend ansah, ergänzte ich: »Gideon hat ihn im Jahr

1782 mit einem Säbel an die Tapete genagelt. Und wenn Rakoczy ihn dort rechtzeitig gefunden hat, wird er diesen Abend wohl nicht überlebt haben.«

Lady Tilney ließ sich auf einen Stuhl sinken. »Mit einem Säbel an die Tapete genagelt!«, wiederholte sie. »Wie barbarisch.«

»Der Psychopath hat es nicht anders verdient.« Paul legte Lucy eine Hand auf die Schulter.

»Allerdings nicht«, ergänzte Gideon leise.

»Ich bin so erleichtert«, sagte Lucy, den Blick fest auf mein Gesicht geheftet. »Jetzt, wo ihr wisst, dass der Graf vorhat, Gwendolyn zu töten, wenn der Kreis geschlossen ist, wird es niemals dazu kommen!« Paul wollte etwas hinzufügen, aber sie ließ sich nicht beirren. »Mit den Papieren dürfte es Grandpa endlich gelingen, die Wächter davon zu überzeugen, dass wir richtig lagen und der Graf niemals das Wohl der Menschheit im Sinn hatte, sondern immer nur sein eigenes. Und diese idiotischen Wächter, allen voran der Widerling Marley, können die Beweise nicht mehr von der Hand weisen. Ha! Von wegen, wir beschmutzen das Andenken des Grafen von Saint Germain! Der ja überhaupt kein richtiger Graf war, sondern ein Halunke sondergleichen und ach – sagte ich eigentlich schon, dass ich so erleichtert bin, denn das bin ich, sehr sogar!« Sie holte tief Luft und machte ganz den Eindruck, als ob sie noch Stunden so weiterreden könnte, doch da nahm Paul sie kurz in den Arm.

»Siehst du, Prinzessin? Es wird alles gut«, flüsterte er sanft, und obwohl das gar nicht an mich gerichtet war, brachte es bei mir seltsamerweise das Fass zum Überlaufen. Im wahrsten Sinn des Wortes. Denn sosehr ich mir Mühe gab, ich konnte meine Tränen nicht mehr zurückhalten.

»Wird es nicht«, brach es aus mir heraus und jetzt waren mir die Polster egal. Ich ließ mich auf den nächstbesten Stuhl sinken. »Es wird eben nicht alles gut. Grandpa ist schon seit sechs Jahren tot und er kann uns nicht mehr helfen.«

Lucy kauerte sich vor mich nieder. »Wein doch nicht«, sagte sie hilflos. Dabei tat sie es selbst. »Liebes, du darfst nicht so schrecklich weinen, das ist nicht gut für den . . .« Sie schluchzte auf. »Er ist wirklich tot?«, fragte sie und wirkte untröstlich. »Sein Herz, nicht wahr? Dabei hab ich ihm immer gesagt, er soll nicht heimlich diese Buttercremetorte . . .«

Paul beugte sich über uns und sah aus, als würde er ebenfalls gerne in Tränen ausbrechen wollen.

Na toll. Wenn Gideon jetzt auch noch mitmachte, konnten wir dem Sommerregen da draußen locker Konkurrenz machen.

Es war Lady Tilney, die das verhinderte. Sie zog zwei Taschentücher aus ihrer Rocktasche, reichte Lucy und mir jeweils eins und sagte in einem Tonfall, der dem von Lady Arista verblüffend ähnlich war: »Dazu ist später noch Zeit, Kinder. Jetzt nehmt euch mal zusammen. Wir müssen uns konzentrieren. Wer weiß, wie viel Zeit uns noch bleibt.«

Gideon streichelte mir über die Schulter. »Sie hat recht«, flüsterte er.

Ich schniefte einmal auf und musste dann lachen, als ich hörte, wie Lucy ins Taschentuch trompetete. Na, hoffentlich hatte ich diese Angewohnheit nicht auch noch von ihr geerbt.

Paul trat ans Fenster und blickte auf die Straße hinunter. Als er sich umdrehte, war seine Miene wieder ganz neutral. »In Ordnung. Weiter im Text.« Er kratzte sich am Ohr. »Also, Lucas kann uns nicht mehr helfen. Aber auch ohne ihn müsste es doch mithilfe der Papiere möglich sein, die Wächter endlich von den egoistischen Absichten des Grafen zu überzeugen.« Er sah Gideon fragend an. »Und dann wird der Kreis niemals geschlossen.«

»Bis man die Echtheit der Papiere überprüft hätte, würde zu viel Zeit vergehen«, erwiderte Gideon. »Im Augenblick ist Falk Großmeister der Loge und möglicherweise würde er uns sogar Glauben schenken. Aber sicher bin ich mir da nicht. Bis jetzt habe ich es nicht gewagt, überhaupt jemandem aus der Loge die Papiere zu zeigen.«

Ich nickte. Er hatte mir ja schon auf dem Sofa im Jahr 1953 von seiner Vermutung erzählt, dass es einen Verräter bei den Wächtern gab. »Wisst ihr«, meldete ich mich zu Wort, »es besteht die Möglichkeit, dass es unter den Wächtern in unserer Gegenwart sehr wohl einen oder mehrere gibt, die von der wahren Wirkung des Steins der Weisen wissen und die Pläne des Grafen, unsterblich zu werden, unterstützen.« Ich versuchte, mich auf die Fakten zu konzentrieren, und zu meiner Verblüffung gelang mir das in diesem Emotions-Wirrwarr überraschend gut. Oder vielleicht gerade deswegen.

»Was, wenn Grandpa diesen Verräter entdeckt hat? Das würde auch erklären, warum er umgebracht wurde.«

»Er wurde umgebracht?«, wiederholte Lucy fassungslos.

»Nicht erwiesenermaßen«, gab Gideon zurück. »Aber es sah

alles danach aus.« Ich hatte ihm von Tante Maddys Vision und von dem Einbruch am Tag der Beerdigung erzählt.

»Das heißt, das Schließen des Blutkreises wird von beiden Seiten aus vorangetrieben«, sagte Lady Tilney nachdenklich. »In der Vergangenheit zieht der Graf von Saint Germain die Fäden und in der Zukunft gibt es einen oder sogar mehrere Verbündete, die seine Pläne unterstützen.«

Paul schlug mit der Faust auf die Sessellehne vor sich. »Verdammt noch mal«, knurrte er zwischen zusammengebissenen Zähnen.

Lucy hob ihren Kopf. »Aber ihr könnt den Wächtern doch erzählen, dass ihr uns nicht gefunden habt! Wenn unser Blut nicht eingelesen wird, schließt sich der Kreis nicht.«

»So einfach ist das nicht«, sagte Gideon. »Die Wächter haben . . .«

»Ich weiß, sie haben Privatdetektive auf uns angesetzt«, unterbrach ihn Lady Tilney. »Die Herren de Villiers und dieser wichtigtuerische Pinkerton-Smythe . . . – glücklicherweise halten sie sich für sehr schlau und mich – weil ich eine Frau bin – für sehr dumm. Dass Privatdetektive für ein Aufstocken ihres bescheidenen Einkommens gerne auch mal Informationen zurückhalten, kommt ihnen gar nicht in den Sinn.« Sie gestattete sich ein triumphierendes Lächeln. »Dieses Arrangement hier ist nur noch von kurzer Dauer und Lucy und Paul werden bald alle Spuren verwischt haben. Unter einem anderen Namen werden sie ein neues Leben beginnen und . . .«

». . . in eine Wohnung in der Blandford Street ziehen«, ergänzte Gideon und das triumphierende Lächeln auf Lady Tilneys Gesicht erlosch. »Das wissen wir alles – und Pinkerton-Smythe wurde angewiesen, Lucy und Paul in Temple festzuhalten, bis ich ihnen dort das Blut abgenommen habe. Genauer gesagt wird ihm morgen Vormittag ein Brief mit den entsprechenden Informationen überreicht werden.«

»Morgen?«, fragte Paul, der genauso verwirrt dreinschaute, wie ich mich fühlte. »Aber dann ist es noch nicht zu spät!«

»Doch«, sagte Gideon. »Denn von mir aus gesehen ist es längst geschehen. Ich habe den Brief bereits vor ein paar Tagen an den diensthabenden Wächter bei der Zerberuswache übergeben. Damals hatte ich ja noch keine Ahnung.«

»Dann verstecken wir uns eben einfach«, sagte Lucy.

»Morgen Vormittag?« Lady Tilney machte ein grimmiges Gesicht. »Ich werde sehen, was ich tun kann.«

»Das werde ich auch«, sagte Gideon und schaute zur Standuhr hinüber. »Aber ich weiß nicht, ob das ausreicht. Denn selbst wenn wir verhindern können, dass die Wächter Lucy und Paul festnehmen, bin ich davon überzeugt, dass der Graf Mittel und Wege finden wird, sein Ziel zu erreichen.«

»Mein Blut bekommt er jedenfalls nicht«, sagte Lady Tilney.

Gideon seufzte. »Ihr Blut haben wir längst, Lady Tilney. Ich habe Sie im Jahr 1916 besucht, als Sie während des Ersten Weltkrieges zusammen mit den de-Villiers-Zwillingen im Keller elapsieren mussten. Und Sie haben sich ohne Widerspruch Blut von mir abnehmen lassen – ich war selber ganz überrascht. Ich hoffe sehr, dass wir noch einmal Gelegenheit haben werden, uns über dieses Erlebnis auszutauschen.«

»Geht es nur mir so oder habt ihr auch gerade das Gefühl, in eurem Gehirn würde jemand eine U-Bahn bauen?«, fragte Paul.

Ich musste lachen. »Mir geht es genauso«, versicherte ich ihm. »Das sind einfach zu viele Informationen, um sie auf einmal zu verdauen. An jedem Gedanken hängen zehn andere.«

»Und das ist lange nicht alles«, sagte Gideon. »Es gibt noch eine Menge zu besprechen. Leider springen wir bald zurück. Aber wir werden wiederkommen – in einer halben Stunde. Das heißt, für Gwendolyn und mich wird es morgen früh sein – wenn alles gut geht.«

»Das kapier ich nicht«, murmelte Paul, aber Lucy sah aus, als würde ihr gerade ein Licht aufgehen.

»Wenn ihr nicht in offizieller Mission der Wächter hier seid, wie seid ihr dann überhaupt hierher gekommen?«, fragte sie langsam und wurde blass. »Oder vielmehr – womit?«

»Wir haben . . .«, begann ich, aber Gideon warf mir einen kurzen Blick zu und schüttelte unmerklich den Kopf.

»Das können wir doch gleich noch klären«, sagte er.

Ich warf auch einen Blick auf die Standuhr. »Nein«, sagte ich dann.

Gideon zog die Augenbrauen in die Höhe. »Nein?«, fragte er.

Ich holte tief Luft. Plötzlich wusste ich, dass ich nicht eine Sekunde länger warten konnte. Ich würde Lucy und Paul die Wahrheit sagen, jetzt und hier.

Mit einem Mal war ich nicht mehr nervös, ich fühlte mich nur unendlich erschöpft. Als ob ich fünfzig Kilometer am

Stück gelaufen wäre und ungefähr hundert Jahre nicht geschlafen hätte. Und ich hätte sonst was dafür gegeben, wenn
Gideon vorhin Lady Tilney erlaubt hätte, heißen Pfefferminztee mit Zitrone und Zucker bringen zu lassen. Aber nun
musste es ohne gehen.

Ich sah Lucy und Paul fest an. »Bevor wir zurückspringen,
muss ich euch noch etwas sagen«, begann ich leise. »So viel
Zeit muss sein.«

Als uns Cynthias Bruder – verkleidet als Gartenzwerg – die
Tür öffnete, war es, als hätte er das Tor zur Hölle aufgesto-
ßen. Die Musik war bis zum Anschlag aufgedreht und es war
nicht die Sorte Musik, auf die Cynthias Eltern gerne tanzten,
sondern irgendetwas zwischen House und Dubstep. Ein Mädchen mit einem Krönchen auf dem Kopf schob sich hastig an
dem Gartenzwerg vorbei und erbrach sich in das Hortensien-
beet neben dem Eingang. Ihr Gesicht war ziemlich grün, aber
das konnte auch Schminke sein.

»Touchdown!«, rief sie, als sie sich wieder aufrichtete. »Ich
hatte schon Angst, ich würde es nicht bis hierhin schaffen.«

»Oh, *Highschoolpartys*«, sagte Gideon leise. »Wie schön.«

Ich glotzte perplex. Irgendwas stimmte hier ganz und gar
nicht. Vor uns lag das gediegene Dale'sche Stadthaus mitten
im vornehmen Chelsea. Ein Ort, an dem normalerweise nur
geflüstert wurde. Aber wieso tanzten die Leute schon in der
Eingangshalle? Warum waren es überhaupt so viele? Und
woher kam das Gelächter? Auf Cynthias Party wurde normalerweise nicht gelacht, höchstens ab und zu hinter vorgehal-
tener Hand. Wenn es das Wort »Langeweile« nicht schon ge-

geben hätte, wäre es mit Sicherheit auf einer von Cynthias Partys erfunden worden.

»Ihr seid grün, also immer hereinspaziert!«, krähte Cynthias Bruder und drückte mir ein Glas in die Hand. »Hier! Grüne Monsterbowle. Sehr gesund. Reiner Fruchtsaft, frisches Obst, grüne Lebensmittelfarbe – aber bio! – und ein winziges Schlückchen Weißwein. Auch bio natürlich.«

»Sind eure Eltern übers Wochenende verreist?«, erkundigte ich mich und versuchte, die Stoffmengen meiner Sisi-Robe irgendwie durch die Tür zu bekommen.

»Was?«

Ich wiederholte meine Frage mit zehn Dezibel mehr.

»Nee, die müssen hier irgendwo rumschwirren.« Die Aussprache des Gartenzwerges war ein wenig schwammig. »Sie haben sich gestritten, weil Dad vorhin unbedingt mit den grünen Sojabällchen jonglieren musste und dann alle aufgefordert hat, es ihm nachzumachen. Derjenige, der einen Treffer auf Mums Kopfbedeckung landete, sollte einen Preis bekommen. Hey, Muriel, was willst du denn im Wandschrank? Die Toilette ist dort drüben.«

»Okay – hier läuft definitiv was falsch«, sagte ich zu Gideon. Ich musste schreien, damit er mich verstehen konnte. »Normalerweise müssten die Leute steif wie Brokkoli in Grüppchen beisammenstehen und auf Mitternacht warten. Und versuchen, Cynthias Eltern zu entkommen, die einen sonst zu netten Spielen nötigen, die nur ihnen selber Spaß machen.«

Gideon nahm mir das Glas aus der Hand und probierte einen Schluck. »Ich würde sagen, hier hast du deine Erklärung«, erwiderte er dann grinsend. »Ein winziges Schlück-chen Weißwein? Ich schätze, die Hälfte davon ist Wodka. Mindestens.«

Okay, das erklärte einiges. Ich spähte zur Tanzfläche im Wohnzimmer hinüber, wo Cynthias Mum, verkleidet als Frei-heitsstatue, ziemlich wild tanzte. »Lass uns nach Leslie und Raphael suchen und schleunigst wieder abhauen«, sagte ich.

Gideon wurde von einer Paprikaschote gerammt.

»'tschuldigung«, murmelte Sarah, die in die Paprikaschote eingenäht war, aber dann weiteten sich ihre Augen. »Oh mein Gott – bist du *echt?*« Sie bohrte prüfend ihren Zeigefinger in Gideons Jacke.

»Sarah, hast du Leslie irgendwo gesehen?«, fragte ich ge-nervt. »Oder bist du zu betrunken, um dich zu erinnern?«

»Ich bin stocknüchtern!«, rief Sarah. Sie taumelte so, dass sie hingefallen wäre, wenn Gideon sie nicht aufgefangen hätte. »Ich beweise es dir: Der Kaplan klebt Pappplakate an. Der Kaplan klebt Pappplakate an! Mach mir das erst mal nach! Das kann man nämlich nicht sagen, wenn man be-trunken ist. Stimmt's?« Sie warf einen schmachtenden Blick auf Gideon, der aussah, als würde er sich köstlich amüsie-ren. »Wenn du ein Vampir bist, darfst du mich gerne bei-ßen.«

Für einen Moment war ich versucht, Gideon das Glas zu entreißen und die Monsterbowle auf Ex zu kippen. Diese lär-mende, brodelnde grüne Hölle hier war das reinste Gift für meine angeschlagenen Nerven.

Wir hatten eigentlich nicht mehr vorgehabt, noch auf die Party zu gehen, Sisi-Kleid hin oder her. Nachdem wir uns aus unseren Jahrhundertwende-Kostümen geschält und die Kirche verlassen hatten, hatte ich mich immer noch furchtbar zittrig gefühlt von dem Gespräch mit Lucy und Paul. Ich wollte nur noch eins – mich in mein Bett verkriechen und erst wieder hervorkommen, wenn das Ganze vorbei war. Oder wenigstens (die Bett-Version hatte ich schnell als unrealistisch abgetan) meinem überforderten Gehirn in ruhiger Atmosphäre eine Runde strukturierte Überlegungen gönnen. Mit Zetteln und Kästchen und Pfeilen, möglichst in verschiedenen Farben. Pauls Vergleich mit der U-Bahn, die jemand in unseren Köpfen baute, fand ich sehr passend. Fehlte nur noch der Streckenplan.

Aber Leslie hatte mir vier SMS geschickt, in denen sie unsere Anwesenheit auf der Party eingefordert hatte. Vor allem die letzte las sich irgendwie dringlich. *»Ihr bewegt besser schnell euren Hintern her, sonst kann ich für nichts mehr garantieren.«*

»Wow! Gwenny!« Das war Gordon Gelderman, in einem Overall aus Kunstrasen. Er glotzte auf mein Sisi-Dekolleté und pfiff durch seine Zähne. »Ich habe ja immer gewusst, dass unter deiner Bluse mehr steckt als ein gutes Herz!«

Ich verdrehte meine Augen. Gordon konnte ja nicht anders, als sich peinlich zu benehmen, aber musste Gideon dazu auch noch so blöd grinsen?

»Hey Gordon! Sag viermal hintereinander: Der Kaplan klebt Pappplakate an!«, schrie Sarah.

»Der Paplan klebt Pappplakate an, der Paplan plebt Klappplakate an, der Kaplan plebt Plappplapate an«, rief Gordon selbstbewusst. »Kein Problem für mich! Hey, Gwenny, hast

400

du schon die Bowle probiert?« Er neigte sich vertrauensvoll vor und brüllte mir dann ins Ohr: »Ich fürchte, ich war nicht der Einzige, der auf die Idee gekommen ist, das Rezept ein wenig ... ähm ... aufzupeppen.«

Für einen Moment hatte ich eine Vision von Partygästen, die am Büfett vorbeischlenderten, sich verstohlen umsahen und dann einer nach dem anderen mitgeschmuggelte Wodkaflaschen in die Bowle leerten.

»Brautkleid bleibt Brautkleid und Blaukraut bleibt Blaukraut! Versuch das viermal hintereinander«, skandierte Sarah, während sie im Weitertaumeln Gideons Hintern tätschelte. »Leslie ist hinten im Wintergarten. Da gibt es Karaoke. Ich geh auch wieder hin, ich hole mir nur noch ein Schlückchen Bowle.« Der grüne Filzzipfel über ihrem Kopf wippte fröhlich. »Das ist wirklich die beste Party, auf der ich jemals war.«

Gordon kicherte. »Ja, Cynthia sollte uns echt dankbar sein. Nach der heutigen Nacht wird niemand mehr ihre Partys als langweilig bezeichnen. Sie ist ein echter Glückspilz! Und dann hat der Catering Service auch noch viel zu viel grünes Fingerfood geliefert. Wir durften alle noch ein paar Freunde anrufen. Einige von denen sind nicht mal kostümiert, geschweige denn grün!«

Ich verdrehte noch einmal die Augen und zog Gideon dann energisch fort, quer durch die Menge der tanzenden Irren, hinüber in den Wintergarten.

Gordon folgte uns. »Wirst du heute auch wieder Karaoke singen, Gwenny? Beim letzten Mal warst du die Beste. Ich hätte ja für dich gestimmt, wenn Katie sich nicht Wasser auf das T-Shirt gekippt hätte. Das sah irgendwie total heiß aus, und deshalb . . .«

»Ach, halt doch die Klappe, Gordon.« Ich wollte mich zu ihm umdrehen, aber in diesem Augenblick sah ich Charlotte. Oder jemand, der Charlotte hätte sein können, wenn dieser Jemand nicht mitten im Wintergarten auf einem Tisch gestanden und lauthals *Paparazzi* von Lady Gaga in ein Mikro geschmettert hätte.

»Oh mein Gott«, murmelte Gideon und hielt sich am Türrahmen fest.

»*Ready for those flashing light*«, sang Charlotte.

Mir hatte es vorübergehend die Sprache verschlagen. Um den Tisch herum standen jede Menge jodelnde Groupies – denn Charlotte sang nicht mal schlecht.

Gordon warf sich sofort zwischen die Fans und brüllte: »Ausziehen! Ausziehen!«

Ich entdeckte Raphael und Leslie – entzückend anzusehen in dem beinahe grünen Grace-Kelly-Kleid und der dazu passenden Wasserwellenfrisur – und quetschte mich zu ihnen durch. Gideon blieb an der Tür stehen.

»Na endlich!«, schrie mich Leslie an und fiel mir um den Hals. »Sie hat von der Bowle getrunken und ist nicht mehr sie selber. Seit halb zehn schon versucht sie, den Leuten von der Geheimgesellschaft des Grafen von Saint Germain zu erzählen und davon, dass es Zeitreisende gibt, die mitten unter uns leben. Wir haben alles probiert, sie nach Hause zu schaffen, aber sie ist wie ein Aal und entgleitet uns jedes Mal wieder.«

»Außerdem ist sie viel stärker als wir«, sagte Raphael, der einen lustigen grünen Hut trug, ansonsten aber wenig amüsiert aussah. »Vorhin hatte ich sie mal fast bis an die Haustür geschleppt, bis sie mir den Arm umgedreht und damit gedroht hat, mir das Genick zu brechen.«

»Und jetzt hat sie auch noch ein Mikro«, sagte Leslie düster. Wir starrten zu Charlotte hoch, als wäre sie eine tickende Zeitbombe. Zugegeben, eine hübsch verpackte Zeitbombe.

Caroline hatte nicht übertrieben: Das Elfenkostüm war wirklich umwerfend. Keine echte Elfe hätte schöner aussehen können als Charlotte, deren zarte Schultern sich anmutig aus einer Wolke grünen Tülls erhoben. Ihre Wangen waren gerötet, die Augen glänzten und die Haare kringelten sich in schimmernden Locken den Rücken hinab bis zu den perfekt gearbeiteten Flügeln, die wirkten, als wäre Charlotte bereits damit geboren worden. Ich hätte mich nicht gewundert, wenn sie jeden Augenblick abgehoben und durch den Wintergarten geschwebt wäre.

Ihre Singstimme allerdings war gar nicht elfenzart. Sie war der von Lady Gaga nicht unähnlich.

»*You know that I'll be your Papa-Paparazzi*«, grölte sie ins Mikro, und als Gordon wieder »Ausziehen!« brüllte, begann sie, sich lasziv einen der langen grünen Handschuhe abzustreifen, und half dabei mit ihren Zähnen nach, Finger für Finger.

»Das ist aus einem Film«, sagte Leslie wider Willen beeindruckt. »Ich weiß nur gerade mal wieder nicht, aus welchem.«

Die Menge johlte, als Gordon den Handschuh auffing.

»Weiter!«, brüllten alle und Charlotte wandte sich nun dem anderen Handschuh zu. Dann aber hielt sie plötzlich inne. Sie hatte Gideon an der Tür entdeckt und ihre Augen verengten sich. »Ach sieh an, wen wir da haben!«, sagte sie ins Mikro und ihr Blick glitt suchend über die Köpfe, bis er an mir hängen blieb. »Und mein Cousinchen ist auch da – natürlich! Hey, Leute, wusstet ihr, dass Gwendolyn in Wirklichkeit eine Zeitreisende ist? Eigentlich sollte *ich* das sein, aber das Schicksal hat es anders bestimmt. Und plötzlich stehe ich da wie eine dieser doofen Schwestern von Aschenputtel.«

»Weitersingen!«, riefen ihre Groupies verwirrt.

»Ausziehen!«, rief Gordon.

Charlotte legte den Kopf schief und fixierte Gideon mit glühenden Blicken. *»But I won't stop until that boy is mine?* Haha, von wegen! So tief werde ich bestimmt nicht sinken.« Sie streckte ihren Zeigefinger in Gideons Richtung und rief: »Er kann auch in der Zeit reisen. Und bald schon wird er die Menschheit von allen Krankheiten heilen.«

»Oh shit«, murmelte Leslie.

»Jemand muss sie da runterholen«, sagte ich.

»Ja, aber wie? Sie ist eine Kampfmaschine. Vielleicht können wir einfach einen schweren Gegenstand nach ihr werfen«, schlug Raphael vor.

Charlottes Publikum war verunsichert. Irgendwie schien es zu merken, dass Charlottes Stimmung alles andere als ausgelassen war. Nur Gordon brüllte fröhlich weiter: »Ausziehen!«

Ich versuchte, Blickkontakt zu Gideon aufzunehmen, aber er hatte nur Augen für Charlotte. Langsam bahnte er sich einen Weg zu dem Tisch, auf dem sie stand.

Sie holte tief Luft und das Mikro trug ihren Seufzer bis in die allerletzte Ecke des Wintergartens. »Er und ich – wir wissen alles über Geschichte. Wir haben für unsere gemeinsamen Zeitreisen gelernt. Ihr solltet sehen, wie er Menuett tanzt. Oder reitet. Oder mit dem Degen ficht. Oder Klavier spielt.«

Gideon hatte sie fast erreicht.

»Er ist unheimlich gut in allem, was er tut. Und er kann Liebeserklärungen in acht Sprachen machen«, sagte Charlotte mit träumerischer Stimme und zum ersten Mal in meinem ganzen Leben sah ich Tränen in ihre Augen treten. »Nicht dass er mir jemals eine gemacht hätte – nein! Er hat ja nur Augen für meine dämliche Cousine.«

Ich biss mir auf die Lippe. Das klang ganz nach einem gebrochenen Herzen und niemand auf der Welt konnte sie besser verstehen als ich. Wer hätte gedacht, dass Charlotte überhaupt ein Herz hatte? Einmal mehr wünschte ich, dass Leslie mit ihrer Marzipan-Theorie richtig lag. Wobei mein eigenes Herz sich auch gerade schmerzhaft zusammenkrampfte und ich angestrengt versuchen musste, die Wogen der Eifersucht zurückzudrängen, die mich zu überschwemmen drohten.

Gideon streckte die Hand zu Charlotte hinauf. »Zeit, nach Hause zu gehen.«

»Buuuh«, rief Gordon, sensibel wie ein Mähdrescher, aber alle anderen hielten gespannt die Luft an.

»Lass mich«, sagte Charlotte zu Gideon. Sie schwankte ein wenig. »Ich bin noch längst nicht fertig.«

Mit einem Satz war Gideon neben ihr auf dem Tisch und hatte ihr das Mikro entwunden. »Die Vorstellung ist zu Ende«, sagte er. »Komm schon, Charlotte, ich bring dich nach Hause.«

Charlotte fauchte ihn an wie eine wütende Katze. »Wenn du

mich anrührst, breche ich dir das Genick. Ich kann Krav Maga, weißt du!«

»Ich auch, schon vergessen?« Wieder hielt er ihr seine Hand hin. Zögernd griff Charlotte danach und ließ sich sogar vom Tisch heben, eine müde, betrunkene Elfe, die sich kaum mehr auf den Beinen halten konnte.

Gideon legte ihr einen Arm um die Taille und drehte sich zu uns um. An seiner Miene war wie so oft nicht zu erkennen, was er dachte. »Ich muss das hier schnell erledigen. Ihr geht mit Raphael in meine Wohnung«, sagte er knapp. »Wir treffen uns dann da.«

Für einen Moment berührten sich unsere Blicke.

»Bis gleich«, sagte er.

Ich nickte. »Bis gleich.«

Charlotte sagte gar nichts mehr.

Und ich fragte mich, ob Aschenputtel vielleicht auch ein paar klitzekleine Schuldgefühle gehabt hatte, als sie mit dem Prinzen auf seinem weißen Pferd davongeritten war.

Das »Für immer« besteht aus vielen »jetzt«.

(Emily Dickinson)

14.

Und wieder ein Grund mehr, sich von Alkohol fernzuhalten«, stöhnte Leslie. »Man kann es drehen und wenden, wie man will: Am Ende steht man immer richtig doof da, wenn man sich betrunken danebenbenommen hat. Ich möchte am Montag in der Schule jedenfalls nicht in Charlottes Haut stecken.«

»Auch nicht in Cynthias«, sagte ich. Beim Verlassen des Hauses hatten wir das Geburtstagskind in der Garderobe mit einem Jungen herumknutschen sehen, der zwei Klassen unter uns war. (Ich hatte unter diesen Umständen darauf verzichtet, mich von Cynthia zu verabschieden, zumal wir uns ja auch gar nicht begrüßt hatten.)

»Und genauso wenig in der Haut des armen Typen, der sich über Mr Dales ulkige Froschschuhe erbrochen hat«, sagte Raphael.

Wir bogen in die Chelsea Manor Street ein. »Aber Charlotte hat echt den Vogel abgeschossen.« Leslie blieb vor einem Schaufenster eines Möbelstoffladens stehen, aber nicht etwa, um die Auslage zu betrachten, sondern um ihr eigenes Spiegelbild zu bewundern. »Ich sag's echt ungern, aber sie tat mir ehrlich leid.«

»Mir auch«, sagte ich leise. Ich wusste schließlich genau, was für ein Gefühl es war, in Gideon verliebt zu sein. Und leider wusste ich auch, was für ein Gefühl es war, sich vor allen Leuten danebenzubenehmen.

»Mit etwas Glück hat sie morgen das Ganze vergessen.« Raphael schloss die Tür zu einem roten Backsteinhaus auf. Von dem Haus der Dales in der Flood Street bis hierher war es nur ein Katzensprung und so hatte es nahegelegen, uns in Gideons Apartment für die Party umzuziehen.

Vorhin allerdings war ich so aufgewühlt von meiner Begegnung mit Lucy und Paul im Jahr 1912 gewesen, dass ich jetzt erst dazu kam, mich genauer umzuschauen.

Eigentlich war ich immer davon überzeugt gewesen, dass Gideon in einem dieser ultrahippen Loftapartments wohnte, mit hundert Quadratmetern gähnender Leere und jeder Menge Chrom und Glas und einem Flachbildschirmfernseher in der Größe eines Fußballfeldes. Aber ich hatte mich getäuscht. Direkt vom Eingang führte ein schmaler Flur an einer kleinen Treppe vorbei in ein lichtdurchflutetes Wohnzimmer, dessen Rückwand ein riesiges Fenster einnahm. Deckenhohe Regale säumten die Wände, in denen sich Bücher, DVDs und ein paar Ordner in einem kunterbunten Mix stapelten, und vor der Fensterbank stand ein großes graues Sofa mit einer Menge Kissen.

Das Herzstück des Raums jedoch stellte ein offener Flügel dar, dessen Würde allerdings leicht durch ein Bügelbrett beeinträchtigt wurde, das ganz und gar unfeierlich dagegenlehnte. Auch der Dreispitz, der achtlos an einer Ecke des Flügeldeckels hing und den Madame Rossini mit Sicherheit schon händeringend suchte, passte nicht ganz ins Bild. Aber na ja – vielleicht war das ja Gideons Vorstellung von *Schöner Wohnen.*

»Was möchtet ihr trinken?«, fragte Raphael, ganz der perfekte Gastgeber.

»Was habt ihr denn?«, fragte Leslie zurück und schaute misstrauisch hinüber in die Küche, in der sich in der Spüle Geschirr und Teller stapelten, die mit etwas überzogen waren, was vermutlich einmal Tomatensoße gewesen war. Vielleicht handelte es sich aber auch um ein medizinisches Experiment für Gideons Studium.

Raphael öffnete den Kühlschrank. »Öhm. Mal sehen. Hier hätten wir Milch, aber das Haltbarkeitsdatum ist letzten Mittwoch abgelaufen. Orangensaft . . . oh! Kann der irgendwie fest werden? Es raschelt so komisch in der Tüte. Aber das hier sieht doch vielversprechend aus, es müsste eine Art Limonade sein, gemischt mit . . .«

»Äh, ich nehme einfach Wasser, bitte.« Leslie wollte sich auf das riesige graue Sofa fallen lassen, erinnerte sich aber in letzter Sekunde daran, dass Grace Kellys Kleid sich für derartige Lümmeleien nicht eignete, und nahm sehr gesittet auf der Kante Platz. Ich ließ mich mit einem abgrundtiefen Seufzer neben sie plumpsen.

»Arme Gwenny.« Sie tätschelte liebevoll meine Wange. »Was für ein Tag! Du bist bestimmt vollkommen fertig, oder? Tröstet es dich, wenn ich sage, dass man es dir nicht ansieht?«

Ich zuckte mit den Schultern. »Ein bisschen.«

Raphael kam mit Gläsern und einer Flasche Wasser zurück und wischte ein paar Zeitschriften und Bücher vom Couchtisch, darunter ein Bildband über den Mann im Rokoko.

»Kannst du mal ein paar Quadratmeter von den Rüschen

zur Seite packen, damit ich auch noch auf das Sofa passe?« Er grinste auf mich herunter.

»Ach, setz dich einfach aufs Kleid«, sagte ich, ließ meinen Kopf nach hinten fallen und schloss die Augen.

Leslie sprang auf. »Kommt gar nicht infrage! Am Ende geht noch was kaputt und dann dürfen wir nie mehr was bei Madame Rossini ausleihen. Komm, hoch mit dir, ich schnüre dich aus diesem Miederteil.« Sie zog mich zurück auf die Beine und begann, mich aus dem Sisi-Kleid zu schälen. »Und du guckst solange woandershin, Raphael.«

Raphael warf sich der Länge nach auf das Sofa und starrte an die Decke. »So recht?«

Als ich wieder Jeans und T-Shirt trug und ein paar Schlucke Wasser getrunken hatte, ging es mir ein bisschen besser.

»Wie war es denn, deine . . . also . . . Lucy und Paul zu treffen?«, fragte Leslie leise, als wir wieder auf dem Sofa saßen.

Raphael sah mich mitleidig von der Seite an. »Krass, wenn die eigenen Eltern im Grunde genauso alt sind wie man selber.«

Ich nickte. »Es war ziemlich . . . merkwürdig und . . . aufwühlend.« Und dann erzählte ich ihnen alles, angefangen von der Begrüßung durch den Butler bis hin zu unserem Geständnis, den Blutkreis mit dem gestohlenen Chronografen bereits geschlossen zu haben. »Dass wir im Besitz des Steins der Weisen sind – oder dem *Glitzersalz*, wie Xemerius es nennt –, hat ihnen wirklich die Schuhe ausgezogen. Sie haben sich schrecklich aufgeregt und Lucy redet noch mehr als ich, wenn sie aufgeregt ist, kaum zu fassen, oder? Sie hörten erst auf, uns mit Vorwürfen zu überhäufen, als ich ihnen mitteilte, dass ich über unsere . . . äh Verwandtschaftsverhältnisse Bescheid wüsste.«

Leslie riss ihre Augen weit auf. »Und?«

»Da waren sie erst mal still. Bis wir einen Moment später alle wieder in Tränen ausgebrochen sind«, sagte ich und rieb mir müde über die Augen. »Ich glaube, mit dem, was ich mir in den letzten Tagen so zusammengeweint habe, könnte man ein afrikanisches Feld während der Trockenzeit versorgen.«

»Ach Gwenny.« Leslie streichelte hilflos über meinen Arm.

Ich versuchte ein Grinsen. »Ja, und dann haben wir ihnen noch die frohe Botschaft mitgeteilt, dass der Graf mich gar nicht umbringen *kann* und auch sonst niemand, weil ich nämlich unsterblich bin. Das wollten sie natürlich nicht glauben, aber weil die Zeit schon ziemlich knapp war, konnten wir es ihnen auch nicht beweisen, indem ich mich mal schnell von Millhouse erwürgen ließ oder so. Wir mussten sie also mit offenen Mündern zurücklassen und rennen, um noch rechtzeitig für unseren Rücksprung in der Kirche zu sein.«

»Und wie geht es jetzt weiter?«

»Morgen früh werden wir sie wieder besuchen und dann will Gideon ihnen einen genialen Plan unterbreiten«, sagte ich. »Dummerweise muss der ihm heute Nacht noch einfallen. Und wenn er nur halb so erschöpft ist wie ich, wird er keinen klaren Gedanken fassen können.«

»Na, aber dafür gibt es doch Kaffee. Und mich: die geniale Leslie Hay.« Leslie schenkte mir ein aufmunterndes Lächeln. Dann seufzte sie. »Aber du hast recht, ganz unkompliziert ist es wirklich nicht. Es ist zwar toll, dass ihr den Chronografen habt, um eigene Zeitreisen zu unternehmen, aber unbegrenzt könnt ihr den schließlich nicht benutzen. Vor allem nicht, wenn man bedenkt, dass ihr morgen schon wieder zum Grafen müsst und damit nur noch zwei Stunden oder weniger von eurem Elapsierkontingent zur Verfügung stehen.«

»Häh?«, machte ich.

Leslie seufzte. »Hast du nicht *Anna Karenina* gelesen? Man kann nicht mehr als fünfeinhalb Stunden täglich elapsieren, sonst hat es Nebenwirkungen.« Leslie tat so, als würde sie Raphaels bewundernden Blick nicht bemerken. »Und ich weiß nicht, wie ich es finden soll, dass ihr dieses Pulverzeugs besitzt. Es ist . . . gefährlich. Ich hoffe, ihr habt es wenigstens so versteckt, dass niemand es finden kann.«

Soviel ich wusste, war das Fläschchen immer noch in Gideons Lederjacke. Aber das sagte ich Leslie nicht. »Paul hat mindestens zwanzigmal verlangt, dass wir das Zeug vernichten sollten.«

»Der Mann ist nicht blöd!«

»Nein!« Ich schüttelte den Kopf. »Gideon meint, es könnte unser Trumpf im Ärmel sein.«

»Krass«, sagte Raphael. »Man könnte es ja mal scherzhalber bei *Ebay* einstellen und sehen, wer alles so mitsteigert. Unsterblichkeits-Pulver zur einmaligen Einnahme. Mindestgebot ein Pfund.«

»Außer dem Grafen kenne ich niemanden, der unsterblich werden möchte«, sagte ich ein wenig bitter. »Es muss doch furchtbar sein, am Leben zu bleiben, wenn alle um einen herum irgendwann sterben müssen. Also, ich möchte das nicht

414

erleben! Bevor ich ganz allein auf der Welt bin, werde ich mich von einer Klippe stürzen!« Ich unterdrückte einen weiteren Seufzer, der sich bei diesem Gedanken aufdrängte. »Meint ihr, dass das mit der Unsterblichkeit bei mir so eine Art Gendefekt sein könnte? Schließlich hab ich nicht nur eine Zeitreiselinie in der Familie, sondern gleich zwei.«

»Da könnte etwas Wahres dran sein«, sagte Leslie. »Mit dir schließt sich der Kreis – im wahrsten Sinne des Wortes.«

Eine Weile starrten wir gedankenverloren auf die Wand gegenüber. Dort war mit schwarzen Buchstaben ein lateinischer Spruch auf den Putz gepinselt.

»Was heißt das eigentlich?«, fragte Leslie schließlich. »Kühlschrank auffüllen nicht vergessen?«

»Nein«, sagte Raphael. »Es ist ein Zitat von Leonardo da Vinci und die de Villiers haben es sich von ihm geklaut und als ihr Familienmotto ausgegeben.«

»Oh, dann heißt es bestimmt übersetzt so was wie *Wir sind keine Angeber, wir sind* wirklich *toll*. Oder: *Wir wissen alles und haben immer recht!*«

Ich kicherte.

»Binde deinen Karren an einen Stern«, sagte Raphael. »Das heißt es.« Er räusperte sich. »Soll ich Stifte und Papier holen? Damit wir besser grübeln können?« Er grinste verlegen. »Es ist irgendwie krank, wenn ich das jetzt sage, aber euer Mystery-Spiel macht mir wirklich Spaß.«

Leslie setzte sich auf. Langsam breitete sich ein Lächeln auf ihrem Gesicht aus und die Sommersprossen auf ihrer Nase begannen zu tanzen. »Geht mir ganz genauso«, sagte sie. »Ich meine, ich weiß, dass es kein Spiel ist und dass es um Leben und Tod geht, aber ich hatte noch nie so viel Spaß wie in den letzten Wochen.« Sie warf mir einen entschuldigenden Blick zu. »Tut mir leid, Gwenny, es ist einfach megacool, eine unsterbliche Zeitreisende zur Freundin zu haben, ich glaube, weitaus cooler, als selber eine zu sein.«

Ich konnte nicht anders, ich musste lachen. »Da hast du allerdings recht. Ich hätte auch mehr Spaß, wenn wir unsere Rollen tauschen könnten.«

Als Raphael mit Papier und Buntstiften zurückkam, begann Leslie sofort, Kästchen und Pfeile zu malen. »Vor allem die Sache mit diesem Verbündeten des Grafen unter den Wächtern bereitet mir Kopfzerbrechen.« Sie kaute einen Moment an dem Bleistift. »Wobei auch das auf einer Vermutung beruht, aber egal. Im Grunde könnte es jeder sein, oder? Der Gesundheitsminister, der komische Doktor, der freundliche Mr George, Mr Whitman, Falk . . . – und der rothaarige Trottel, wie heißt er noch mal?«

»Marley«, sagte ich. »Aber ich glaube, der ist nicht der Typ für so was.«

»Aber er ist ein Nachfahre von Rakoczy. Und es sind immer die, denen man es am wenigsten zutraut, das weißt du doch!«

»Das stimmt«, sagte Raphael. »Die Harmlosen sind meistens die Bösewichte. Vor den Stotterern und Trotteln sollte man sich in Acht nehmen.«

»Dieser Verbündete des Grafen, nennen wir ihn mal Mr X, könnte der Mörder von Gwennys Großvater sein.« Leslie kritzelte eifrig auf dem Papier herum. »Und er wäre vermutlich derjenige, der Gwenny töten sollte, wenn der Graf sein Elixier erhalten hat.« Sie sah mich liebevoll an. »Seit ich weiß, dass du unsterblich bist, bin ich ein klitzekleines bisschen weniger besorgt.«

»Unsterblich, aber nicht unverletzbar«, sagte Gideon. Wir fuhren alle zusammen und starrten ihn erschrocken an. Unbemerkt hatte er die Wohnung betreten und lehnte nun mit verschränkten Armen im Türrahmen. Noch immer trug er sein 18.-Jahrhundert-Outfit und wie jedes Mal machte mein Herz bei seinem Anblick einen schmerzhaften, kleinen Satz.

»Wie geht's Charlotte?«, erkundigte ich mich und hoffte, dass die Frage genauso neutral klang, wie ich es beabsichtigt hatte.

Gideon zuckte müde mit den Schultern. »Ich denke, sie wird morgen früh ein paar Aspirin schlucken müssen.« Er kam näher. »Was macht ihr da?«

»Pläne.« Leslie hatte die Zunge in den Mundwinkel geklemmt, während sie den Stift über das Papier huschen ließ. »Wir dürfen auch die Magie des Raben nicht vergessen«, sagte sie mehr zu sich selber.

»Gid, was meinst *du,* wer der heimliche Verbündete des Grafen bei den Wächtern sein könnte?« Raphael kaute aufgeregt an seinen Fingernägeln. »Ich habe ja Onkel Falk im Verdacht. Der war mir schon, als ich klein war, immer total unheimlich.«

»Ach Unsinn.« Gideon kam zu mir und drückte mir einen Kuss aufs Haar, dann ließ er sich in den abgewetzten Ledersessel gegenüber fallen, stützte die Ellenbogen auf seine Oberschenkel und strich sich eine Haarsträhne aus der Stirn. »Mir will nicht aus dem Kopf gehen, was Lucy vorhin gesagt hat: dass die Unsterblichkeit des Grafen mit Gwens Geburt aufgehoben ist.«

Leslie riss sich von ihren Diagrammen los und nickte. *»Doch achte, wenn der zwölfte Stern geht auf, das Schicksal des Irdischen nimmt seinen Lauf«*, zitierte sie und ich ärgerte mich wieder mal, dass mir diese blöden Schüttelreime einen Schauer über den Rücken jagen konnten. *»Die Jugend schmilzt, die Eiche ist geweiht, dem Untergang in Erdenzeit.«*

»Kannst du das alles auswendig?«, fragte Raphael.

»Nicht alles. Aber manche dieser Verse sind irgendwie sehr einprägsam«, antwortete Leslie ein bisschen verlegen. Dann wandte sie sich an Gideon. »Ich habe das so interpretiert: Wenn der Graf das Pulver in der Vergangenheit schluckt, wird er unsterblich. Aber nur bis der zwölfte Stern aufgeht, äh, also, bis Gwendolyn auf die Welt kommt. Mit ihrer Geburt hat sich das mit der Unsterblichkeit dann erledigt. Die Eiche ist dem Untergang in Erdenzeit geweiht, das heißt, der Graf würde wieder sterblich werden. Es sei denn, er tötet Gwendolyn, um diesen Prozess aufzuhalten. Vorher aber muss sie ja überhaupt erst möglich machen, dass er das Elixier erhält. Und wenn er das Elixier niemals erhält, dann wird er auch gar nicht erst unsterblich. Habe ich mich verständlich ausgedrückt?«

»Ja, irgendwie schon«, sagte ich und dachte an Paul und die U-Bahnen in unseren Gehirnen.

Gideon schüttelte langsam den Kopf. »Und wenn wir die ganze Zeit einen Denkfehler gemacht haben?«, fragte er gedehnt. »Wenn der Graf das Pulver längst erhalten hat?«

Beinahe hätte ich wieder »Häh?« gemacht, doch ich konnte mich gerade noch einmal zurückhalten.

»Das kann nicht sein, weil der Blutkreis in dem einen Chronografen noch gar nicht geschlossen ist und das Elixier vom anderen hoffentlich an einem sicheren Platz versteckt ist«, sagte Leslie ungeduldig.

»Ja«, sagte Gideon gedehnt. »Jetzt gerade in diesem Moment. Aber das muss ja nicht so bleiben.« Er seufzte, als er unsere verständnislosen Blicke bemerkte. »Denkt doch mal nach: Es ist möglich, dass der Graf irgendwann im 18. Jahrhundert – wie auch immer er es geschafft haben mag – das Elixier zu sich genommen hat und unsterblich geworden ist.«

Wir starrten ihn alle drei an. Ohne dass ich so recht verstand warum, überzog sich mein ganzer Körper mit Gänsehaut.

»Was wiederum bedeuten würde, dass er in diesem Augenblick durchaus am Leben sein könnte«, fuhr Gideon fort, wobei er mir direkt in die Augen sah. »Dass er irgendwo da draußen herumläuft und darauf wartet, dass wir ihm das Elixier ins 18. Jahrhundert bringen. Und dann auf eine Gelegenheit, dich zu töten.«

Ein paar Sekunden herrschte Schweigen. Dann sagte Leslie: »Ich will nicht behaupten, dass ich dich voll und ganz verstehe, aber selbst wenn ihr es euch aus irgendeinem Grund anders überlegen und dem Grafen tatsächlich das Elixier bringen würdet ... hat er immer noch ein klitzekleines Problemchen« – an dieser Stelle lachte sie zufrieden auf – »er *kann* Gwenny nicht töten.«

Raphael ließ den Buntstift wie einen Kreisel auf dem Tisch

rotieren. »Außerdem – warum solltet ihr es euch anders überlegen, wenn ihr über die wahren Absichten des Grafen Bescheid wisst?«

Gideon antwortete nicht sofort und sein Gesichtsausdruck
war nahezu ausdruckslos, als er schließlich sagte: »Weil wir
erpressbar sind.«

Ich wurde wach, weil ich etwas Feuchtes und Kaltes in meinem Gesicht spürte und Xemerius sagte: »In zehn Minuten
klingelt der Wecker!«

Stöhnend zog ich mir die Decke über den Kopf.

»Dir kann man es auch nicht recht machen. Gestern hast du
dich noch beschwert, dass ich dich nicht geweckt habe.« Xemerius war beleidigt.

»Gestern hatte ich mir ja auch keinen Wecker gestellt. Und
es ist wirklich verdammt früh«, brummte ich.

»Man muss halt Opfer bringen, wenn man mal eben rasch
die Welt vor einem größenwahnsinnigen Unsterblichen retten will«, sagte Xemerius. Ich hörte, wie er summend eine
Runde durchs Zimmer flog. »Den du im Übrigen heute Nachmittag treffen wirst, falls du es vergessen haben solltest. Los
jetzt, raus aus den Federn!«

Ich stellte mich tot. Was nicht sonderlich schwer war, denn
es fühlte sich fast so an – Unsterblichkeit hin oder her. Aber
Xemerius schien von meinen Bemühungen nicht sonderlich
beeindruckt zu sein. Er flatterte gut gelaunt vor meinem Bett
auf und ab und krähte eine Binsenweisheit nach der anderen
in mein Ohr. Ganz vorn mit dabei: *Morgenstund hat Gold im
Mund* und *Früher Vogel fängt den Wurm.*

»Der frühe Vogel kann mich mal!«, sagte ich, aber schließlich erreichte Xemerius, was er wollte. Ich rollte mich genervt aus dem Bett und infolgedessen stand ich pünktlich um sieben Uhr in der U-Bahn-Station von Temple.

Na ja. Genau genommen war es sieben Uhr sechzehn, aber mein Handy ging ein bisschen vor.

»Du siehst genauso müde aus, wie ich mich fühle«, stöhnte Leslie, die schon am verabredeten Gleis auf mich gewartet hatte. Um diese Uhrzeit, zumal am Sonntagmorgen, war in der Station nicht besonders viel los, trotzdem fragte ich mich, wie Gideon von hier aus unbemerkt in einen der U-Bahn-Tunnel gelangen wollte. Die Bahnsteige waren hell erleuchtet und außerdem gab es jede Menge Überwachungskameras.

Ich stellte meine schwere, vollgepackte Reisetasche ab und warf Xemerius, der zwischen den Säulen einen halsbrecherischen Slalom flog, einen bösen Blick zu. »Xemerius ist schuld. Er hat mir nicht erlaubt, Mums Concealer zu benutzen, weil es angeblich schon so spät war. Geschweige denn, dass ich einen Zwischenstopp bei Starbucks einlegen durfte.«

Leslie legte neugierig den Kopf schief. »Du hast zu Hause geschlafen?«

»Natürlich, wo denn sonst?«, fragte ich ein bisschen ungehalten zurück.

»Na ja, ich dachte, ihr hättet das Pläneschmieden für eine Weile unterbrochen, nachdem Raphael und ich gegangen waren.« Sie kratzte sich an der Nase. »Zumal ich mich ja extra lange von Raphael verabschiedet habe, um euch genügend Zeit zu verschaffen, vom Sofa ins Schlafzimmer umzuziehen.«

Ich blinzelte sie an. »Extra lange?«, fragte ich gedehnt. »Wie aufopferungsvoll!«

Leslie grinste. »Ja, denk nur«, sagte sie. Sie wurde nicht ein klitzekleines bisschen rot. »Aber lenk jetzt nicht vom Thema ab. Du hättest deiner Mum ruhig erzählen können, dass du bei mir schläfst.«

Ich verzog den Mund. »Tja, ehrlich gesagt hätte ich das auch so gemacht. Aber Gideon hat darauf bestanden, mir ein Taxi zu rufen.« Etwas unglücklich setzte ich hinzu: »Offensichtlich war ich nicht halb so verführerisch, wie ich dachte.«

»Er ist eben sehr – äh – verantwortungsbewusst«, sagte Leslie tröstend.

»Ja, so kann man das auch nennen«, sagte Xemerius, der seinen Slalomflug beendet hatte. Schwer atmend ließ er sich neben mir auf dem Boden nieder. »Oder auch einfach ein Langweiler, Schnarchsack, Angsthase«, er holte kurz Luft, »Drückeberger, Hosenscheißer, Memme . . .«

Leslie sah auf ihre Uhr. Sie musste brüllen, um den Lärm eines einfahrenden Zuges der Central Line zu übertönen. »Nur anscheinend nicht besonders pünktlich. Es ist schon zwanzig nach.« Sie musterte die wenigen Leute, die aus der Bahn stiegen. Und dann – ganz plötzlich – leuchteten ihre Augen auf. »Oh, da sind sie ja.«

»Die beiden sehnsüchtig erwarteten Märchenprinzen hatten an diesem Morgen ausnahmsweise ihre weißen Rösser im Stall gelassen und waren mit der U-Bahn gefahren«, deklamierte Xemerius mit salbungsvoller Stimme. »Bei ihrem Anblick bekamen die beiden Prinzessinnen glänzende Augen, und als die geballte Ladung jugendlicher Hormone in Form von verlegenen Begrüßungsküsschen und dämlichem Grinsen aufeinandertraf, musste sich der kluge und unerreicht schöne Dämon leider in einen Papierkorb übergeben.«

Er übertrieb schamlos – keiner von uns lächelte dämlich. Höchstens ein bisschen verklärt. Und niemand war verlegen. Na ja, am ehesten vielleicht noch ich. Weil mir wieder einfiel, wie Gideon heute Nacht meine Arme von seinem Hals gelöst und gesagt hatte: »Es ist besser, ich rufe dir jetzt ein Taxi. Das wird ein anstrengender Tag heute.« Ich war mir ein bisschen vorgekommen wie eine Klette, die man aus seinem Pullover pulen musste. Und das Schlimme war, dass ich genau in diesem Moment innerlich zu den Worten »Ich liebe dich« Anlauf genommen hatte. Nicht dass er das nicht schon längst wusste, aber . . . ich hatte es ihm noch nie gesagt. Und jetzt war ich unsicher geworden, ob er es überhaupt hören wollte.

Gideon streichelte kurz über meine Wange. »Gwenny, ich kann das auch alleine erledigen. Ich muss ja nur den diensthabenden Wächter auf seinem Weg nach oben abfangen und ihm den Brief wieder abnehmen.«

»*Nur* ist gut«, sagte Leslie. Noch weit entfernt, einen genialen Plan zu besitzen, hatten wir gestern immerhin zu viert ein »grobes Handlungskonzept« ausgearbeitet, wie Leslie es nannte. In jedem Fall mussten wir noch einmal Lucy und Paul treffen, und zwar bevor wir nachmittags dem Grafen erneut gegenübertreten würden. Und wir mussten uns um den Brief mit den Informationen über Lucys und Pauls Aufenthaltsort kümmern, den Gideon in der letzten Woche ins Jahr 1912 gebracht hatte. Er durfte unter keinen Umständen in die Hände des damaligen Großmeisters und der de-Villiers-Zwillinge geraten. Da die Zeit, die wir für geheime Zeitreisen mit unserem Privat-Chronografen kalkulieren konnten, ohne körperliche Beeinträchtigungen zu riskieren (sprich es Xemerius gleichzutun und in Papierkörbe zu kotzen), sich auf maximal anderthalb Stunden beschränkte, würde es äußerst schwierig werden, jede Minute sinnvoll zu nutzen.

Raphael hatte allen Ernstes vorgeschlagen, den Chronografen ins Hauptquartier der Wächter zu schmuggeln und von dort zu springen, aber so kaltblütig war nicht mal sein großer Bruder.

Der hatte als Gegenvorschlag aus einem seiner Bücherregale ein paar Rollen gezogen und zwischen *Die Anatomie des Menschen in 3-D* und *Das Gefäßsystem der menschlichen Hand* einen Lageplan der unterirdischen Gänge hervorgezaubert, die den Templebezirk durchzogen. Und dieser Lageplan war der Grund dafür, dass wir uns hier in der U-Bahn-Station getroffen hatten.

»Du willst das ohne uns erledigen?« Ich zog die Brauen zusammen. »Wir waren uns doch einig, dass wir ab jetzt alles gemeinsam machen.«

»Genau«, sagte Raphael. »Sonst heißt es am Ende, du hättest die Welt ganz alleine gerettet.« Er und Leslie sollten den Chronografen bewachen, und auch wenn Xemerius etwas beleidigt gemeint hatte, er könne das genauso gut, war es tröstlich zu wissen, dass sie ihn einpacken und damit verschwinden konnten, falls wir gezwungen waren, an einer anderen Stelle zurückzuspringen.

»Außerdem baust du ohne uns bestimmt jede Menge Mist!« Leslie funkelte Gideon an.

Gideon hob die Hände. »Schon gut, schon gut, ich hab's ja kapiert.« Er nahm meine Reisetasche und blickte auf die Uhr. »Passt auf. Um 7:33 Uhr kommt die nächste U-Bahn. Danach haben wir genau vier Minuten Zeit, den ersten Durchgang zu finden, bis der darauf folgende Zug kommt. Taschenlampen erst anmachen, wenn ich es sage.«

»Du hast recht«, flüsterte Leslie mir zu. »Dieser Befehlston ist gewöhnungsbedürftig.«

»*Merde!*« Raphaels Fluch kam von Herzen. »Das war knapp.«

Ich konnte ihm da nur zustimmen. Der Schein unserer Taschenlampen flackerte über die gekachelten Wände und streifte unsere blassen Gesichter. Hinter uns ratterten die U-Bahn-Waggons durch den Tunnel.

Vier Minuten, so viel wussten wir jetzt immerhin, waren eine verdammt knappe Zeitspanne dafür, am Ende des Bahnsteigs über die Absperrung zu klettern, hinabzuspringen und neben den Schienen in den Tunnel hineinzurennen. Nicht zu vergessen, danach fünfzig Meter hinter Gideon herzukeuchen, hilflos vor der Eisentür stehen zu bleiben, die in die rechte Tunnelwand eingelassen war, und untätig zusehen zu müssen, wie Gideon erst umständlich eine Art Dietrich aus der Hosentasche fummelte und sich dann dranmachte, das Schloss zu knacken. Das war der Moment gewesen, in dem Leslie, Xemerius und ich im Chor »Mach schon, mach schon, mach schon« zu kreischen begonnen hatten, untermalt vom Lärm der nahenden U-Bahn.

»Auf der Karte sah es irgendwie näher aus«, sagte Gideon und blickte entschuldigend in die Runde.

Leslie fasste sich als Erste wieder. Sie richtete den Strahl ihrer Taschenlampe in die Dunkelheit vor uns und leuchtete die Mauer an, die den Gang nach ungefähr vier Metern in einer Sackgasse enden ließ. »Okay, wir sind richtig.« Sie checkte die Karte. »Im Jahr 1912 hat es diese Mauer noch nicht gegeben. Dahinter geht es weiter.«

Während Gideon sich hinkniete, den Chronografen auswickelte und die Daten eingab, zog ich unsere 1912er-Klamotten aus der Tasche und machte Anstalten, aus meiner Jeans zu schlüpfen.

»Was soll das denn werden?« Gideon sah geistesabwesend zu mir hoch. »Willst du etwa in einem bodenlangen Kleid durch die Gänge rennen?«

»Äh . . . ich dachte . . . wegen der Authentizität.«

»Scheiß auf die Authentizität«, sagte Gideon.

Xemerius patschte in die Krallenpfoten: »Ja, scheiß drauf!«, rief er begeistert. Dann wandte er sich mir zu. »Der schlechte Umgang färbt allmählich ab. Wurde aber auch Zeit.«

»Du zuerst, Gwenny.« Gideon nickte mir zu.

Ich kniete mich vor den Chronografen. Es war ein bisschen seltsam, unter Leslies und Raphaels gespannten Blicken zu verschwinden, aber ich konnte bei mir mittlerweile eine gewisse Routine feststellen. (Demnächst würde ich wahrscheinlich mal eben zum Brötchenholen ins letzte Jahrhundert springen.)

Gideon landete neben mir und leuchtete mit seiner Taschenlampe nach vorn. Hier im Jahr 1912 gab es keine Mauer, der Lichtkegel verlor sich in einem langen, niedrigen Gang.

»Bereit?«, erkundigte ich mich mit einem Grinsen.

»Wenn du es bist«, antwortete er und lächelte zurück.

Ob ich allerdings wirklich bereit war, bezweifelte ich. Wenn der U-Bahn-Tunnel schon Beklemmungsgefühle in mir ausgelöst hatte, so lief ich hier Gefahr, mich bald wegen einer akuten Klaustrophobie in Behandlung begeben zu müssen.

Je weiter wir kamen, desto niedriger und verzweigter wurden die Gänge. Hier und da führten Treppen noch weiter in die Tiefe und einmal standen wir vor einem verschütteten Durchgang und mussten wieder umkehren. Nur unser Atem und das leise Tappen unserer Schritte waren zu hören, und ab und zu Papiergeraschel, wenn Gideon stehen blieb und auf den Plan schaute. Ich bildete mir ein, es auch von woandersher rascheln und trippeln zu hören. Wahrscheinlich lebten ganze Rattenarmeen in diesem Labyrinth und – nur mal so gesponnen – wenn ich eine Riesenspinne gewesen wäre, hätte ich mir diesen Ort als Familienwohn- und Jagdsitz ausgewählt.

»Okay, hier müsste es rechts abgehen«, murmelte Gideon konzentriert.

Zum gefühlten vierzigsten Mal bogen wir ab. Die Gänge ähnelten sich wie ein Ei dem anderen. Es gab keinerlei Orientierungspunkte. Und wer wusste schon, ob dieser verdammte Plan überhaupt stimmte? Was, wenn er von einem Volltrottel wie Marley gezeichnet worden war? Dann würden Gideon und ich vermutlich als zwei Händchen haltende Skelette im Jahr 2250 ausgegraben werden. Ach nein, ich vergaß ja. Nur Gideon würde dann ein Skelett sein. Ich dagegen würde mich springlebendig an seine Knochen klammern, was die Vorstellung nicht gerade angenehmer machte.

Gideon blieb stehen, faltete den Plan seufzend zusammen und steckte ihn in seine Hosentasche.

»Haben wir uns jetzt verlaufen?« Ich versuchte, ruhig zu bleiben. »Vielleicht ist die Karte totaler Schrott. Was, wenn wir niemals wieder . . .«

»Gwendolyn«, unterbrach er mich ungeduldig. »Ab hier kenne ich mich aus. Es ist nicht mehr weit. Komm.«

»Ach so?« Ich schämte mich. Ich war heute Morgen aber auch wirklich ein bisschen sehr, äh, *Mädchen*. Hintereinander hasteten wir weiter vorwärts. Es war mir ein Rätsel, wieso Gideon sich in diesem Labyrinth auszukennen glaubte.

»Mist!« Ich war in eine Pfütze getreten. Und gleich neben dieser Pfütze saß eine dunkelbraune Ratte und blinzelte mit roten Augen ins Licht meiner Taschenlampe. Ich quiekte laut auf. Wahrscheinlich hieß das Quieken in der Rattensprache »Du bist ja niedlich«, denn die Ratte richtete sich auf ihre Hinterbeinchen und legte den Kopf schief.

»Du bist gar nicht niedlich«, quiekte ich. »Geh weg!«

»Wo bleibst du denn?« Gideon war schon um die nächste Ecke verschwunden.

Ich schluckte und nahm all meinen Mut zusammen, um an der Ratte vorbeizulaufen. Sie waren ja wohl nicht wie Hunde, die vorsprangen und einem in die Waden bissen, oder? Sicherheitshalber blendete ich das Tier mit der Lampe, bis ich die Ecke, an der Gideon auf mich wartete, fast erreicht hatte. Dann ließ ich den Strahl nach vorne schwenken und quiekte gleich noch einmal auf. Am Ende des Ganges war die Silhouette eines Mannes aufgetaucht.

»Da ist jemand«, zischte ich.

»Scheiße!« Blitzschnell packte Gideon mich und zog mich in den Schatten zurück. Aber es war schon zu spät. Selbst wenn ich nicht gequiekt hätte, das Licht meiner Taschenlampe hätte mich in jedem Fall verraten.

»Ich glaube, der hat mich gesehen!«, wisperte ich zurück.

»Ja, hat er!«, sagte Gideon grimmig. »Das bin nämlich *ich!* Ich Esel! Los! Sei nett zu mir!« Und mit diesen Worten gab er mir einen Schubs, sodass ich zurück in den Gang taumelte.

»Was zum . . .«, flüsterte ich, als ich vom Schein einer Taschenlampe eingefangen wurde.

»Gwendolyn?«, hörte ich Gideons ungläubige Stimme. Aber diesmal kam sie von vorne. Ich brauchte noch eine halbe Sekunde, dann begriff ich, dass wir Gideons früherem Ich über den Weg gelaufen waren, das gerade dabei war, den Brief an den Großmeister zu übergeben. Ich richtete meine Taschenlampe auf ihn. Oh Gott, ja, er war es! Und er blieb in ein paar Metern Abstand stehen und guckte vollkommen konsterniert. Zwei Sekunden lang blendeten wir uns gegenseitig mit den Taschenlampen, dann sagte er: »Wie kommst du hierher?«

Ich konnte nicht anders, ich musste ihn einfach anlächeln. »Äh, das ist ein bisschen kompliziert zu erklären«, sagte ich, obwohl ich am liebsten »Hey, du hast dich überhaupt nicht verändert!« gesagt hätte. Der andere Gideon fuchtelte hinter dem Mauervorsprung mit seinen Händen.

»Erklär's mir!«, forderte sein jüngeres Ich mich auf und kam näher.

Wieder fuchtelte der andere Gideon wild in der Luft herum. Ich verstand nicht, was er damit sagen wollte.

»Einen Moment bitte.« Ich lächelte seine jüngere Version verbindlich an. »Ich muss schnell mal was klären. Bin gleich wieder da.«

Aber offensichtlich hatten weder der ältere noch der jüngere Gideon Lust auf ein klärendes Gespräch. Während der jüngere mir folgte und mich am Arm festhalten wollte, wartete der ältere gar nicht ab, bis er einen Blick um die Ecke geworfen hatte, er sprang vor und schlug seinem Alter Ego mit voller Wucht die Taschenlampe vor die Stirn. Der jüngere Gideon fiel zu Boden wie ein Sack Kartoffeln.

»Du hast ihm wehgetan!« Ich kniete nieder und betrachtete entsetzt die blutende Platzwunde.

»Er wird's überleben«, sagte der andere Gideon ungerührt. »Komm, wir müssen weiter! Die Übergabe hat bereits stattgefunden, der hier«, er gab sich selbst einen leichten Fußtritt, »war bereits auf dem Rückweg, als er dich getroffen hat.«

Ich hörte ihm nicht zu, sondern streichelte seinem bewusstlosen Ich zärtlich über das Haar. »Du hast dir selber eins übergebraten! Kannst du dich noch daran erinnern, wie gemein du deswegen zu mir warst?«

Gideon grinste schwach. »Ja, kann ich. Und es tut mir ehrlich leid. Aber wer rechnet denn auch mit so was? Jetzt komm schon! Bevor der Blödmann wieder aufwacht. Er hat den Brief längst übergeben.« Und dann stieß er ein paar französische Wörter aus, hinter denen ich saftige Flüche vermutete, weil er genau wie sein Bruder vorhin mehrfach das Wort »Merde!« bemühte.

»Nanana, junger Mann«, sagte eine Stimme ganz in unserer Nähe.

»Nur weil wir uns hier unten nahe der Kanalisation befinden, sollte man sich noch lange nicht ungehemmt der Fäkalsprache widmen dürfen.«

Gideon war herumgeschnellt, machte aber keine Anstalten, den Neuankömmling ebenfalls k. o. zu schlagen. Vielleicht weil die Stimme so gutmütig und belustigt geklungen hatte. Ich hob meine Taschenlampe und leuchtete einem fremden Mann mittleren Alters ins Gesicht und von dort abwärts, für den Fall, dass er eine Pistole auf uns richtete. Was er nicht tat.

»Ich bin Dr. Harrison«, sagte er mit einer kleinen Verbeugung, wobei sein Blick ein wenig irritiert zwischen Gideons Gesicht und dem am Boden liegenden Gideon hin- und herhuschte. »Und ich habe Ihren Brief gerade von unserem diensthabenden Adepten an der Zerberuswache übernommen.« Er zog einen Umschlag aus seinem Jackett, auf dem ein großes rotes Siegel prangte. »Lady Tilney hat mir versichert, er dürfe in keinem Fall in die Hände des Großmeisters oder anderer Mitglieder des Inneren Kreises gelangen. Von mir mal abgesehen.«

Gideon seufzte und rieb sich mit dem Handrücken über die Stirn. »Wir wollten die Übergabe verhindern, aber uns ist in diesen Gängen die Zeit weggelaufen . . . und dann habe ich Idiot es auch noch fertiggebracht, mir selber in die Quere zu kommen.« Er nahm den Brief und stopfte ihn sich in die Tasche. »Danke.«

»Ein de Villiers, der einen Fehler zugibt?« Dr. Harrison lachte leise. »Das ist ja mal etwas ganz Neues. Aber glücklicherweise hat sich Lady Tilney der Sache angenommen – und ich habe noch nie erlebt, dass einer ihrer Pläne gescheitert wäre. Widerspruch ist im Übrigen auch vollkommen zwecklos.« Er zeigte auf den am Boden liegenden Gideon. »Braucht er Hilfe?«

»Es kann nichts schaden, wenn man die Wunde desinfiziert und vielleicht etwas Weiches unter seinen Hinterkopf le. . .«, sagte ich, aber Gideon fiel mir ins Wort: »Unsinn! Dem geht es bestens.« Er achtete nicht auf meine Proteste und zog mich auf die Beine. »Wir müssen jetzt zurück. Grüßen Sie Lady Tilney von uns, Dr. Harrison. Und bestellen Sie ihr meinen Dank.«

»Es war mir ein Vergnügen«, sagte Dr. Harrison. Er wollte sich umdrehen, aber mir fiel noch etwas ein. »Ach, Dr. Harrison«, sagte ich. »Könnten Sie Lady Tilney vielleicht ausrichten, dass sie sich nicht erschrecken soll, wenn ich sie in Zukunft beim Elapsieren besuchen komme?«

Dr. Harrison nickte. »Aber sehr gern doch.« Er winkte uns zu: »Viel Glück.« Damit eilte er davon.

Ich war noch dabei, ihm ein »Wiedersehen« nachzurufen, da zerrte Gideon mich schon wieder in die andere Richtung. Sein bewusstloses Alter Ego ließ er ganz allein im Gang liegen.

»Bestimmt wimmelt es hier gleich von Ratten«, sagte ich, von Mitleid geschüttelt. »Die werden doch von Blut angelockt!«

»Das verwechselst du mit Haien«, sagte Gideon. Aber dann blieb er abrupt stehen, drehte sich zu mir um und nahm mich in die Arme. »Es tut mir leid!«, murmelte er in mein Haar. »Ich war so ein Blödmann! Würde mir ganz recht geschehen, wenn eine Ratte an mir rumknabbert.«

Sofort vergaß ich alles um uns herum (und auch alles andere), schlang meine Arme um seinen Hals und begann, ihn zu küssen, erst nur dort, wo ich ihn gerade treffen konnte – auf dem Hals, auf dem Ohr, auf der Schläfe –, und dann auf den Mund. Er zog mich enger an sich, nur um mich drei Sekunden später wieder von sich zu schieben.

»Dafür ist jetzt wirklich keine Zeit, Gwenny!«, sagte er ungehalten, griff nach meiner Hand und zog mich vorwärts.

Ich seufzte. Mehrmals. Und sehr tief. Aber Gideon schwieg. Zwei Gänge weiter, als er stehen blieb und die Karte herausholte, hielt ich es nicht mehr aus und fragte: »Es ist, weil ich komisch küsse, oder?«

»Was?« Gideon sah mich über den Rand der Karte verdutzt an.

»Ich bin eine absolute Kusskatastrophe, richtig?« Ich bemühte mich, den hysterischen Unterton in meiner Stimme zu unterdrücken, aber es gelang mir nicht so recht. »Ich hatte bisher nicht . . . ich meine, um so etwas zu können, braucht es doch auch Zeit und Erfahrung. Aus Filmen lernt man längst nicht alles, weißt du! Und es ist irgendwie kränkend, wenn du mich wegschubst.«

Gideon ließ die Karte sinken und der Lichtkegel seiner Taschenlampe wanderte auf den Boden. »Gwenny, hör mal . . .«

»Ja, ich weiß, wir haben es eilig«, unterbrach ich ihn. »Aber ich muss das jetzt einfach loswerden. Alles wäre besser als wegschubsen oder . . . ein Taxi rufen. Ich vertrage durchaus Kritik. Also, jedenfalls wenn man sie nett formuliert.«

»Manchmal bist du wirklich . . .« Gideon schüttelte den Kopf, dann holte er tief Luft und sagte ernst: »Wenn du mich küsst, Gwendolyn Shepherd, dann ist das so, als würde ich den Kontakt zum Boden verlieren. Ich habe keine Ahnung, wie du das machst oder wo du es gelernt hast. Wenn es ein Film war, dann müssen wir ihn auf jeden Fall zusammen sehen.« Er hielt einen Moment inne. »Was ich eigentlich sagen will: Wenn du mich küsst, dann will ich nichts anderes mehr, als dich zu spüren und in meinen Armen zu halten. Scheiße, ich bin so schrecklich in dich verliebt, dass es sich anfühlt, als hätte irgendwo in meinem Inneren jemand einen Kanister mit Benzin ausgekippt und angezündet! Aber im Augenblick können wir uns . . . wir müssen einen kühlen Kopf behalten. Wenigstens einer von uns.« Der Blick, den er mir zuwarf, zerstreute meine Zweifel endgültig. »Gwenny, das alles macht mir furchtbare Angst. Ohne dich würde mein Leben keinen Sinn mehr haben, ohne dich . . . ich würde auf der Stelle sterben wollen, wenn dir etwas zustieße.«

Ich wollte ihn anlächeln, aber ich hatte plötzlich einen riesengroßen Kloß im Hals. »Gideon, ich . . .«, begann ich, aber er ließ mich nicht ausreden.

»Ich möchte nicht, dass . . . es darf dir nicht genauso gehen, Gwenny. Weil der Graf diese Gefühle nämlich gegen uns verwenden kann. Und wird!«

»Dafür ist es aber längst zu spät«, flüsterte ich. »Ich liebe dich. Und ohne dich würde ich nicht weiterleben wollen.«

Gideon sah aus, als würde er im nächsten Augenblick in Tränen ausbrechen. Er griff nach meiner Hand und zerquetschte sie beinahe. »Dann können wir nur hoffen, dass der Graf niemals, niemals, niemals davon erfährt.«

»Und dass uns doch noch der geniale Plan einfällt«, sagte

ich. »Und jetzt trödel hier gefälligst nicht länger rum! Wir haben es eilig.«

»Eine Viertelstunde und keine Minute mehr!«, sagte Gideon. Er kniete vor dem Chronografen auf der Picknickdecke, die wir mitten im Hyde Park, unweit der Serpentine Gallery in Sichtweite des Sees und der Brücke auf der Wiese ausgebreitet hatten. Obwohl es ein ähnlich prächtiger Frühlingstag zu werden versprach wie gestern, war es noch eisig kalt und das Gras nass vom Tau. Jogger und Spaziergänger mit ihren Hunden zogen vorbei und einige von ihnen schauten neugierig zu unserem kleinen Trupp hinüber.

»Aber eine Viertelstunde ist zu knapp!«, sagte ich, während ich mir das Gestell mit den komischen Hüftpolstern umschnallte, das dafür sorgte, dass mein Kleid wie ein Schlachtschiff um mich herumwogte und nicht auf dem Boden herumschleifte. Das Teil war der Grund dafür gewesen, dass ich heute Morgen statt eines Rucksackes diese überdimensionierte Reisetasche hatte nehmen müssen. »Was, wenn er zu spät kommt?« Oder gar nicht. Das fürchtete ich insgeheim am meisten. »Im 18. Jahrhundert gingen die Uhren bestimmt noch nicht so genau.«

»Dann hat er Pech gehabt«, knurrte Gideon. »Das ist ohnehin eine Schnapsidee. Ausgerechnet heute!«

»Da hat er ausnahmsweise mal recht«, sagte Xemerius träge. Er hüpfte in die Reisetasche, legte den Kopf auf die Pfoten und gähnte herzhaft. »Weckt mich, wenn ihr wieder da seid. Ich bin heute Morgen definitiv zu früh aufgestanden.« Kurz darauf ertönte ein Schnarchen aus der Tasche.

Leslie streifte mir vorsichtig das Kleid über den Kopf. Es war das blau geblümte, das ich bei meinem ersten Treffen mit dem Grafen getragen und das seither in meinem Kleiderschrank gehangen hatte. »Für die Sache mit James wäre wirklich später noch Zeit. Für ihn wird es immer derselbe Tag zur selben Uhrzeit sein, egal, von wann aus du ihn besuchen wirst.« Sie begann, die kleinen Häkchen auf meinem Rücken zu schließen.

»Das Gleiche gilt ja wohl auch für diese Brief-Übergabe-Verhinderungsgeschichte«, widersprach ich. »Das musste heute genauso wenig sein. Gideon hätte sich zum Beispiel auch erst am Dienstag oder nächstes Jahr im August eins überbraten können – es wäre aufs Gleiche hinausgelaufen. Mal abgesehen davon, dass sich Lady Tilney der Sache angenommen hat.«

»Mir wird immer schwindelig, wenn ihr solche Überlegungen anstellt«, beschwerte sich Raphael.

»Ich wollte das einfach erledigt haben, bevor wir Lucy und Paul das nächste Mal treffen«, sagte Gideon. »Das ist doch nicht so schwer zu verstehen.«

»Und ich will das mit James erledigt haben«, sagte ich und setzte in dramatischem Tonfall hinzu: »Falls uns etwas passiert, haben wir wenigstens sein Leben gerettet!«

»Und ihr wollt wirklich vor all diesen Leuten verschwinden und wieder auftauchen?«, fragte Raphael. »Meint ihr nicht, das steht morgen in der Zeitung und das Fernsehen will euch interviewen?«

Leslie schüttelte den Kopf. »Papperlapapp«, sagte sie energisch. »Wir sind weit genug vom Weg entfernt und ihr seid ja nur kurz weg. Die Einzigen, die dumm schauen werden, sind die Hunde.« Xemerius' Schnarchen wechselte kurz die Tonlage.

»Aber denkt daran, ihr müsst euch für den Rücksprung exakt an dieselbe Stelle setzen, an der ihr gelandet seid«, fuhr Leslie fort. »Markiert den Platz mit diesen hübschen Schuhen hier.« Sie drückte mir einen von Raphaels Schuhen in die Hand und strahlte mich an. »Das macht Spaß, wirklich! Ich will das ab jetzt bitte jeden Tag tun!«

»Ich aber nicht«, sagte Raphael, schaute kurz auf seine Socken hinab, wackelte trübselig mit den Zehen und starrte dann wieder zum Weg hinüber. »Meine Nerven sind zum Zerreißen gespannt. Vorhin in der U-Bahn war ich mir ganz sicher, dass wir verfolgt werden! Es wäre ja auch nur logisch, wenn die Wächter jemanden auf uns angesetzt hätten, der uns beschattet. Und wenn einer kommt, um uns den Chronografen wegzunehmen, kann ich ihn nicht mal ordentlich treten, weil ich ja nur Socken anhabe!«

»Er ist ein bisschen paranoid«, flüsterte Leslie mir zu.

»Das habe ich gehört«, sagte Raphael. »Und es stimmt nicht, ich bin nur . . . vorsichtig.«

»Und ich fasse nicht, dass ich das hier wirklich tue«, sagte Gideon und hängte sich Leslies Rucksack um, in dem er das Impfbesteck verstaut hatte. »Es verstößt wirklich gegen alle zwölf goldenen Regeln auf einmal. Komm, Gwenny, du zuerst.« Ich kniete mich neben ihn und lächelte ihn an. Er hatte sich geweigert, in seine grünen Klamotten zu schlüpfen, obwohl ich ihm zu erklären versucht hatte, dass er James in seinen normalen Sachen Angst einjagen würde. Schlimmer noch, er würde uns gar nicht ernst nehmen.

»Danke, dass du das für mich tust«, sagte ich trotzdem und legte meinen Finger in das Fach unter dem Rubin.

»Schon gut«, knurrte Gideon, dann verschwamm sein Gesicht vor meinen Augen, und als ich wieder klar sehen konnte, kniete ich in nassem Laub und in Unmengen von Kastanien. Schnell stand ich auf und legte Raphaels Schuh auf die Stelle, an der ich gelandet war.

Es regnete in Strömen und kein Mensch war zu sehen. Nur ein Eichhörnchen huschte in Windeseile hinauf in die Baumkrone und beäugte uns neugierig.

Gideon war neben mir gelandet und blickte sich um. »Tja«, sagte er dann und wischte sich den Regen aus dem Gesicht. »Optimales Ausreit- und Impfwetter, würde ich mal sagen.«

»Wir legen uns in diesem Gebüsch dort auf die Lauer«, schlug ich vor. Ausnahmsweise war ich es mal, die Gideons Hand nahm und ihn vorwärtszog.

Er sträubte sich. »Aber nur zehn Minuten«, zeterte er. »Und wenn er bis dahin nicht auftaucht, gehen wir zurück zu Raphaels Latschen.«

»Jaja«, gab ich zurück.

Es gab tatsächlich auch zu dieser Zeit schon eine Brücke über den schmalen Seeabschnitt, selbst wenn sie ganz anders aussah, als ich sie kannte. Auf dem Ring rumpelte eine Kutsche vorüber. Und von der anderen Seite näherte sich in flottem Trab ein einsamer Reiter. Auf einem Grauschimmel.

»Das ist er!«, rief ich aus und begann, wie wild zu winken. »James! Hier bin ich!«

»Geht es vielleicht noch ein bisschen auffälliger?«, erkundigte sich Gideon.

James, der einen Mantel mit mehreren gerüschten Pelerinen trug und eine Art Dreispitz, von dessen Krempen der Regen herabtropfte, brachte sein Pferd ein paar Meter vor uns zum Stehen. Seine Blicke wanderten von meinen durchnässten Haaren bis hinab zum Saum meines Kleides, dann unterzog er Gideon der gleichen Musterung.

»Seid Ihr ein Pferdehändler?«, fragte er misstrauisch, während Gideon in Leslies Rucksack kramte.

»Nein, er ist Arzt!«, erklärte ich. »Jedenfalls so gut wie.« Ich sah, dass James' Blick an dem Aufdruck auf Leslies Rucksack hängen blieb. *Hello Kitty must die.* »Ach, James, ich bin so froh, dass du gekommen bist«, plapperte ich los. »Bei dem Wetter und überhaupt – ich habe mich gestern auf dem Ball wohl nicht deutlich genug ausgedrückt. Es ist nämlich so, dass ich dich vor einer Krankheit beschützen will, mit der du dich im nächsten Jahr infizieren und an der du leider sterben wirst. Die Pocken – oder die Blattern, wie du sie nennst. Ich habe vergessen, wie der Typ heißt, bei dem du dich anstecken wirst, aber es ist ja auch egal. Die gute Nachricht ist, wir haben etwas, das dich vor der Krankheit retten wird.« Ich strahlte ihn an. »Du musst nur von diesem Pferd runter und deinen Ärmel hochkrempeln, dann geben wir es dir.«

James' Augen waren während meines Monologs größer und größer geworden. Hector (der wirklich prächtige Grauschimmel) machte einen nervösen Schritt rückwärts. »Das ist unerhört«, sagte James. »Ihr bestellt mich in den Park, um mir ein dubioses Medikament und eine noch dubiosere Geschichte zu verkaufen? Und Eure Begleitung sieht mir ganz nach einem Banditen und Wegelagerer aus!« Er schlug den Mantel zurück, damit wir einen Blick auf den Degen werfen konnten, der an seiner Seite baumelte. »Ich warne Euch! Ich bin bewaffnet und ich weiß, mich zu wehren!«

Gideon seufzte.

»Ach, James, jetzt hör doch mal zu!« Ich trat näher heran und griff Hector in den Zügel. »Ich möchte dir nur helfen und ich habe leider nicht viel Zeit! Also bitte, steig einfach vom Pferd runter und zieh den Mantel aus.«

»Ganz bestimmt werde ich das nicht tun«, sagte James empört. »Und unsere Unterhaltung ist hiermit beendet. Aus dem Weg, merkwürdiges Mädchen! Ich hoffe, das war unsere letzte Begegnung! Husch!« Er machte tatsächlich Anstalten, mir mit der Reitgerte eins überzuziehen. Aber er kam nicht mehr dazu, denn Gideon hatte ihn gepackt und vom Pferd gezerrt.

»Wir haben keine Zeit für solche Spielchen«, knurrte er und verdrehte James beide Arme auf dem Rücken.

»Hilfe!«, quiekte James, während er sich wand wie ein Aal. »Strolche! Überfall!«

»James! Das ist alles nur zu deinem Besten«, versicherte ich ihm, doch er maß mich mit Blicken, als wäre ich der Teufel höchstpersönlich. »Du weißt es nicht, aber . . . wir sind Freunde, dort wo ich herkomme. Sehr gute Freunde sogar!«

»Zu Hilfe! Wahnsinnige! Überfall«, rief James und starrte verzweifelt auf Hector. Der Grauschimmel allerdings schien keine Lust zu haben, einen auf Black Beauty zu machen. Statt sich heldenhaft auf uns zu stürzen, senkte er seinen Kopf und begann, friedlich zu grasen.

»Ich bin keine Wahnsinnige«, versuchte ich, James zu erklären. »Ich . . .«

»Halt einfach die Klappe und nimm ihm den Degen ab, Gwenny-Strolch«, fiel mir Gideon ungeduldig ins Wort. »Und dann gib mir die Lanzette und die Ampulle aus dem Rucksack.«

Seufzend tat ich, was er verlangte. Er hatte ja recht, es war wohl zwecklos, von James Verständnis zu erwarten.

»So«, knurrte Gideon, während er die Ampulle mit seinen Zähnen öffnete. »Sie wird Euch die Kehle durchschneiden, wenn Ihr Euch in den nächsten zwei Minuten auch nur ein einziges Mal bewegt, ist das klar? Und wagt es nicht, noch einmal um Hilfe zu rufen.«

Ich richtete die Degenspitze auf James' Hals. »Ähm, ehrlich, James, ich hatte mir das anders gedacht, das musst du mir glauben! Würde es nach mir gehen, dürftest du gerne für immer an meiner Schule herumspuken – mein Gott, ich werde dich so vermissen! Wenn ich richtig liege, ist das heute unser letztes Treffen.« Mir stiegen die Tränen in die Augen.

James sah aus, als würde er jeden Augenblick die Besinnung verlieren. »Ihr könnt meine Börse haben, wenn Ihr Geld braucht, aber verschont mein Leben! Bitte«, flüsterte er.

»Jaja, schon gut«, sagte Gideon. Er klappte den ausladenden Mantelkragen beiseite und setzte die Impflanzette direkt am Hals an. Als James den Ritzer in seiner Haut spürte, wimmerte er leise auf.

»Gehört das nicht normalerweise in den Oberarm?«, fragte ich.

»Normalerweise verdrehe ich auch niemandem dabei den Arm«, sagte Gideon grummelnd und James wimmerte noch einmal.

»Das ist jetzt irgendwie ein blöder Abschied«, sagte ich und konnte ein Schniefen nicht unterdrücken. »Ich würde dich viel lieber umarmen, anstatt dir einen Degen an den Hals zu halten! Du warst immer mein bester Freund an der Schule, gleich nach Leslie.« Die erste Träne lief mir über das Gesicht. »Und ohne dich hätte ich niemals den Unterschied zwischen Durchlaucht, Erlaucht und Hoheit begriffen und . . .«

»Fertig«, sagte Gideon und ließ James los, der ein paar Schritte rückwärtstaumelte und sich an den Hals fasste. »Da gehört eigentlich ein Pflaster drauf, aber es wird auch ohne gehen! Darauf achten, dass kein Dreck reinkommt.« Gideon nahm mir den Degen aus der Hand. »Ihr steigt jetzt auf Euer Pferd und reitet fort, ohne Euch noch einmal umzudrehen, verstanden?«

James nickte. Seine Augen waren immer noch angstvoll verdreht, als ob er nicht glauben könne, dass es vorbei sei.

»Auf Wiedersehen«, schluchzte ich. »Wiedersehen, James August Peregrin Pimplebottom! Du warst der beste Geist, den ich jemals gekannt habe!«

Mit wackeligen Beinen und schwer keuchend stieg James auf sein Pferd.

»Der Degen liegt unter der Kastanie, wenn Ihr ihn wiederhaben wollt«, sagte Gideon noch, aber da hatte James dem armen Hector schon die Sporen in die Seite geschlagen. Ich sah ihnen nach, bis sie zwischen den Bäumen verschwunden waren.

»Zufrieden?«, erkundigte sich Gideon bei mir, während er unsere Sachen zusammensammelte.

Ich wischte mir die Tränen von der Wange und lächelte ihn

an. »Danke! Es ist schon cool, einen Medizinstudenten zum Freund zu haben.«

Gideon grinste. »Aber ich schwöre, das war meine letzte Pockenimpfung! Die Patienten sind so undankbar.«

Die geliebt werden, können nicht sterben, denn Liebe
bedeutet Unsterblichkeit.

(Emily Dickinson)

15.

Gib Gas, Alter!«, rief Xemerius. »Langsam ist es wirklich mal an der Zeit, zum Showdown mit dem Bösewicht zu kommen.«

Er hockte auf meinem Schoß, während ich auf dem Beifahrersitz von Gideons Mini saß, der sich durch den frühnachmittäglichen Verkehr auf dem *Strand* quälte.

»Klappe«, raunte ich Xemerius zu. »Der Graf kann sich meinetwegen noch bis in alle Ewigkeit gedulden.«

»Wie bitte?« Gideon sah fragend zu mir hinüber.

»Ach nichts.« Ich starrte aus dem Fenster. »Sag mal, Gideon, meinst du wirklich, es wird reichen, was wir uns ausgedacht haben?« Meine Hochstimmung von heute Morgen war verflogen und hatte einer Art nägelkauenden Unruhe Platz gemacht, die mich ganz zittrig werden ließ.

Gideon zuckte mit den Schultern. »Immerhin ist unser Plan besser als das – wie hast du es noch genannt – grobe Handlungskonzept von heute Morgen.«

»Das hab nicht ich so genannt, sondern Leslie«, korrigierte ich ihn. Für einen Moment hingen wir beide unseren Gedanken nach. Unser Treffen mit Lucy und Paul steckte uns noch in den Knochen, sprichwörtlich. Dass Zeitsprünge so anstrengend sein konnten, war mir erst klar gewesen, als wir auf dem Rückweg mitten in eine Kirchenchorprobe geplatzt waren und verfolgt von mehreren siebzigjährigen kreischenden Sopranistinnen das Weite suchen mussten. Aber wenigstens waren wir jetzt gewappnet, was unser Treffen mit dem Grafen von Saint Germain anging. Es war Lucy gewesen, die uns auf die entscheidende Idee gebracht hatte, und diese Idee war auch der Grund für besagte nägelkauende Unruhe.

»Junge! Fahr anständig«, kreischte Xemerius und hielt sich die Krallen vor die Augen. »Die Ampel war so was von dunkelrot!«

Gideon gab Gas und nahm einem Taxi die Vorfahrt, bevor er nach rechts in Richtung Hauptquartier der Wächter einbog. Wenig später hielt er mit quietschenden Reifen auf dem Parkplatz. Er wandte sich mir zu und legte seine Hände auf meine Schulter. »Gwendolyn«, begann er ernst. »Was auch immer passieren wird . . .«

Weiter kam er nicht. Denn in dem Moment wurde auf meiner Seite die Wagentür aufgerissen. Ich wollte schon herumfahren und den unsäglichen Mr Marley zur Schnecke machen, aber es war Mr George, der sich besorgt über die blank polierte Glatze strich. »Gideon, Gwendolyn, endlich!«, sagte er vorwurfsvoll. »Ihr seid schon über eine Stunde zu spät.«

»Je später der Abend, desto schöner die Gäste«, krähte Xemerius und hüpfte von meinem Schoß. Ich warf Gideon einen Blick zu, seufzte und stieg aus.

»Kommt, Kinder«, drängte Mr George uns und nahm meinen Arm. »Es ist schon alles vorbereitet.«

Alles das war ein Traum aus cremefarbenen Stickereien und Spitze kombiniert mit Samt und Brokat in einem kühlen Goldton für mich und ein bunt bestickter Rock für Gideon.

»Sind das etwa *Affen?*« Gideon starrte das Kleidungsstück an, als wäre es mit Blausäure getränkt.

»Genau genommen Kapuzineräffchen.« Madame Rossini strahlte Gideon an und versicherte ihm, dass exotische Tierstickereien 1782 der allerletzte Schrei gewesen seien. Sie wollte ausholen und uns erklären, wie viel Zeit es sie gekostet hatte, die Stickdatei nach Originalvorlagen für ihre Nähmaschine zu generieren, aber da griff Mr George ein, der vor der Tür gewartet und auf seine goldene Uhr gestarrt hatte. Ich hatte keine Ahnung, warum er so in Eile war. Für den Grafen machte es schließlich keinen Unterschied, wie spät es gerade war.

»Ihr elapsiert heute im Dokumentenraum«, verkündete Mr George und ging schon einmal voraus. Falk und die anderen Wächter hatten wir bisher noch nicht zu Gesicht bekommen, vermutlich saßen sie im Drachensaal zusammen und erneuerten ihren Wächterschwur oder tranken auf die goldenen Regeln oder taten das, was Wächter eben sonst so tun.

Nur Mrs Jenkins eilte mit einem dicken Aktenordner über den Flur und winkte uns zu. (Und das an einem Sonntag!)

»Mr George – wie lauten die Anweisungen für heute?«, fragte Gideon. »Gibt es Einzelheiten, die wir beachten müssen?«

»Nun, für den Graf von Saint Germain ist seit dem Ball genauso viel Zeit vergangen wie für euch, nämlich zwei Tage«, erklärte Mr George bereitwillig. »Die Anweisungen in seinem Brief verwirren uns selber ein wenig. Demnach soll dein Besuch nur fünfzehn Minuten dauern, Gideon, während Gwendolyn dreieinhalb Stunden mit dem Grafen verbringen wird.

Wir vermuten jedoch, dass du mit anderen Aufgaben betraut wirst, bei denen dein Zeitkontingent benötigt wird, denn er hat ausdrücklich geschrieben, dass ihr vorher nicht elapsieren sollt.« Er hielt einen Moment inne und schaute durch das tiefe Fenster hinüber zur Temple Church, die man von hier aus gut im Blick hatte. »Aus den Andeutungen sind wir nicht ganz schlau geworden, aber . . . offenbar ist sich der Graf sicher, dass die Schließung des Blutkreises unmittelbar bevorsteht. Wir sollen uns alle bereithalten, hat er geschrieben.«

»Oh, oh«, sagte Xemerius.

Oh, oh, dachte auch ich und warf Gideon einen kurzen Blick zu. Das klang ganz danach, als habe der Graf mit einem Scheitern der eigentlich für gestern angesetzten Operation Saphir und Schwarzer Turmalin gerechnet. Und als habe er von vorneherein einen anderen Plan gehabt.

Möglicherweise einen genialeren Plan als wir.

Meine nägelkauende Unruhe wurde zu nackter Angst. Die Vorstellung, mit dem Grafen allein zu sein, ließ eine Gänsehaut auf meinen Armen wachsen. Als ob Gideon meine Gedanken lesen könnte, blieb er stehen und zog mich an sich, ohne sich um Mr George zu kümmern.

»Alles wird gut«, flüsterte er in mein Ohr. »Vergiss nicht, dass er dir nichts tun kann. Und solange er das nicht weiß, bist du in Sicherheit.«

Ich klammerte mich an ihm fest wie ein Kapuzineräffchen.

Mr George räusperte sich. »Ich freue mich übrigens, dass ihr euch wieder vertragen habt«, sagte er. Ein verschmitztes Lächeln huschte über sein Gesicht. »Aber wir müssen trotzdem weiter.«

»Pass bloß auf sie auf, du Torfkopf!«, hörte ich Xemerius noch brüllen, dann war ich schon ins Jahr 1782 gesprungen. Das Erste, was ich bei meiner Landung sah, war Rakoczys Gesicht, nur einen halben Meter von meinem entfernt. Ich stieß einen leisen Schrei aus und sprang zur Seite, und auch Rakoczy fuhr erschrocken zurück.

Ein Lachen ertönte, und obwohl es angenehm und melodiös klang, stellten sich mir alle Nackenhaare auf. »Ich sagte doch, du solltest besser zur Seite treten, Miro.«

Während Gideon neben mir landete, drehte ich mich langsam um. Da stand er, der Graf von Saint Germain, in einem schlichten dunkelgrauen Samtrock und wie immer mit einer weißen Perücke. Er stützte sich auf seinen Stock und für einen Moment wirkte er gebrechlich und alt, uralt.

Dann aber straffte sich seine Haltung und im Schein der Kerzen sah ich, wie seine Lippen sich zu einem spöttischen Lächeln kräuselten. »Willkommen, meine Lieben. Ich bin froh, euch wohlauf zu sehen. Und dass Alastairs genüssliche Schilderungen über Gwendolyns Tod wohl nur die Fantasien eines sterbenden Mannes gewesen sind.« Er kam einen Schritt näher und blickte mich abwartend an. Es dauerte eine Sekunde, dann fiel mir ein, dass er vermutlich eine Reverenz erwartete. Also versank ich in einen tiefen Knicks. Als ich daraus wieder emportauchte, hatte der Graf seine Aufmerksamkeit längst Gideon zugewandt.

»Wir können uns heute nicht mit Förmlichkeiten aufhalten. Eine Nachricht von deinem Großmeister?«, fragte er und Gideon reichte ihm den versiegelten Brief, den Mr George uns mitgegeben hatte.

Während der Graf das Siegel brach und las, schaute ich mich kurz im Raum um. Es gab einen Schreibtisch und mehrere Stühle und Sessel. Die offenen Schränke ringsherum waren mit Büchern, Papierrollen und -stapeln vollgestopft und über dem Kamin hing wie in unserer Zeit ein Gemälde. Aber es war nicht das Porträt des Grafen von Saint Germain, sondern ein ansprechendes Stillleben mit Büchern, Pergament, einer Schreibfeder und einem Tintenfass. Rakoczy hatte sich unaufgefordert auf einen Stuhl fallen lassen und legte die Stiefel auf den Schreibtisch. Seinen blank gezogenen Degen hielt er locker in seiner Hand, wie ein Spielzeug, von dem er sich nicht trennen konnte. Ein Blick aus seinen unheimlichen, glanzlosen Augen streifte mich und er verzog verächtlich die Lippen. Wenn er sich überhaupt an unsere letzte Begegnung erinnerte, dann hatte er offensichtlich nicht vor, sich für sein Benehmen zu entschuldigen.

Der Graf hatte seine Lektüre beendet, musterte mich mit einem prüfenden Blick und nickte dann. *»Begabt mit der Magie des Raben, schließt G-Dur den Kreis, den zwölf gebildet haben.* Wie bist du Lord Alastairs rabiatem Degen entgangen? Hat er sich das nur eingebildet?«

»Er hat Gwendolyn tatsächlich verletzt«, sagte Gideon und ich wunderte mich, wie ruhig und freundlich seine Stimme klang. »Allerdings war es nur ein harmloser Kratzer – sie hatte wirklich Glück.«

»Es tut mir leid, dass ihr in diese Situation geraten konntet«, sagte der Graf. »Ich hatte euch versprochen, dass euch kein Haar gekrümmt würde – und in der Regel halte ich meine Versprechen auch. Aber mein Freund Rakoczy war an diesem

Abend ein wenig pflichtvergessen, nicht wahr, Miro? Woran ich wieder einmal gemerkt habe, dass man sich manchmal doch zu sehr auf andere verlässt. Wäre die reizende Lady Lavinia nicht zu mir gekommen, hätte sich mein Erster Sekretär womöglich von seiner Ohnmacht erholt und aus dem Staub gemacht . . . und Lord Alastair wäre einsam verblutet.«

»Die reizende Lady Lavinia hat uns ja überhaupt erst verraten«, entfuhr es mir. »Sie hat sich . . .«

Der Graf hob seine Hand. »Das weiß ich alles, Kind. Alcott hatte noch gründlich Gelegenheit, seine Sünden zu beichten.«

Rakoczy stieß ein raues Lachen aus.

»Und auch Alastair hatte uns noch viel zu sagen, selbst wenn es gegen Ende hin ein wenig undeutlich wurde, nicht wahr, Miro?« Der Graf lächelte unangenehm. »Aber wir können uns später darüber unterhalten, heute ist unsere Zeit knapp bemessen.« Er hob den Brief. »Jetzt, wo Gwendolyns wahre Herkunft geklärt ist, dürfte es nicht schwierig sein, ihre Eltern zu einer kleinen Blutspende zu überreden. Ich hoffe, ihr habt all meine Anweisungen genau befolgt?«

Gideon nickte. Sein Gesicht war blass und angespannt und er vermied es, zu mir hinüberzusehen. Dabei verlief bis jetzt alles so, wie wir es vorausgesehen hatten. Grob betrachtet, jedenfalls. »Die Operation Schwarzer Turmalin und Saphir wird heute noch stattfinden. Wenn die Uhr dort an der Wand richtig geht, werde ich in wenigen Minuten zurück ins Jahr 2011 springen. Und von dort aus ist alles vorbereitet, um Lucy und Paul aufzusuchen.«

»Ganz genau«, sagte der Graf zufrieden, nahm einen Umschlag aus seiner Rocktasche und reichte ihn an Gideon weiter. »Hier drin habe ich meinen Plan grob erklärt. Niemand von meinen Wächtern der Zukunft soll auf die Idee verfallen, dir in die Quere zu kommen.«

Er trat an den Kamin und blickte einen Moment sinnierend ins Feuer. Dann drehte er sich um. Seine Augen über der Adlernase funkelten und der ganze Raum schien plötzlich von seiner Präsenz erfüllt. Er hob die Arme. »Heute noch werden sich alle Prophezeiungen erfüllen. Heute noch wird der Menschheit ein Heilmittel von nie gekannter Wirkungskraft zuteil werden«, rief er aus. Er machte eine kleine Pause und sah uns Beifall heischend an. Ich überlegte kurz, mir ein bewunderndes »Boah! Toll!« abzuringen, schätzte aber meine Schauspielkünste im Moment nicht besonders hoch ein. Auch Gideon sah ihn nur stumm an. Und Rakoczy besaß gar die Frechheit, in diesem feierlichen Moment einen leisen Rülpser auszustoßen.

Der Graf schnalzte ärgerlich mit der Zunge. »Nun«, setzte er gedehnt hinzu. »Ich würde vermuten, damit ist alles gesagt.« Er trat zu mir und legte mir seine Hand auf die Schulter. Ich musste mich zusammennehmen, um sie nicht abzuschütteln wie einst Tarantula. »Wir beide, schönes Kind, werden uns die Zeit unterdessen schon vertreiben, nicht wahr?«, sagte er mit öliger Stimme. »Du verstehst sicher, dass du mir ein wenig länger als der junge Gideon hier Gesellschaft leisten musst.« Ich nickte und fragte mich, ob der Graf sein Frauenbild nicht langsam mal überdenken wollte. Wenn er annahm, dass ich das alles kapierte, dann konnte ich ja so dumm nicht sein, oder? Aber er fuhr schon selbstherrlich fort: »Schließlich muss unser junger Gideon hier dem Schwarzen Turmalin und seiner Saphir glaubhaft begreiflich machen, dass ihre Tochter sterben wird, wenn sie ihm nicht auf der Stelle ihr Blut geben.« Er lachte leise und wandte sich an Gideon. »Du kannst es gerne ein wenig ausschmücken, indem du von Rakoczys Vorliebe für das Blut von Jungfrauen erzählst und von der transsilvanischen Sitte, jemandem das Herz bei lebendigem Leibe herauszureißen – aber ich bin sicher, das ist gar nicht nötig. So wie ich diese törichten jungen Menschen einschätze, werden sie dir ihr Blut sofort überlassen.«

Rakoczy ließ ein bellendes Lachen ertönen und der Graf stimmte mit ein: »Menschen sind ja so leicht zu manipulieren, nicht wahr?«

»Aber Ihr werdet Gwendolyn doch nicht wirklich . . .«, sagte Gideon und sein Blick flackerte ein wenig. Immer noch sah er mich nicht an.

Der Graf schmunzelte. »Aber wo denkst du hin, mein lieber Junge? Niemand wird ihr ein Haar krümmen. Sie ist lediglich eine Weile meine Geisel. Und zwar, bis du mit dem Blut aus dem Jahr 1912 wieder zurück ins Jahr 2011 gesprungen bist.« Er hob seine Stimme. »Und diese heiligen Hallen werden erzittern, wenn die Bruderschaft sich versammelt und die Schließung des Blutkreises im Chronografen stattfinden kann.« Er seufzte. »Ach, ich wünschte, ich könnte diesem magischen Augenblick beiwohnen. Du musst mir alles genau berichten!«

Jajaja. Blablabla. Ich merkte, wie ich unwillkürlich meine Zähne zusammenbiss. Meine Kiefer taten schon weh. Der Graf war unterdessen zu Gideon getreten, so nahe, dass sich ihre Nasenspitzen fast berührten. Gideon zuckte nicht mit der Wimper. Der Graf hob seinen Zeigefinger. »Deine Aufgabe wird es dann sein, das Elixier, das ihr unter dem Zwölfgestirn finden werdet, unverzüglich zu mir zu bringen.« Er fasste Gideon an beiden Schultern und sah ihm in die Augen. *»Unverzüglich.«*

Gideon nickte. »Ich frage mich nur, warum Ihr das Elixier in dieses Jahr bringen lassen wollt«, sagte er. »Wäre der Menschheit in unserer Zeit damit nicht mehr gedient?«

»Eine kluge, eine philosophische Frage«, erwiderte der Graf lächelnd und ließ ihn los. »Und ich freue mich, dass du sie stellst. Aber jetzt ist keine Zeit für derlei Gespräche. Meine komplizierten Pläne werde ich dir gerne unterbreiten, wenn die Aufgabe gelöst ist. Bis dahin musst du mir einfach vertrauen!«

Beinahe hätte ich laut aufgelacht. Aber wirklich nur beinahe. Ich versuchte, Gideons Blick einzufangen, aber obwohl ich sicher war, dass er das merkte, sah er hartnäckig an mir vorbei. Auf die Uhr, deren Zeiger unbarmherzig vorwärts rückten.

»Eine Sache wäre da noch: Lucy und Paul haben einen eigenen Chronografen zur Verfügung«, sagte Gideon. »Sie könnten versuchen, Euch hier aufzusuchen, heute oder auch früher . . . und das alles verhindern, einschließlich der Übergabe des Elixiers.«

»Nun – so viel hast du über die Gesetze der Kontinuität doch schon begriffen, dass du weißt, dass es ihnen bis jetzt nicht gelungen ist, meine Pläne zu sabotieren, denn sonst würden wir nicht hier sitzen, nicht wahr?« Der Graf lächelte.

»Und für die nächsten Stunden, bis das Elixier in meinen Besitz gelangt ist, habe ich selbstverständlich ganz besondere Vorsichtsmaßnahmen getroffen. Rakoczy und seine Männer werden jeden töten, der sich unbefugt in unsere Nähe wagt.«

Gideon nickte und legte sich eine Hand auf den Magen. »Es ist so weit«, sagte er und endlich trafen sich unsere Blicke. »Ich werde bald wieder mit dem Elixier zurück sein.«

»Ich bin sicher, dass du diese Aufgabe hervorragend meistern wirst, mein Junge«, sagte der Graf heiter. »Gute Reise. Gwendolyn und ich werden uns die Zeit solange mit einem Gläschen Portwein vertreiben.«

Ich hakte meinen Blick in Gideons fest und versuchte, all meine Liebe hineinzulegen, und dann war er auch schon verschwunden. Ich wäre am liebsten in Tränen ausgebrochen, aber ich biss weiterhin meine Zähne zusammen und zwang mich, an Lucy zu denken.

In Lady Tilneys Salon, bei Sandwiches und Tee, waren wir es wieder und wieder durchgegangen. Ich wusste, dass wir den Grafen mit seinen eigenen Waffen schlagen mussten, wenn wir ihn ein für alle Mal besiegen wollten. Und es hatte ganz einfach geklungen, jedenfalls, wenn Lucy mit ihrer Vermutung richtig lag. Sie hatte sie in den Raum geworfen, einfach so, und erst hatten wir sie abgetan, aber dann hatte Gideon als Erster genickt. »Ja«, hatte er gesagt. »Es könnte sein, dass du richtig liegst.« Er war mal wieder durch den Raum getigert.

»Angenommen, wir tun, was der Graf sagt, und geben Gideon unser Blut«, fuhr Lucy fort. »Dann kann er den Blutkreislauf des zweiten Chronografen schließen und das Elixier dem Grafen übergeben, der wiederum unsterblich wird.«

»Was exakt der Grund ist, warum wir das seit Jahren wie Pest und Hölle vermeiden, oder?«, sagte Paul.

Lucy hob die Hand. »Moment. Lass es uns wenigstens durchdenken.«

Ich nickte. Ich wusste zwar nicht genau, worauf sie hinauswollte, aber irgendwo in meinem Hinterkopf bildete sich ein leises Fragezeichen, das sich zu einem Ausrufezeichen auswuchs. »Der Graf wird unsterblich, und zwar bis zu meiner Geburt.«

»Korrekt«, sagte Gideon. Er blieb stehen. »Was nichts anderes heißt, als dass er quicklebendig in der Weltgeschichte herumspringt. Und zwar auch noch in unserer Gegenwart.«

Paul zog die Brauen zusammen. »Ihr meint . . .«

Lucy nickte. »Wir meinen, dass der Graf sich das ganze Drama live und in Farbe anschaut.« Sie machte eine kleine Pause. »Und ich vermute, er hat einen Platz in der ersten Reihe.«

»Der Innere Kreis«, tippte ich.

Die anderen nickten. »Der Innere Kreis. Der Graf ist einer von den Wächtern.«

Ich schaute dem Grafen ins Gesicht. *Wer war er?* Die Uhr über dem Kamin tickte laut. Es würde noch unendlich lange dauern, bis ich zurücksprang.

Der Graf bedeutete mir, mich auf einen der Sessel niederzulassen, goss uns zwei Gläser mit dunkelrotem Wein ein und reichte mir eins davon. Dann nahm er auf dem Sessel gegenüber Platz und prostete mir zu. »Zum Wohl, Gwendolyn! Heute vor zwei Wochen haben wir uns übrigens kennengelernt, na ja, jedenfalls von mir aus betrachtet. Mein erster

Eindruck von dir war leider nicht gerade der beste. Aber mittlerweile sind wir Freunde geworden, oder?«

Ja, klar. Ich nippte an meinem Wein und sagte dann: »Bei diesem ersten Treffen habt Ihr mich beinahe erwürgt.« Ich nahm noch einen Schluck. »Damals dachte ich, dass Ihr Gedanken lesen könntet«, platzte es dann ziemlich mutig aus mir heraus. »Aber da habe ich mich wohl getäuscht.«

Der Graf lachte selbstgefällig. »Nun, ich bin sehr wohl in der Lage, vorherrschende Gedankenströmungen zu erfassen. Aber meine Fähigkeiten sind keine Zauberei. Im Grunde könnte das jeder lernen. Ich habe dir ja schon letztes Mal von meinen Besuchen in Asien erzählt und wie ich mir dort die Weisheit und die Fähigkeiten tibetanischer Mönche aneignen konnte.«

Ja, das stimmte. Und ich hatte schon beim letzten Mal nicht richtig zugehört. Auch jetzt fiel es mir schwer, seinen Worten zu lauschen. Sie klangen plötzlich seltsam verzerrt, mal ganz lang, dann wieder, als ob sie gesungen würden. »Was zum ...«, murmelte ich. Vor meinen Augen bildeten sich rosa Schleier, die sich nicht mehr wegblinzeln ließen.

Der Graf unterbrach seinen Vortrag. »Dir ist schwindelig, nicht wahr? Und jetzt wird dein Mund ganz trocken, richtig?«

Ja! Woher wusste er das? Und warum klang seine Stimme so blechern? Ich starrte ihn durch die merkwürdigen rosa Schleier hindurch an.

»Keine Angst, meine Kleine«, sagte er. »Das geht gleich vorbei, Rakoczy hat versprochen, dass du keine Schmerzen leiden wirst. Du wirst eingeschlafen sein, bevor die Krämpfe beginnen. Und – mit etwas Glück – auch nicht wieder aufwachen, bevor es vorbei ist.«

Ich hörte Rakoczy lachen. Es klang wie diese Geräusche, die in einer Geisterbahn vom Band kommen. »Warum . . .« Ich versuchte zu sprechen, aber meine Lippen fühlten sich mit einem Mal ganz taub an.

»Nimm es nicht persönlich«, sagte der Graf kalt. »Aber um meine Pläne zu verwirklichen, muss ich dich leider töten. Auch das ist von der Vorsehung so bestimmt.«

Ich wollte meine Augen offen halten, aber es gelang mir nicht. Mein Kinn fiel auf die Brust, dann klappte mein Kopf zur Seite und schließlich fielen mir die Augen zu. Dunkelheit umfing mich.

Vielleicht bin ich ja diesmal wirklich gestorben, schoss es mir durch den Kopf, als ich wieder zu mir kam. Aber eigentlich hatte ich mir Engel nicht als kleine, nackte Jungen vorgestellt, die über gewaltigen Speckrollen nichts als dümmliches Grinsen zur Schau trugen, so wie diese harfespielenden Exemplare hier. Die im Übrigen auch nur an die Decke gemalt waren. Ich schloss die Augen wieder. Mein Hals war so trocken, dass ich kaum schlucken konnte. Ich lag auf einer harten Unterlage und fühlte mich so unendlich erschöpft, als würde ich mich nie mehr bewegen können.

Irgendwo hinter meinem rechten Ohr hörte ich ein Summen. Es war das Trauermarschmotiv aus der Götterdämmerung, Lady Aristas Lieblingsoper. Die Stimme, die das Thema unangemessen flott interpretierte, kam mir vage bekannt vor, aber ich konnte sie nicht zuordnen. Und nachschauen, zu wem sie gehörte, konnte ich auch nicht, weil ich meine Augen einfach nicht mehr aufbekam.

»Jake, Jake«, sagte die Stimme. »Ich hätte nicht gedacht, dass ausgerechnet du mir auf die Schliche kommen würdest. Aber nun hilft dir dein Medizinerlatein auch nicht weiter.« Die Stimme lachte leise. »Denn wenn du aufwachst, bin ich schon längst über alle Berge. In Brasilien ist es um diese Jahreszeit recht angenehm, musst du wissen. Ich lebte dort ab 1940. Und auch Argentinien und Chile haben viel zu bieten.« Die Stimme pausierte einen Moment, um ein paar Takte des Wagner-Themas zu pfeifen. »Es zieht mich immer wieder nach Südamerika. Brasilien verfügt übrigens über die besten Schönheitschirurgen der Welt. Sie haben mich von den lästigen Schlupflidern, der Hakennase und dem fliehenden Kinn befreit. Weshalb ich glücklicherweise meinem eigenen Porträt so gar nicht mehr ähnlich sehe.«

In meinen tauben Armen und Beinen prickelte es. Doch ich beherrschte mich. Vermutlich war ich im Vorteil, wenn ich mich erst einmal nicht bewegte.

Die Stimme lachte. »Aber selbst wenn mich jemand hier in der Loge erkannt hätte«, fuhr sie fort, »bin ich mir sicher, niemand von euch hätte so viel Grips gehabt, die richtigen Schlüsse zu ziehen. Abgesehen von diesem lästigen Lucas Montrose. Viel hätte nicht gefehlt und er hätte mich entlarvt ... Ach Jake, und nicht mal du hast erkannt, dass er keinem Herzinfarkt erlegen war, sondern den perfiden Methoden von Marley senior. Weil ihr Menschen nun mal immer nur seht, was ihr sehen wollt.«

»Du bist ein ganz gemeiner doofer Mann«, piepste es irgendwo hinter mir angstvoll. Der kleine Robert! »Du hast meinem Papa wehgetan!« Ich spürte einen kalten Luftzug. »Und was hast du mit Gwendolyn gemacht?«

Ja, was? Das war hier die Frage. Und warum war nichts von Gideon zu hören?

Ein Klirren ertönte, und dann das Klicken eines Kofferverschlusses. »Immer allzeit bereit für die Sache der Wächter. Die Menschheit vor allen Krankheiten retten, dass ich nicht lache.« Ein verächtliches Schnauben. »Als ob die Menschheit das überhaupt verdient hätte! Gwendolyn jedenfalls wirst du nicht mehr helfen.« Die Stimme bewegte sich im Raum auf und ab und langsam bekam ich eine Ahnung, mit wem ich es zu tun hatte, auch wenn ich es nicht glauben konnte. »Die ist so tot wie die Laborratten, die du immer seziert hast.« Die Stimme lachte leise. »Was im Übrigen ein Vergleich ist und keine Metapher.«

Ich öffnete die Augen und hob den Kopf. »Aber man könnte es doch durchaus auch als Symbol verwenden, oder, Mr Whitman?«, fragte ich und bereute sofort, dass ich mich geoutet hatte.

Von Gideon keine Spur! Nur Dr. White lag bewusstlos gar nicht weit von mir entfernt auf dem Fußboden, sein Gesicht so grau wie sein Anzug. Der kleine Robert kauerte bekümmert neben seinem Kopf.

»Gwendolyn.« Immerhin musste man Mr Whitman lassen, dass er nicht vor Schreck aufschrie. Oder sonst irgendeine Regung zeigte. Er stand einfach nur unter dem Porträt des Grafen von Saint Germain, die Hand an einem Trolley mit einer Laptoptasche, und starrte mich an. Er trug einen eleganten grauen Mantel mit einem Seidenschal und hatte sich dazu eine Sonnenbrille ins Haar geschoben, als wäre er Brad Pitt auf Strandurlaub. Dem Grafen auf dem Gemälde über ihm sah er kein bisschen ähnlich.

Ich setzte mich möglichst würdevoll auf (das bauschige Kleid erschwerte die Angelegenheit etwas) und bemerkte, dass ich auf dem Schreibtisch gelegen hatte.

Mr Whitman schnalzte mit der Zunge, sah auf die Uhr und ließ dann seinen Trolleykoffer los. »Nun, wie ungeheuer ärgerlich«, sagte er.

Ich konnte mir ein Grinsen nicht verkneifen. »Nicht wahr?«, fragte ich.

Er kam näher und zauberte eine kleine schwarze Pistole aus der Manteltasche. »Wie konnte das passieren? Hat Rakoczy seinen Trank nicht stark genug gebraut?«

Ich schüttelte den Kopf.

Mr Whitman legte seine Stirn in Falten und richtete die Pistole auf meine Brust.

Ich wollte lachen, aber es kam nur ein ängstliches Schnauben heraus. »Wollen Sie es noch einmal versuchen?«, fragte ich trotzdem und versuchte, ihm tapfer in die Augen zu sehen. »Oder kapieren Sie endlich, dass Sie mir nichts anhaben können?« Hah! Unser Plan ging auf und er ging so etwas von auf. Wenn nur Gideon langsam auftauchen würde, wäre mir wesentlich wohler zumute gewesen.

Mr Whitman strich sich über das glatt rasierte Kinn und betrachtete mich nachdenklich. Dann steckte er seine Pistole weg. »Nein«, sagte er mit seiner sanften Vertrauenslehrerstimme und plötzlich erkannte ich doch etwas von dem alten

Grafen in ihm. »Das hätte wohl keinen Sinn.« Er schnalzte wieder mit der Zunge. »Da habe ich wohl einen Denkfehler gemacht. Die Magie des Raben . . . Wie ungerecht, dass dir die Unsterblichkeit schon in die Wiege gelegt wurde! Ausgerechnet dir. Aber es ergibt durchaus einen Sinn – in dir vereinigen sich beide Linien . . .«

Dr. White stöhnte leise. Ich warf ihm einen Blick zu, aber sein Gesicht war immer noch aschgrau. Der kleine Robert sprang auf. »Pass bloß auf, Gwendolyn«, sagte er mit ängstlicher Stimme. »Der böse Mann hat bestimmt was Schlimmes vor!«

Das fürchtete ich auch. Aber was?

»Drum wisse, ein Stern verglüht vor Liebe gequält, wenn sein Niedergang ist frei gewählt«, zitierte Mr Whitman leise. »Warum habe ich das nicht sofort begriffen? Nun, es ist ja noch nicht zu spät.« Er kam ein paar Schritte auf mich zu, nahm ein kleines Silberetui aus seiner Tasche und legte es neben mir auf den Tisch.

»Ist das Schnupftabak?«, fragte ich verwirrt. Langsam wurde mir mulmig zumute, was unseren Plan anging. Irgendetwas lief hier schief, und zwar gewaltig.

»Natürlich bist du wieder einmal schwer von Begriff«, sagte der Graf von Saint Germain *formerly known as* Mr Whitman und seufzte. »Diese kleine Dose enthält drei Zyankali-Kapseln und ich könnte dir nun erklären, warum ich sie mit mir herumtrage, aber mein Flieger geht in zweieinhalb Stunden, daher drängt die Zeit ein wenig. Unter anderen Umständen dürftest du dich auch auf die U-Bahn-Schienen werfen oder vom Hochhaus stürzen. Aber im Grunde ist Zyankali die hu-

manste Methode. Du nimmst einfach eine Kapsel und zer-
drückst sie zwischen deinen Zähnen. Die Wirkung tritt sofort
ein. Öffne das Etui!«

Mein Herz wurde schwer. »Sie möchten, dass ich mich . . .
dass ich mir das Leben nehme?«

»Ganz richtig.« Er streichelte zärtlich seine Pistole. »Weil du
ja anders nicht totzukriegen bist. Und um deine Einstellung
in der Sache, sagen wir mal, etwas zu unterstützen, werde ich
deinen Freund Gideon erschießen, sobald er hier eintrifft.« Er
sah auf die Uhr. »Das dürfte in etwa fünf Minuten der Fall
sein. Wenn du sein Leben retten willst, solltest du die Kapsel
daher sofort nehmen. Du kannst aber auch warten, bis er tot
vor dir liegt. Erfahrungsgemäß ist das eine überaus starke
Motivation, denk nur an Romeo und Julia . . .«

»Du bist so böse!«, rief der kleine Robert und begann zu
weinen. Ich versuchte, ihm aufmunternd zuzulächeln, aber es
misslang mir kläglich. Am liebsten hätte ich mich zu ihm ge-
sctzt und mitgeweint.

»Mr Whitman . . .«, begann ich.

»Ach, ich bevorzuge den Grafentitel«, sagte der heiter.

»Bitte – Sie dürfen nicht . . .« Meine Stimme brach.

»Aber warum siehst du es denn nicht ein, du dummes
Kind?« Er seufzte. »Glaub mir, ich habe diesen Tag herbeige-
sehnt. Ich möchte endlich wieder zu meinem richtigen Leben
zurückkehren. Lehrer an der Saint Lennox Highschool! Das
war von all den Tätigkeiten, die ich seit 230 Jahren ausgeübt
habe, wirklich das Allerletzte. Jahrhundertelang habe ich immer nur am Puls der Macht gelebt. Ich hätte mit Präsidenten
dinieren können – mit Ölbaronen – mit Königen. Wobei die

heutzutage auch nicht mehr das sind, was sie mal waren. Aber nein, stattdessen musste ich begriffsstutzige kleine Gören unterrichten und mich überdies in meiner eigenen Loge vom Novizen bis in den Inneren Kreis vorarbeiten. All diese Jahre seit deiner Geburt waren entsetzlich für mich. Weniger, weil mein Körper wieder anfing zu altern und sich nach und nach leichte Spuren des Verfalls zeigten«, an dieser Stelle lächelte er eitel, »sondern weil ich so . . . *verletzlich* war. Jahrhundertelang habe ich ohne jede Furcht gelebt. Ich bin im Kanonenhagel über Schlachtfelder marschiert, habe mich jeder beliebigen Gefahr ausgesetzt, immer mit dem Wissen, dass mir nichts passieren konnte. Aber nun? Jeder Virus hätte mir den Garaus machen können, jeder verdammte Bus hätte mich überfahren, jeder beliebige Ziegelstein mich erschlagen können!«

In diesem Augenblick hörte ich ein Poltern und dann kam Xemerius mit Karacho durch die Wand geflogen. Er landete direkt neben mir auf dem Schreibtisch.

»Wo sind die verdammten Wächter?«, rief ich ihm zu, ohne mich darum zu kümmern, dass der Graf mich hören konnte. Aber der schien die Frage einfach auf sich zu beziehen.

»Die können dir jetzt nicht helfen«, sagte er.

»Da hat er leider recht.« Xemerius flatterte aufgeregt mit den Flügeln. »Die Deppen haben zusammen mit Gideon den Blutkreis geschlossen. Dann hat Mr Dressman hier die Marley-Pfeife als Geisel genommen und die Herren mit der Pistole gezwungen, in den Chronografenraum zu gehen. Da sind sie nun eingesperrt und lamentieren vor sich hin.«

Der Graf schüttelte den Kopf. »Nein, so war das kein Leben

mehr für mich. Und es muss endlich ein Ende haben. Was hat ein kleines Mädchen wie du dieser Welt auch zu bieten? Ich hingegen habe noch viele Pläne. Große Pläne . . .«

»Lenk ihn ab«, rief Xemerius. »Lenk ihn jetzt einfach ab, irgendwie.«

»Wie sind Sie eigentlich die ganze Zeit elapsiert?«, fragte ich rasch. »Das muss doch furchtbar unangenehm gewesen sein, so unkontrolliert zu springen.«

Er lachte. »Elapsieren? Pah. Meine natürliche Lebenszeit ist abgelaufen. Ab dem Zeitpunkt, an dem ich gestorben wäre, hat das lästige Zeitspringen aufgehört.«

»Und meinen Grandpa? Haben Sie den auch umgebracht? Und seine Tagebücher gestohlen?« Jetzt schossen mir die Tränen in die Augen. Armer Grandpa. Er war so kurz davor gewesen, das ganze Komplott aufzudecken.

Der Graf nickte. »Den schlauen Lucas Montrose mussten wir ruhigstellen. Das hat Marley senior übernommen. Die Nachkommen des Barons Rakoczy haben mir über die Jahrhunderte treu gedient, nur der letzte der Ahnenreihe enttäuscht. Dieser pedantische rothaarige Träumer hat so gar nichts vom Esprit des schwarzen Leoparden geerbt.« Er blickte wieder auf seine Uhr, dann schaute er erwartungsvoll zu den Sesseln herüber. »Jetzt dürfte es jeden Augenblick so weit sein, Julia. Du willst deinen Romeo offenbar in seinem Blut liegen sehen!« Er entsicherte seine Pistole. »Es ist wirklich schade. Ich mochte den Jungen. Er hatte durchaus Potenzial!«

»Bitte«, flüsterte ich ein letztes Mal, aber in diesem Augenblick landete Gideon in leicht gebückter Haltung neben der

Tür. Er hatte nicht mal Zeit, sich ganz aufzurichten, da drückte Mr Whitman auch schon ab. Und noch einmal. Und noch einmal, immer wieder, bis das ganze Magazin leer geschossen war.

Die Schüsse schallten ohrenbetäubend durch den Raum und die Kugeln trafen ihn in der Brust und im Bauch. Der Blick seiner weit aufgerissenen grünen Augen irrte suchend durch den Raum, bis er mich gefunden hatte.

Ich schrie seinen Namen.

Wie in Zeitlupe rutschte er an der Tür herab und hinterließ eine breite Blutspur. Merkwürdig verdreht blieb er schließlich am Boden liegen.

»Gideon! Nein!« Mit einem Aufschrei stürzte ich mich an seine Seite und umklammerte seinen leblosen Körper.

»Ogottogott«, rief Xemerius und spuckte Wasser. »Bitte sag, dass das ein Teil eures Planes ist. Eine kugelsichere Weste trägt er jedenfalls nicht. Oh Gott! So viel Blut!«

Er hatte recht. Gideons Blut war überall und der Saum meines Kleides saugte sich damit voll wie ein Schwamm. Der kleine Robert kauerte sich wimmernd in einer Ecke zusammen und schlug die Hände vor das Gesicht.

»Was haben Sie getan?«, flüsterte ich.

»Was ich tun musste! Und was du offenbar nicht verhindern wolltest.« Mr Whitman hatte die Pistole auf dem Schreibtisch abgelegt und hielt mir das Etui mit den Zyankali-Kapseln hin. Sein Gesicht war leicht gerötet und er atmete schneller als sonst. »Aber jetzt solltest du nicht länger zögern! Möchtest du mit dieser Schuld weiterleben? Möchtest du überhaupt ohne ihn weiterleben?«

»Mach das bloß nicht!«, schrie Xemerius mich an und spuckte Wasser über Dr. Whites Gesicht.

Ich schüttelte langsam den Kopf.

»Dann sei so gut und spann meine Geduld nicht länger auf die Folter!«, sagte Mr Whitman und zum ersten Mal hörte ich, wie er die Kontrolle über seine Stimme verlor. Sie klang jetzt weder sanft noch ironisch, sondern fast ein bisschen hysterisch. »Denn wenn du mich noch länger warten lässt, werde ich dir auch noch mehr Gründe geben müssen, dein Leben zu beenden! Ich werde sie alle nacheinander töten: deine Mum, deine lästige Freundin Leslie, deinen Bruder, deine niedliche kleine Schwester . . . glaub mir! Ich werde niemanden verschonen!«

Mit zitternden Händen nahm ich das Etui entgegen. Aus den Augenwinkeln sah ich, wie Dr. White sich mühsam am Schreibtisch hochzog. Er war tropfnass.

Gott sei Dank hatte Mr Whitman nur Augen für mich. »So ist es brav«, sagte er. »Vielleicht bekomme ich ja sogar noch meinen Flieger. In Brasilien werde ich . . .« Aber er kam nicht mehr dazu, zu erklären, was er in Brasilien tun würde, denn Dr. White schlug ihm den Pistolenknauf auf den Hinterkopf. Es gab einen hässlichen, stumpfen Laut und dann fiel Mr Whitman zu Boden wie eine gefällte Eiche.

»Ja!«, schrie Xemerius. »So ist es gut! Zeig dem Mistkerl, dass noch Saft und Kraft in dem alten Doktor stecken.« Aber die Anstrengung war schon zu viel für Dr. White gewesen. Mit einem entsetzten Blick auf das viele Blut brach er mit einem leisen Seufzer erneut zusammen und blieb neben Mr Whitman auf dem Boden liegen.

Und so waren nur Xemerius, der kleine Robert und ich Zeuge, wie Gideon plötzlich hustete und sich aufsetzte. Sein Gesicht war immer noch leichenblass, aber seine Augen waren voller lebendigem Glanz. Langsam breitete sich ein Lächeln auf seinem Gesicht aus. »Ist es vorbei?«, fragte er.

»Alter Falter!«, sagte Xemerius, vor Staunen plötzlich ganz leise. »Wie hat er das denn angestellt?«

»Ja, Gideon, es ist überstanden!« Ich stürzte mich in seine Arme, ohne Rücksicht auf seine Wunden zu nehmen. »Mr Whitman war es und ich fasse es nicht, dass wir ihn nicht erkannt haben.«

»Mr Whitman?«

Ich nickte und schmiegte mich enger an ihn. »Ich hatte solche Angst, du könntest es nicht getan haben. Denn Mr Whitman hat das ganz richtig erkannt: Ohne dich will ich nicht weiterleben. Nicht einen einzigen Tag!«

»Ich liebe dich, Gwenny!« Gideon umklammerte mich so fest, dass ich keine Luft mehr bekam. »Und natürlich habe ich es getan. Unter Pauls und Lucys Aufsicht blieb mir auch gar nichts anderes übrig. Sie haben mir das Zeug in einem Glas Wasser aufgelöst und mich gezwungen, es bis auf den letzten Tropfen zu leeren.«

»Jetzt raffe ich es!«, rief Xemerius. »Das war also euer genialer Plan! Gideon hat den Stein der Weisen aufgefuttert und ist jetzt ebenfalls unsterblich. Nicht mal schlecht, vor allem, wenn man bedenkt, dass Gwenny sich sonst doch irgendwann mal ziemlich einsam gefühlt hätte.«

Der kleine Robert hatte die Hände von seinem Gesicht genommen und sah uns mit großen Augen an. »Alles wird gut, mein Schatz«, sagte ich zu ihm. Wie schade, dass es noch keine Psychotherapeuten für traumatisierte Geister gab – das war doch mal eine Marktlücke, über die es sich nachzudenken lohnte. »Dein Vater wird sich wieder erholen! Und er ist ein Held.«

»Mit wem sprichst du?«

»Mit einem tapferen Freund«, sagte ich und lächelte Robert an. Er lächelte zaghaft zurück.

»Oh, oh, ich glaube, er kommt zu sich«, sagte Xemerius.

Gideon ließ mich los, stand auf und sah auf Mr Whitman hinunter. »Ich werde ihn wohl fesseln müssen«, sagte er mit einem Seufzer. »Und Dr. Whites Wunde muss verbunden werden.«

»Ja, und dann müssen wir die anderen aus dem Chronografenraum befreien«, sagte ich. »Aber vorher sollten wir uns genau überlegen, was wir ihnen erzählen.«

»Und davor sollte ich dich unbedingt küssen«, sagte Gideon und nahm mich wieder in die Arme.

Xemerius stöhnte. »Also wirklich! Dafür habt ihr doch ab jetzt die Ewigkeit zur Verfügung!«

Am Montag in der Schule war alles wie immer. Na ja – fast alles.

Cynthia hatte trotz der frühlingshaften Temperaturen einen dicken Schal um ihren Hals geknotet und durchquerte hastig das Foyer, ohne nach links oder rechts zu schauen.

Gordon Gelderman folgte ihr auf dem Fuß. »Ach komm schon, Cynthia!«, brummte er. »Es tut mir leid. Aber du kannst doch nicht ewig sauer auf mich sein. Außerdem war ich nicht der Einzige, der deine Party ein bisschen . . . äh . . .

aufregender machen wollte – ich habe genau gesehen, wie der Freund von Madison Gardener auch eine Flasche Wodka in die Bowle gegossen hat. Und Sarah hat schließlich zugegeben, dass die grüne Götterspeise zu neunzig Prozent aus dem selbst aufgesetzten Stachelbeerschnaps ihrer Großmutter bestand.«

»Geh weg!«, sagte Cynthia, wobei sie angestrengt versuchte, eine Gruppe kichernder Achtklässler zu ignorieren, die mit dem Finger auf sie zeigten. »Du . . . du hast mich zum Gespött der ganzen Schule gemacht! Das werde ich dir niemals verzeihen!«

»Und ich Trottel habe diese Party verpasst!«, sagte Xemerius. Er hatte auf der Büste von William Shakespeare Platz genommen, der seit »einem bedauerlichen kleinen Unfall« (wie Direktor Gilles sich ausgedrückt hatte, nachdem Gordons Vater eine sehr großzügige Spende zur Renovierung der Turnhalle geleistet hatte, vorher hatte er von mutwilliger Zerstörung wertvollen Kulturgutes gesprochen) ein Stückchen von der Nase fehlte.

»Cyn, das ist doch Blödsinn!«, kiekste Gordon jetzt. Er würde wohl niemals aus dem Stimmbruch kommen. »Kein Mensch interessiert sich dafür, dass du mit diesem Vierzehnjährigen rumgemacht hast, und die Knutschflecken sind nächste Woche wieder weg und im Grunde ist das doch sehr se. . . aua!« Cynthias flache Hand war mit einem lauten Klatschen auf Gordons Wange gelandet. »Das tat weh!«

»Arme Cynthia«, flüsterte ich. »Wenn sie gleich auch noch erfährt, dass ihr angehimmelter Mr Whitman seinen Dienst quittiert hat, wird sie am Boden zerstört sein.«

»Ja, es wird komisch werden ohne das Eichhörnchen. Könnte sogar sein, dass uns Englisch und Geschichte ab jetzt Spaß machen.« Leslie hakte sich bei mir ein und zog mich Richtung Treppe. »Obwohl ich fair sein möchte. Ich konnte ihn nie ausstehen – guter Instinkt würde ich mal sagen –, aber sein Unterricht war gar nicht so übel.«

»Kein Wunder – er war ja überall live dabei.« Xemerius folgte uns flatternd. Auf dem Weg nach oben wurde ich von zunehmender Wehmut ergriffen.

»Der Teufel ist ein Eichhörnchen«, sagte Leslie. »Jetzt wissen wir wenigstens, woher diese Redensart stammt. Ich wünsche ihm, dass er in den Kerkern der Wächter verrottet. Oh, jetzt rennt Cynthia heulend aufs Klo!« Sie lachte. »Jemand sollte Cynthia das mit Charlotte erzählen, ich wette, dann fühlt sie sich gleich besser. Wo ist deine Cousine eigentlich?« Leslie sah sich suchend um.

»Bei einem Onkologen!«, erklärte ich. »Wir haben vorsichtig versucht, Tante Glenda darauf hinzuweisen, dass es auch andere Gründe für Charlottes Übelkeit, ihre grünliche Gesichtsfarbe, die miese Laune und die schrecklichen Kopfschmerzen geben könnte, aber das Phänomen *Kater* ist Tante Glenda völlig fremd, schon gar bei der unfehlbaren Tochter. Sie ist felsenfest davon überzeugt, dass Charlotte Leukämie hat. Oder einen Gehirntumor. Heute Morgen war sie auch nicht bereit, an eine Wunderheilung zu glauben, und das, obwohl Tante Maddy ihr ganz dezent eine Broschüre über den Umgang mit Pubertierenden und Alkohol hingelegt hatte.«

Leslie kicherte. »Ich weiß, das ist echt fies – aber ein bisschen Schadenfreude muss auch mal erlaubt sein, ohne dass man sofort schlechtes Karma ansammelt, oder? Nur ein bisschen. Und nur heute. Ab morgen sind wir ganz nett zu Charlotte, ja? Vielleicht können wir sie mit meinem Cousin verkuppeln . . .«

»Ja – wenn du in die Hölle kommen willst, mach das ruhig.« Ich reckte meinen Hals, um über die Köpfe der Schüler vor mir einen Blick auf James' Nische zu erhaschen. Sie war leer. Obwohl ich es nicht anders erwartet hatte, gab es mir einen Stich.

Leslie drückte meine Hand. »Er ist nicht da, oder?«

Ich schüttelte den Kopf.

»Das heißt dann wohl, der Plan hat funktioniert. Gideon wird mal ein guter Arzt werden«, sagte Leslie.

»Du heulst doch jetzt nicht wegen dieses snobistischen Holzkopfes?« Xemerius machte über mir einen Purzelbaum in der Luft. »Dank dir durfte er ein langes und erfülltes Leben führen, in welchem er ohne Zweifel eine Menge Menschen in den Wahnsinn getrieben hat.«

»Ja, ich weiß«, sagte ich und wischte mir verstohlen die Nase ab. Leslie reichte mir ein Taschentuch. Dann entdeckte sie Raphael und winkte ihm zu.

»Und du hast doch immer noch mich. Für den Rest deines ewigen Lebens.« Xemerius streifte mich mit einer Art feuchtem Kuss. »Ich bin viel cooler. Und gefährlicher. Und nützlicher. Und ich werde auch noch da sein, wenn dein unsterblicher Freund es sich in zwei- oder dreihundert Jahren mal anders überlegen und sich eine Neue anlachen sollte. Ich bin der treueste und schönste und klügste Begleiter, den man sich nur wünschen kann.«

»Ja, ich weiß«, sagte ich wieder, während ich im Weiterge-hen beobachtete, wie Raphael und Leslie sich begrüßten – und zwar mit den drei obligatorischen Wangenküsschen, die Raphael uns als typisch französisches Hallo verkauft hatte. Irgendwie brachten sie es fertig, dabei mit ihren Köpfen zu-sammenzustoßen.

Xemerius grinste frech. »Aber wenn du dich einsam fühlst: Wie wäre es, wenn du dir eine Katze anschaffst?«

»Später vielleicht«, sagte ich. »Wenn ich mal nicht mehr zu Hause wohne und du dich gut beni. . .« Ich stockte. Vor mir, direkt aus der Wand zu Mrs Counters Klassenzimmer, mate-rialisierte sich eine dunkle Gestalt. Über einem zerschlissenen Samtumhang ragte ein hagerer Hals in die Höhe, darüber starrten mich die schwarzen, hasserfüllten Augen des Conte di Madrone alias Darth Vader an.

Er röchelte auch sofort los. »Hier finde ich Euch nun also, Dämon mit den Saphiraugen! Ruhelos durchstreifte ich die Jahrhunderte, überall suchte ich nach Euch und Euresglei-chen, denn ich schwor Euch den Tod und ein Madrone bricht niemals seinen Eid.«

»Ein Freund von dir?«, erkundigte sich Xemerius, während ich vor Schreck stocksteif stehen geblieben war.

»Aaargh«, röchelte der Geist, zerrte sein Schwert aus dem Gürtel und kam damit auf mich zugetaumelt. »Euer Blut wird die Erde tränken, Dämon! Durchbohrt werdet Ihr von den Schwertern der heiligen florentinischen Allianz . . .« Er holte zu einem Schlag aus, der mir den Arm abgetrennt hätte, wenn es sich nicht um ein Geisterschwert gehandelt hätte. Ich zuckte dennoch zusammen.

»Hey, hey, hey, Freundchen, jetzt mach hier mal keinen Stress«, sagte Xemerius und landete direkt vor meinen Füßen. »Von Dämonen hast du offensichtlich nicht den blassesten Schimmer. Die da ist ein Mensch – wenn auch ein ziemlich eigenartiger – und dein albernes Geisterschwert kann gar nichts gegen sie ausrichten. Wenn du Dämonen töten willst, dann kannst du dein Glück aber gerne mal bei mir probieren.«

Darth Vader war einen Augenblick lang irritiert. Dann keuchte er entschlossen: »Ich werde niemals von der Seite der teuflischen Kreatur weichen, bis meine Aufgabe erfüllt ist. Ich werde jeden Atemzug verfluchen, den sie tut.«

Ich seufzte. Was für eine grauenhafte Vorstellung. Ich sah Darth Vader schon für den Rest meines Lebens neben mir hertaumeln und mordlüsterne Parolen ausstoßen. Ich würde meine Prüfungen versauen, weil er mir unentwegt ins Ohr röcheln würde, meinen Abschlussball würde er mir verderben und meine Hochzeit und . . .

Xemerius dachte offensichtlich etwas Ähnliches. Treuherzig sah er zu mir hoch. »Darf ich ihn bitte fressen?«

Ich lächelte ihn an. »Wenn du so nett fragst, kann ich nicht Nein sagen!«

Auszug aus der
Londoner Gesellschaftsgazette
Lady Danburys Journal
24. April 1785

Lord und Lady Pimplebottom gaben an diesem
Wochenende die Verlobung ihres ältesten Sohnes James
Pimplebottom mit Miss Amelia, jüngste Tochter des
Viscount Mountbatton, bekannt, was allerdings
niemanden mehr überraschte, da Beobachter schon seit
Monaten von einer innigen Verbundenheit zwischen den
beiden berichten und man sie, Gerüchten zufolge,
unlängst auf dem Ball der Claridges (wir berichteten)
Händchen haltend im Garten beobachten konnte.
James Pimplebottom, der nicht nur durch sein gefälliges
Aussehen und seine tadellosen Manieren angenehm aus
der leider viel zu geringen Menge der vermögenden
Gentlemen im heiratsfähigen Alter heraussticht, ist
überdies ein hervorragender Reiter und Fechter,
während seine künftige Gemahlin sich durch ihren
exquisiten Kleidergeschmack und ihren lobenswerten
Hang zur Wohltätigkeit auszeichnet.
Die Hochzeit des Paares wird im Juli auf dem Landsitz
der Pimplebottoms gefeiert.

Epilog
14. Januar 1919

Sehr hübsch, meine Liebe. Diese dezenten Farbnuancen wirken elegant und dennoch gemütlich. Es hat sich doch gelohnt, die Vorhangstoffe aus Italien kommen zu lassen, nicht wahr?« Lady Tilney war einmal durch den Salon geschlendert und hatte alles begutachtet. Jetzt trat sie an den breiten Kamin und rückte die Fotografien gerade, die hier in silbernen Rahmen aufgestellt waren. Heimlich fürchtete Lucy, sie könne mit ihrem behandschuhten Zeigefinger über den Sims fahren und ihr dann Vorwürfe machen, dass sie das Hausmädchen nicht streng genug beaufsichtigte. Was definitiv der Fall war.

»Doch, ich muss sagen, die Einrichtung hat wirklich Stil«, fuhr Lady Tilney fort. »Der Salon ist nun mal die Visitenkarte eines Heims. Und hier sieht man sofort: Die Dame des Hauses hat Geschmack.«

Paul tauschte einen belustigten Blick mit Lucy und ließ Lady Tilney eine seiner Bärenumarmungen angedeihen. »Ach Margret«, sagte er lachend. »Jetzt tu nicht so, als sei das hier Lucys Werk. Du hast doch jede Lampe und jedes Kissen eigenhändig ausgesucht. Ganz zu schweigen davon, wie du den Polsterer zur Schnecke gemacht hast. Und wir können uns nicht mal revanchieren, indem wir dir beim Aufbauen eines Ikearegales helfen.«

Lady Tilney runzelte die Stirn.

»Entschuldige, kleiner Insider.« Paul bückte sich und legte noch ein Buchenscheit auf das prasselnde Feuer.

»Nur dieses grauenhafte, verzerrte Bild macht die ganze Wirkung meiner Komposition wieder zunichte!« Lady Tilney zeigte auf das Gemälde, das die gegenüberliegende Wand zierte. »Könnt ihr das nicht wenigstens in einen anderen Raum . . .?«

»Margret, das ist ein echter Modigliani«, sagte Paul geduldig. »In hundert Jahren wird er ein Vermögen wert sein. Lucy hat eine halbe Stunde lang gekreischt, als sie ihn in Paris entdeckt hat.«

»Gar nicht wahr. Höchstens eine Minute«, widersprach Lucy. »Die Zukunft unserer Kinder und Kindeskinder ist damit jedenfalls gesichert. Damit und mit dem Chagall, der im Treppenhaus hängt.«

»Als ob ihr das nötig hättet«, sagte Lady Tilney. »Bestimmt wird dein Buch ein Bestseller, Paul, und ich weiß, dass der Secret Service euch ein wirklich beeindruckendes Gehalt zahlt. Was nur angemessen ist, wenn man bedenkt, was ihr alles leistet.« Sie schüttelte den Kopf. »Obwohl ich es nicht unterstützen kann, dass Lucy diesen gefährlichen Beruf ausübt. Ich kann kaum erwarten, dass sie ein wenig häuslicher wird. Was ja nun Gott sei Dank der Fall sein wird.«

»Ich für meinen Teil kann es gar nicht erwarten, dass endlich die Zentralheizung erfunden wird.« Lucy ließ sich fröstelnd in einen der Sessel nahe des Kamins fallen. »Von anderen Dingen ganz zu schweigen.« Sie sah hinüber zur Kamin-uhr. »In zehn Minuten werden sie hier sein«, sagte sie nervös. »Luisa könnte langsam mal mit dem Tischdecken beginnen.« Sie blickte Paul an. »Was denkst du, wie wird Gwendolyn es aufnehmen, dass sie ein Geschwisterchen bekommt? Ich mei-ne, das muss doch ein komisches Gefühl sein.« Sie strich sich über ihren leicht gewölbten Bauch. »Wenn unser Kind Kinder bekommt, sind die schon alt, bevor Gwenny überhaupt gebo-ren wird. Und vielleicht ist sie auch eifersüchtig. Schließlich haben wir sie als Baby zurückgelassen, und wenn sie nun sieht . . .«

»Ganz bestimmt freut sie sich«, unterbrach Paul ihren Rede-fluss. Er legte ihr eine Hand auf die Schulter und küsste sie zärtlich auf die Wange. »Gwendolyn ist ein genauso großher-ziger und liebenswerter Mensch wie du. Und wie Grace.« Er räusperte sich, um seine plötzliche Rührung zu überspielen. »Ich fürchte mich viel mehr vor dem Augenblick, an dem Gwendolyn und der kleine Mistkerl mir mitteilen, dass ich *Großvater* werde«, sagte er dann. »Ich hoffe, damit lassen sie sich noch ein paar Jahre Zeit.«

»Entschuldigung!« Das Hausmädchen war hereingekom-men. »Ich hab's vergessen! Sollte ich im Esszimmer decken oder hier, Mrs Bernhard?«

Ehe Lucy antworten konnte, hatte Lady Tilney schon em-pört nach Luft geschnappt. »Erstens müssen Sie anklopfen«, sagte sie streng. »Zweitens müssen Sie warten, bis man *He-rein* sagt. Drittens sollten Sie nicht mit zerzaustem Haar vor Ihre Herrschaft treten. Und viertens heißt es nicht Mr und Mrs Bernhard, sondern *Ma'am und Sir.*«

»Ja, Ma'am«, sagte das Hausmädchen eingeschüchtert. »Dann hole ich mal den Kuchen.«

Lucy sah ihr seufzend hinterher. »Ich glaube, an den Namen werde ich mich niemals gewöhnen.«

Danksagung

Ja, ich weiß – ich bin spät dran, viel zu spät. Aber so viel Zeit muss jetzt auch noch sein. Es gibt so viele, die mich in den vergangenen Monaten davon abgehalten haben, von einer Brücke zu springen, dass ich sie unmöglich einzeln aufzählen kann. Mein ganz besonderer Dank gilt:

Christiane Düring, die dieses Buch mit mir geboren hat und die gleichen Schmerzen (und Schlafmangel) gelitten hat wie ich. Eine bessere Buchhebamme kann es absolühmong nirgendwo geben. Danke, dass ich mich beim Schreiben dieses Mal nicht einsam fühlen musste.

Petra Hermanns, meinem Fels in der Brandung.

Eva Völler, meinem anderen Fels in der Brandung.

Daniela Kern, die einen Orden für das Verbreiten von guter Laune erhalten sollte.

Lina und Melissa von:
www.die-edelstein-trilogie.blogspot.com, die diese wunderbare Website mit so viel Charme, Witz und Stil führen, dass ich neidisch wäre, wenn es dabei nicht um meine eigenen Bücher ginge.

Leonie, die mir viel Arbeit von den Schultern genommen hat.

Leonie, Lotta und ganz besonders Heidi für das kreative Brainstorming, vor allem die verflixte Ballszene betreffend.

Harald, der mir meine Illusionen von wild sprudelndem Blut bei Degenverletzungen genommen und ganz genau erklärt hat, wo die Aorta entlang- und das Leben aus Gwendolyn herausläuft.

Meiner Mama, die immer für uns da war.

Und Frank natürlich. Für alles.

Der allerbesten Moni Kremer von der Buchhandlung Kremer in Haren, den drei unübertroffen lieben Vorreyer-Mädels Claudi, Silvia und Diana; Kossi, Kamelin, Juliane, Tine, Rici, Henrike und allen anderen Freunden, wunderbaren Kollegen, zauberhaften Buchbloggern, lieben Büchereulen und wildfremden Menschen: DANKE! Für die vielen »Spring nicht!«-Mails, Überraschungspost und aufmunternden Worte, Karten und Briefe – sie kamen immer genau im richtigen Augenblick. Noch nie im Leben habe ich so viele Geschenke bekommen – von selbst genähten Bücherkissen über Gute-Laune-Tassen, inspirierende Bücher, Musik, Schokolade, Käsekuchen und Champagner bis hin zu wunderschönen Zeichnungen – ich habe bei jedem Päckchen vor Rührung geweint. Und den Champagner immer sofort getrunken.

Ganz zum Schluss möchte ich all den Mädchen (und Nick) danken, die so lange auf Smaragdgrün gewartet haben – eure Begeisterung, euer Interesse, eure Ungeduld und eure Liebe zu Gwendolyn und Gideon ist überwältigend. Dass es nun doch keine Ohrfeige für Gideon gibt, obwohl ich euch eine versprochen hatte, tut mir sehr leid – aber als es so weit war, brachte Gwendolyn es einfach nicht über sich und ich konnte sie nicht dazu zwingen.

Verzeichnis der wichtigsten Personen

Mit Verwandtschaftsverhältnissen, die nicht mehr ganz der Wahrheit entsprechen

In der Gegenwart:

Bei den Montroses:

Gwendolyn Shepherd, Zeitreisende, im Kreis der Zwölf der Rubin

Grace Shepherd, Gwendolyns Mum

Nick und Caroline Shepherd, Gwendolyns jüngere Geschwister

Charlotte Montrose, Gwendolyns Cousine

Glenda Montrose, Charlottes Mutter, Grace' ältere Schwester

Lady Arista Montrose, Gwendolyns und Charlottes Großmutter, Grace' und Glendas Mutter

Madeleine (Maddy) Montrose, Gwendolyns Großtante, die Schwester des verstorbenen Lord Montrose

Mr Bernhard, Hausangestellter bei den Montroses

Xemerius, Wasserspeierdämon

In der Saint Lennox Highschool:

Leslie Hay, Gwendolyns beste Freundin

James August Peregrin Pimplebottom, das Schulgespenst

Cynthia Dale, Mitschülerin

Gordon Gelderman, Mitschüler

Mr Whitman, Lehrer für Englisch und Geschichte

Direktor Gilles, Schuldirektor

Im Hauptquartier der Wächter in Temple:

Gideon de Villiers, kann wie Gwendolyn in der Zeit reisen

Falk de Villiers, sein Onkel zweiten Grades, Großmeister der
Loge des Grafen von Saint Germain, der sogenannten
Wächter

Mr Marley, Adept 1. Grades

Thomas George, Mitglied der Loge im Inneren Kreis

Dr. Jake White, Arzt und Mitglied der Loge im Inneren Kreis

Der kleine Robert, sein verstorbener Sohn

Madame Rossini, Schneiderin bei den Wächtern

Mrs Jenkins, Sekretärin

In der Vergangenheit:

Der Graf von Saint Germain, Zeitreisender und Gründer der
Wächter, Smaragd im Kreis der Zwölf

Miro Rakoczy, sein Seelenbruder und Freund, auch bekannt
als *der schwarze Leopard*

Lord Alastair, Urahn des Conte di Madrone, Vertreter der *florentinischen Allianz*

Sir Albert Alcott, Erster Sekretär der Wächter

Lucas Montrose, Gwendolyns Großvater

Lord Brompton, Bekannter und Förderer des Grafen

Lady Lavinia, Witwe mit fraglicher Moral

Margret Tilney, Zeitreisende, Gwendolyns Ururgroßmutter, Großmutter von Lady Arista, Jade im Kreis der Zwölf

Mr Millhouse, ihr Butler

Dr. Harrison, ihr Leibarzt, Mitglied im Inneren Kreis der Wächter

Paul de Villiers, Zeitreisender, jüngerer Bruder von Falk de Villiers, Schwarzer Turmalin im Kreis der Zwölf

Lucy Montrose, Zeitreisende, Tochter von Grace' und Glendas älterem Bruder Harry, Saphir im Kreis der Zwölf

Kerstin Gier

Rubinrot
Liebe geht durch alle Zeiten

Manchmal ist es ein echtes Kreuz, in einer Familie zu leben, die jede Menge Geheimnisse hat. Der Überzeugung ist zumindest die 16-jährige Gwendolyn. Bis sie sich eines Tages aus heiterem Himmel im London um die letzte Jahrhundertwende wiederfindet. Und ihr klar wird, dass ausgerechnet sie das allergrößte Geheimnis ihrer Familie ist. Was ihr dagegen nicht klar ist: Dass man sich zwischen den Zeiten möglichst nicht verlieben sollte. Denn das macht die Sache erst recht kompliziert!

Arena

352 Seiten • Klappenbroschur
ISBN 978-3-401-50600-5
www.rubinrotlesen.de
www.arena-verlag.de

Als Hörbuch bei Arena audio
Auch als E-Book erhältlich

Kerstin Gier

Saphirblau
Liebe geht durch alle Zeiten

Frisch verliebt in die Vergangenheit, das ist vielleicht keine gute Idee. Das zumindest findet Gwendolyn, 16 Jahre alt, frisch gebackene Zeitreisende. Schließlich haben sie und Gideon ganz andere Probleme. Zum Beispiel die Welt retten. Oder Menuett tanzen zu lernen. (Beides nicht wirklich einfach!). Als Gideon dann auch noch anfängt, sich völlig rätselhaft zu benehmen, wird Gwendolyn klar, dass sie schleunigst ihre Hormone in den Griff bekommen muss. Denn sonst wird das nichts mit der Liebe zwischen allen Zeiten!

Arena

400 Seiten • Klappenbroschur
ISBN 978-3-401-50601-2
www.rubinrotlesen.de
www.arena-verlag.de

Als Hörbuch bei Arena audio
Auch als E-Book erhältlich

Kerstin Gier

Rubinrot / Saphirblau / Smaragdgrün
Liebe geht durch alle Zeiten

Manchmal ist es ein echtes Kreuz, in einer Familie zu leben, die jede Menge Geheimnisse hat. Der Überzeugung ist zumindest die 16-jährige Gwendolyn. Bis sie sich eines Tages aus heiterem Himmel im London um die letzte Jahrhundertwende wiederfindet. Ihr wird schnell klar, dass sie selbst das größte Geheimnis ihrer Familie ist, und dass man niemandem raten sollte, sich zwischen den Zeiten zu verlieben!

Arena

Jeder Band auch
als E-Book erhältlich

3 Bände
1248 Seiten • Gebunden im Schuber
ISBN 978-3-401-60254-7
www.arena-verlag.de

Kathrin Lange

978-3-401-50788-0

Herz aus Glas

Juli ist wenig begeistert, die Winterferien auf Martha's Vineyard verbringen zu müssen. Auf der Insel trifft sie den verschlossenen David, dessen Freundin bei einem Sturz von der Klippe ums Leben gekommen ist. Bald erfährt Juli, dass ein Fluch für den Tod weiterer Mädchen verantwortlich sein soll. Eine geisterhafte Stimme beginnt, ihr nachts Warnungen zuzuflüstern. Als sie sich in David verliebt, gerät sie in tödliche Gefahr.

978-3-401-50789-7

Herz in Scherben

Ein Schuss hallt in Davids Kopf wider. Plötzlich ist die Erinnerung da und er weiß nicht, ob sie etwas mit Charlies Tod und den schrecklichen Ereignissen auf Martha's Vineyard zu tun hat. Fünf Monate sind seitdem vergangen, aber nun zieht eine dunkle Ahnung David mit Macht auf die Insel zurück. Seine Freundin Juli folgt ihm voller Sorge.

978-3-401-50958-7

Herz zu Asche

Charlie ist am Leben! David und Juli können es kaum fassen. Doch das Grauen scheint noch immer kein Ende zu nehmen. Der Geist von Madeleine Bower treibt Juli mehr und mehr in die Verzweiflung, sodass David nur eine Möglichkeit sieht, seine Freundin zu schützen: Er muss sie verlassen. Juli begreift, dass sie ausersehen ist, den Fluch zu brechen. Dafür aber muss auch sie opfern, was sie am meisten liebt!

Arena

Jeder Band:
Klappenbroschur
www.arena-verlag.de

Antje Babendererde

Libellensommer

An einer Tankstelle am Highway begegnet Jodie dem jungen Indianer Jay zum ersten Mal. Ein paar Tage später ist sie mit ihm auf einer Reise, die ihr Leben verändern wird. Die beiden erleben einen Sommer voller Liebe und Magie fernab von jeder Zivilisation inmitten der kanadischen Wildnis – und bald steht Jodie vor der schwersten Entscheidung ihres Lebens.

Arena

Auch als E-Book erhältlich

272 Seiten • Klappenbroschur
ISBN 978-3-401-50910-5
www.arena-verlag.de

Isabel Abedi

Isola

Zwölf Jugendliche, drei Wochen allein auf einer einsamen Insel vor
Rio de Janeiro – als Darsteller eines Films, bei dem nur sie allein die
Handlung bestimmen. Doch bald schon wird das paradiesische Idyll
für jeden von ihnen zu einer ganz persönlichen Hölle. Und am Ende
müssen die Jugendlichen erkennen, dass die Lösung tief in ihnen
selbst liegt.

Arena

Auch als E-Book erhältlich.
Als Hörbuch bei SILBERFISCH

328 Seiten • Klappenbroschur
ISBN 978-3-401-50892-4
www.arena-verlag.de

Kira Gembri

Wenn du dich traust

Leas Leben besteht aus Zahlen, Ritualen und festen Regeln. Jays Leben besteht aus Mädels und Partys. Als Lea in Jays Jungs-WG einzieht, sortiert sie erstmal alles, was sie in die Finger bekommt – sodass die Mitbewohner ihren Besitz in 23 sorgfältig beschrifteten Kartons wiederfinden. Jays Kumpels sind sich einig: Das Mädchen mit den großen Augen und den komischen Zählritualen muss weg. Doch wie bringt man ihr bei, dass sie ausziehen soll? Und will Jay das wirklich?

Arena

Auch als E-Book erhältlich

336 Seiten • Klappenbroschur
ISBN 978-3-401-50956-3
www.arena-verlag.de

Manuela Martini

Die Insel

Die Rache der Insel

Der Job auf der Perlenfarm mitten im türkisblauen Pazifik scheint perfekt – bis Hannah eines Tages im Dschungel der Vulkaninsel auf einen verlassenen Bunker stößt. Und dort jene mysteriösen Worte aus dem Tagebuch ihrer leiblichen Mutter entdeckt, die sie bis in ihre Träume verfolgen: Mete bab ou alatranp – Prepare for what is coming!

Wie gern würden Hannah und Kanoa eintauchen: in ihre Liebe, das pulsierende New York, das Glück. Nie wieder an diese verfluchte Insel denken – das ist es, was beide sich wünschen. Doch die Schatten der Vergangenheit verfolgen Hannah und Kanoa auf Schritt und Tritt. Die Insel ist lebendig wie nie zuvor. Und sie fordert ihren Tribut. Am Ende müssen die beiden nicht nur um ihre Liebe kämpfen, sondern auch um ihr Leben.

400 Seiten • Klappenbroschur
ISBN 978-3-401-50804-1
Beide Bände auch als
E-Books erhältlich

Arena

368 Seiten • Klappenbroschur
ISBN 978-3-401-50959-4
www.arena-verlag.de

Antje Szillat

Brandungsflimmern

Flora kann ihr Glück kaum fassen: Jan kommt mit nach Rügen! Schon lange ist sie in den besten Freund ihres Bruders verliebt und diesen Sommer muss es mit ihnen endlich klappen. Jan jedoch sieht in ihr nur eine Art kleine Schwester und flirtet hemmungslos mit anderen Mädchen. Flora beschließt, ihn nach allen Regeln der Kunst eifersüchtig zu machen. Da kommt ihr Philipp gerade recht. Leider verwirrt der leidenschaftliche Taucher ihre Gefühle nur noch zusätzlich. Und als dann an der Steilküste ein brenzliger Unfall passiert, geht es für Flora plötzlich um sehr viel mehr als ein gebrochenes Herz.

Auch als E-Book erhältlich

208 Seiten • Klappenbroschur
ISBN 978-3-401-60221-9
www.arena-verlag.de